MOMENTO

Copyright© 2023 by Literare Books International
Todos os direitos desta edição são reservados à Literare Books International.

Presidente:
Mauricio Sita

Vice-presidente:
Alessandra Ksenhuck

Diretora de projetos:
Gleide Santos

Diretora executiva:
Julyana Rosa

Relacionamento com o cliente:
Claudia Pires

Capa:
Bianca T. Markus

Diagramação e projeto gráfico:
Gabriel Uchima

Revisão:
Rodrigo Rainho

Impressão:
Gráfica Paym

Dados Internacionais de Catalogação na Publicação (CIP)
(eDOC BRASIL, Belo Horizonte/MG)

M867m   Moro, Lucia F.
        Momento / Lucia F. Moro. – São Paulo, SP: Literare Books International, 2023.
        14 x 21 cm

        ISBN 978-65-5922-510-1

        1. Ficção brasileira. 2. Literatura brasileira – Romance. I. Título.
        CDD B869.3

Elaborado por Maurício Amormino Júnior – CRB6/2422

Literare Books International.
Alameda dos Guatás, 102, Saúde – São Paulo, SP.
CEP 04053-040
Fone: +55 (0**11) 2659-0968
site: www.literarebooks.com.br
e-mail: literare@literarebooks.com.br

LUCIA F. MORO

MOMENTO

Agradecimentos

Sonhos se tornam realidade. Obrigada a Deus por fazer dos meus sonhos os meus dias.

É muito especial escrever os agradecimentos deste livro. Viver este momento significa que tudo deu certo com o lançamento de UM e que eu sigo por essa estrada que tanto me encanta.

Obrigada ao meu marido Juliano, meu maior apoiador, meu parceiro, quem sonha comigo e realiza comigo. Te Amo.

Obrigada aos meus filhos, Matheus e Giovana, que foram tão compreensivos com a nova fase da mamãe, aceitando (quase sempre) meu tempo reduzido e me presenteando com o mais lindo amor do mundo. Amo vocês bem do nosso jeitinho, "infinito e para sempre"!!!

A toda minha família, um agradecimento muito emocionado. Ter o apoio de vocês, de todos vocês, nesta minha nova carreira significou o mundo (destacando aqui os comentários empolgados da Ale, Vá e Cris, Salete e seu apoio sempre autêntico e todas as vezes que minha mãe deu meu livro de presente para as amigas!).

Rhanna, minha leitora beta, minha alma gêmea literária, eu não consigo dizer o quanto eu agradeço a Deus (e à Penelope Douglas, né?) por ter te conhecido. Nat e Luke não seriam Nat e Luke sem essa madrinha tão especial. Obrigada por tudo!

Minhas amigas da vida, Lívia, Elisa e Bianca, sou nada sem vocês! (e Bianca, mais uma vez, obrigada pelas lindas capas da trilogia Infinito. Seu trabalho é ímpar!)

Ana Paula, minha terapeuta mágica, só gratidão por você conseguir despertar o melhor em mim e me ajudar a seguir em direção ao meu infinito.

A todas as blogueiras e profissionais da saúde íntima que me ajudaram a divulgar meu livro, vocês me deram voz e eu agradeço imensamente.

Cris, minha confrade, que não apenas me divulgou, mas me tornou palestrante, obrigada pelo teu carinho comigo. Que a vida lhe dê em dobro!

Família Literare Books, obrigada e vamos juntos! Significa muito para mim seguir com a nossa parceria. O céu é o limite!

E o mais impactante dos meus agradecimentos é para você, que leu UM, que se permitiu sentir e me permitiu impactar. Você que me mandou mensagens de carinho ou mesmo quem tenha guardado a sensação para si, mas voltou aqui para seguir vivendo esta história de amor que escrevi com tanta dedicação e afeto. MUITO OBRIGADA!
Boa leitura!

Com carinho,

Lucia F. Moro

Prefácio

O tão aguardado *Momento* chegou!

Aguentar essa espera, depois do final de suspense do livro UM, é um hiato de ansiedade, eu sei, mas será totalmente compensador, eu prometo.

Como leitora do gênero adulto há muito tempo, que normalmente prefere ler livro único, não pensei que pudesse me apaixonar e ficar tão envolvida com uma história desse segmento, fragmentada em três livros, mas foi exatamente isso que a trilogia *Infinito* fez comigo: me apaixonou e me envolveu.

Fui convidada a ser leitora *beta* deste romance em 2017, na verdade, eu meio que me intitulei leitora *beta* da Lucia e pronto, porque ela ainda tinha muitas questões quanto a publicar ou não essa história, e eu gosto de dizer que lutei muito a favor desse casal e desse projeto todo, que já teve capas diferentes e até tradução em outro idioma. De forma experimental, eu ia recebendo capítulos picados, devorava tudo e pedia mais e mais. Eu não percebia o tempo passar enquanto vivia a história da Nat e do Luke.

De lá para cá, já reli várias e várias vezes esse romance, seja para matar a saudade dos personagens ou para avaliar situações específicas e sugerir inserções no enredo.

Ser leitora *beta* me envolveu tanto, que foi como poder viver essa história também, conduzindo cenas, sugerindo detalhes e contribuindo com a lapidação do enredo.

Nat e Luke precisavam ir para o mundão! Eu sempre soube disso!

Desde 2017, em toda virada de ano, eu dizia para a Lucia que meu desejo para esse casal era que eles fossem jogados neste mundo da literatura, porque eu tinha certeza de que os leitores iriam se apaixonar por eles, do mesmo jeito que eu me apaixonei todos esses anos.

Nat é uma mulher com temática e força que nos identificamos e nos inspiramos.

Luke nos mostra que, para sermos completos, precisamos conhecer nossa essência e que nunca é tarde para se encontrar.

Em *Momento*, vemos mais um progresso individual nos personagens e passamos a compreender mais a humanidade que eles carregam, que os torna perfeitamente imperfeitos, com erros e acertos, como todos nós somos.

Nosso "Campeão" vai descobrir uma parte de sua vida que impacta em toda sua forma de se enxergar, e a "Pequena" aprende a conviver com seu trauma e se descobre uma fortaleza. Não é por acaso que a capa de *Momento* tem o azul dos olhos da Nat... Não é por acaso. Neste livro, percebemos até onde ela pode chegar para proteger aqueles que ama.

Momento é aquela ficção que é totalmente fácil de se relacionar. Crescemos com os personagens, aprendemos a perdoar com eles, aprendemos que, por mais que estejamos curados e mais fortes, ainda assim existe espaço para a vulnerabilidade. E aprendemos também que só o amor não basta.

Eu sou a fã número UM desse casal, e estou orgulhosa do quão longe eles chegaram!

Espero que vocês também amem mais este pedaço desta história de amor.

P.S.: Orgulhosa de você, minha amiga, Lucia Moro.

Rhanna Saldanha,
Leitora *Beta* da trilogia *Infinito* e alma gêmea literária da autora

A você, que leu UM e quis continuar na linda jornada de amor de Natalie e Lucas.

Prólogo

(LUCAS BARUM)

Acordei com os latidos do Nascar e virei o corpo doído no sofá da sala da minha mãe. O colo dela, onde peguei no sono na noite anterior, havia sido substituído por um travesseiro e meus pés estavam descalços sob uma manta que me cobria inteiro.

Pelo tempo de um espreguiçar, tentei lembrar porque estava lá, então tudo voltou à minha mente. Apoiei os pés no tapete macio e calcei novamente os sapatos, enquanto reconectava os detalhes da história que me fez chegar aonde cheguei; Natalie estava sofrendo e eu não estava ao lado dela.

Esfreguei os olhos, tentando espantar o sono, e me levantei para caminhar até minha mãe.

Não passavam das oito da manhã e o cheiro de pão caseiro me guiou até a cozinha, onde a encontrei colocando a mesa para dois.

— Bom dia, filho. Conseguiu descansar naquele sofá estreito?

— Nossa! Apaguei completamente, mas tô meio travado agora.

Respondi, alongando as costas.

— Pensei em acordá-lo para que fosse descansar em um quarto de hóspedes, mas seu sono estava tão profundo que resolvi deixá-lo quietinho. – seus olhos sorriram junto a cada marca de expressão em sua pele. O rosto familiar e amoroso acalentou meu coração – Vamos tomar café juntos?

— Obrigado por ontem, mãe. Eu sempre fico melhor depois que conversamos.

O aperto no meu peito não tinha desaparecido, nem o vazio que eu sentia diminuiu. Meus pensamentos estavam todos na minha garota, e só porque levei em consideração alguns conselhos maternos, não queria dizer que meus sentimentos haviam mudado, mas a convicção com que minha mãe me aconselhou a dar tempo e espaço à Natalie acabou por me acalmar um pouco e me segurou para não ligar para minha Pequena.

Eu já me sentia restabelecido o suficiente para conseguir enxergar com certa clareza que ela precisava desse tempo para compreender que aquele inferno todo passaria e que as coisas realmente poderiam voltar aos seus devidos lugares.

Depois do café da manhã, voltei à minha casa, tomei banho, vesti qualquer coisa e fui encontrar Philip no nosso escritório em um prédio comercial na esquina da rua Sacramento com a Battery. Mal passei pela porta da sala cumprimentando Pete, o secretário que auxiliava Phil no dia a dia, e meu amigo me fez um sinal para que eu ficasse em silêncio, demonstrando que não queria que a pessoa com quem ele conversava me escutasse.

— Eu lamento, mas são políticas internas. – ele ouviu alguma coisa fazendo uma careta e prosseguiu – Estou à disposição para tratarmos dos detalhes do contrato. – o interlocutor disse mais alguma coisa que não o agradou e Philip finalizou a conversa freando seus passos inquietos – Ok, então voltamos a conversar na próxima semana. Até mais.

A ligação foi encerrada e meu amigo bufou ao jogar o celular sobre o sofá verde militar que ficava próximo à entrada.

— O que foi?

Perguntei, estranhando a reação estressada da pessoa normalmente tranquila que ele era.

— Um cara de uma empresa que "diz" que vai assinar um contrato de patrocínio, mas antes quer que você vá fazer uma ação em um evento que ele está organizando. O que ele quer é publicidade gratuita às suas custas. Otário. Se depender de mim, você não aparece nem nas reuniões. Ele só vai conhecê-lo se for para patrocinar de verdade.

— Ok.

Passei pela divisória de vidro escuro, que abrigava uma sala de reuniões, e entrei na minha pouco usada sala. Sentei na cadeira atrás da minha mesa preta e liguei o computador.

— O que houve? Você ouviu o que eu disse? Não vai perguntar nada? Não quer nem saber de quanto estamos falando?

— Eu confio em você.

Afirmei, sem erguer os olhos, enquanto alinhava um carrinho de ferro ao lado de um porta-canetas.

— Então tá, agora sem a versão piloto e empresário, o que houve Luke?

Philip sentou à minha frente e apoiou os antebraços na mesa, focando toda sua atenção em mim.

— Natalie.

Olhei para ele e foi a vez de meu amigo ficar introspectivo.

— Hum... – ele mexeu no grampeador e pensou por alguns segundos – Eu posso ajudar em alguma coisa?

— Ela tá passando por um momento difícil. Precisa de um tempo. Não sei exatamente que porra isso quer dizer, nem quanto tempo pode levar, tô só tentando não interpretar demais, então acho que não tem o que você possa fazer, mas, obrigado.

PRÓLOGO

Desviei o olhar e voltei a ajeitar o carrinho de antiquário que minha mãe havia me dado porque tinha o número vinte no capô, mas aquele objeto não significava nada, não como o outro carrinho que eu tinha no meu *closet*.

— Relaxa, ok? Vocês se amam de verdade. Todo mundo pode ver isso, então o que quer que esteja acontecendo, não vai ser mais forte do que o que existe entre vocês dois. Ainda vou ser padrinho desse casamento! – ele anunciou, dando uma risada animada, que me fez rir com a perspectiva – Agora desmancha essa cara de cachorro abandonado e vamos trabalhar.

— Essa mulher me pegou de jeito!

Confessei, em uma lufada de ar.

— E eu não sei? Nunca pensei que veria você considerar tão veementemente uma relação monogâmica.

— Também não é assim... Eu não era um monstro.

— Você já teve momentos bem terríveis, Luke Barum. Mas eu não tô julgando mal. Teria feito o mesmo no seu lugar.

Philip era um bom amigo, e com sua fala mansa conseguiu aliviar mais um pouco minha tensão, e só depois de almoçarmos juntos, e de ele se certificar de que eu comi feito um cavalo, é que fui informado que teríamos uma reunião no escritório da Natalie.

Meu coração começou a martelar dentro do peito como sempre fazia em relação àquela mulher, e se não fosse por eu usar muito a minha masculinidade com ela, me sentiria no mínimo estranho por ter pequenos ataques de ansiedade só por saber que veria alguém.

Suando frio e desejando ardentemente poder encontrá-la, mesmo que fosse apenas em uma reunião de trabalho, estacionei meu Aston Martin na vaga para clientes do escritório do Dr. Peternesco e olhei para todos os carros estacionados na rua, na esperança de que algum deles fosse o Focus da minha Pequena, mas ele não estava em lugar algum.

Passamos pela porta principal e, como sempre, a simpática recepcionista nos encaminhou diretamente à antessala de seu chefe, onde sua secretária ruiva e cansativamente sorridente só faltou me oferecer uma chupada enquanto o esperávamos finalizar uma ligação.

Quando Dr. Peternesco veio em nossa direção, nos levantamos e fomos encontrá-lo no meio do caminho. Muito sorridente, ele nos cumprimentou com a educação de um bom homem de sua geração, depois nos encaminhamos à sala de reuniões, onde Theo juntou-se ao grupo estranhamente masculino.

Fazia falta a presença da Natalie naquele ambiente. A cadeira que ela sempre ocupava estava grande demais sem seu corpo miúdo se aconchegando no estofado e a sala ficou fria demais sem seu calor abrasando até o teto.

— Acho que podemos começar.

Sugeriu o jovem advogado, que eu não ia muito com a cara, ao abrir uma pasta de couro preta sobre a mesa.
— E a Natalie?
Perguntei, na esperança de que alguém me dissesse alguma coisa sobre ela.
— Nos desculpe, Luke. – Dr. Peternesco começou a justificar – Sabemos que Nat é sua advogada principal, mas ela teve uns problemas pessoais para resolver hoje e não tem horário para chegar ao escritório.
Fiquei ainda mais arrasado, imaginando como ela devia estar se sentindo, e cogitei ligar para Lauren para me certificar de que ela não tivesse a deixado sozinha em casa, mas antes que pudesse pedir licença para fazer a ligação, leves toques na porta chamaram nossa atenção e Natalie surgiu de olhos baixos, segurando uma pasta contra o peito. Sua voz ao nos cumprimentar era um fiapo extremamente rouco e quase inaudível, e assim que se sentou ao lado de Theo, ele virou o corpo todo para encará-la.
Eu não gostava da forma possessiva com que ele a tratava, sempre achando que podia tocá-la, sempre achando que ela tinha que contar com ele para fazer qualquer coisa. E me irritou ainda mais porque ele a deixou constrangida quando percebeu e questionou a origem dos ferimentos em seu rosto.
— Nat! O que houve com você?
Ele a olhava com atenção demais.
— Eu sofri um acidente, mas está tudo bem.
Natalie respondeu baixo, quase soando vaga.
— Que isso foi um acidente, eu imagino, mas como?
— De carro. Hum... Com a Meg. – minha garota mentiu para responder ao que Theo perguntava e então mudou de assunto – Vocês já começaram?
Eu escutava as vozes de todos como se eu estivesse debaixo d'água. Eu estava em um misto de atenção plena e distância por negação de que tudo aquilo estivesse mesmo acontecendo. Eu sentia que estava a segundos de perder o controle. Qualquer tipo de controle.
Era nítido que a minha garota estava quebrada.
Meu peito doeu.
Inspirei profundamente, tentando me acalmar.
Natalie, com suas mãos de unhas sempre bem-feitas, procurava algum documento específico na pasta que trouxera consigo, e como sempre fazia para que seus longos cabelos loiros não ficassem caindo sobre os papéis enquanto trabalhávamos, ela prendeu os fios lisos em um coque, mas o ato revelou uma marca roxa próxima à orelha e imediatamente Theo cravou os olhos no hematoma. Ao perceber que acabara de aguçar ainda mais a curiosidade do colega, ela levou uma mão ao pescoço, acabando por revelar uma marca vermelha sob as várias pulseiras que certamente usava como disfarce nos pulsos.

PRÓLOGO

Minha respiração pesou e meu estômago revirou e se contraiu quando enxerguei as provas da agressão que a minha Pequena sofreu. A raiva adormecida pulsou nas minhas veias e me perguntei se eu já tinha matado o merda do ex-marido dela, ou se ainda teria de fazê-lo.

Philip percebeu meu desconforto e virou o rosto na minha direção, mas meus olhos estavam fixos na Natalie e não lhe dei atenção.

Eu tinha certeza de que todos naquele escritório já estavam cientes do nosso relacionamento e apenas mantinham discrição em consideração a Natalie, mas Theo decidiu que era hora de se inserir um pouco mais onde não havia sido chamado.

— Nat, eu posso falar com você em particular?

Ele me encarou de modo escuso, segundos depois de ver as marcas na pele de sua amiga, me mostrando todo o seu julgamento e me fazendo jogar a discrição para o espaço.

Naquele instante, eu não me preocupei mais em manter as aparências e o desafiei verbalmente.

— Você está achando que eu machuquei a Natalie? É isso que você quer perguntar, Theo?

O advogadinho não me respondeu e, se enchendo de coragem, deslizou os dedos no pescoço da *minha garota*, a fazendo estremecer nervosa com o simples toque.

— THEO!

Gritei, espalmando as mãos sobre a mesa, erguendo o corpo e quase voando para cima dele, pronto para encher aquele merda de porrada, não dando a mínima para a presença de seu pai na sala.

— Estas marcas aconteceram em momentos diferentes! – Natalie exclamou, completamente envergonhada quando precisou evitar uma enorme catástrofe na sala de reuniões – Deixa pra lá, Theo.

Oh, merda!

Eu entendi que ela queria apenas acabar com a especulação sobre seus ferimentos, mas quando eu a ouvi me deixando como autor de algumas daquelas lesões, mesmo que indicando que haviam acontecido consensualmente, senti minhas pernas fraquejarem e voltei a sentar na poltrona atrás de mim. Meus olhos ficaram vidrados na mulher que eu amava e meu cérebro tentava me convencer de que aquela era a única coisa que ela poderia dizer para não se expor ainda mais.

O problema não era Natalie aparecer com um chupão no pescoço. Eu poderia mesmo ter feito aquilo. O problema é que nós sabíamos que a verdade era tão distante do que estava sendo dito, e era tão cruel e sofrida, que tornava quase insuportável encenar aquele papel. Mas eu o fiz. Claro. Por ela.

1

(NATALIE MOORE - HORAS ANTES)

Chovia como em um dia de inverno e eu só saí da cama porque minhas costas já protestavam sobre o colchão da minha irmã.
 Lauren cancelou minha aula com Sebastian e ligou para o escritório dizendo que eu estava me sentindo mal, mas que iria trabalhar depois do almoço. Afirmei que precisava da distração do trabalho para não surtar completamente, então ela relaxou seus cuidados. Dr. Peternesco não questionou meus motivos e me deu o dia inteiro de folga, mas eu não queria ficar todo este tempo remoendo o que havia acontecido na noite anterior. Trabalhar era tudo que eu poderia fazer para ocupar minha mente com pensamentos que não fossem de autopiedade, culpa, raiva, medo ou apenas autodestrutivos. Eu era uma bagunça completa e eu precisava me focar em algo produtivo para tentar me reerguer.
 Durante a noite, passei por apenas alguns cochilos, sendo constantemente acordada em meio a pesadelos muito vívidos, que reprisavam incessantemente no meu subconsciente o que Steve tinha feito comigo.
 A vontade era me fechar para o mundo e me entregar à depressão que estava à espreita, mas Lauren conversou muito comigo, me apoiou e me encorajou, e nem precisava ter dito que estaria segurando minha mão durante o tempo que eu levasse até me recuperar, porque eu sempre soube que podia contar com minha irmã.
 Na minha cabeça, eu entendia que não podia me entregar, que se eu fraquejasse naquele primeiro momento em que teria que encarar a realidade, seria muito mais difícil voltar a ser quem eu era, mas meu corpo, meu coração e minha alma não tinham a mesma convicção e pareciam simplesmente coexistir nesse mundo, sem função, sem objetivo, sem atrativo algum.
 Estava sendo muito difícil lutar contra mim mesma, mas eu conhecia aquela história e eu seria forte. Eu poderia ser forte!
 Também pensei muito sobre as palavras do Lucas, questionando por que havíamos chamado o irmão médico do Steve para levá-lo do meu apartamento, e não a polícia. Como advogada, sei que o correto é *sempre* denunciar um

CAPÍTULO 1

crime, mas eu também sei que menos de 3% dos estupradores são condenados nos Estados Unidos, e que se a vítima conhece o agressor, as chances de condenação são ainda mais baixas, então, no meu caso, eu não só estava com meu ex-marido, como estava com ele dentro da minha própria casa. Chamar a polícia só acarretaria a abertura de um processo crime que tendia a não punir o agressor, mas acabaria com a saúde emocional de alguém que eu amava demais. Eu não podia fazer isso. Ninguém mais poderia saber sobre a noite em que fui estuprada.

Eu admiro mulheres fortes que buscam na justiça uma forma de aliviar o peso dos fatos, como se dividindo com seu agressor a dor que lhes fora infligida. Essas mulheres usam seus traumas para melhorar a situação política, para que suas filhas não precisem ter os mesmos medos que elas tiveram, e lutam dignamente para que monstros como Steve saibam que sofrerão consequências rígidas por seus atos brutais, mas eu não fui ensinada a fazer parte desse grupo de mulheres fortes e eu não podia pensar apenas em mim naquele momento. Eu seria apenas uma espectadora de um fato da minha própria vida. Doía-me muito deixar aquilo tudo como estava, mas não posso negar que também era sofrido pensar em reviver aquela noite durante um processo na justiça. Duvido que exista pior tipo de assalto do que ter roubado seu próprio corpo, e sentir que eu não fazia justiça a mim mesma me repugnava, mas eu precisava deixar tudo passar, para finalmente aceitar que o ocorrido tinha ficado no passado, para que eu pudesse voltar a viver.

Eu queria poder ser uma voz nesta causa, mas antes mesmo de ser violentada, eu já sabia que nunca seria. Agora sou apenas mais um número nas estatísticas.

Tomando todas as precauções, naquele dia minha irmã também ligou para minha ginecologista, pedindo uma requisição médica para que eu fizesse diversos exames de sangue. Nós sabíamos que tínhamos por volta de setenta e duas horas para que eu descobrisse se tinha contraído alguma doença sexualmente transmissível, para que então tomasse o coquetel de remédios que combateria os vírus. A caminho do laboratório, passamos no edifício em que minha médica, Dra. Carmen Rowland, atendia e, deixando ligado o pisca alerta de seu carro quando parou em uma vaga proibida, Lauren desceu correndo para pegar a requisição na portaria. Eu não podia ajudar em nada. Já era muito esforço caminhar sem precisar que alguém me carregasse, mas minha irmã não parecia incomodada com minha inércia.

Desde a hora em que acordei, eu me sentia em um estado de torpor e praticamente observava de fora tudo que acontecia comigo. Lauren me deu banho, penteou meus cabelos, se dedicou à minha maquiagem e até escolheu a roupa que eu vestiria. Quando fechou a porta do lado do carona de seu Hyundai Sonata, meus olhos se fecharam e eu entrei em transe.

Durante o tempo em que estive com ela, mal abri a boca para dizer meu nome. No laboratório, eu simplesmente aceitava tudo que me falavam e Lauren só faltou assinar o protocolo médico por mim, então uma enfermeira tímida com cabelos pretos e bem curtinhos, que provavelmente era recém-formada, me levou para uma minúscula sala verde claro e me fez sentar em uma cadeira especial para coleta de sangue. Ela tateou por horas o centro do meu braço à procura de uma veia, apertou cada vez mais forte a fita acima da dobra do cotovelo, tentando deixar meus vasos mais salientes, deu várias picadas erradas e apenas me gerava mais hematomas. Para minha salvação, provavelmente percebendo a demora da enfermeira que entrara comigo na sala, uma senhora de cabelos esvoaçantes abriu a porta do recinto e, sem dizer uma palavra, assumiu o posto de quem me atendia e, com uma fincada certeira, pegou minha veia no braço que ainda estava em condições, e tirou cinco ampolas de sangue.

Lauren ficou ao meu lado o tempo inteiro, perto o suficiente para eu escutar quando Bennett ligou, avisando que Steve estava vivo, internado em algum hospital, e que assim que seus exames de sangue ficassem prontos, ele os enviaria por e-mail.

Saímos do laboratório e minha irmã me obrigou a almoçar, se é que ingerir uma salada de frutas pode ser considerado almoço, e antes das duas da tarde ela estacionou em frente ao meu escritório, perguntando pela enésima vez se eu tinha certeza de que seria melhor trabalhar a ficar em casa descansando. *"Descansando do quê?"*, perguntei. Eu não estava cansada e não estava doente, logo, precisava trabalhar.

A primeira coisa que vi quando ela parou o carro foi o Aston Martin do Lucas ao lado da porta principal do meu escritório. Eu nem lembrava que tínhamos uma reunião juntos. Ver o Lucas provavelmente não seria uma boa ideia naquele momento, mas respirei fundo e desci, reclamando da umidade que impregnava o ar depois que a chuva havia cessado.

Passei a mão na roupa para ajeitar minha calça de alfaiataria cinza e minha blusa preta sem mangas e gola alta, que deixava aparente apenas uma marca de chupão próxima à orelha, que tentei disfarçar mantendo os cabelos soltos. Abri a porta de acesso à recepção fazendo tilintar as pulseiras que eu nem lembro como foram parar nos meus pulsos, mas que certamente tinham a intenção de cobrir ao menos um pouco as marcas da corda do roupão em que fiquei amarrada, e Stephanie ergueu a cabeça para ver quem estava entrando. Não posso culpá-la por não ter conseguido esconder o espanto ao me ver. O corte no supercílio estava coberto por um curativo e o tom roxo ao redor já era tão intenso que a maquiagem não conseguiu esconder. Aliando isso ao meu inchaço geral de tanto chorar, eu estava com um aspecto monstruoso.

— O que aconteceu, Nat?

CAPÍTULO 1

A doce recepcionista parecia alarmada e verdadeiramente preocupada comigo.

— Eu sofri um acidente, mas está tudo bem. Todos já estão na sala de reuniões?

— Acredito que sim... Você está bem?

— Sim. Obrigada.

Passei reto por ela e fui em direção à minha sala para pegar uns documentos antes de seguir até onde eu encontraria o Lucas.

A secretária do Dr. Peternesco não estava sentada à sua mesa, então apenas dei leves toques na porta da sala onde todos já deviam estar em reunião e entrei sem ser anunciada.

— Boa tarde.

Disse, ao me sentar ao lado de Theo, sem olhar diretamente para nenhum dos homens que me observavam calados, mas Theo ficou curioso demais para se conter.

— Nat! O que houve com você?

Completamente virado na minha direção, meu amigo parecia apavorado ao estudar meu rosto. Seus olhos passeavam pelo meu ferimento e pareciam buscar por mais marcas.

— Eu sofri um acidente, mas está tudo bem.

— Que isso foi um acidente, eu imagino, mas como?

Continuei evitando os olhos do Lucas, apesar de senti-los ardentes sobre mim.

— De carro. Hum... com a Meg. – comecei a mexer em alguns papéis e tentei mudar de assunto – Vocês já começaram? – por puro hábito, prendi os cabelos em um coque improvisado enquanto separava os itens que precisávamos analisar na reunião, mas isso deixou exposta a marca no meu pescoço, e quando percebi o descuido, levei a mão até o machucado, expondo também um pouco do ferimento de um pulso. Ao meu um lado, Theo examinava minuciosamente cada um dos meus hematomas, me deixando desconfortável e muito nervosa, mas eu tentei prosseguir com os assuntos profissionais – Eu trouxe os papéis do contador...

— Nat, – a voz firme do meu amigo interrompeu minha tentativa de fazê-lo desconsiderar o que estava enxergando em mim – eu posso falar com você em particular?

Seus olhos desviaram dos meus e foram para o Lucas, e eu captei o exato instante em que Theo reparou que os nós das mãos do homem sentado à sua frente estavam machucados. Voltando a me observar, percebi que meu amigo já tinha conhecimento do meu relacionamento. Realmente seria muito estranho não saber, especialmente depois que eu e Lucas aparecemos nos beijando em rede nacional. Naquele momento, Theo já tinha julgado e condenado o nosso cliente.

Meus olhos pairaram sobre o Lucas por um ou dois segundos e ele mudou a fisionomia ao compreender o que Theo insinuou com apenas um olhar frio em sua direção, então, fechando ambas as mãos com força, salientando mais as veias de seu antebraço e com uma raiva maior que o necessário, ele disparou:

— Você está achando que *eu* machuquei a Natalie? É isso que você quer perguntar, Theo?

Não acreditei que Lucas estava realmente nos expondo daquela maneira. E Phillip? Será que já sabia o que tinha acontecido? Eu só o via olhar para o amigo sem demonstrar muita coisa.

Theo não baixou a guarda, nem se intimidou com a agressão verbal, mas eu não permiti que a discussão prosseguisse.

— Eu já disse que foi um acidente!

Tentei acalmar os ânimos.

— Não está mais me parecendo um acidente *de carro*, Nat.

Theo rebateu friamente, e se dando liberdade demais passou um dedo de leve no meu pescoço e eu me esquivei mais arisca que o esperado, mas eu não conseguia tolerar nem o mínimo toque.

— THEO!

Lucas quase avançou por cima da mesa para afastar as mãos do meu amigo da minha pele, então eu voltei a falar e ele congelou os movimentos, apoiado sobre o tampo de granito, com o corpo projetado para frente.

— Estas marcas aconteceram em momentos diferentes! Deixa pra lá, Theo.

Foi a única coisa que eu consegui pensar para justificar meus machucados. Todo mundo sabe que acidentes de carro não causam chupões no pescoço, mas podem causar cortes no supercílio. Lucas me fuzilou com os olhos e eu vi que ele não aceitou se passar pelo monstro que Steve foi na noite anterior, mas para me poupar, decidiu não falar nada, então, fazendo uso de sua autoridade, Dr. Peternesco, que atônito observava aquela interação estranha, interrompeu nós três, perguntou se eu estava bem, e dada minha resposta positiva, pediu que nos concentrássemos no trabalho, e foi o que finalmente começamos a fazer.

Dizer que eu não estava sendo produtiva é eufemismo, mas eu não era a única. Lucas também não assimilava nada do que era dito e quando estávamos quase terminando o que quer que estivéssemos fazendo, Stephanie ligou da recepção. Meu chefe atendeu no autofalante do telefone arcaico que ficava sobre a mesa.

— Pode falar.

— Um rapaz chamado Bennett está na recepção, diz que precisa falar com a Nat.

Meu sangue fugiu do rosto e olhei em pânico para o Lucas. Ele gesticulou "não" para mim, mas eu precisava saber o que Bennett tinha a dizer.

CAPÍTULO 1

— Claro, ela já vai.

Dr. Peternesco respondeu por mim e eu levantei de supetão, arrastando a cadeira sobre o piso, tentando recolher minhas coisas com as mãos trêmulas e meio sem jeito. Minha caneta rolou para longe e eu não conseguia deixar os papéis alinhados, não tornando nada difícil para Theo perceber minha agitação, e com isso ele prensou minhas mãos entre as dele e os documentos que eu juntava, me perguntando com a voz baixa:

— Quer que eu a acompanhe?

Pisquei duas vezes, mas não fui eu quem respondeu.

— Não precisa, Theo. Eu vou com a Natalie.

Lucas já estava ao meu lado, e no fundo agradeci por ele estar ali.

— Nat?

Theo insistiu, não desviando os olhos de mim.

— Tá tudo bem. Obrigada, Theo.

Com Lucas ao meu lado, segui até minha sala e em nenhum momento ele encostou em mim.

Quando entramos no meu espaço de trabalho, fechamos a porta e eu peguei o telefone pelo lado da frente da mesa para ligar para a recepção, pedindo que Stephanie encaminhasse Bennett até lá.

Desliguei o telefone, virei o aparelho para a posição original e girei o corpo de frente ao Lucas, que me observava em pé ao lado da porta.

— Como você está?

Ele perguntou, com a voz sussurrada e cheia de cautela.

— Não sei.

Respondi honestamente, me sentindo quebrar um pouco mais. Lucas suspirou pesadamente sem desviar o olhar, compartilhando toda minha dor como se fosse a própria vítima. Sua forma de amar era tão intensa e tão verdadeira que parecia até uma resposta para algo, algo que eu ainda não conseguia decifrar, só conseguia enxergar o quão grande era seu coração, não apenas comigo, mas com quem ele pudesse ajudar de alguma maneira. Lucas absorvia as dores das pessoas, mas parecia se esconder atrás de todo esse zelo.

— Posso abraçar você?

Ele perguntou hesitante e eu sorri antes de dar três passos rápidos para me atirar em seus braços.

Lucas me envolveu com seu corpo e eu me aliviei com a agradável sensação de sentir seu cheiro e seu calor. Com ele eu estava bem, o que significava que tudo voltaria a ser como era antes, certo?

Ele acariciou minhas costas e beijou meus cabelos, mas logo nos afastamos, porque meu ex-cunhado bateu à porta.

— Oi, Bennett.

Eu o cumprimentei, fazendo sinal com a mão para que entrasse na sala. Ele titubeou ao ver Lucas parado com os braços cruzados sobre o peito, em um silêncio fúnebre que combinava perfeitamente com sua expressão, mas depois de uma breve reconsideração, ele decidiu entrar mesmo assim.

Perguntei se Bennett gostaria de sentar e beber alguma coisa, mas ele negou as duas ofertas automáticas que eu sempre fazia e começou a falar.

— Nat, eu nem sei direito o que dizer... Eu ainda não acredito no que Steve fez, mas todos nós lá em casa agradecemos muito que a polícia não tenha sido chamada.

Todos já sabiam. Que vergonha!

— Definitivamente, não foi em consideração a ele que me mantive calada. Como ele está?

— Está em coma. Teve uma fissura no cérebro, rompeu o baço, teve hemorragia interna no estômago, quebrou um braço, três costelas, o nariz, dois dentes e mais um osso da face. Tem machucados e hematomas por toda parte, mas os médicos estão confiantes.

Oh, Deus!

Senti meu estômago embrulhar enquanto Bennett falava tudo que havia acontecido com meu ex-marido e de relance olhei para o Lucas, parado estoico no mesmo lugar, sem alterar em nada sua expressão carrancuda, não demostrando o mínimo arrependimento por ter quase matado uma pessoa.

— E... E o que você quer comigo?

— Pedir ajuda – pisquei diversas vezes antes que ele prosseguisse, e neste momento Lucas chegou a descruzar os braços e avançar minimamente na minha direção – Steve acordou a caminho do hospital, e antes da sedação estava muito agitado, chorou bastante quando entendeu o que aconteceu, o que ele havia feito. – Bennett baixou a voz, parecendo constrangido pelo crime que o irmão cometeu, e eu acredito que estivesse mesmo, *muito* constrangido. Bennett era uma ótima pessoa, um médico competente e bom pai de família, jamais apoiaria Steve em uma brutalidade daquelas – Ele queria falar com você, e nos ajudaria imensamente se quando ele saísse do coma você fosse até lá para terem essa conversa.

Lucas rompeu seu silêncio rindo alto antes de se manifestar.

— Você acha que a Natalie vai chegar perto do filho da puta do Steve outra vez na vida?

— Eu sei que o que ele fez foi errado, cara. E nem culpo você por tê-lo deixado naquele estado. Eu teria feito a mesma coisa pela minha esposa, mas Nat sabe que Steve é um cara do bem. Aquele não era ele! É que desde que eles se separaram ele está se envolvendo com umas pessoas mais barra pesada e... está usando drogas. Ontem ele estava completamente drogado e alcoolizado.

CAPÍTULO 1

Levei alguns segundos para assimilar. Steve detestava drogas e mal bebia. Eu já tinha achado estranho ele fumar, então entendi que ele estava realmente passando por uma transformação, mas... Drogas? Nunca pensaria isso dele.

— Por isso ele largou o emprego?

Perguntei, como se a resposta fosse justificar alguma coisa.

— Sim. Nós estamos muito preocupados. Quando sair do hospital, Steve vai direto para uma clínica de reabilitação e só sairá de lá quando voltar a ser a pessoa que sempre foi.

— Eu não posso prometer que vá conseguir olhar na cara dele outra vez. Se eu fizer isso, será por vocês, não por ele. Eu estou muito abalada, eu... não sei se consigo...

Engasguei no final da frase e não concluí. Lucas me olhou com desaprovação e tratou de encerrar aquele encontro antes que eu prometesse voltar a ser amiga do meu ex-marido e ir cuidar dele quando voltasse para casa.

— Acho que você já disse tudo que queria, não é mesmo? – Lucas falava, já indicando a saída – Então, por favor, nos dê licença.

— Claro. Desculpa, Nat. Desculpa. Se eu puder ajudar em alguma coisa, pode pedir.

Ele saiu e eu chorei pela milésima vez desde a noite anterior.

— Pequena... – Lucas veio até mim e me abraçou sem pedir permissão, mas era tudo que eu precisava – Você não precisa ter consideração por aquele filho da puta! Ele estar drogado não justifica o que fez. Ele é adulto e sabia dos riscos que corria quando entrou nessa.

— Eu não quero pensar nisso agora. – eu me afastei e comecei a esfregar o rosto com as mãos, sentindo minha pressão despencar e meu organismo inteiro se revoltar – Acho que preciso ir para casa. Essa conversa me deixou nauseada.

— Pequena... – Lucas resmungou com a voz trêmula de ódio e me apertou com muita força contra si – Eu juro pra você que isso vai passar. Eu juro.

Com todo carinho, Lucas me sentou em uma das cadeiras à frente da minha mesa, pediu um minuto e saiu da sala. Ao voltar, ele começou a colocar de volta na minha bolsa o que eu já havia tirado.

— Eu falei com Dr. Peternesco. Vamos. Vou levar você embora.

Assenti, e quando estávamos saindo do escritório, encontramos Theo na recepção.

— Nat! O que está acontecendo? Estou ficando muito preocupado. O Bennett que estava aqui é o irmão do Steve?

— Sim. Eu preciso resolver umas coisas com Steve e Bennett só está ajudando. Não se preocupe.

Expliquei.

— Theo, — Lucas usou um tom de voz extremamente formal — com todo respeito, esses assuntos pessoais da minha namorada não serão resolvidos no escritório, então nós agradecemos a preocupação, mas trataremos isso em família.
— Desculpe, Sr. Barum, — Theo jamais havia soado tão frio com Lucas — é que, além de colega de trabalho, eu sou amigo da Nat há muito tempo. Me preocupo com ela. É isso.
— Obrigada, Theo.
Sorri para meu amigo e puxei meu cavaleiro da armadura brilhante porta afora.
Eu me sentei no banco do carona do Aston Martin, observando Philip pegar um táxi do outro lado da rua, e deslizei um dedo sobre as picadas das agulhas nos meus braços. Atento ao que eu fazia, enquanto se ajeitava no assento atrás do volante, Lucas puxou minha mão para olhar os hematomas que se formavam.
— Quantos exames você fez?
— Vários. Mas esse monte de picadas é porque a enfermeira não achava minha veia e ficou só me furando.
Seu polegar deslizou sobre as marcas, depois ele se curvou e beijou de leve os pequenos pontos escurecidos.
Prendi a respiração quando os pelos do meu braço se arrepiaram com o toque dos lábios do Lucas na minha pele. Eu amava aquele homem, por que eu não conseguia permitir que ele voltasse para minha vida?
Quando se afastou, sem uma palavra mais, Lucas pôs o carro em movimento e Oasis soou entre nós dois com "Don't Go Away".

"So don't go away
Say what you say
But say that you'll stay
Forever and a day
In the time of my life
Cause I need more time
Yes, I need more time just to make things right
Me and you what's going on?"[1]

Estacionamos em frente ao meu prédio e Lucas não se contentou em me deixar apenas na porta. Ele subiu comigo até meu apartamento, não aceitando quando eu disse que ficaria bem.

---

1 Então não vá embora / Diga o que disser / Mas diga que você ficará / Para sempre e um dia / Na minha vida / Porque eu preciso de mais tempo / Sim, eu preciso de mais tempo apenas para fazer as coisas certas / Eu e você, o que está acontecendo?

CAPÍTULO 1

— Já cancelei a visita que teria que fazer hoje à tarde. – ele informou quando estávamos em pé no meio da minha sala – Você é minha prioridade.

Se aproximando lentamente, suas mãos envolveram meu rosto e seu polegar acariciou meus lábios, enquanto os outros dedos roçavam meus cabelos.

— Eu te amo tanto, Pequena.

E da maneira mais delicada possível, fui beijada e retribuí a carícia. Os lábios macios do homem que eu amava tocaram os meus e se abriram, dando espaço para sua língua quente me invadir carinhosamente, mas assim que a interação intensificou, meu coração disparou e meu corpo inteiro começou a tremer.

— Você está nervosa! – Lucas exclamou, se afastando o suficiente para que eu respirasse tranquilamente – Está... está com medo... *de mim?*

E foi naquele instante que tudo fez sentido. Sim! Eu estava mantendo distância porque estava com medo dele também. Apesar de confiar no Lucas, a intimidade me dava medo. Era uma luta entre conexões cerebrais e hormônios. Uma grande parte de mim amava e ansiava o conforto, mas outra parte igualmente grande repugnava o contato físico.

— Lucas, eu não acho que você vá me machucar, por favor, tente me entender. Mas... eu também não achava que Steve fosse capaz de fazer o que ele fez. Eu não quero comparar, mas é que... – suspirei alto, cedendo os ombros, e Lucas parecia nem respirar à minha frente – Desculpe. Eu... eu estou tão confusa... eu não sei o que vou sentir ou o que vou pensar até que a situação já esteja acontecendo.

— Eu não acredito! – Lucas ficou nitidamente apavorado e começou a estalar os dedos e caminhar pela sala, na sua clássica demonstração de frustração – *Natalie*, você está *sim* me comparando *a ele!* Você está com medo de que eu surte e machuque você! – não falei nada, apenas uma lágrima rolou no meu rosto, o que fez Lucas entender tudo – *Meu Deus!* – ele puxava os cabelos com força, seus olhos umedecendo enquanto ele se partia em mil pedaços, por minha culpa – *Natalie*, eu *jamais* faria qualquer coisa que fosse nesta direção! *Eu te amo!* Você é *tudo* para mim! Você *precisa* acreditar! Você *precisa!*

Ele foi ficando cada vez mais nervoso, conforme eu não ia concordando com o que ele dizia, e quando me agarrou pelos braços, nem percebeu que estava me apertando forte demais e que meu coração quase saltava do peito. Minha respiração ficou audível, mas só quando eu comecei a chorar de verdade, implorando que ele me soltasse, foi que Lucas percebeu meu medo e me soltou instantaneamente.

— PORRA! – ele amaldiçoava desesperadamente – Você está com medo agora. Com medo de mim. - lágrimas escorreram pelo seu lindo rosto e atingiram minha alma quebrada – Eu não quero que você fique mal. Se você tem medo, eu vou embora. Eu faço o que for melhor pra você, eu só quero que você seja feliz.

Eu não tive reação, apenas chorei, e quando ele percebeu que eu não iria impedi-lo, novamente o vi dar as costas e sair, me deixando com um enorme vazio no peito.

2

Os dias passavam e passavam, e depois de muito pensar e de muito, muito, muito conversar com uma psiquiatra que minha irmã havia insistido que eu consultasse, criei coragem e decidi ir visitar Steve no hospital. Com ajuda médica especializada, que pacientemente analisou comigo as particularidades do meu caso e me encheu de remédios controlados que me ajudavam a raciocinar com clareza, acabei enxergando que a única solução para mim era, de alguma forma, conseguir exorcizar meu demônio e encarar a imutável realidade, e para mim a forma mais rápida de fazer isso, e me permitir voltar a viver, era vendo com meus próprios olhos no que havia se transformado aquele homem que um dia eu amei, e quem sabe eu encontraria algumas respostas que pusessem tudo que estava acontecendo em um novo panorama.

Dizem que, quando uma pessoa é violentada por alguém conhecido, a vulnerabilidade e a insegurança podem se tornar um quadro ainda mais difícil de reverter. Eu não queria me sentir ainda mais fraca e inútil, por isso lutava para melhorar. Eu estava verdadeiramente tentando tirar da cabeça a culpa por não ter interpretado melhor os sinais e a humilhação por ter sido abusada, o que era o pior dos sentimentos, porque me fazia sentir nojo do meu corpo e raiva do meu reflexo no espelho. Era algo muito complexo e contraditório, porque no fundo eu entendia que a culpa não era minha, mas eu ainda me sentia um lixo, mesmo em frente às pessoas que não faziam ideia do que havia acontecido, e em frente aos que sabiam, eu me sentia um ser microscópico, especialmente em frente ao Lucas, a quem eu estava, de acordo com a psiquiatra, transferindo inconscientemente a culpa e o medo.

O período que eu vivia é bastante comum às vítimas de abuso. No meu estresse pós-traumático eu tinha pesadelos, distúrbios alimentares, dores de cabeça constantes, crises de angústia e estava extremamente introspectiva. Eu não tinha nem conseguido passar um dia inteiro no trabalho, precisando sair todas as tardes para frequentar sessões de terapia. A verdade é que eu não aguentava mais controlar os minutos, como se eu tivesse um limite de tempo para me sentir envolta por pela aquela escuridão, e por isso resolvi fazer o "tratamento de choque" indo encontrar Steve.

Eu e Lucas não nos falávamos desde quando o vi ir embora do meu apartamento naquela segunda-feira à tarde, mas eu sabia que ele ligava todos os dias para minha irmã, querendo saber como eu estava, então, por consideração, decidi lhe enviar uma mensagem avisando que eu iria encontrar meu ex-marido.

"Conversei muito com minha psiquiatra e decidi conversar com Steve, mas não se preocupe, porque mesmo que ele esteja todo quebrado e atirado à uma cama de hospital, eu não pretendo ficar a sós com ele."

Menos de um minuto depois, meu telefone tocou.

— Oi.

— *Natalie*, você não precisa fazer isso. Esse cara que se foda com as merdas de escolhas que fez. Você vai testar seus limites para aliviar o peso da consciência dele? Isso não tem porra de cabimento algum!

— Eu quero ouvir o que ele tem a dizer. Pode me ajudar a superar.

— Por que você decidiu ir conversar com ele justo quando eu não estou na cidade pra ir com você?

Lucas tinha viajado para o GP de Mid-Ohio da *Pro Racing*, mas a decisão de visitar Steve naquela ocasião nada tinha com isso.

— Não foi de caso pensado, mas de qualquer forma, eu não gostaria que você fosse comigo. Esta é uma questão que eu tenho que resolver sem me preocupar com mais ninguém.

Fez-se uma longa pausa e por algum motivo eu estava ansiosa.

— Me liga assim que sair de lá? *Por favor*.

Ele pediu, depois de um suspiro resignado.

— Ligo.

— Eu te amo!

E naquele momento o calor daquelas palavras voltou a invadir meu coração e me fez sorrir. Sorrir de verdade.

— Também amo você, Lucas. - disse, com toda honestidade, em um primeiro vislumbre da antiga Natalie aceitando ser amada por aquele homem tão especial que era Luke Barum – E sinto sua falta.

Ouvi uma expiração aliviada do outro lado da linha.

— Você não sabe como é bom ouvir isso.

— Você não sabe o que diz, mas, e aí, os treinos estão indo bem?

Um sopro de risada me respondeu tudo.

— A coisa está péssima, mas não sei se a culpa é do carro ou se é minha.

— Se concentra no que tem que ser feito. Relaxa. Lauren vai passar o final de semana inteiro comigo. Não vou ficar sozinha nem um mísero instante.

— Vem pra cá!

Sua voz soou esperançosa.

— Não. Aguentar a Camille é tudo que eu não preciso agora.

CAPÍTULO 2

— Mas você poderia dormir tranquila ao meu lado porque...

Ele parou de falar, muito provavelmente percebendo o humor distorcido de sua piada.

— Por que você não pode gastar energia antes das corridas?

Rindo, completei sua sentença, deixando evidente que não levei à mal a brincadeira.

— É.

Lucas deu uma risadinha meio sem jeito e eu me contorci de saudades daquele garoto em corpo de homem.

— Eu quero "gastar energia" com você.

As palavras saíram da minha boca sem que eu pensasse a respeito. Ouvir a voz do Lucas, depois de dias sem nem saber dele, ter sua risada novamente e sentir o carinho e amor em suas palavras estavam sendo como uma brisa fresca em meio a um deserto escaldante.

Depois de um breve silêncio, onde Lucas certamente ponderava o que dizer, ouvi seu timbre brincalhão perguntar:

— Você está me provocando, *doutora*?

— Sim.

Respondi imediatamente.

— Isso é um ótimo sinal! - ele falou de uma forma que eu sabia que em seus lábios se sustentava um enorme sorriso e gargalhei livremente por estarmos brincando novamente - Estava com saudades da sua risada. - sua voz grossa no meu ouvido arrepiou os pelos do meu corpo - Posso passar na sua casa para ver você no domingo, quando eu chegar de viagem?

— Pode, mas... - fiquei séria novamente, porque achei que talvez estivesse alimentado esperanças que não se tornariam reais. Eu ainda não sabia até que ponto aquela simples conversa telefônica teria influência sobre meus medos. Talvez nossa distância estivesse me fazendo relaxar e baixar a guarda. Eu amava o Lucas, mas eu não tinha mais controle sobre uma parte de mim que havia sido muito afetada, e que estava totalmente relacionada ao que eu poderia oferecer ao meu namorado - Lucas, eu...

— Eu só quero *ver* você, Pequena.

Ele parecia ter lido meus pensamentos, de tão certeira que foi sua maneira de me acalmar.

— Tudo bem. Também quero ver você.

Confessei.

— Então deixa eu ir trabalhar para fazer os dias passarem mais rápido.

— Bom trabalho, Lucas.

— Se cuida, Pequena.

Não completamente convencida de que teria condições de encarar o que estava atrás daquela porta de leito hospitalar, bati sem muita força e escutei a voz de Martha, minha ex-sogra, me convidando a entrar no local onde Steve se recuperava.

— Com licença.
— Entre, minha querida. Ele está acordado.

Martha estava com os olhos abatidos e a pele sem cor, nada comum para ela, que sempre gostou de se manter jovem e arrumada. Seus cabelos claros estavam presos de qualquer jeito em um coque improvisado e seu abrigo de moletom não lhe caía bem. Aquelas últimas semanas não deviam estar sendo nada fáceis para ela também.

A cumprimentei e abracei Bennett em seguida, para só então olhar Steve, o que provocou uma arritmia considerável no meu coração.

Cheguei a sentir pena quando vi meu ex-marido todo machucado e deitado naquela cama, mas assim que as lembranças das cenas de terror que passei em casa voltaram à minha cabeça, mentalmente eu disse um "bem-feito" por ele estar naquela situação.

Seus olhos mal abriam de tão inchados e ambos estavam completamente roxos. No nariz, um curativo grande me fez lembrar o comentário de seu irmão sobre Lucas tê-lo quebrado. No supercílio e queixo eram claras as marcas dos pontos que levou e de um lado na maçã do rosto viam-se ferimentos e hematomas, como nos lábios. Não consegui ver seu corpo porque estava todo coberto, mas sabia que ele também havia quebrado algumas costelas e um braço, fora os danos internos. Lucas foi realmente um animal e o deixou desfigurado, mas por sorte não o matou. Eu não queria que ele carregasse um peso desses nas costas, muito menos por minha causa.

— Oi.

Minha voz mais parecia um grunhido.

— Nat... Me desculpa! – foi a primeira coisa que Steve disse e começou a chorar – Me desculpa, por favor. Eu não sei onde eu estava com a cabeça, eu estava muito louco. Eu não acredito que machuquei você. Como você está?

Antes mesmo de começar a falar, eu já estava chorando.

— Péssima.

— O que eu fiz? Eu não lembro muito bem...

Olhei nervosa para seus dois familiares sentados ao lado da cama. Eu não queria falar sobre os detalhes daquela noite na frente deles, mas também não queria ficar sozinha com Steve.

CAPÍTULO 2

— Vamos sair, Bennett — Martha levantou e estendeu a mão para o filho médico — É melhor eles conversarem a sós.
Arregalei os olhos, agitada e ofegante, e dei um passo atrás.
— Er... Não. Eu...
— Isso tudo é culpa minha? — Steve perguntou, me incitando a olhá-lo novamente — Você tem medo de ficar sozinha comigo? — eu não soube o que dizer, mas minha reação mostrava tudo — Está tudo bem, Nat, eu não consigo sair da cama nem pra mijar.
Relaxei um pouco perante o óbvio e seus familiares se retiraram.
Na meia hora seguinte, permaneci em pé junto à porta do quarto e contei ao Steve tudo que aconteceu naquela noite de domingo, e ele entendeu por que eu jamais seria capaz de perdoá-lo. Choramos em grande parte do tempo, ele disse que ficava feliz em saber que eu tinha um cara como Lucas na minha vida, alguém que vai me proteger até as últimas consequências, e contou que em seu registro hospitalar consta que ele foi roubado e espancado. Ele obviamente não prestaria queixa contra o Lucas, uma vez que eu não prestei queixa contra ele, o que foi motivo de milhares de agradecimentos de sua parte.
Uma porção talvez um pouco insana de mim ficou feliz ao ver que o Steve que eu conheci um dia estava de volta. Era como se minha vida desde os dezoito anos ainda existisse e meu ex-marido não correspondesse ao meu agressor, embora grande parte do meu ser *jamais* conseguiria separar um do outro. Steve estava disposto a se internar em uma clínica de reabilitação e colocar sua vida nos eixos outra vez. No final das contas, para ele aquilo teve um lado bom, foi uma chacoalhada do destino o colocando novamente no rumo certo. E para mim? Teria alguma lição?
Duvido!
Eu me sentia apenas como uma marionete servindo a um propósito. Um verdadeiro joguete da natureza.
Quando fechei a porta e olhei para o vazio do corredor do hospital, Martha levantou de uma cadeira próxima ao guichê das enfermeiras e caminhou até mim.
— Eu nem sei o que dizer, minha filha. Nós gostamos tanto de você, torcemos tanto para que vocês dois reatassem o casamento, mas meu filho estragou tudo. Outra vez. Imagino que sua dor ainda seja muito latente, mas se você conseguir, perdoe Steve. Ele não é má pessoa, ele estava sendo guiado pelas drogas.
— Martha, eu gosto *muito* de todos vocês, mas eu *realmente* não consigo nem pensar em perdoar seu filho.
— Eu entendo. – ela assentiu sem vacilar — E imagino que você entenda que eu acredite nas boas intenções dele e que vá lutar por sua reabilitação.

— Claro que entendo. E estou torcendo por vocês.

Ela me abraçou e eu saí de lá muito mais tranquila. Ver meu ex-marido lúcido novamente foi bom para mim. Steve seria um monstro de uma única vítima. Foi bom reconhecer naqueles olhos claros o homem que um dia me fez feliz, apesar do asco que aquelas mesmas íris passaram a causar em mim. Nosso casamento pode ter sido um grande equívoco, mas eu não queria *precisar* enterrar de uma maneira tão triste os anos que passei ao lado dele. A infidelidade me irritava, mas não me fazia sentir microscópica. Vê-lo sóbrio outra vez me fez compreender que o abuso daquela noite não foi apenas um lado do meu ex-marido que eu ainda não conhecia. Aquele monstro simplesmente *não era* o cara que um dia eu admirei. Eu esperava que sua família conseguisse o ajudar a nunca mais voltar àquele nível de degradação.

Como combinado, liguei para o Lucas assim que saí do hospital.

— Pequena! Como foi? Como você está?

— Foi ok. Eu estou bem. Steve está muito arrependido, não que isso faça alguma diferença pra mim, mas eu já consigo encarar o que houve como um fato isolado, não como algum tipo de desvio de personalidade que pode acometer qualquer um, a qualquer hora. Ele vai mesmo se tratar da dependência química depois que se recuperar da bela surra que você deu nele. A família toda está apoiando, então acho que vai dar tudo certo.

Lucas não emitiu som algum por vários segundos e eu me perguntava se ele estava espantado por eu, de certa forma, estar defendendo meu ex-marido, mas então ele disse:

— Eu tô pouco me fodendo pra como esse cara vai lidar com as merdas que fez, mas... Você concluir que tudo que seu ex-marido fez não é um desvio de personalidade que pode acometer qualquer um a qualquer instante é uma maneira de me dizer que acredita que *eu* nunca faria nada de ruim com você?

Era exatamente aquela a mensagem que eu estava tentando passar. Steve andava se drogando e não agindo com sua lucidez habitual. De acordo com Bennett, as drogas e a medicação que seu irmão andava tomando para combater uma profunda depressão que o final do nosso casamento lhe causou foram uma combinação química destrutiva. Steve se entorpecia de remédios, drogas e álcool, gerando uma alteração orgânica que, como consequência, causou uma considerável mudança comportamental. Eu não entendia muito bem daquilo tudo, mas eu já tinha entendido que não é bem assim que uma pessoa, de repente, surta e se torna um monstro como meu ex-marido foi comigo. Ele estava entorpecido.

Eu *sabia* que Lucas nunca seria mal para mim, eu sempre soube disso, só estava machucada demais, traumatizada demais e confusa demais para

pensar em qualquer pessoa que não fosse eu mesma, mas finalmente eu havia chegado ao ponto onde conseguia considerar me soltar novamente.
— Minha psiquiatra disse que eu estava transferindo inconscientemente a culpa e o medo pra você. Eu apresentei um quadro de estresse pós-traumático que me deixou em uma enorme confusão, mas eu já consigo enxergar as coisas e entender como meu quadro funciona. Depois destes dias todos, passando tantas horas no consultório médico e conseguindo uma medicação que me acalmasse para dar clareza aos meus pensamentos, eu consigo avaliar melhor a situação, então, sim, a resposta para sua pergunta é sim.
— Então me diz.
— Dizer o quê?
— O que eu preciso ouvir.
Sua voz tinha um tom suplicante que partia meu coração.
— Eu já disse que estou sentindo sua falta, Lucas. Não precisei conversar com Steve para concluir isso, mas se você quer ouvir... Eu sei que você nunca me fará mal algum. Eu confio em você e eu quero você!
— Eu te amo, Pequena.
— Você tem certeza disso?
— Por que a pergunta?
— Hum... Por nada.

3

Acompanhei a corrida do Lucas pela televisão. Ele infelizmente não teve um final de semana muito produtivo e acabou apenas na sexta posição, mas quando me ligou, antes de embarcar de volta para casa, disse que, pelo menos, conseguiu marcar pontos e seguia na liderança do campeonato.

Às oito da noite, o interfone do meu apartamento soou. Eu havia passado o dia inteiro à espera daquele som me anunciando que Lucas havia voltado para minha vida. Não sei bem o que senti quando liberei a porta da rua pelo porteiro eletrônico e segui para abrir a porta do meu apartamento, só sei que meu coração batia tão rápido no peito que parecia que eu tinha feito horas de exercício físico.

Vestido com uma camiseta branca, calças jeans e um casaco azul com o zíper aberto, Lucas era uma visão. Simplesmente o homem mais bonito do mundo. E bem ali na minha frente, sorrindo para mim!

— Oi, Campeão!

Falei com meu sorriso imitando o seu e, antes que ele pudesse dizer alguma coisa, o puxei para um abraço.

— Pequena! Eu senti tanto a sua falta!

Lucas me envolveu com força e suspirou no meu pescoço. Eu havia sido tão injusta com ele... Tudo que meu namorado queria era me defender e me ajudar, e eu o afastei quando transferi minhas dores para o nosso relacionamento. Talvez com minha razão entendendo melhor a situação com Steve, eu conseguisse equilibrar meu lado emocional, que ainda me fazia ter pesadelos e sensações estranhas na pele a cada vez que pensamentos indesejados sobre o ataque invadiam minha cabeça. Podia não ser da noite para o dia, mas com Lucas ao meu lado, eu acharia novamente meu ponto de equilíbrio e não deixaria os monstros do meu trauma tomarem minha vida novamente.

E foi assim que, depois de dias do pior momento da minha vida, eu e Lucas nos beijamos, de verdade. Deixei sua língua me invadir e me acariciar, alimentando nosso amor ao encontrar a minha. Suas mãos pressionavam minhas costas sem me causar nervosismo, apenas conseguindo me deixar mais faminta por ele, por seu corpo e seu amor.

CAPÍTULO 3

Eu amava o Lucas e ele me amava de volta.

— Entra. – convidei, quando nos afastamos para nos olharmos com nosso amor desenhando nossas feições – Quer beber alguma coisa?

Lucas me acompanhou até a cozinha, onde pegou dois copos do armário sobre a pia, para que eu os servisse de suco de abacaxi com hortelã. Tudo parecia normal, como sempre foi.

Ficamos sentados na sala, conversando sobre qualquer coisa, até que chegou a comida que pedimos. Jantamos segurando as fatias gordurentas de pizza de *pepperoni* em guardanapos de papel, enquanto assistíamos à reprise da Fórmula 1. Em nenhum momento tocamos no assunto "Steve", mas não me parecia distante a hora em que teríamos que fazê-lo.

Pedi para Lauren dormir na casa do Michael, para deixar a mim e Lucas mais à vontade. Eu precisava restabelecer nossa aliança e enxotar definitivamente meus fantasmas, e, com um sorriso aliviado no rosto, ela disse: *"Estava louca que você me pedisse isso"*, então fez sua malinha e saiu antes mesmo de o sol se pôr.

Minha irmã sabia como eu precisava testar meus limites, caso contrário nunca voltaria a me sentir a mesma Natalie de antes, e eu só me testaria se ficasse sozinha com Lucas outra vez. Ele não merecia meu medo, nem minha desconfiança. Eu lhe devia muito e sabia que a melhor forma de retribuir era com amor, mas apesar de já me sentir bastante entregue, algumas questões ainda piscavam na minha cabeça.

Perto das onze da noite, estávamos no meu quarto e eu fiquei inventando desculpas para não tirar minha roupa e vestir o pijama. Sintoma de que eu não estava 100% confortável. Joguei meus calçados para um canto, tirei da minha bolsa os comprovantes do cartão de crédito que eu sempre acabava colecionando ali dentro e analisei um a um antes de rasgá-los ao meio e jogá-los no lixo. Eu procurava qualquer coisa que me impedisse de me despir na frente do Lucas, e meus pensamentos já começavam a me punir porque eu não estava forte o suficiente para lidar com o assunto.

É provável que Lucas tenha percebido minha hesitação, porque foi tomar um banho demorado quando eu comecei a organizar a minha carteira, e contrariando seus hábitos, não me convidou para ir junto. Ouvi o barulho da água descendo dos canos e inspirei e expirei com alívio ao me atirar de costas sobre a cama, mas o medo me invadiu de forma potente e em um mundo de pensamentos pessimistas coloquei o pijama e esperei pelo meu namorado com o lençol me cobrindo até o pescoço.

Ele saiu do banheiro usando apenas uma calça de pijama preta e delicadamente puxou a coberta para deitar de costas ao meu lado. Ficamos alguns instantes em um silêncio tenso ao observarmos o teto. Lucas estava com as duas mãos cruzadas atrás da cabeça e eu com ambas as mãos sobre o peito.

Minutos depois, como se tivesse ponderado muito o que iria fazer, Lucas girou o corpo de frente ao meu e encontrou minha alma com seu olhar.

Percebendo que não recuei, lentamente ele aproximou os lábios dos meus, até que ambos se encostaram. A proximidade de seu corpo começou a despertar desejos em mim que há dias estavam adormecidos, e eu girei o corpo e o apertei com força nos ombros, intensificando o beijo, o incitando a seguir adiante, mas Lucas não tomava nenhuma iniciativa além de me beijar. Talvez estivesse me esperando dar mais sinais para que a situação evoluísse, ou talvez não estivesse conseguindo abstrair minha nova realidade e então não tivesse *vontade* de deixar nada evoluir entre nós.

Coloquei as mãos em suas costas e arranhei de leve toda a extensão. Gemendo, ele me puxou para que eu ficasse montada em seu corpo e a ideia pareceu clara; me deixar no controle, mas nada estava tão certo para mim naquele momento. Voltamos a nos beijar e finalmente Lucas começou a levantar minha blusa, mas foi então que meu coração disparou, eu interrompi nosso contato e em menos de um segundo ele já havia tirado as mãos de mim, e ficou apenas me olhando com uma expressão de dor e culpa.

— Desculpa.

Pedi, sentada sobre suas pernas, cobrindo o rosto com as mãos.

— Pequena... – sua voz era doce quando afastou minhas mãos para que pudéssemos nos olhar – Se você não estiver pronta, não precisamos fazer isso.

— Eu... Eu...

— Shhh... Venha aqui.

Lucas me puxou para que eu deitasse ao seu lado, com o rosto em seu peito, e lágrimas voltaram a rolar livremente, molhando minhas bochechas e o corpo dele.

— E se eu...

Nem consegui completar a frase, porque Lucas me interrompeu, já sabendo o que eu iria dizer.

— Você vai conseguir. Na hora certa.

— Mas e você?

— Eu estarei esperando.

— Ah, Lucas...

A escuridão estava à espreita e o aperto no meu peito só aumentava.

— Não precisa ficar chateada. Você passou por um trauma, leva um tempo até se recuperar. Desde que você não me peça pra ir embora outra vez, por mim está tudo bem se ficarmos sem sexo. Eu só quero ficar perto, pra poder abraçar e beijar você.

— Eu acho que quando eu puder olhar pra você sem sentir vergonha eu vou me sentir mais preparada.

CAPÍTULO 3

Afagando meus cabelos, Lucas perguntou com uma voz tranquila:

— Você não tem motivo algum para sentir vergonha, mas isso quer dizer que você está mais preocupada com o que eu vou pensar do que com você mesma?

— O que você pensa?

— Você sabe o que eu penso.

— Não estou perguntando sobre a situação em geral, mas quando olha pra mim, de verdade – apoiei o queixo em seu peito e o olhei nos olhos – Você já consegue lidar com o que viu aqui, nesta mesma cama?

Ele suspirou.

— Eu procuro não pensar nisso.

— E quando pensa?

— Por que você está fazendo isso? – sua testa já estava franzida – Por que quer saber?

— Porque eu quero entender como isso também afetou você e a maneira como me vê.

— Pequena, eu vejo você da mesma maneira que via antes. Mas eu ainda tenho vontade de matar aquele filho da puta.

— Tem certeza de que ainda é capaz de me amar? – eu me sentei na cama com o corpo virado para ele – Porque se não for, Lucas, – ele se ergueu e se sentou à minha frente, com o rosto cada vez mais marcado por sua expressão pesada – eu quero que você saiba que eu não preciso que você fique comigo por pena. Eu entendo perfeitamente se você estiver sentindo repulsa por mim.

— REPULSA? – ele perguntou, com um tom de voz bem mais elevado do que eu imaginaria que ele falaria comigo – VOCÊ ESTÁ LOUCA? Por que eu sentiria *repulsa* por você? Por que eu deixaria de amar você porque foi *vítima* de uma situação? Por que você está pensando isso *de mim*?

Eu não sei por que eu pensava que ele poderia estar sentindo nojo de mim, talvez porque eu mesma sentisse.

Então, em um súbito ato de coragem, ou autodestruição, não sei ao certo, tirei a blusa. Os olhos do Lucas escurecem, sua respiração ficou agitada e ele cerrou os dentes e os punhos.

— E o meu corpo?

— Por que você está fazendo isso?

Ele questionou outra vez, com a voz enfática.

— Porque se o seu corpo ainda responder ao meu, teremos vencido barreiras fundamentais.

— Então isso é porque você acha que eu posso ter perdido o tesão por você?

Fiz uma pausa, tentando responder a mim mesma o que ele estava querendo saber. Era aquele mesmo o meu medo? Que ele tivesse perdido o tesão

em mim? Que a partir daquele momento só ficaria comigo por pena pelo que tinha me acontecido? Ou eu acreditava que tudo estava realmente igual na cabeça dele e quem tinha mudado a maneira de me enxergar era eu mesma?
— Talvez.
Respondi, dando de ombros, mostrando toda minha incerteza em minha voz, e mais do que depressa Lucas pegou uma das minhas mãos e a levou até sua ereção.
— Eu estou *sempre* pronto para você, *Natalie*.
— Lucas...
— Quando eu penso no que aconteceu e quando vejo você assim, tão vulnerável, meu sangue ferve. – seus olhos passearam por todo meu rosto e meu tronco, me analisando com minúcia – Seu corpo é meu templo sagrado! Quando penso no que aconteceu, sinto uma raiva que quase me faz perder a cabeça. – ao me encarar novamente, seus olhos escureceram ainda mais – Fui *eu* quem deixou você sozinha naquela noite. Este pensamento me tortura.
— Você não tem culpa de nada!
Era inacreditável que ele pudesse se sentir culpado pelo que Steve conseguiu fazer, mas nem eu tinha culpa, e também conseguia me punir por ter facilitado o acesso a mim. Talvez Lucas e eu fôssemos dois traumatizados, em níveis diferentes, pela mesma história.
— Eu me sinto responsável por você. Eu quero cuidar de você.
— Você não é responsável por mim.
— Eu sei que você não precisa de mim, nem de ninguém, mas *eu* preciso cuidar de você.
Sorri. Aquele era o Lucas.
— Você acha que algum dia vai ser capaz de esquecer isso tudo?
— Não.
Qualquer sinal de leveza se foi e meu sangue fugiu do rosto quando senti um enjoo forte. Como seríamos capazes de sermos só nós dois outra vez, se ele nunca esquecesse o que aconteceu?
— Lucas, eu... é... – comecei a tremer e piscar incessantemente – Então eu acho melhor se...
— Desiste! – ele me cortou com a voz firme – Eu *não vou embora!*
Uma nova trilha de lágrimas voltou a escorrer dos meus olhos e minha voz saiu baixa e falhada quando o encarei expondo tudo de mim.
— Mas nós nunca mais voltaremos a ser como éramos antes.
— Aconteceu uma grande merda nas nossas vidas. – Lucas secava carinhosamente meu rosto – Eu não vou esquecer, porque eu nunca esqueceria algo que machucou você, mas eu sei conviver com isso, e conforme formos sentindo falta um do outro, as memórias ruins serão guardadas a sete chaves e o nosso amor vai superar tudo. Já estamos começando. Você não queria nem

CAPÍTULO 3

me ver e agora já posso até dormir sentindo seu corpo junto ao meu. A vida vai continuar e nós vamos superar juntos este episódio. Pequena, eu te amo! Perder você é simplesmente inaceitável.

Inclinei o rosto para sentir o toque de suas mãos na minha bochecha e quando o calor passou dele para mim, fechei os olhos e disse:

— Eu quero tentar.

O silêncio nos envolveu sobrecarregado, aumentando o grau de expectativa que agitava meu peito, e como não obtive resposta à minha decisão, voltei a encarar Lucas, que me olhava surpreso, mas tinha algo mais ali. Seria medo?

— Por mim ou por você?

Sua voz era sussurrada e vacilante.

— Por mim.

Ele me amava. Ele ainda me amava! Eu vi e senti seu amor, então delicadamente seus lábios cobriram os meus, seus dedos se emaranharam nos meus cabelos e a pressão entre nossos corpos foi aumentando.

— Lucas, – ao mínimo sinal, ele se afastou imediatamente e me olhou com ponderação – se eu pedir pra parar, você para na hora?

— Claro, Pequena! – com um longo suspiro, percebi seu alívio e dor misturados – Na mesma hora.

Eu me aproximei novamente para beijá-lo, mas desta vez foi ele quem se afastou.

— Falta uma coisa.

Lucas pegou o celular sobre a mesa de cabeceira e pareou com a caixa de som, logo fazendo "Nothing Else Matters" soar intensa e apaixonadamente pelo quarto. Aquela música, que meses antes escutamos quando nos rendemos ao desejo que sentimos um pelo outro, tocava com a mesma carga da primeira vez, mas substituindo o pulsar dramático do nosso primeiro encontro, pela força do nosso amor. Conectando-nos à essência que nos tornava perfeitos juntos.

Deitei nua sobre os lençóis brancos e macios da minha cama para deixar Lucas cuidar de mim, e ele o fez da maneira mais apaixonada do mundo, descendo com beijos doces pelo canto da minha boca até chegar à minha orelha, onde disse um suave *"eu te amo"* ao pé do meu ouvido.

Seus beijos seguiam pelo meu pescoço e meu peito, enquanto ele repetia como eu era linda e como o fazia feliz, até que encontrou meus seios e me olhou como se pedisse permissão. Com as duas mãos, agarrei seus cabelos para dar-lhe a confiança que precisava, e entendendo o recado, Lucas levou seus lábios aos meus seios e expirei um suspiro satisfeito, sentindo minha pele quente e macia, não mais gelada e áspera como eu a vinha percebendo nos últimos dias. A ponta de seus dedos passeava pelo meu corpo quase em reverência, me mostrando o quanto eu era digna de ser amada e cuidada. Lucas me salvava.

Meu corpo já arqueava sobre o colchão enquanto Lucas seguia deslizando sua língua pela minha cintura, contornando o osso do quadril, passando pela parte interna das minhas pernas, me fazendo suspirar alto.

De joelhos à minha frente, ele apoiou um dos meus pés em seu peito, beijou meu tornozelo, deslizou as pontas dos dedos pelo interior da minha coxa e seguiu o caminho com sua boca, me tendo arfante ao lamber suavemente a parte de trás do meu joelho.

— Oh... Eu te amo, Lucas!

Depois de um pequeno chupão na minha outra coxa, recebi uma resposta.

— Eu nunca vou cansar de provocar você assim, para que diga que me ama dessa exata maneira.

Sorrindo, joguei a cabeça para trás, e senti sua língua deslizar no meio das minhas pernas. Lucas provou meu sexo em uma lenta tortura, me presenteando com um gemido de prazer que reverberou dentro de mim.

Ele estava muito cuidadoso, mas a sensação familiar e maravilhosa de tudo que ele fazia com meu corpo aliviou minha tensão quando percebi que nada havia mudado entre nós. Eu já deixava a avalanche de prazer me invadir, então pedi.

— Eu quero você, Lucas. Agora.

Ao meu pedido, as carícias cessaram e Lucas apenas me olhou e me beijou por alguns instantes. Sendo o *meu* Lucas na *minha* vida novamente. Quando seu corpo nu já pairava sobre o meu, senti necessidade de dizer que meus exames e os do Steve mostraram que estávamos saudáveis, mas Lucas tinha certeza de que eu jamais o deixaria prosseguir se não fosse essa a resposta, então não deu atenção ao assunto.

Puxei suas costas com força e ele foi entrando bem devagar. Aos poucos me possuindo e me reivindicando. Mandando meus demônios embora, porque ali não era lugar deles, mas sim do nosso amor, da paz e da beleza do nosso encontro. Um gemido longo de puro alívio e prazer escapou do fundo da minha garganta quando ele se enterrou inteiro e eu me senti verdadeiramente exorcizada e limpa outra vez.

Movimentando com ritmo, pressão e delicadeza, Lucas deixava sua respiração escapar alta e ofegante, aquecendo meu pescoço. Seus bíceps rijos ao lado da minha cabeça tencionavam conforme ele se mexia e sua pele ficava cada vez mais úmida, quanto mais o tempo passava.

Normalmente nosso sexo era mais selvagem, mas estava tão bom sentir os movimentos lentos da pélvis dele ondulando sobre mim, me penetrando com reverência e amor, que eu não queria que aquele momento acabasse nunca mais.

— Você é tão linda. Tão minha. Eu te amo, *Natalie*, e eu sou seu, sou seu de corpo e alma, Pequena.

CAPÍTULO 3

Sua voz grave me fez estremecer até os ossos, em seguida senti sua língua provar o suor do meu pescoço e sem aviso algum meu corpo foi tomado por um prazer catártico, vibrando todas minhas terminações nervosas, me levando ao espaço e depois de volta à Terra. Lucas ainda deu algumas estocadas fundas até gozar, gemendo alto ao alcançar a própria satisfação, e ao final me beijou na testa, nos olhos, nas bochechas e na boca, então ficou apenas me olhando, se mantendo sobre meu corpo, apoiando os braços no colchão.

— Você acabou de me salvar, mais uma vez.

Eu disse, deslizando o dedo indicador por suas sobrancelhas, nariz e boca.

— Você não precisa ser salva. Você é uma fortaleza e está se reerguendo.
— Eu te amo, Lucas.

Seu sorriso iluminou seu rosto inteiro.

Meu corpo fervia de tão quente. Eu precisava sair dali, mas estava presa. Eu estava presa outra vez e não conseguia me defender. Comecei a me debater da maneira que dava, o choro desesperado rasgando pela minha garganta, meus braços e pernas tentando afastar o peso daquele corpo de cima do meu, minha pele arrepiando com repulsa, um enjoo embrulhando meu estômago...

— SOCORRO! ME SOLTA! ME SOLTA! SAI DE CIMA DE MIM!

Eu me debatia da forma que dava, enquanto gritava e chorava, até que senti o peso no colchão aliviar e a luz do quarto acender.

Lucas me encarava ofegante e trêmulo ao lado da porta, perdido entre medo, pena e talvez raiva.

— Pequena...

Eu estava na cama com ele. Senti seu corpo junto ao meu e a sensação se misturou aos meus pesadelos já bastante corriqueiros. Acabei o afastando de mim, como se ele fosse o Steve.

— Oh, meu Deus!

Exalei, relaxando o corpo todo, mas o choro só aumentou quando percebi o que aconteceu. Eu me encostei à cabeceira da cama, puxei as pernas para o peito e escondi o rosto entre as mãos.

Lucas se aproximou cauteloso, como quem se aproxima de um animal ferido, e sentou ao meu lado, respeitando meu espaço pessoal. Percebi que ele estendeu a mão para me tocar, hesitando por alguns instantes, até por fim acabar acariciando de leve os meus cabelos.

— Pequena, tá tudo bem. Foi só um pesadelo. Você está bem. Está tudo bem.

Levantei o rosto banhando em lágrimas e o vi me observando com todo aquele amor que eu não parecia merecer.

— Eu não sou uma fortaleza. Eu tô quebrada, Lucas.

Ele engoliu em seco e retesou o maxilar, sem desviar os olhos dos meus. Uma umidade aparente deixou claro que ele estava à beira das lágrimas, então disse com a voz rouca:

— Você é muito mais do que imagina, mas eu vou estar com você durante todo o processo e mais. Eu vou te ajudar. Eu te amo.

Sentado ao meu lado, Lucas esticou as pernas e eu me deitei em seu colo. Era todo o contato que eu podia conceber enquanto meu corpo ainda era uma descarga de adrenalina provinda daquele pesadelo infeliz.

Peguei no sono com ele acariciando meus cabelos e me contando uma história engraçada de quando cruzou a Alemanha em uma tarde de neve para chegar até Praga e resgatar Joe, que tinha perdido todo seu dinheiro para umas garotas e não conseguia chegar até onde Lucas estava o esperando para terem uns dias de festas com os amigos.

4

Quando amanheceu, recebi mensagem do meu *personal trainer* avisando que estava à minha espera. Fiquei com pena de acordar Lucas tão cedo para malhar comigo e decidi o deixar descansar. Ele ainda estava sentado com as costas apoiadas na cabeceira da minha cama. Obviamente não havia dormido bem e tinha acabado de voltar de uma corrida cansativa. Ele precisava descansar.

Quando voltei da minha aula, meu exausto namorado ainda estava dormindo, mas já completamente aninhado do meu lado da cama, abraçado ao meu travesseiro. Lucas era tão lindo que até dormindo dava vontade de ficar o observando, mas resistindo à tentação, tomei banho, me arrumei, preparei café e nada de ele acordar, então deixei um bilhete ao lado de seu telefone na mesa de cabeceira e fui para o trabalho.

> *"...And all the roads we have to walk are winding*
> *And all the lights that lead us there are blinding*
> *There are many things that I would like to say to you*
> *But I don't know how*
> *Because maybe*
> *You're gonna be the one that saves me*
> *And after all*
> *You're my wonderwall!"* [2]

Perto das dez da manhã eu estava na minha sala fazendo uma pesquisa sobre leis ambientais, tentando entender melhor o assunto que interessaria

---

[2] "... E todas as estradas que temos que percorrer são tortuosas / E todas as luzes que nos levam até lá nos cegam / Existem muitas coisas que eu gostaria de te dizer / Mas eu não sei como / Porque talvez / Você vá ser aquele que me salva / E no final de tudo/ Você é o meu porto seguro!"

a um novo cliente extrator de celulose e fabricante de papel, quando Stephanie ligou da recepção.

O telefone sobre minha mesa estava escondido atrás de um livro grosso e mais um punhado de papéis presos por um grampo, e só depois de três toques é que consegui alcançar o aparelho, fechando o livro e o deixando marcado com um *post-it* verde limão. Eu adoro *post-its*. Desde que entrei na faculdade, descobri ótimas funções para os pequenos papéis com colas insignificantes. Tenho notas coladas ao redor da tela do computador, no espelho do banheiro, na geladeira e, claro, todos os meus livros jurídicos têm algumas coisas marcadas com aquelas belezinhas multicoloridas. Quando Lucas percebeu minha obsessão, ele riu bastante, mas mais de uma vez já o vi colando lembretes no espelho do banheiro da casa dele também.

— Nat, tem um rapaz aqui na recepção entregando lindas flores em seu nome.

Apertei "salvar" nas anotações que estava fazendo no computador e saí animada da minha sala para receber minha encomenda. Muitas mulheres falam que não veem o porquê de receber flores, porque são caras e apodrecem em poucos dias. Bem, eu não sou uma dessas mulheres. Adoro flores! Sempre que passo em frente à floricultura e que tenho tempo para entrar, compro algumas variedades para enfeitar minha casa. Elas até podem morrer em poucos dias, mas no tempo em que vivem, elas enfeitam, dão vida, cor e clima acolhedor a qualquer ambiente.

Fiquei radiante ao ver o enorme buquê de tulipas vermelhas dentro de um vaso de cristal e mal olhei para a linha pontilhada no comprovante de recebimento que o jovem entregador me pediu que assinasse.

Os olhos de Stephanie brilhavam de curiosidade e seu sorriso encantado implorava por informações, mas eu apenas lhe sorri de volta piscando o olho, deixando para ler o cartão na privacidade da minha sala, quase a matando de curiosidade.

Coloquei o vaso sobre o balcão abaixo da janela e sentei novamente na minha cadeira de rodinhas, relaxando o corpo no encosto de couro, fazendo o balanço me jogar um pouco para trás enquanto cuidadosamente descolava o adesivo dourado que mantinha fechada a aba do pequeno envelope do cartão.

"Reza uma lenda turca que o príncipe Farhad ficou tão desolado quando soube que sua amada Shirin havia sido morta, que decidiu terminar com a própria vida porque não aguentava a dor e a tristeza por tê-la perdido. Então ele cavalgou para um precipício, e dizem que, em cada lugar onde caiu alguma gota de seu sangue, nasceu uma tulipa vermelha. Hoje, essa flor representa o amor perfeito, eterno e irresistível. Exatamente como o nosso.

Te amo. Infinito!"

CAPÍTULO 4

'There are many things that I would like to say to you, but I don't know how, because maybe, you're gonna be the one that saves me...' [3]

Sempre seu, Lucas"

Fiquei alguns instantes olhando para o cartão, analisando a caligrafia familiar do Lucas, me surpreendendo como nenhum detalhe é apenas um detalhe nas ações daquele homem e tentei interpretar o que ele quis dizer ao citar de volta a música que o escrevi logo cedo.

Lucas sabia me fazer feliz e sempre tinha a coisa certa a ser dita. Mesmo em meio a tanta dor, havia a beleza do nosso amor. Eu sentia que já pertencíamos um ao outro, mas sabia que a nossa relação ainda se tornaria muito mais profunda. Eu era muito grata por Lucas não ter desistido de mim.

Eu estava apaixonada, verdadeiramente apaixonada. Nunca imaginei que amar pudesse ser um sentimento tão forte.

Tomada pela emoção, peguei meu celular, que estava na beirada da minha mesa sobre uma pilha de folhas amareladas de um processo que Dr. Peternesco defendia há mais de quinze anos, e digitei uma mensagem em resposta.

"Acabo de receber lindas tulipas vermelhas do meu amor perfeito, eterno e irresistível. Agora estou me perguntando como poderei retribuir à altura. Te amo para sempre. Infinito."

Assim que apertei "enviar" e vi a confirmação da entrega da mensagem, a caixa de diálogo do celular mostrou o sinal de que Lucas estava digitando uma resposta, e não demorou para que suas palavras chegassem a mim.

"Eu tenho algumas ideias..."

Pronto! Daquele momento em diante eu pensava em ir para casa a cada dois minutos, o que obviamente fez meu dia passar mais lentamente.

No final da tarde, abri a porta do meu apartamento me sentindo leve e nova, pronta para tomar um banho e me arrumar para ir encontrar com Lucas, mas a agradável surpresa ao ver o telefone dele sobre a mesa de centro da minha sala me fez ainda mais empolgada. Corri até meu quarto e escutei o barulho da água do chuveiro através da porta entreaberta do banheiro, e sem pensar duas vezes me despi e entrei com ele no banho.

— Isso tudo é saudade?

Lucas perguntou, com um sorriso brincalhão no rosto, ao me olhar sobre o ombro quando o abracei por trás.

— Sim.

— Ah, é?

---

[3] Existem muitas coisas que eu gostaria de te dizer, mas eu não sei como, porque talvez você vá ser aquele que me salva.

Ele girou o corpo e ficamos frente a frente, com a água quente caindo entre nós dois.

— Gostei de chegar em casa e encontrar você aqui, mas como conseguiu entrar?

— Eu não saí.

— Você ficou o dia inteiro no meu apartamento?

Minha voz saiu um pouco mais surpresa do que eu pretendia e tenho certeza de que meu rosto também mostrou isso.

— Sim. – Lucas pareceu ligeiramente tímido – Phil veio pra cá e trabalhamos na sala. Isso incomodou você?

— Não! Claro que não. Mas você não saiu nem para ir até a floricultura escrever o cartão? Por que você não foi trabalhar no seu escritório?

O escritório do Lucas, que ficava em um lindo prédio comercial no meio de tantos outros na movimentada rua Sacramento, não era sede de uma grande empresa de administração de carreiras, mas atendia muito bem às suas necessidades, entretanto, ele já tinha me dito que não gostava de passar os dias inteiros lá, e por isso era Philip quem mais usava sua linda sala escura e declaradamente masculina, agenciando contratos, visitas para eles fazerem em busca de mais patrocínios, agendando entrevistas, marcando eventos e tudo mais que fosse encargo de um empresário esportivo.

— Philip me ajudou indo até a floricultura, mas eu que escrevi o cartão! – eu ri, porque tinha reconhecido sua letra – Não fui ao escritório hoje porque não tenho a chave daqui, e queria estar em casa quando você chegasse.

Lucas justificou.

— Precisamos resolver isso. Eu não quero você prejudicando seu trabalho e tampouco quero você do lado de fora da minha casa.

Seu sorriso me encontrou meio segundo antes de nossos lábios se tocarem, saciando a falta que sentiam um do outro, e sem medo ou hesitação, nos entregamos ao nosso amor debaixo da água quente do chuveiro.

Depois do banho, me sentindo relaxada e preguiçosa, enrolei uma toalha nos cabelos molhados e segui nua até o quarto para pegar uma roupa no armário. Confiança totalmente restabelecida.

— Pequena, – percebi uma leve tensão na voz do Lucas e só aquela sutil mudança em seu tom me dizia qual seria o tema do assunto que ele gostaria de abordar – desculpa, mas... eu preciso saber uma coisa.

Ele seguiu atrás de mim, secando os cabelos com a toalha, deixando seu corpo nu totalmente à mostra, o que teria me distraído o suficiente se a tensão já não tivesse instalada em mim, contraindo meus ombros e revirando meu estômago.

— O que é?

CAPÍTULO 4

Perguntei, desviando os olhos das gotas que escorriam em seu abdome rasgado, e enfiei a cabeça dentro do profundo armário com porta de correr para puxar de lá um moletom azul-claro.

— Por que você e sua irmã não quiseram chamar a polícia?

Peguei o blusão, o segurei com as duas mãos em frente ao meu corpo despido e encarei Lucas. Ele percebeu meu desconforto e enrolou a toalha na cintura antes de dar um passo na minha direção, mas eu me afastei e abri outra porta do armário para pegar uma calcinha de renda branca na primeira gaveta e uma calça de moletom branco na gaveta abaixo.

— É uma história antiga, eu não posso falar.

Vesti minha roupa sem dizer mais nada e Lucas pareceu considerar como continuar o assunto, até eu soltar todo peso do corpo sobre a cama e cobrir os olhos com um braço.

— Você *não pode* ou você *não quer* me contar?

— As duas coisas.

Sussurrei e senti o colchão ceder quando Lucas sentou ao meu lado, delicadamente pousando suas mãos no meu braço, o afastando dos meus olhos.

— Por favor, se isso já tiver acontecido com você em outra ocasião...

— Eu já falei que isso nunca tinha acontecido comigo! Por que você fica insistindo?

Não me importei por demostrar minha irritação e me sentei na cama para tirar a toalha da cabeça e começar a desembaraçar os cabelos com os dedos, esperando que Lucas mudasse de assunto e dissolvesse o clima pesado que aquele tema gerava.

— Eu não entendo. Você é advogada. Você sabe que o certo era termos chamado a polícia. Por que você quis proteger aquele marginal?

Seus questionamentos eram muito razoáveis e ele seguia com a mesma voz falsamente tranquila de antes.

— Lucas, — soltei meus cabelos, apoiei as mãos nas pernas e olhei para ele – você sabe como é fazer um exame de corpo de delito?

— Não interessa!

— Interessa, sim! Era ao *meu* corpo que eles iriam analisar minuciosamente, – eu apontava para o meu peito enfaticamente, tentando fazer ele acreditar que um exame me conteria de fazer uma denúncia necessária – depois o processo poderia se tornar público quando ligassem o meu nome ao seu, já pensou? – *"Ninguém pode saber!", "Eu nunca mais sairia na rua!", "Todos que eu amo seriam ridicularizados.", "Todos pagariam o preço comigo."* foram algumas frases que subitamente voltaram com tudo à minha cabeça – E você, Lucas, ainda poderia ser processado por ter quase matado o Steve! Pra completar, a conclusão do caso seria que *nada* aconteceria com ele, porque *eu* abri a porra da porta da *minha* própria casa e deixei meu *ex-marido* entrar! É assim que é. – aquela era uma verdade – Infelizmente.

Lucas ficou calado e inspirou ruidosamente quando algo mudou em seu olhar.

— A minha reputação foi um dos motivos por você não ter optado por chamar a polícia? – seus olhos piscavam, incrédulos – *Natalie*, se minha opinião sobre isso fizer você mudar de ideia, vamos fazer uma denúncia agora mesmo, porque eu tô pouco me fodendo para o que o merda do Steve vai fazer pra tentar se defender. Eu acabo com aquele filho da puta.

Respirei fundo e ponderei por uns instantes.

— Era só mais um dos fatores.

— Mais um dos fatores... – ele repetiu de forma seca – Além de ser advogada e não acreditar na justiça, você tem algum problema com a polícia?

— Veja as estatísticas, Lucas. NÃO EXISTE JUSTIÇA NESSE CASO! – gritei, quando comecei a chorar, pensando na injustiça daquele tema – Estupro é um crime sem culpados. Onde quer que você ande, nos quatro cantos do mundo, pessoas sofrem, caladas ou não, pela dificuldade de conseguir uma punição adequada aos criminosos de um ato tão violento. E eu... Eu não podia levantar essa bandeira. Não porque tenho algum problema com a polícia. Claro que não tenho nenhum problema com a polícia! Mas eu *não posso* me expor assim.

— Eu não entendo isso. Eu... – Lucas levantou da cama e começou a se agitar – Eu simplesmente não consigo aceitar saber de um crime e deixar passar. Não consigo! Isso me mata! Eu devia ter chamado a polícia, mesmo contra sua vontade. Não sei como não chamei. – suas mãos bagunçavam seus cabelos úmidos e ele andava de um lado ao outro na minha frente – Eu tenho uma raiva tão grande dentro de mim. Eu preciso fazer alguma coisa...

— Acredite, Lucas, o que você fez já foi maior punição do que a justiça provavelmente faria. Esquece isso, por favor! Eu não quero me expor.

— Então se resume a isso? Você não quer *se expor*? Não quer nem tentar mudar o quadro absurdo das mulheres estupradas porque não quer *se expor*? Como se tivesse feito algo errado e precisasse se esconder? Você foi a *vítima*, pelo amor de Deus! Quem foi que ensinou a você que acobertar criminosos é melhor do que processá-los?

Lucas nem tinha acabado seu discurso e eu sabia que minha resposta o paralisaria completamente.

— MINHA MÃE!

Gritei.

— A... – seus olhos piscavam mais rápido que o bater de asas de um beija-flor – A sua mãe?

— Lucas... – respirei fundo, tentando me acalmar – Ninguém nunca soube dessa história e eu e minha irmã juramos que nunca mais falaríamos a respeito.

CAPÍTULO 4

Apoiei os cotovelos nos joelhos e cobri o rosto com as mãos. Percebi que Lucas se abaixou na beirada da cama e permiti que descobrisse meus olhos e entrelaçasse carinhosamente meus dedos entre os seus.

— Mesmo assim... Pequena, fingir que nada aconteceu não é a coisa certa a ser feita. Você é advogada, você sabe.

Ele já estava doce outra vez, o que me acalmou um pouco. Já que teríamos aquela conversa, seria bom que, pelo menos, estivéssemos tranquilos um com o outro.

— Se minha mãe souber que isso aconteceu comigo, ela morre, Lucas. Ela não suportaria. Você não sabe como este é um assunto delicado na nossa família.

— *Natalie...*

— Nós tínhamos sete anos... comecei a contar sobre o dia que uma parte da minha mãe foi embora e nunca mais voltou — Um dia, quando Lauren e eu chegamos da escola, encontramos dois bandidos na nossa casa. — fechei os olhos, e quando os abri novamente já estavam cheios de lágrimas — Nós não entendemos o que estava acontecendo e acabamos chegando perto demais. Eles estavam violentando minha mãe. Com o choque, fiquei sem reação e um deles conseguiu me pegar, — Lucas apertou minhas mãos com muita força e retesou o maxilar ao inspirar profundamente — mas Lauren quebrou um vaso na cabeça do homem e nós escapamos. Foi horrível! Saímos correndo de casa e gritando por socorro. Minha mãe estava grávida de cinco meses. Eric viria para nossa família, mas ele nunca chegou. — Lucas me abraçou quando um soluço irrompeu meu choro — Nossa atitude pôs a vida da nossa mãe em risco, porque deixou aqueles homens tão furiosos que, antes de fugirem, bateram nela e ela perdeu o bebê. Naquele dia, uma parte da alma da minha mãe morreu. E eu me culpo tanto por ter agido daquela maneira...

— Vocês tinham *sete anos*, Natalie!

— Eu sei, mas mesmo assim... — funguei e limpei meu rosto — Fizemos terapia por um tempo e depois de muitas sessões combinamos que nunca mais falaríamos sobre o que aconteceu, e foi o que fizemos. Até hoje. Aquele episódio causou muita dor à nossa família. A relação dos meus pais quase não sobreviveu porque minha mãe surtou por mais ou menos um ano. Ela ficou neurótica. Não quis dar queixa porque se sentiu extremamente envergonhada, o que é um sentimento que os estupradores sabem que existe e se beneficiam dele. Cada pessoa que a olhava, ela achava que era porque sabia o que tinha acontecido. Quis nos mudar de escola, com medo de que alguém fosse nos provocar... Enfim... Esse é o meu motivo. Minha mãe não deu queixa à polícia e só nós quatro sabíamos sobre aquele dia. Ela teve vergonha. É essa merda de sentimento que inibe a maioria das mulheres de denunciar seus agressores. Para completar, quase nunca esses monstros são condenados, e se são, a pena geralmente é ridícula! Isso inibe ainda mais e as vítimas ficam sem coragem de lutar por justiça. Hoje não posso dizer que não entendo quem sofre calado este tipo de agressão, porque é um sentimento de humilhação extrema, indescritível. Eu não imaginava que fosse tanto, mas, mais pela minha mãe do que por minha própria luta interna, eu não posso fazer nada contra o Steve.

Lucas colocou uma mecha do meu cabelo para trás da orelha e enxugou minhas lágrimas com os dedos.

— Sua mãe fez uma escolha errada, Pequena. Só acho que você não precisava fazer também.

— Precisava sim.

Ele fechou os olhos com força, sem raiva, mas completamente frustrado, e encostou a cabeça nas nossas mãos sobre as minhas pernas.

— Ah, Pequena...

— Lucas, – desamarrei nossos dedos, levantei seu rosto e o segurei entre minhas mãos – este assunto acabou. Por favor, não vamos mais falar sobre isso. Eu quero enterrar tudo que aconteceu. Eu procurei ajuda médica, encarei meus demônios, consegui restabelecer minha confiança em tão pouco tempo... Me ajuda a continuar assim. Tudo está entrando nos eixos, não me faça ficar rememorando aquele pesadelo, por favor.

Ele soltou um longo suspiro e ficou em silêncio por um tempo, sem desviar os olhos dos meus, algo que eu não conseguia fazer com nenhuma outra pessoa no mundo, mas com Lucas parecia apenas fortalecer ainda mais a nossa conexão.

— O que for melhor para você. Sempre.

Por fim ele disse, sem empolgação.

— Só mais uma coisa. *Jura* que, não importa o que aconteça com a gente, você *nunca* vai comentar nenhuma dessas histórias com *ninguém!* Jura?

Seu rosto se franziu, como se me ouvisse falar algum absurdo.

— Você até me ofende pedindo isso. *É claro* que eu vou guardar segredo!

— Obrigada.

5

As semanas passavam enquanto as flores cresciam e enfeitavam as árvores em uma declaração típica de que estávamos na primavera. A vida ia acontecendo junto a nós, linda e calma, como a forma com que Lucas curou toda dor e todo trauma que insistiam me ter por dentro, idolatrando meu corpo com paciência e paixão, me abraçando durante meus terrores noturnos e me amando com fé, o tempo todo acreditando que eu me recuperaria, o que me fez amá-lo ainda mais.

Desprender-se do pesadelo não é uma tarefa fácil. Foram necessárias muitas sessões de terapia, muita ajuda emocional do meu namorado e minha irmã, e muita compreensão de minha própria parte para entender que o momento de ser a Natalie de sempre, eventualmente, voltaria a mim. E ele voltou. Consegui me sentir inteira outra vez. Voltei a me ver como uma pessoa que poderia ter um futuro, o que antes parecia ter sido roubado de mim junto a toda possibilidade de ser feliz.

Lucas e eu seguíamos alternando nossas casas para dormirmos juntos todas as noites, mas continuava sendo estranho quando ele precisava viajar no meio da semana para ir competir em algum lugar. O vazio de sua ausência no meu quarto chegava a ecoar e a cama ficava grande e fria demais sem seu corpo ao meu lado, porém, em todas as sextas-feiras que precediam uma corrida, eu saía do escritório e ia direto ao aeroporto para ir encontrá-lo onde quer que ele estivesse.

O campeonato continuava com Luke Barum na liderança, mesmo ele tendo abandonado uma corrida por falha mecânica e tendo contado com um inesperado pneu furado que o deixou fora da zona de pontuação em outra etapa. Foi engraçado ver a equipe surpresa com seu bom humor nessas duas ocasiões, e mais engraçado ainda foi Nicolas falar *pra mim* que eu era a responsável por aquela alegria toda em seu piloto.

Nós estávamos crescendo como indivíduos e como casal.

Para celebrar o Memorial Day, convidamos Leonor, meus pais, minha irmã e meu cunhado, juntamente de seus pais, irmã e cunhado, para um churrasco na casa de Sausalito, que eu estava facilmente convencendo Lucas a acabar de decorar.

Naquela tarde, fiquei sabendo a triste história sobre o avô que meu namorado nunca chegou a conhecer. O pai de Leonor serviu na Guerra do Vietnã e foi um dos quase sessenta mil americanos mortos no combate. Leonor tinha apenas sete anos quando ele saiu de casa e nunca mais voltou. Sua mãe não se casou novamente e faleceu de câncer quando Lucas tinha quatro anos de idade. Leonor era filha única e tinha apenas um tio, que se mudou com a família para a Austrália há mais de trinta anos, então eles raramente se encontravam, e como Lucas não tinha mais seu pai, ela e o filho acabaram se tornando uma família de dois.

Tentei persuadi-la a contar algo sobre o ex-marido. Não ter mais pai não significava que Lucas não tinha avós, tios e primos paternos, mas Leonor só disse que nunca conheceu a família do ex-marido, e pelo modo como dividiu essa informação, percebi que não estava disposta a comentar mais nada, então não forcei a situação, até porque, Lucas é quem tinha de me contar aquela parte de sua vida.

Sem querer que o clima ficasse mais pesado, Leonor se levantou da mesa e buscou na cozinha um doce que havia preparado, e que devia ser um pecado de tão bom. Comemos e repetimos até que os homens foram para a sala assistir alguma coisa das 500 Milhas de Indianápolis da Fórmula Indy, e as mulheres, juntamente com Pole e seus dois irmãos, ficaram sob o sol no jardim.

O amor me curou de todos os males. Minha vida nunca tinha feito tanto sentido quanto passou a fazer desde que Lucas se inseriu nos meus dias. Todo o drama do divórcio e do ataque que sofri ficaram para trás e eu me sentia forte novamente. Nunca havia me sentido assim, como se eu pertencesse a algum lugar, a alguém.

No início de junho, eu jantava com Lucas em um delicioso restaurante de cozinha tailandesa, quando ele surgiu com um assunto inesperado.

— Seu passaporte está em dia?

— Sim, por quê?

— Porque vamos precisar em breve.

Acabei de mastigar e engolir uma garfada do meu Kao Thom, para só então tentar entender melhor o que ele pretendia.

— Como assim?

— Eu fui convidado para participar de uma corrida em uma categoria europeia e gostaria que você fosse pra Espanha comigo.

CAPÍTULO 5

— Lucas, eu trabalho. – comuniquei, abstraindo todo o resto da informação que recebera – Não posso simplesmente ir pra Espanha com você.
— Eu não disse que você vai como minha namorada.
Ele continuava comendo com a maior tranquilidade do mundo.
— Eu não vou mentir para fugir do trabalho. – protestei – Sem chance!
— Ei, calma aí! – Lucas largou os talheres no prato e limpou a boca no guardanapo – Eu vou precisar de você como advogada.
— Hum... – tomei um gole do meu vinho branco de uva Gewürztraminer, que fiquei encantada por Lucas ter escolhido com tanta propriedade, dizendo que era *"untuoso e aromático"* e que *"harmonizaria bem com o tempero picante do restaurante"* e voltei ao assunto – Quando será?
— Dia dezoito de junho.
— *Dezoito de junho*? Praticamente amanhã!
— Sim. Sairíamos dia quinze e voltaríamos dia vinte e quatro.
Pisquei, boquiaberta.
— São muitos dias! Você está bêbado? Eu não posso. Por que não me falou nada antes?
— Eu ia falar, mas acabei esquecendo. Preciso ficar mais tempo fora e preciso que você fique comigo.
— Não dá! Eu não estou de férias! O que você tem que fazer lá, além de correr?
— Reuniões. – ele fez uma pausa e fiquei o encarando – Mas até Los Angeles você irá comigo nesta quinta-feira?
Deixar um assunto inacabado era muito estranho para os padrões de Luke Barum, e quando um novo tópico iniciou, como se nunca tivéssemos falado sobre irmos juntos à Espanha, eu fiquei desconfiada, mas não fiz alarde.
— Hum... eu queria mesmo falar com você sobre isso. – absorvi o novo tema da nossa conversa e me preparei para contar ao Lucas algo que eu sabia que ele não gostaria, e que ele também já estava percebendo que não gostaria, porque eu não tinha dito uma palavra a respeito e ele fechou o semblante, parou de comer e cruzou os braços sobre a mesa – Dr. Peternesco me perguntou se eu poderia deixar Theo ir com você nesta viagem, porque temos uma audiência importante, e como eu estava trabalhando junto no processo, ele gostaria que eu o acompanhasse.
— E você já concordou.
Lucas concluiu, irritado.
— O que você queria que eu fizesse? Dr. Peternesco é meu chefe!
Rebati com segurança.
— E quando você pretendia me contar isso?
— Não faça drama, eu fiquei sabendo hoje pela manhã.

— Mas você sabe que eu tenho aquele casamento e vou ficar em Los Angeles até domingo.

— Eu posso ir encontrar com você na sexta-feira e vamos juntos ao casamento no sábado.

— *Natalie*, – Lucas suspirou e tomou um gole de vinho antes de me dar uma pequena lição – quando contratei seu escritório, fui bem claro dizendo que queria que *você* fosse minha advogada. Eu confio no que você faz e pouco vi Theo trabalhando. Meus patrocinadores são importantes pra mim e eu gostaria de me sentir seguro em minhas negociações, e não me sinto exatamente assim quando tenho Theo ao meu lado. Não é só porque você e eu assumimos um relacionamento amoroso que não mereço cuidados como um cliente convencional. Pelo que eu sei, pago ao seu chefe como um cliente normal.

Um mal-estar me envolveu quando percebi que Lucas estava coberto de razão.

— Oh, meu Deus! Lucas, você está certo! Mais que certo! – larguei meus talheres no prato e estiquei os braços, fazendo com que minhas mãos envolvessem seus antebraços, que seguiam cruzados na beirada da mesa – Desculpa. Vou falar com Dr. Peternesco, mas, por favor, dê um desconto desta vez, Theo é um excelente advogado e esta audiência que fui convocada a fazer é muito importante. Eu trabalhei durante muito tempo nesta ação. Adoraria poder atuar no desfecho do caso.

Ele ficou me estudando e, por fim, sorriu.

— Só porque *você* está pedindo.

— Obrigada. Eu prometo chegar a Los Angeles o mais cedo possível.

Quinta-feira deixei Lucas e Theo no aeroporto. O clima entre os dois já estava bem melhor desde aquela quase briga no escritório semanas antes, mas Lucas não escondeu que preferia que *eu* é quem estivesse indo com ele naquela viagem. Por sorte, Theo interpretou suas razões como pessoais e nenhum ar de desentendimento se instalou.

Saí do aeroporto e fui direto para minha audiência. O dia estava estranhamente frio para a época do ano e combinou com meu terninho cinza escuro extremamente formal e meu cabelo preso em um coque requintado.

Dr. Peternesco me deixou representar o escritório e, muito segura de mim, fiz a sustentação oral perante o juiz. Eu conhecia cada vírgula daquele processo e tinha muita segurança quanto à posição que assumimos para o

CAPÍTULO 5

nosso cliente. Ao final de duas horas, saímos da sala de audiência exatamente com o resultado que esperávamos, e eu mal conseguia conter minha empolgação juvenil em frente ao nosso contratante.

Estávamos há dois anos trabalhando naquele processo. Foi libertador fechar o arquivo com chave de ouro.

Cada vez que coisas desse gênero acontecem, vejo que fiz a escolha certa optando pelo direito como profissão. Eu gosto de poder expor meus pontos de vista e justificá-los embasados na lei e em evidências incontestáveis. Apesar de o sistema judiciário ainda apresentar falhas e apesar de advogados jogarem mais com as brechas da lei do que sua essência, a profissão que defende os direitos e prega pela ordem é linda, e quando cumprida da maneira correta, dá um orgulho e satisfação enormes.

Aproveitando o extremo bom humor do meu chefe, decidi abordar a questão da advogada preferencial do Lucas enquanto nos encaminhávamos ao seu carro.

— Dr. Peternesco, preciso falar com o senhor sobre um assunto um pouco delicado. Fico constrangida, dadas as circunstâncias, mas por favor, interprete apenas como uma observação de um cliente.

— Claro. Pode falar.

Ele disse, acabando de digitar algo em seu celular e o guardando no bolso de sua calça social preta.

— Lucas ficou chateado por ter sido Theo a acompanhá-lo na reunião de hoje em Los Angeles. Eu também não achei que faria diferença. Se soubesse o que ele diria, teria tentado resolver de outra maneira, mas a questão é que Lucas realmente não está acostumado a trabalhar com Theo e achou que tinha ficado claro, quando nos contratou, que eu seria sua advogada principal. Ele não gostaria que o fato de a notícia de estarmos namorando desse certas liberdades ao escritório.

— Nat — meu chefe parou de caminhar e eu levei mais três passos para perceber que ele não estava mais ao meu lado, então retrocedi e parei a sua frente — eu *realmente* não dei importância a isso. Como estamos sempre todos envolvidos nos negócios do Luke, acabei esquecendo esta exigência, mas ele está certíssimo. *Você* deveria ter ido com ele. Por que não me falou isso antes?

— Não se preocupe, – fiz um gesto para voltarmos a andar e ele me acompanhou – está tudo bem. Eu pedi que ele nos desse este desconto porque eu havia trabalhado muito para a audiência de hoje e queria acompanhar o senhor. Eu achava que ele só queria que eu o acompanhasse por ser sua namorada, mas entendo que ele confie na minha visão porque já estamos trabalhando juntos há um certo tempo e eu já entendi perfeitamente qual a metodologia que ele e Philip gostam de manter. Apesar de vocês estarem sempre a par de tudo, sou eu quem desenvolve os contratos e o acompanho com mais frequência nas reuniões externas, mas desta vez ele concordou em ir com o Theo, sem problema algum.

— Marque uma reunião com Luke para semana que vem. – Dr. Peternesco disse, acionando de longe o botão para destrancar as portas de seu carro – Vamos listar prioridades e você vai poder se dedicar mais ao que ele precisa.

— Obrigada.

— Qual o horário que está marcado o jantar de hoje?

— Às oito horas.

— Vá para Los Angeles agora. De repente ainda chega a tempo.

— Já são quase cinco horas, eu não vou conseguir, mas está tudo bem, amanhã depois do trabalho eu embarco pra lá, porque temos um casamento no sábado. Se for necessário, encontro com os executivos novamente.

— Você está liberada. Vá hoje para Los Angeles e volte para o escritório só na segunda-feira.

— Sério?

Perguntei um pouco surpresa, parada em frente do carro dele.

— Seriíssimo!

— Obrigada!

O abracei como se estivesse abraçando ao meu pai e fui me sentar no banco do carona de sua Mercedes CLK, já entrando na *internet* do meu celular para tentar comprar uma passagem, porque pretendia fazer uma surpresa ao meu namorado e dispensaria o uso do jatinho que ele tinha reservado para mim no dia seguinte.

Dr. Peternesco sempre foi muito prudente em tudo, mas com o avanço da idade estava se tornando prudente demais. Andar de carro com ele era quase um exercício para paciência. Ele era mais lento que eu *antes* das aulas com Lucas, e de tão angustiada, eu já estava quase pedindo para dirigir, mas respirei fundo e contei até dez... mil.

Quando estacionou na sua vaga na entrada da garagem da linda casinha que abrigava seu escritório, lhe dei tchau ao mesmo tempo em que abria a porta e pulava para fora do carro, como se estivesse em uma prova de gincana escolar. Entrei no meu Focus, que estava estacionado do outro lado da rua, e usei todas as minhas recém adquiridas técnicas de pilotagem para chegar ao meu apartamento o mais rápido possível.

Onze minutos e trinta e quatro segundos depois, estacionei o carro na garagem. Realmente foi como fazer uma classificação do trabalho até ali. Lucas ficaria orgulhoso de mim.

Desliguei o motor já pegando as chaves de casa na minha bolsa. Subi as escadas de dois em dois degraus para chegar mais depressa ao meu apartamento

CAPÍTULO 5

e, sem fôlego, destranquei a porta e entrei desatinada pela sala, indo direto ao meu quarto, largando a pasta, a bolsa e os sapatos pelo caminho.

Consegui um voo que sairia às sete horas da noite, e já eram cinco e vinte da tarde. Eu tinha vinte minutos para estar dentro do táxi a caminho do aeroporto, implorando para o motorista fazer todas as contravenções possíveis para me deixar no meu destino em no máximo vinte minutos mais. Tirei meu terninho e vesti uma calça jeans com uma blusa básica branca, peguei um casaco de *cashmere* azul-claro para jogar por cima, depois separei conjuntos *sexies* de sutiã e calcinha, peguei a embalagem de tule da *lingerie* nova que havia comprado dias atrás, a coloquei sobre a cama junto a uma camisola e o vestido que eu usaria no casamento do amigo do Lucas. Abri o armário para pegar as roupas que eu já havia pensado que levaria e assim que coloquei minhas joias em um saquinho de veludo e arrumei meu *nécessaire*, chamei o táxi. Travei o cadeado ao redor dos zíperes da minha mala, saí arrastando minha bagagem pela sala, peguei minha bolsa e voei escada abaixo.

Às cinco e quarenta e três eu estava dentro do táxi e o cara, muito cordialmente, voava pela cidade. Só então tive tempo de mandar uma mensagem para minha irmã, avisando que estava indo mais cedo para Los Angeles, depois enviei uma mensagem ao Philip, para que ele autorizasse que me dessem uma chave extra do quarto do Lucas, e pedi sigilo sobre minha ida antecipada.

Não conseguiria chegar a tempo do jantar, mas queria fazer uma surpresa ao meu namorado e curtir um final de semana estendido no calor de Hollywood.

Às seis e dois eu já estava literalmente correndo dentro aeroporto e três minutos mais tarde me atirando na fila do *check-in* da companhia aérea.

6

O avião decolou só às oito horas da noite. Disseram que o atraso se devia a uma "reparação elétrica", o que, em outras ocasiões, teria me feito desistir do voo por medo de pane enquanto estivéssemos no ar, mas como naquele momento nada me tiraria dali, nem prestei muita atenção nas explicações que eles davam para não ficar angustiada demais.

Exatamente às dez e quinze, abri a porta da suíte em que Lucas estava hospedado e nem me espantei com a grandiosidade do quarto, porque já estava me acostumando aos luxos que meu namorado nos proporcionava. Sem olhar ao redor, me encaminhei ao aparador abaixo da janela, que ficava ao lado da cama com dossel, apoiei minha mala na bancada, tirei as roupas que precisavam ficar penduradas nos cabides do armário de ripas de madeira e fui com meu *nécessaire* de estampa de onça para o banheiro.

Tomei um delicioso banho quente, vesti meu novo corpete de renda preta com uma minúscula calcinha do conjunto, combinando com as meias sete oitavos presas por uma cinta-liga cravejada de brilhantes, e fiquei à espera do Lucas.

Conectei meu telefone ao sistema de som e "Let's Get It On" ficou programada para repetir, depois me joguei na cama e bebi *champagne* enquanto esperava.

Peguei de cima da mesa de cabeceira o *tablet* do Lucas e, sem mais o que fazer, digitei o nome dele em um *site* de busca. A quantidade de páginas que abriram era absurda e seria impossível dar uma olhada em cada uma delas, mas o que mais me chocou foi a quantidade de imagens nossas que apareceram também. Não eram apenas fotos posadas nos eventos em que fomos juntos, havia vários momentos descontraídos e carinhosos também.

Como eu não percebi que estavam nos fotografando?

Também me deparei com muitas imagens do meu namorado com Camille e diversas outras imagens de quando ele era bem mais jovem, ao lado de várias mulheres diferentes. Algumas cantoras e atrizes eu reconheci, o que fez meu estômago embrulhar de uma maneira diferente. Lucas podia ter a mulher que quisesse no mundo, então, por que eu? Não quis ficar vendo aquilo, porque já estava mentalmente listando filmes que nunca poderia assistir e

CAPÍTULO 6

músicas que nunca poderia escutar ao lado do meu namorado, e eu realmente não queria ser esse tipo de mulher, logo, decidi procurar outra coisa. Cliquei na página do Wikipédia para ver como eles resumiam Luke Barum.

Todos os títulos que ele conquistou, desde os dez anos de idade, estavam citados ano a ano. Era campeonato que não acabava mais, mas nada que ele nunca tivesse me contado. Depois lia-se um breve relato sobre sua profissão e as categorias onde competiu.

Entrei em mais alguns sites aleatórios, até que li um breve comentário sobre seu pai em um deles. "Luke Barum, filho do milionário Frank Truffi".

Frank Truffi? Lucas Barum Truffi?

Nada fazia sentido para mim. Procurei mais páginas que falasse dessa ligação, mas não achei nada. Frank era um empresário famoso no ramo da informática, e estava muito vivo. Pesquisando por este nome no Wikipédia, li como ele começou investindo o dinheiro de seu primeiro carro na bolsa de valores e como soube fazer a quantia render até gerar capital suficiente para montar sua empresa, que era uma das mais conhecidas do segmento no mundo inteiro. Ele era incontestavelmente uma versão física do Lucas no futuro, era casado e tinha duas filhas, mas nada mencionava o meu namorado.

Por que Lucas nunca me disse nada? Quando ele falou que não tinha pai, eu imaginei que ele havia morrido e não quis entristecê-lo com o assunto, mas não me passou pela cabeça que ele apenas *negasse* o próprio pai.

Seria essa a verdade?

Acreditando que uma informação daquelas não tinha perfil de ser falsa, me senti enganada, mas eu já conhecia bastante do Lucas para saber que, se ele não havia me contado sobre esse parentesco, era porque tinha um motivo muito forte para fazê-lo, e provavelmente era um motivo que ainda o machucava bastante.

Pensei, pensei e pensei, até que não achei outra solução; eu teria que tomar a iniciativa de tocar nesse assunto, a menos que Lucas entrasse pela porta do quarto e dissesse imediatamente que queria me contar a história sobre ser filho de Frank Truffi.

Aos dez anos, quando começou sua carreira como piloto, Lucas já usava o sobrenome Barum, então a história mal resolvida com o pai vinha de quando ele era bem novo, e certamente estava ligada à venda da casa que ele disse que tinha com a mãe em São Francisco e a mudança para Sonoma, assim como certamente era o motivo da mágoa que Lucas sentiu quando invejou minha vida no interior e não quis me contar sobre sua infância.

Eu ainda clicava em várias páginas para tentar descobrir mais alguma coisa quando escutei um barulho vindo da porta do quarto. Mais do que depressa, despachei aquela história da minha cabeça ao jogar o *tablet* de lado. Dei mais um gole na *champagne* que eu tinha servida em uma linda taça e apertei "*play*" para a música tocar, então fui ao encontro da melhor pessoa do mundo, que merecia todo meu amor e confiança.

— Oi, querido, como foi o seu jantar de negócios?

Lucas estava parado na antessala, de costas à porta de entrada, e eu, deslizando uma mão no umbral de acesso ao quarto, descansei a lateral do meu corpo na madeira escura, tentando parecer o mais casualmente *sexy* possível.

Literalmente de boca aberta, Lucas piscou algumas vezes ao absorver minha imagem.

— Meu. Deus. – sua voz soou grave e rouca enquanto ele passeava seus olhos por cada curva do meu corpo – Estou tendo uma visão?

— Eu estava em casa, explodindo de tesão, então *tive* que vir encontrá-lo ainda hoje.

A voz melosa e sussurrada com que eu falava enquanto me aproximava dele melhorava cada vez mais a expressão de desejo naquele rosto lindo.

— *Natalie*... – Lucas riu, me puxando pela cintura e pela nuca, e na mesma hora senti sua ereção pressionando meu corpo – Agora não.

— Hum? – juntei e ergui as sobrancelhas – Por quê?

— Porque eu pedi uma sobremesa no quarto e devem bater na porta a qualquer instante. Vou tomar uma ducha rápida. – ele me deu um beijo rápido e nada satisfatório – Espera só mais um pouquinho, eu já vou te foder como você gosta.

Suas palavras tiveram efeito imediato em mim e eu apertei um pouco as pernas para aliviar o latejar em meu sexo, fazendo Lucas inclinar a cabeça, sorrindo maliciosamente ao perceber minha urgência, mas ele não disse nada e eu apenas o empurrei para o lado, forçando-o a ir logo para o banho.

O fluxo de água do chuveiro foi interrompido ao mesmo tempo em que três toques retumbaram na porta do quarto. Apressadamente, vesti a camisa branca que Lucas usava antes e corri para atender, enquanto ele gritava mais alto que a música.

— VOCÊ NÃO VAI ABRIR A PORTA... – ele não me alcançou e eu abri a porta – Assim.

Sua voz acabou baixa quando ele chegou ao *hall* do quarto e me encontrou vestida daquela maneira, em frente ao Theo.

— Hum... – meu amigo engoliu em seco e eu fiquei completamente imóvel à sua frente – Desculpa. Eu não sabia que você estava aqui e... bem, eu... só queria dizer pro Luke que... – Theo estava completamente constrangido, mas parecia meio irritado também – Deixa pra outra hora, pelo visto vocês... – ele me olhou de cima a baixo, sem disfarçar, e eu, ainda muda, puxei mais a camisa para cobrir melhor meu peito, mas acabei por revelar a cinta-liga que prendia minhas meias, e os brilhos das tiras puxaram os olhos do meu amigo como se fossem ímãs na direção das minhas coxas, depois ele

CAPÍTULO 6

olhou para o Lucas, com o corpo ainda molhado e com apenas uma toalha enrolada ao redor do quadril, e concluiu: – Estão ocupados.

Lucas se aproximou, irritado pela maneira como Theo me devorou com os olhos, e se colocou a minha frente.

— É, estamos ocupados mesmo, vamos deixar esta conversa para segunda-feira. Boa noite. – a porta foi fechada com força e eu continuei imóvel – Qualquer hora eu vou me irritar *de verdade* com esse merdinha. Ele fode você com os olhos, *bem na minha frente!* É muita audácia! Onde você estava com a cabeça em vir abrir a porta desse jeito?

— Eu vesti a camisa!

Apontei meu corpo coberto.

— Você não tem noção de que está absurdamente *sexy* assim? Queria impressionar o copeiro?

Dei uma risadinha e alguém bateu à porta.

Esticando um braço e apontando para a parte íntima do quarto, Lucas me pediu para sair dali, e eu saí.

Eu estava sentada na cama quando ele entrou sorrindo, comendo um *petit gâteau* com uma calda de chocolate que escorria do *brownie* e enchia o pequeno prato.

— Você não tem noção de que está absurdamente *sexy* assim? Queria impressionar o copeiro?

Repeti suas perguntas de maneira irônica e Lucas deu uma risada alta e agradável, mas sem perder o desejo no olhar.

Engatinhei sobre a cama e me aproximei para provar uma colherada de sua sobremesa e plantar um beijo casto em seus lábios. Lucas comeu mais um pouco do doce até que eu cheguei ao limite da minha paciência e tirei o prato de suas mãos, porque eu não tinha a menor vontade de sujar minha roupa nova com creme e calda de chocolate, então o coloquei sobre a mesa de cabeceira. Já era a terceira vez que Marvin Gaye cantava a mesma canção, eu precisava começar logo com o que tinha em mente.

Lucas, um homem inacreditavelmente belo e inacreditavelmente meu, já estava sentado aos pés da cama quando eu me levantei para diminuir as luzes. Ao me reaproximar, empurrei seu tronco, o fazendo apoiar nos cotovelos, mostrando a ele quem estava no controle da cena, e em resposta, ele sorriu maliciosamente enquanto me olhava com suas pupilas mais dilatadas e a pulsação mais aparente na veia de seu pescoço.

Endireitei o corpo e me balancei sensualmente ao som da música, sem perder o contato visual, enquanto abria a camisa e aos poucos revelava a renda escura que estava por baixo. Lucas escorregou a língua pelos lábios e percebi sua ereção explodindo embaixo da toalha, me deixando ainda mais confiante com meu show.

Deixei a camisa escorregar pelos ombros, descendo pelos braços até chegar às minhas mãos. A enrolei em uma tira para segurá-la pelo comprimento e percebi Lucas cada vez mais agitado. Montei em seu colo, deixando meus joelhos apoiados no colchão, passei a camisa por trás de seu pescoço, o puxando para perto de mim, aproximando minha boca do seu rosto. Lucas ofegava tentando se controlar para não me tocar e eu deixava meu hálito provocá-lo para depois beijá-lo sem pressa.

Durante o beijo, coloquei meus pés novamente no chão e sem pressa me afastei e comecei a desamarrar um laço de seda da lateral da minha calcinha. Os olhos afoitos do meu espectador voaram até minhas mãos e passaram a seguir os movimentos dos meus dedos. Lucas precisou entreabrir os lábios para inspirar forte e minha agradável tortura seguiu até que eu desfizesse o laço do outro lado da minha *lingerie* e a jogasse para ele, que a pegou no ar e cheirou, dando um gemido satisfeito, me fazendo arrepiar inteira. Eu estava apenas de corpete, meias e cinta-liga, e a aprovação estava estampada no rosto do meu homem. Aproximando-me novamente, beijei seu pescoço, sua boca e mordi de leve o lóbulo de uma orelha.

— Você é tão gostoso que me faz querer foder o tempo todo.

Sussurrei provocante em seu ouvido, e sem esperar por algum sinal de que já podia se movimentar, Lucas agarrou minha cabeça com as duas mãos e me beijou violentamente, correspondi por alguns instantes e me afastei para continuar com meu número.

— Shhh... se não se comportar, não ganha.

Adverti, sem nenhum traço de seriedade no que dizia.

— Eu já estou quase gozando com esse seu show maravilhoso. Preciso estar dentro de você.

Sorri de maneira sacana, e com uma feição admirada, Lucas balançou a cabeça, coçando a nuca com uma mão. Ele estava aprovando toda aquela provocação.

Curvando o tronco sem dobrar os joelhos, beijei seu tórax, passei a língua em seus mamilos e, quando mordi um deles, Lucas gemeu e elevou o quadril em desespero. Segui descendo e venerando seu corpo até chegar à toalha enrolada em sua cintura, então me ajoelhei com elegância e levantei o olhar. Lucas era fogo líquido à beira de uma explosão. Removi o tecido que cobria o que eu tanto almejava e circundei a cabeça de seu pau duro e sedoso com a ponta da língua, sem desviar meus olhos claros dos olhos negros do homem que eu amava.

— Puta que pariu! – Lucas grunhiu, cerrando os punhos ao se agarrar ao lençol da cama – Continua, *Natalie*. Não para.

Eu obedeci e intensifiquei as investidas, apertando a base de seu membro e sugando a ponta, deslizando a língua por todo seu eixo e o

CAPÍTULO 6

tomando até a garganta, o levando à loucura, e enlouquecendo junto durante o processo.

Quando estava prestes a se entregar, Lucas se pôs de pé e eu continuei de joelhos, então suas mãos enrolaram meus cabelos e ele começou a foder a minha boca com toda a fome que estava de mim. Agarrei sua bunda, conforme os movimentos foram ficando mais intensos, e quanto mais eu o apertava, mais ele gemia entre súplicas tão sensuais que me deixavam cada vez mais molhada, aumentando vertiginosamente o meu desejo.

Seu grito alto quando se despejou na minha boca foi tão primal e másculo que me estremeceu inteira, e erguendo meus olhos, vi Lucas sorrindo em um êxtase que não tentava se esconder.

Eu me coloquei em pé e nos beijamos apenas por um curto espaço de tempo até ele me virar de costas, deixando meu corpo encostado em seu peito.

— Agora é a minha vez!

Eu amava ouvir sua voz rouca e grave ao pé do meu ouvido, e a combinação daquele som com a vibração de seu peito encostado em mim tornou difícil a tarefa de me manter em pé.

Com um puxão determinado no meu cabelo, Lucas inclinou minha cabeça e distribuiu beijos pelo meu pescoço, ao mesmo tempo em que baixava o bojo do meu corpete e agarrava meus seios. Seus dedos firmes sabiam o que fazer com meus mamilos e a agressividade de seus movimentos contrastava com a doçura de seus beijos, levando meus sentidos a um estágio de confusão tão perturbador que eu parei de tentar assimilar o que sentia.

Meu corpo já adquiria vida própria quando meus seios foram abandonados e eu fiquei arfando. Com uma mão, Lucas me manteve imóvel, envolvendo meu cabelo em seus dedos, e com a outra pegou minha perna e me fez apoiar o pé na cama, então veio passeando os dedos de leve na minha coxa até encontrar meu sexo, me fazendo exalar todo o ar dos pulmões em um sussurro desesperado assim que o senti tocar minha pele úmida.

— *Por favor*!

Implorei.

— Adoro sentir essa bocetinha toda quente e molhada me esperando.

— Ahh...

Gemi longamente, sentindo dois dedos deslizarem para dentro. Já estava quase gozando quando ele os retirou e os esfregou na minha boca.

Chupei com força um por um, até ele tirá-los de mim e forçar meu tronco para frente.

Ele me queria de quatro.

Fiquei na posição desejada e Lucas se abaixou para passar a língua em mim, na frente e atrás. Minha respiração, que já estava ofegante, ficou totalmente irregular enquanto Lucas me rendia em sua doce tortura. Quando seus dedos se juntaram à provocação, eu perdi a capacidade de controlar meus movimentos e me retorcia ao ser levada às nuvens. Eu precisava gozar, desesperadamente, e Lucas sabia disso, e me conduziu, me fazendo gemer alto enquanto meu corpo estremecia inteiro com um prazer intenso.

Quando a avalanche de sensações acalmou, eu me sentia consideravelmente mais enfraquecida e quis me atirar sobre o colchão, mas meu insaciável namorado queria mais, e eu sabia que não me arrependeria por concordar.

Lentamente ele se posicionou e o senti dentro de mim, me fazendo suspirar sofregamente a cada centímetro que ia me alargando e me completando da maneira mais deliciosa possível.

— Este é o melhor lugar do mundo.

Sua voz retumbou no quarto e dentro de mim.

— Mete forte!

Ouvi uma risada sensual antes de ele voltar a falar.

— Você é muito safada!

Fui agarrada por uma mão forte no quadril e as estocadas impiedosas começaram, ao tempo que, com a outra mão, Lucas passeava pelas minhas costas até descer o suficiente para me massagear *lá atrás*.

Aquela sensação ainda nova era muito prazerosa, e quando fui amplamente preenchida, os movimentos ficaram ritmados, na frente e atrás, completando minha plena estimulação quando Lucas passou a massagear meu clitóris. As sensações eram muito intensas e eu gozei novamente, gritando tão alto que certamente os quartos próximos conseguiram escutar. Lucas também não se preocupou em abafar seu urro de prazer quando gozou pela segunda vez.

Desliguei a música e deitamos na cama, esperando nossas respirações ficarem compassadas.

— Você é uma delícia, sabia?

Ele disse, dando um beijinho casto nos meus lábios.

— Aham! A melhor mulher do mundo!

Ironizei.

— É sério! Fazer sexo com você é diferente de tudo! É a experiência mais intensa e mais completa que eu já tive.

Lucas estava tentando me valorizar, sem me fazer pensar que era um momento de comparação, então calei meu ciúme.

— Ainda não é uma experiência completa.

Eu disse, com segurança.

— Como assim?

Seus olhos se estreitaram ao me observar.

— Ainda falta uma coisa para que você me tenha de uma forma realmente completa.

— O que exatamente você está querendo dizer com isso?

CAPÍTULO 6

Com as sobrancelhas arqueadas, ele previa o que viria em seguida.
— Que você ainda não me teve por inteiro.
Lucas sorriu, mas não foi um sorriso qualquer, foi um sorriso vitorioso e tão admirado que iluminou seu rosto inteiro e me fez sorrir também.
— Você está sugerindo que eu coma essa sua bunda gostosa?
— Hum... – senti meu rosto ferver – você quer?
— *Óbvio* que eu quero!
Sem me dar chance para mudar de ideia, Lucas me atacou novamente e recomeçou seus atos estimulantes. Eu não sei como ele ainda tinha disposição.
Fui deitada de lado sobre um de seus braços, deixando minhas costas coladas ao seu peito. Sua tática foi provocar meu clitóris a exaustão, até eu estar quase subindo pelas paredes, enquanto com a outra mão me preparava por trás.
Quando eu estava quase gozando, senti sua ereção roçando entre minhas nádegas e meus batimentos aceleraram ainda mais com a perspectiva do que estava prestes a acontecer.
— É melhor você colocar, para eu não correr o risco de machucar você.
Lucas disse, com a voz baixa ao pé do meu ouvido, e eu peguei seu pau com uma mão e o introduzi devagar dentro de mim.
Doeu, eu gritei e parei.
Lucas seguia me tocando em pontos sensíveis, fazendo aquela conhecida descarga elétrica se anunciar pelo meu corpo inteiro.
— Se você quiser desistir, é só falar.
— Eu não quero desistir.
Eu estava convicta. Eu queria ter aquela experiência com o Lucas. Eu queria que ele me tivesse por inteiro.
— Então, relaxa.
Seus dedos trabalharam mais intensamente, estimulando meu clitóris, me invadindo com precisão até que rapidamente esqueci o desconforto e estava apenas transbordando de tesão. Aquele foi o momento certo e eu consegui conduzi-lo para dentro, até o fim. Lucas respirava ruidosamente, mas não se movimentava, me dando um tempo para me acostumar à sensação.
— Mexe.
Pedi, com a voz trêmula.
Senti seus bíceps tencionarem encostados ao meu corpo e logo Lucas enfiava os dedos em mim ao mesmo tempo em que seus movimentos de quadril cresciam até se tornarem investidas vorazes na minha bunda.
Eu nunca tinha sentido nada igual. O prazer se espalhava da frente para trás e eu não sabia de onde nasceria meu orgasmo, só sabia que seria destruidor. Meu corpo tremia, eu suava, gemia e gritava incontrolavelmente,

e Lucas me acompanhava, me mostrando o quanto estava gostando do que estávamos fazendo.

— Porra, *Natalie*, que bunda deliciosa, eu tô tão duro e você tá encharcada nos meus dedos.

— Lucas, isso é... oh, Deus! Lucas, eu tô morrendo aqui.

Seus dentes cravaram no meu ombro e eu senti as primeiras faíscas acendendo em mim. A vontade era de ficar ali para sempre, naquela excitação diferente de tudo, mas ao mesmo tempo eu queria aquele orgasmo que se anunciava inédito e avassalador.

Sem mais aguentar, agarrei meus seios e puxei os mamilos até que explodi em um prazer que ligava todos meus sentidos em uma só corrente. Grunhi feito um animal e fui seguida pelo meu homem, gritando meu nome ainda mais alto, gozando comigo.

— Nossa! Isso foi... Intenso. Acho que posso viciar. – eu tinha uma alegria nova no rosto ao girar o corpo para me deitar no peito nu de um sorridente Lucas – Mas, no momento, preciso dormir. Aliás, acho que preciso dormir por uns dois dias ininterruptamente.

Ele me olhava apaixonado, acariciando meus cabelos.

— Isso foi *realmente* intenso, e eu espero *mesmo* que agora você esteja satisfeita, porque eu não tenho condições nem de me mexer.

Apoiei o queixo sobre seu coração e o olhei bem de perto.

— Nunca imaginei que... – senti minhas bochechas ruborizarem – fosse tão bom.

O rosto do Lucas acomodou um amplo e convencido sorriso, que expôs todos seus dentes extremamente brancos.

— Fico feliz que tenha sido bom, e que tenha sido sua primeira vez.

— Está mais feliz por ter sido minha primeira vez, pode confessar!

Ele gargalhou, erguendo o queixo e jogando a cabeça para trás.

— Tem um valor especial, confesso, mas o que importa é que você esteja feliz.

— Eu te amo!

Sussurrei.

— Também te amo, Pequena.

Deitei novamente a cabeça em seu peito e ele fez carinho nas minhas costas até que eu pegasse no sono. Só acordei quando ele se levantou e foi até o banheiro. Ouvi o barulho da água ligada, mas estava em transe e mal conseguia raciocinar. Percebi que ele me limpou com uma toalha úmida e não registrei mais nada.

7

O sol já estava alto no céu quando acordamos e pedimos café da manhã na cama e, apesar do lindo dia que insistia em invadir nosso quarto, nos convidando a um passeio ao ar livre, acabamos nos levantando só perto do horário do almoço, quando fomos a um restaurante italiano próximo à Rodeo Drive.

Aproveitando que o local estava vazio, e as mãos do Lucas longe do meu corpo, criei coragem para iniciar o assunto que não podia mais esperar.

— Lucas, eu quero fazer uma pergunta, mas não quero parecer invasiva. É que... sem querer eu descobri uma coisa e... – eu me enrolei um pouco para falar e Lucas já parecia saber o tópico que eu iria abordar, porque assumiu uma postura reservada e tensa, se encostando na cadeira e cruzando os braços sobre o peito, o que a linguística diz que significa que a pessoa não quer se aproximar, que não sente confiança ou que não está muito bem, mas eu ignorei meus conhecimentos e prossegui – Por que você não me disse que é filho de Frank Truffi?

— Porque eu não sou.

Não?

— Mas eu li na *internet* que...

— Eu não tenho pai, já disse.

Ele me interrompeu, na tentativa frustrada de encerrar o assunto, mas daquela vez eu iria além.

— Quando você quis saber por que eu não chamei a polícia quando Steve me atacou, eu conversei com você. Meio a contragosto, admito, mas expus minhas fragilidades. Agora eu gostaria que você também fosse honesto comigo. Nós somos namorados e eu acho bem interessante que saibamos mais da vida um do outro.

Lucas fechou suas mãos em punhos, salientando os tendões em seus antebraços.

— Eu *nunca* falo sobre isso.

Ele grunhiu.

— Já percebi. Eu também *nunca* falava sobre o que houve na minha infância, mas falei com você. Se abre comigo, Lucas. – pedi carinhosamente – Eu quero conhecer você.

Ele suspirou, jogando a cabeça para trás, fixando o olhar no teto por um tempo, antes de voltar a me encarar.

— Biologicamente, eu sou filho do Frank. — a confissão em voz baixa fez o choque em mim ainda maior. De repente, eu esperava que ele dissesse que aquilo estava errado. Era estranho saber que ele tinha um pai vivo e que ele obviamente o renegava — Nós éramos uma família normal, me lembro de muitas coisas da minha infância e nada me justifica o que aconteceu, mas o fato é que, quando eu tinha cinco anos de idade, Frank simplesmente foi embora de casa para viver com sua nova família e nunca mais nos procurou. Até... — percebi sua voz vacilando, parecendo difícil para ele continuar falando — Até que eu pudesse oferecer alguma coisa.

— Como assim?

Perguntei com cuidado e delicadeza, quando Lucas ficou em silêncio, se concentrando apenas em seu prato de comida e suas respirações.

Olhando para os lados, se certificando de que não havia pessoas perto o suficiente para escutar, Lucas endireitou a coluna e voltou a me olhar, mas sua pose estoica não escondeu seus olhos, com uma dor tão visível que trouxe à tona meu mais intenso instinto de proteção. O que quer que ele fosse me contar, era algo que ainda doía muito.

— Quando eu já era piloto e ganhei mais notoriedade, Frank quis lucrar em cima de mim. *Marketing* gratuito, entende? De repente, eu parecia interessante novamente. — seu dar de ombros não convenceu seu descaso, só comprimiu meu coração — Eu contratei uma empresa para apagar da *internet* tudo que encontrassem que me ligava ao Frank e, como na época eu não era muito conhecido, esse assunto foi facilmente abafado, mas de tempos em tempos tenho que mandar fazer uma nova varredura. Desconfio que Frank planta artigos periodicamente para me atingir, sem parecer que está envolvido na questão. Pelo visto está na hora de fazer nova limpeza *online*. Por conta disso é que eu tenho aquela cláusula de entrevista que diz que eu *nunca* irei falar de assuntos pessoais e que qualquer pergunta deste teor está vetada, o que me assegura contra momentos constrangedores que abordem aquele cara. Talvez por eu sempre ter tratado bem, tanto jornalistas quanto *paparazzi*, é que eles não perdem tempo me investigando. Tenho tido sorte até agora, e também não sou nenhuma estrela de Hollywood que gera mídia apenas por existir.

Ele deu um sorriso amarelo e eu nunca tinha visto uma mágoa tão latente naquele homem tão maravilhoso.

— Mas eu já vi você falando da sua mãe em entrevistas, e os jornalistas...

— Claro que às vezes acabo falando da minha vida particular. As pessoas sabem da minha ligação com minha mãe e até ousam fazer algumas perguntas mais íntimas quando me sentem mais disponível, mas ninguém nunca forçou um assunto que não fosse o que estivesse diante dos olhos do público.

CAPÍTULO 7

— E sobre se apresentar como Barum?

— Desde que comecei a competir, eu uso só o Barum, porque minha mãe merecia esta homenagem. Quando Frank foi embora, nos deixou apenas com a casa onde morávamos, que minha mãe precisou vender para que pudesse me sustentar até que conseguisse um emprego. Foi nessa época que ela decidiu comprar a vinícola, e com pura determinação conseguiu fazer seu negócio ser bom o suficiente para nos manter. Não tínhamos luxo, mas vivíamos bem. Eu era muito novo, mas a ajudava no trabalho braçal. Era muito cansativo, mas nunca nos faltou nada. As coisas demoraram até se tornarem realmente lucrativas, mas graças a Deus, nós conseguimos.

— Mas seu pai tinha condições. E a sua pensão?

Eu me sentia como um policial fazendo um interrogatório, mas não podia desperdiçar o momento em que Lucas estava finalmente aberto a falar sobre o passado.

— Ele dava uma grana, não sei quanto, só sei que era essa verba que me pagava uma ótima escola, e o restante ia direto para uma conta em meu nome. Este foi o capital que usei para começar a correr de kart, mas, depois, quando passei a ganhar o meu dinheiro, tive como prioridade dar todo conforto que podia à minha mãe e compensá-la por todo sofrimento e todas as dificuldades que passou me criando sozinha.

A expressão carinhosa que se formava no rosto do Lucas cada vez que falava da mãe era uma declaração de amor e agradecimento por tudo que Leonor Barum enfrentou para criá-lo sozinha e, a partir daquele instante, eu compreendi com total clareza o verdadeiro valor daquele gesto.

— Você nunca mais viu ou falou com seu pai?

Lucas coçou a cabeça e voltou as mãos aos talheres, apenas para ficar brincando com a comida no prato.

— Aí é que está a grande sacada de Frank Truffi sobre o que eu falei de ele tentar lucrar em cima de mim. Ele queria aproximação pra eu ser seu garoto-propaganda. O grande filho, que ele sempre amou! Acho que ele tinha medo que eu ficasse mais e mais conhecido e acabasse contando sobre seu abandono. Não pegaria bem para sua imagem. – Lucas exalou pesadamente – Quando completei dezoito anos, eu corria na Europa e ele foi até lá me encontrar. Eu não lembrava mais dele. Nunca fui atrás de fotos e informações. Nada. De longe, vi que tinha um homem conversando com minha mãe e de repente ele começou a se exaltar e apertar o braço dela. – sem nenhuma emoção na voz, Lucas prosseguia o relato olhando seu prato de comida, mas duvido que estivesse enxergando alguma coisa – Quando me aproximei o suficiente, eu o reconheci, o que não foi difícil, já que eu sou uma cópia do cara. – sua risada resignada doeu meu peito – Eu voei para cima dele com tanta raiva... Raiva por tudo. Por todos aqueles anos. Dei dois socos em seu rosto e os mecânicos que estavam por perto nos separaram. No dia seguinte, tive um acidente grave na corrida e quebrei um braço. Por conta disso, fiquei afastado por várias etapas, perdi o campeonato e o piloto que me substituiu acabou ficando com minha vaga no ano seguinte, então voltei pra casa e procurei um advogado. Foi o momento em que decidi mudar. Eu queria que Frank me deserdasse. E foi isso que aconteceu. Então, legalmente eu não tenho pai. Por isso você nunca soube que um dia eu fui Truffi. Viu? Eu não estava mentindo pra você.

Vendo "de fora" um cara bonito e bem-sucedido como Lucas, é fácil se perguntar: "O que ele pode querer mais da vida?" É instintivo acharmos que pessoas como ele têm tudo para serem felizes, mas se colocarmos a história de qualquer ser humano sob o microscópio, muitas sujeiras acabam aparecendo, e no final das contas, muitas vezes não queremos trocar nossos problemas pelos do próximo.

O simples fato de Lucas não querer tocar no assunto "Frank Truffi" já mostrava o quão fragilizado ele era com toda aquela situação, e o vazio que vi em seu olhar quando ele se abriu comigo me mostrou algo sobre o Lucas criança que eu jamais imaginaria, e não sei por que, de repente, algo simplesmente ficou óbvio para mim: ele trocaria tudo pela oportunidade de ter sua família de volta.

— Lucas, eu nem sei o que dizer...
— Tá tudo bem. Eu não sofro mais com isso.
— Você sabe por que ele sumiu da sua vida?
— Porque conheceu outra mulher, formou outra família e ela não gostava de mim. Na época, ele era muito imaturo pra saber se impor e acabou cedendo às suas vontades. Pelo menos, foi o que *ele* me disse quando nos tornamos oficialmente desconhecidos. Mas o motivo realmente não me interessa.
— Ele teve mais duas filhas. Você nunca quis conhecer suas irmãs?
— Elas não são minhas irmãs. Será que podemos mudar de assunto?

Percebi que Lucas ficou ainda mais desconfortável com o tema da nossa conversa, e como já tinha falado bastante, era melhor deixar o resto para outra hora.

— Vamos pedir a sobremesa?

Sugeri e vi um sorriso aliviar a tensão no rosto daquele homem que eu tanto amava. Lucas me estendeu a mão, eu a cobri com a minha e seus dedos acariciaram minha pele.

8

Para ir ao casamento do amigo do Lucas, usei um longo vestido sem alças de crepe mesclado em preto e cinza. Para completar, minhas joias eram todas com pérolas, o que equilibrava o estilo moderno e sofisticado do meu visual.
— Vamos?
Perguntei ao sair do banheiro, apanhando minha pequena *clutch* multicolorida que estava sobre a cama, enquanto Lucas fechava seu imponente relógio de pulso.
— Nossa! – ele disse, balançando levemente a mão para o Rolex se ajeitar no lugar – Você está deslumbrante! – com um passo em minha direção, senti um delicioso frio na barriga ao observá-lo seguindo até mim – Caralho... Espero não ter problemas com nenhum bêbado que perca a noção do perigo nessa festa.
Dei uma risada alta, peguei sua mão e seguimos para o elevador.
— Você já se olhou no espelho?
Perguntei, com um sorriso em meus lábios.
Lucas vestia um *smoking* escuro com camisa e gravatas pretas, deixando cor apenas no lenço cinza, combinando com meu vestido. Apenas quando o vi pronto é que entendi por que ele havia perguntado a cor do meu vestido. Foi muito doce de sua parte se preocupar com um detalhe tão bobo que nos colocaria ainda mais em sintonia.
Meu namorado estava perfeito naquele traje que marcava com perfeição seus ombros largos e a cintura estreita, e eu mal podia esperar para desfazer o nó daquela gravata e arrancar a sua camisa.
— Sim, já me olhei no espelho. – Lucas respondeu, parecendo não entender minha pergunta – Por quê?
— Você tem ideia de que é um homem estonteante? – seus olhos me encararam como se eu tivesse acabado de lhe contar um segredo – Se não acredita, é só reparar nas pessoas a sua volta. Até os homens precisam dar uma segunda olhada quando você passa. Isso foi o que mais me deu raiva quando nos conhecemos.
— O quê? Homens me olharem?

Ele brincou, me conduzindo para dentro do elevador vazio.
— Não, seu idiota. Você ser tão ridiculamente lindo!
— Hum... Vou relevar a primeira parte do que você disse e ficar apenas com a segunda, mas... Por que isso irritou? Não deveria ser uma coisa boa?
Ele *realmente* não entendia.
— É que eu me senti atraída por você no instante em que os nossos olhos se encontraram pela primeira vez, e em seguida vi aquela merda de aliança no seu dedo.

Lucas girou meu corpo para ficar de frente ao seu, segurou meu rosto com as duas mãos e me fez olhar em seus olhos. Sempre que ele se aproximava daquela maneira, eu me agitava, e dentro daquele elevador não foi diferente. Ignorei a música brega que tocava e o marcador dos andares parecia ter parado no mesmo nível até que ele concluísse seus pensamentos.

— Você me pareceu tão frágil, linda e triste. Com os olhos mais azuis e intensos que eu já vi na vida. Eu me apaixonei! Só ficava pensando em maneiras de colocar você no meu caminho.

O elevador apitou, e antes de as portas abrirem, Lucas me surpreendeu com um beijo rápido, nem me dando tempo de expressar alguma reação pelo que ele havia dito, então me conduziu em direção ao *lobby*.

Lucas contratou um motorista para nos levar até o local do evento, porque aparentemente ele queria beber sem se preocupar em ter que dirigir de volta, e em menos de vinte minutos estávamos entrando no enorme salão do luxuoso hotel que realizaria a cerimônia e a festa do casamento *black-tie* de Peter Sullivan, um piloto amigo do Lucas desde a época em que eles corriam de kart.

Uma senhora graúda de cabelos ruivos presos em um coque e vestindo um terninho preto muito elegante nos conduziu a uma mesa com alguns pilotos que eu conhecia superficialmente das corridas, e logo nos acomodamos ao lado deles.

Os garçons serviam vinho branco e coquetéis de frutas, só suspendendo o serviço quando a noiva entrou, e como sempre me acontecia em casamentos, fiquei encantada e emocionada assim que os primeiros acordes da marcha nupcial começaram a soar. A noiva, com um vestido frente única repleto de cristais e um longo véu que cobria também seu rosto, foi acompanhada por seu pai até o centro do salão, onde um altar havia sido montado e onde Peter a esperava sorrindo.

— Você ainda acredita no casamento?

Lucas perguntou, baixinho, colando seu rosto à minha orelha e acariciando minhas costas nuas com as pontas dos dedos.

— Claro! Eu acredito no amor.

— Mas... você quer casar de novo, com festa e tudo mais?

CAPÍTULO 8

Virei o rosto, esquecendo completamente a cerimônia, e não consegui esconder minha surpresa com a pergunta, mas se notou algo, Lucas fingiu muito bem que não percebeu minha reação, porque seguiu me observando com o rosto mais tranquilo do mundo, com apenas um quê de curiosidade.

— Nunca mais pensei a respeito – respondi honestamente – *Você* acredita no casamento?

— Em quase nenhum, mas no nosso eu acredito.

— No... no *nosso?*

Meu coração acelerou como se eu tivesse acabado de ser pedida em casamento.

— Sim. Nós vamos casar algum dia, não vamos?

Como Lucas podia falar uma coisa daquelas como quem pergunta o que deve comprar no supermercado?

As palmas das minhas mãos umedeceram e senti minha garganta se fechar. Uma voz gritou alto dentro de mim o quanto eu não merecia um amor assim, o quanto eu havia me resumido a nada depois que Steve me roubou a beleza e a pureza do amor, me deixando com nada realmente digno a oferecer para merecer algo tão permanente.

Pisquei em silêncio, respirando lentamente para me concentrar no meu lado racional, observando o rosto apaixonado do Lucas e me dando aqueles segundos para calar a dor, porque eu sabia, *eu sabia* que Lucas entendia minhas imperfeições e me curava, ao tempo que eu o amava de volta.

Com um sorriso no rosto, eu disse:

— Eu te amo!

Porque era tudo que eu poderia dizer naquele momento.

— Infinito!

Ele completou, acariciando meu rosto e me olhando de volta como se estivesse escutado meus pensamentos, então nos beijamos de forma doce e casta.

Nosso amor era assim, infinito. Simplesmente infinito.

A noite avançava e a linda festa acontecia em clima de romance, cheia de conversas animadas e trocas de carinhos. Depois do jantar, o DJ começou a tocar músicas atuais e animadas e os convidados se dividiam entre a pista de dança e a mesa de doces decorados que enfeitava praticamente uma lateral inteira do salão.

Eu terminava minha fatia de bolo quando Lucas pediu licença para atender a uma ligação que parecia importante.

Acomodada à nossa mesa, bebendo e conversando com as pessoas que estavam sentadas conosco, eu esperava meu namorado voltar quando um senhor de uns sessenta anos se aproximou e deslizou a mão pelo meu ombro desnudo ao me cumprimentar.

— Boa noite. - virei o rosto para aceitar a saudação – Será que podemos conversar por alguns instantes, Natalie?

Tentei ao máximo lembrar de onde conhecia aquela pessoa. Ele não me era estranho, mas era bem estranho eu não saber de onde eu conhecia alguém que me chamava com tanta naturalidade pelo primeiro nome. Seria ele um patrocinador do Lucas? Eu já tinha bebido demais, devia ser aquele excesso o motivo do meu lapso de memória.

— Claro.

O senhor fez menção de me dar o braço, mas preferi apenas caminhar ao seu lado. Quando estávamos no *hall* de entrada, ele parou em um canto e me olhou com atenção.

— Nós não nos conhecemos, mas eu andei pesquisando sobre você desde que começou a namorar o... meu filho.

Meu sangue fugiu do rosto quando fiquei boquiaberta, sentindo meu coração disparar e percebendo meu cérebro levar algumas horas entre processar o que ouviu e elaborar algo a dizer.

Frank Truffi!

Frank Truffi estava bem à minha frente. Falando comigo!

Piscando incessantemente, tentei lembrar do que lera na *internet*, das fotos que vira daquele homem, e ao mesmo tempo tentava, com muito sucesso, enxergar o Lucas na genética daquela pessoa parada diante de mim. Como não reconheci imediatamente?

— Lucas sabe que o senhor está aqui?

— Duvido muito. – Frank disse, tranquilamente – Se soubesse, acredito que nem viria à festa. Ele já deve ter mencionado que não nos falamos há algum tempo.

— Ele falou, sim. Me disse que vocês não falam amigavelmente desde que o senhor o abandonou quando ele tinha cinco anos de idade.

Não fiz questão de esconder minha raiva ou parecer educada. O meu lado naquela história era muito definido.

— Eu errei. Mas eu tentei me aproximar.

— Ele também mencionou isso. Aliás, propício o momento em que o senhor tentou essa aproximação, não acha?

Meu Deus! Por um dia a mais e eu teria sido pega completamente desprevenida naquela situação, mas por um acaso eu ficara sabendo a verdade sobre aquela relação de pai e filho e podia transparecer minha enorme repulsa por aquele homem.

— Vejo que ele já fez a sua cabeça, mas eu gostaria de me explicar.

— Eu não preciso de explicações. Não tenho nada com esse assunto, apenas apoio meu namorado no que for melhor pra ele.

— E a senhorita tem absoluta certeza de que viver brigado com o próprio pai é o melhor pra ele?

Ele me desafiava a contrariá-lo, e a audácia em seu tom só ia me deixando ainda mais revoltada.

CAPÍTULO 8

— Como o senhor já deve saber, sou advogada, e o que vejo a minha frente é um genitor que abandonou o lar, deixando seu descendente menor de idade e a esposa à deriva, decidindo retomar o contato com o filho em um momento em que este estava em ascensão profissional, claramente tentando lucrar às suas custas. Para completar, ao perceber que a atitude foi frustrada, concordou em deserdá-lo. Neste caso, sim, acho que o melhor para o Lucas é ficar bem longe do pai.

Frank franziu o cenho, escutando atentamente minha nada cordial dissertação, e logo seguiu jogando suas cartas.

— Ele tem duas irmãs que gostariam de conhecê-lo.

— Esta é outra história, porém ele também não está disposto.

— Eu quero me aproximar e só você pode me ajudar. Quero recuperar o tempo perdido.

— Não vejo como e nem por que eu o ajudaria.

Eu olhava para os lados, tentando procurar pelo Lucas. Não queria que ele visse o pai e tampouco que me visse conversando com ele, mas aquela falação toda parecia não ter fim.

— Posso procurar você para jantarmos qualquer hora dessas?

Ele mal acabou a pergunta e eu senti uma presença intensa atrás de mim.

— Não! - Lucas rosnou, respondendo por mim, passando um braço pela minha cintura, me juntando possessivamente ao seu peito – Não pode levar minha namorada a lugar algum. O que você quer? O que você está fazendo aqui?

— Filho...

Frank usou um melancólico tom de voz fraternal.

— Filho é o caralho! – Lucas rebateu, áspero e ofegante com os dentes cerrados – Eu nem conheço você!

— Minha empresa está desenvolvendo uma parceria com a empresa do pai do seu amigo. Pelo jeito ele não contou que eu também estava na lista de convidados do casamento.

— Ele nem sabe que *infelizmente* nossos destinos já se cruzaram em algum momento. Que merda de coincidência encontrar você aqui.

— Tenho acompanhado sua carreira. Você me enche de orgulho, meu filho.

Ele até parecia sincero, mas tudo na atmosfera que nos envolvia era tão falso que eu me convencia de que ele era apenas um bom ator.

— Eu já disse que eu. não. sou. seu. filho! – Lucas reafirmou, em *staccato*, transbordando raiva na voz, mas havia algo mais ali e eu não conseguia saber o que era – Vamos Natalie, deixe esse merda falando sozinho.

Sendo praticamente arrastada, voltamos ao salão, mas Lucas não conseguia mais relaxar. Seu pai também fez questão de deixá-lo desconfortável, não parando de olhar para nossa mesa. Ele estava acompanhando de uma senhora morena muito elegante que devia ser a responsável por ele ter se afastado do filho, ou, pelo menos, devia ser parte do motivo, porque Frank já era bem grandinho para decidir e saber o que era o correto a ser feito quando saiu de casa.

Algumas músicas depois, eu já estava a ponto de cometer uma loucura. Não aguentava mais ver meu namorado se torturando ao tentar ignorar a presença do homem a algumas mesas de distância, e imaginando o turbilhão de ideias que deviam estar transtornando sua cabeça, pedi:

— Ei, Campeão, você se incomodaria se fôssemos embora? Estou tão cansada...

— Tem certeza? Você parecia estar se divertindo.

— Estava ótimo, mas já está tarde e meus pés doem.

Lucas aceitou minha mentira repleta de boas intenções e nos despedimos de seus amigos.

Senti olhares minuciosos sobre nós dois enquanto caminhávamos em direção à porta, e com Lucas mantendo a postura tensa, apertando forte minha mão e comprimindo o maxilar, deixamos Frank Truffi para trás.

Entramos calados no carro e assim seguimos até estarmos de volta ao nosso hotel.

— Como você está se sentindo?

Acariciei de leve suas costas ao passarmos pela porta do nosso quarto.

— Normal.

— Lucas...

Ele se afastou de mim e foi até o banheiro, tirando o casaco e soltando a gravata no meio do caminho. Dei um tempo a ele enquanto descalçava meus sapatos e vestia minha camisola, mas os minutos foram passando e Lucas não voltava ao meu encontro, então decidi dar uma espiada e meu coração se partiu em mil pedaços quando encontrei a porta do banheiro entreaberta e ele debruçado sobre a pia, enquanto lágrimas escorriam pelo seu rosto.

O que enxerguei ali não foi um homem forte, *sexy*, bem-sucedido profissionalmente e realizado na vida pessoal. O que estava à minha frente era um menino que nunca entendeu exatamente o abandono do pai e que ainda sofria com a rejeição.

Por alguns instantes, fiquei sem saber se o deixava sozinho ou me aproximava para tentar confortá-lo, até que a aproximação venceu e eu entrei no banheiro atrás dele.

— Lucas... venha aqui.

O puxei pela mão em direção ao quarto e o forcei a sentar na cama, mas antes que eu pudesse me acomodar ao seu lado, fui puxada para seu colo e Lucas enterrou a cabeça no meu pescoço. Sem falar nada, ele chorou baixinho. Seu corpo tremia em espasmos que libertavam anos de dor e sofrimento e eu apenas oferecia meu corpo para acalmá-lo. Tentei ser forte

CAPÍTULO 8

por ele, mas aquela cena era tão torturante que lágrimas levaram a melhor e rolaram pelo meu rosto também.

Tinha muita coisa mal resolvida naquela relação, e tudo que eu queria era fazer aquele menino que eu tanto amava sentir-se bem *de verdade*, mas eu não sabia nem por onde começar. Eram feridas muito profundas e eu não sabia como poderiam ser curadas.

Deitamos abraçados e Lucas adormeceu enroscado a mim enquanto eu passava os dedos por seus cabelos. Ele ainda estava de calça, sapatos e com a camisa aberta. Grande parte do seu corpo cobria o meu e seu peso quase me esmagava, mas enquanto não o senti em sono profundo, não me movi. Assim que pude finalmente sair da cama, o fiz devagar para não o acordar, depois tirei seus sapatos, seu cinto e abri o botão de sua calça, sem que ele movesse um único músculo. O cobri com o edredom que estava no armário e peguei novamente seu *tablet*, para me sentar no sofá e pesquisar sobre Frank Truffi.

Os sites mostravam o que eu já tinha visto e que já sabia há muito tempo; que ele era dono da Truffi Soluções, uma empresa de desenvolvimento de *softwares* extremamente bem-sucedida. A única novidade era que ele andava se ligando a outras empresas em algumas alianças inesperadas.

Quando procurei por imagens, o encontrei com a esposa e as filhas. Analisei as meninas, que deviam ter por volta dos vinte anos, e achei que uma delas se parecia muito com Lucas, que por sua vez se parecia muito com seu pai. Mesmo alcoolizada, eu tinha que ter percebido imediatamente quem era aquele homem que me abordava na festa.

Na *internet*, ainda havia outras fotos de Frank em eventos e diversas imagens com um grande empresário que perdeu bilhões no ano anterior e quebrou muitos investidores que tinham ações de suas empresas.

Usando minha porção advogada, fiz pesquisas jurídicas digitando o nome de Frank nos sites especializados e, para minha surpresa, encontrei vários processos em que ele era réu, mas não tinham muitas informações abertas à análise. O escritório que o defendia era o mesmo que Steve trabalhava quando éramos casados, e um frio na barriga me pegou de surpresa ao pensar no meu ex-marido, mas a vontade de ajudar o Lucas era maior que qualquer medo, então, assim que chegássemos a São Francisco, eu estava decidida a procurar Steve para tentar descobrir alguma coisa mais concreta sobre Frank Truffi, apesar de que eu já tinha certeza do motivo que fez aquele pai querer se aproximar do filho novamente: dinheiro.

A ideia me deprimiu ainda mais, porque eu vi como Lucas ainda sofria por causa do pai, mas eu iria ajudá-lo a enfrentar a verdade, fosse o que fosse.

Quando me dei por satisfeita com as primeiras descobertas sobre meu "sogro", me deitei ao lado do homem que merecia todo meu amor e adormeci.

O barulho do chuveiro me despertou horas mais tarde e eu fiquei esparramada sobre os travesseiros, esperando Lucas voltar ao quarto. Suspirei alto quando ele surgiu no meu campo de visão, completamente nu e secando o peito com a toalha. Sorrindo, ele me cumprimentou:

— Bom dia, Pequena.
— Meu Deus! Eu já acordei mesmo? Acho que estou sonhando.

Olhei maliciosamente seu corpo perfeito e ele se aproximou com um rosto tranquilo.

— Acho que preciso mostrar que você já está bem acordada.

Lucas chegou ao lado da cama, totalmente pronto para mim, e eu o puxei com força pelos braços, girando para fazê-lo cair de costas no colchão. Rindo, ele se apressava em tirar minha calcinha e eu logo montei nele, o enfiando até o fundo, de uma vez só.

— Animada, Srta. Moore?

Suas mãos envolveram meus seios e eu comecei a me movimentar.

— É que você é tão gostoso...

Cavalguei pesadamente até não aguentar mais e minhas pernas começarem a tremer. Gozamos juntos em um misto de desejo e cura, e por um bom tempo ficamos abraçados, estirados sobre a cama.

— Obrigado.

Lucas sussurrou, acariciando meus cabelos.

— Pelo quê?
— Por me fazer relaxar. Eu entendi a sua intenção.

Minha respiração trancou no meu peito e eu ergui a cabeça para olhar no fundo de seus olhos.

— Eu te amo!

Sussurrei.

— Eu também te amo. Mais que tudo!

Nos beijamos para selar um tipo de pacto amoroso.

9

Antes mesmo de chegar ao escritório na segunda-feira, eu já havia tomado uma grande decisão sobre qual seria minha primeira resolução do dia, e sem me dar muito tempo para reconsiderar a ideia, assim que fechei a porta da minha sala, me sentei na minha cadeira reclinável e, enquanto esperava o computador ligar, tirei meu celular da bolsa e procurei por um número que por algum motivo ainda estava salvo na minha lista de contatos. Respirei fundo uma vez, sentindo o suor molhar as palmas das minhas mãos, e ignorando o tremor nos meus dedos, apertei para chamar.

— Nat?

Uma voz surpresa e confusa me saudou e eu não consegui emitir som algum por vários segundos. Suor escorrendo pela minha nuca e a bile parecendo subir pela garganta já travada com um choro dolorido.

— O-oi, Steve.

Vencendo minhas batalhas internas, saudei meu ex-marido, o maior monstro da minha vida, e respirando fundo controlei meu nervosismo, porque eu precisava da ajuda do meu pior pesadelo.

— Oi. Q-que surpresa!

Ele gaguejou pateticamente, como eu. Parecia tão nervoso quanto eu me sentia.

Pela forma como acabou nossa cordialidade de ex-casal, posso apostar que Steve achava que nunca mais veria meu número brilhando na tela de seu celular, como também aposto que ele sabia que eu ia lhe falar algo muito importante, caso contrário, *jamais* teria ligado.

— Estou ligando porque preciso de um favor e imagino que você não vá me dizer não.

— Tudo que você quiser.

Sua resposta foi imediata, parecendo até aliviada por poder fazer algo por mim.

— Preciso de informações sobre um cliente do escritório que você trabalhava.

— Eu voltei a trabalhar aqui. Fiquei quase um mês na reabilitação, tô limpo agora. Sou eu outra vez, Nat. - ele disse, justificando o inferno pelo

qual eu passei em suas mãos, como se algo pudesse apagar aqueles momentos de horror, e, apesar de ainda sentir tremores ao pensar nele, não posso negar que fiquei aliviada por saber que ele estava saudável outra vez, quase como se soubesse que o criminoso estava na cadeia e incapaz de me alcançar novamente – Mas, poxa, – Steve baixou um pouco a voz, seu tom soando constrangido – você sabe que eu não posso passar informações de clientes.
— Espero que você permaneça limpo.
Precisei falar.
— Nat, desculpa. Por favor, me desculpa! Você sabe que eu estava... Enfim... – ele deu um longo suspiro – Como você está?
Como eu estava...
Como eu estava?
Bem. Eu estava viva, eu tinha o Lucas, eu tinha voltado a viver e a sorrir, mas minha alma, minha essência, nunca mais seriam como tinham sido antes. Não existe "superar" uma coisa dessas. Existe apenas escolher "seguir vivendo".
Sobre qual parte de mim Steve estava querendo saber?
— Essa pergunta pode ser respondida de muitas maneiras, mas em resumo, eu estou bem. A vida segue e agora tem este favorzinho que você vai fazer pra mim...
— Nat, se alguém descobrir, eu posso me ferrar outra vez.
— Você não estava tão preocupado assim quando ferrou comigo, estava? – ele deu uma leve gemida do outro lado da linha. Eu tinha marcado meu ponto – Mas não se preocupe, só preciso dessas informações para uso particular.
Depois de alguns segundos em um silêncio tenso e dramático, Steve concordou. Eu não percebi na hora, mas durante a espera eu segurei a respiração e fechei o punho que estava apoiado na mesa.
— Tudo bem, do que você precisa?
— Saber tudo sobre Frank Truffi.
— Você o conhece? O cara tá ferrado. Perdeu tudo! Não sou eu quem cuida desse processo, mas vou perguntar detalhes ao Tyson.
— Você me avisa assim que souber alguma coisa?
— Aviso.
— Ótimo.
— Bom falar com você, Nat.
Desliguei o telefone depois de um seco "tchau" e fiquei alguns minutos parada com o olhar fixo no aparelho. Minha respiração estava um pouco agitada, como meus batimentos cardíacos.
Merda de trauma!
Decidi não contar nada ao Lucas, nem sobre ter falado com Steve e menos ainda sobre a investigação que estava fazendo sobre seu pai. Seria melhor ter algo concreto a dizer, antes de atormentá-lo ainda mais com o assunto.

CAPÍTULO 9

Digitei minha senha no computador que ficava no canto da mesa e abri as pastas dos arquivos que precisavam ser finalizados. Me dediquei completamente ao trabalho, para não ter tempo de pensar demais tentando prever o que meu ex-marido teria para me informar.

Era final de tarde quando Steve me ligou, enquanto eu conversava com Theo em sua sala. Dei um pulo quando o celular vibrou no bolso da minha calça preta e logo vi se tratar da informação que eu ansiava. Meio sem jeito, pedi licença para atender à ligação em privacidade e corri até minha sala batendo os saltos dos sapatos no piso de madeira, depois, sem a menor delicadeza, fechei a porta e me atirei em minha cadeira de couro.

— Fala, Steve.
— Nat, esse cara é pai do Luke?
— Sim.
— Ele está querendo transferir suas dívidas pra ele. Não sei como ele pretende fazer isso, mas ele quer tentar que Luke assuma seus débitos, como se ele tivesse morrido. Tudo muito confuso, porque Frank até deserdou Luke anos atrás, alegando ofensa física. Pelo que entendi, foi em comum acordo, mas esta foi a justificativa legal. Agora ele quer se reaproximar, tentar registrá-lo novamente para ferrar o cara de vez. O velho tá sonhando!
— Meu Deus! Este homem é um monstro! Mas então é uma ação sem fundamento, não vai dar em nada. Só vai... – contive meu comentário sobre o quanto aquilo tudo iria machucar o Lucas, porque Steve não precisava saber das fragilidades do meu namorado – Obrigada.
— Ele não vai conseguir, a menos que Luke aceite. Talvez "conquistar o filho" esteja nos planos de Frank. O cara perdeu quase todo seu patrimônio declarado. Claro que tem milhões fora do país, mas Tyson disse que ele não quer comprometer a segurança de sua família usando esse dinheiro.
— Ele não quer ferrar com a família dele, mas quer ferrar com o Lucas. Que filho da puta!
— Se eu souber de mais alguma coisa, eu aviso.
— Muito obrigada.

Fiquei atordoada por vários minutos, pensando em soluções e tentando saber o que fazer, até que desisti, desliguei o computador, recolhi minhas coisas e fui para casa.

Fiz o trajeto até meu apartamento levando mais tempo que o necessário. Nem liguei o rádio, que era meu ritual diário para me desconectar dos assuntos jurídicos, e fiquei só pensando em como contar uma coisa daquelas ao Lucas.

Desliguei o carro na garagem e com os olhos fixos à frente desci e acionei o alarme ao mesmo tempo em que abri a porta de acesso às escadas, revelando um casal de namorados que interrompeu um beijo molhado no instante em que me enxergaram parada à sua frente. Sorri educadamente e passei por eles para subir até meu andar, mantendo os olhos fixos no nada.

Abri a porta de casa, larguei minha bolsa no sofá, fui até meu quarto, abri o armário, tirei do maleiro uma mala pequena de couro marrom, coloquei ali dentro um conjunto de sutiã e calcinha vermelhos, um vestido preto sem decote e sem mangas que seguia até o joelho, um *blazer* da mesma cor e um sapato *nude*. Não pensei muito nas combinações e acessórios, depois me arrependi por ter decido usar as mesmas joias que já estavam em mim. Também acabei esquecendo o pijama, não que fizesse muita falta, e depois que peguei novamente minha bolsa Louis Vuitton, bati a porta e saí esquecendo de chaveá-la novamente.

Segui para a casa do Lucas ainda um pouco nervosa, mas o aperto no meu peito diminuiu quase completamente quando o vi na calçada, usando um casaco com capuz para se proteger do vento que estava bastante intenso naquele entardecer. Ele brincava animadamente com Pole, que quando me viu descer do carro, correu em minha direção e quase me derrubou no chão ao colocar as duas patas dianteiras no meu peito.

— Seu cusco maloqueiro, quer acabar comigo?

Falei, enquanto me abraçava àquele cachorro lindo e especial, como seu dono.

— Oi, Pequena. Como foi o trabalho hoje?

Lucas puxava a coleira prateada do Pole, tirando suas patas de cima de mim, e envolvia um braço na minha cintura para me aproximar de seu corpo.

— Que recepção familiar! – sorrindo, beijei seus lábios corados e carnudos – Foi bom. Normal.

— Minha mãe vem jantar aqui. Falei que encontrei com Frank e ela quer me ver. Tudo bem pra você?

— Claro! Vou preparar um jantar delicioso pra nós três.

Fiquei brincando de jogar uma bolinha colorida para Pole buscar, enquanto Lucas estacionava meu carro em uma das suas muitas vagas na garagem. Ao retornar, ele me abraçou dentro de seu casaco e beijou o topo da minha cabeça.

Era daquela maneira que eu queria ficar; sentindo seu calor e derretendo em seus braços. O vento já nem me incomodava, parecia mais uma música de fundo para uma cena romântica. Meus cabelos voavam e batiam no meu rosto e Lucas delicadamente os tirava dos meus lábios. Pole corria animado e voltava implorando atenção, até que se cansou e se sentou aos nossos pés. Ficamos mais um tempo na rua, sentindo o vento e nos aquecendo em um abraço, e pela maneira como a respiração do Lucas estava tranquila e a forma como suas mãos acariciavam quase reverentemente minhas costas, acredito que ele estava desfrutando da mesma experiência que eu, de apenas *sentir* o amor, como uma bênção de Deus, em um momento sem nada de especial, sem falarmos palavra alguma. Estávamos apenas ali, parados, juntos, *sentindo*.

Quando, por fim, decidimos entrar em casa, Lucas foi acomodar Pole e eu fui tomar um banho. Uma hora depois, Leonor chegou, e ainda sob o batente da porta de entrada, abraçou forte o filho. Fiquei comovida em testemunhar o carinho e a cumplicidade que eles tinham um com o outro. Lucas já havia me contado dos sacrifícios que juntos enfrentaram depois que Frank os abandonou, e também relatou como aquele episódio os uniu ainda mais. Era bonito ver um filho que tinha na mãe sua melhor amiga.

Assim que se afastaram, Leonor me cumprimentou com muito afeto antes de seguirmos aos sofás da sala de estar. Conversávamos amenidades quando dei um jeito de dizer que precisava voltar à cozinha. Eu queria deixar os dois a sós, para que falassem sobre o pai do Lucas e o que mais precisassem falar, e ao me afastar, consegui ouvir o começo da conversa de mãe e filho.

— Fiquei tão preocupada, meu amor. Como você está? O que ele disse?

— Eu acho que estou bem, mãe. Ele não veio falar comigo, foi abordar a Natalie. Fiquei com mais raiva ainda por isso. Que merda é essa de querer se aproximar?

— Nunca se sabe o que se passa pela cabeça do Frank. Mas Luke, *você* quer se reaproximar dele?

— Não! Claro que não!

Lucas nem precisou pensar antes de responder, mas eu não tinha certeza se acreditava naquela veemência toda.

— Luke...

— Não, mãe. Eu queria um pai, mas não ele.

Entrei na cozinha, fechei a porta e não escutei mais nada.

Durante o jantar, o clima ficou tranquilo e o assunto "Frank" parecia ter sido varrido para debaixo do tapete.

— Minha nora querida, além de uma excelente advogada, acabo de descobrir que você é também uma excelente cozinheira. Que delícia este risoto de camarão!

— Ihh mãe, – Lucas se atravessou na conversa – você não viu nada! A Pequena é excelente em tudo!

Senti meu rosto corar instantaneamente pensando no "tudo" que Lucas disse, mas sua mãe obviamente não acompanhou meus pensamentos.

— Estou vendo, sim. Uma mãe percebe quando alguém está cuidando bem de seu filho.

Ela sorriu com tanto carinho para mim que retribuí sem nem perceber que estava verdadeiramente tocada com suas palavras.

— Então... Quem sabe a gente come a *mousse* que preparei para sobremesa?

Tentei me tirar do foco das atenções, e funcionou.

Lucas repetiu o doce duas vezes e, depois que Leonor tomou um cafezinho, ela se despediu e se direcionou à saída.

— Mãe, espera que eu vou pegar o Pole e acompanho você até seu carro, assim ele já aproveita para dar a última passeada do dia.

— Claro.

Lucas seguiu até o jardim e pela primeira vez naquela noite eu consegui ficar sozinha com a mãe dele, que aproveitou para saber mais sobre o que aconteceu no encontro inesperado com Frank Truffi.

— Nat, o que aquele cafajeste queria com você?

— Que eu o ajudasse a se aproximar do Lucas.

— Fico tão preocupada com as emoções do meu filho. Eu sei que ele sofre por se sentir rejeitado...

— Ele chorou muito quando chegamos ao hotel, depois da festa que encontramos com Frank – Leonor levou as mãos à boca e engoliu um choro que quase explodiu. – Mas eu estou fazendo tudo que posso para mantê-lo animado.

— Por que aquele homem quer desestabilizar o meu menino novamente? – ela tentava controlar o tom de voz – Não basta tudo que já o fez sofrer?

— Eu não comentei com Lucas, mas andei pesquisando e descobri várias ações em que Frank é réu. O escritório que o defende é o mesmo que... É o mesmo em que um amigo meu trabalha. – escutamos Lucas se aproximando e eu me apressei em falar – Frank está falido, – baixei o tom de voz – só tem dinheiro escondido fora do país, então quer registrar o Lucas novamente e tentar fazê-lo assumir suas dívidas.

— NÃO!

Ela gritou.

— O QUE FOI MÃE?

Lucas correu para o nosso lado, puxando Pole preso à guia.

— Sua mãe lembrou que deixou o portão aberto. Nascar e Indy devem estar fazendo a festa pela vizinhança.

Nem sei como consegui pensar tão rápido em uma desculpa.

— Mãe, de novo?

— Luke, eu preciso ir. Nat... – ela virou de frente a mim e agarrou minhas mãos com força – Obrigada, querida.

Aquele agradecimento foi muito além de um jantar, e eu a abracei mais uma vez antes que ela passasse pelo *hall* e fosse embora.

Quando a porta se fechou, eu voltei à sala de jantar, acabei de recolher a louça, coloquei tudo dentro na máquina de lavar, adicionei sabão, liguei e esperei o primeiro jato de água soltar para pegar um pano úmido e limpar a mesa. Depois sequei a pia, estendi o pano e fui para o quarto me arrumar para ir para a cama. Apesar de poder ter funcionários fazendo tudo por ele, Lucas se negava a ter uma pessoa todos os dias dentro de sua casa para

CAPÍTULO 9

arrumar suas bagunças. Ele ainda mantinha algumas simplicidades na vida, o que me fazia sentir muito mais conectada com ele e me deixava bem mais à vontade fazendo parte de seu universo.

Lucas estava demorando demais para voltar com Pole. Ele e Leonor deviam ter voltado a falar sobre Frank.

Me aproximando da cama, olhei para a mesa de cabeceira e percebi que uma luz acendeu no meu telefone. Com dois passos rápidos, me curvei para pegá-lo e meu corpo inteiro tencionou. Mensagem do Steve.

"Me liga. Urgente!"

Meus batimentos aceleraram, mas aproveitando que estava sozinha, liguei para ver o que de tão urgente meu ex-marido tinha para me falar.

— Oi, Nat.

— Oi. O que foi? Estou preocupada, fala rápido.

— Tyson me ligou agora e disse que hoje, assim que eu havia saído do escritório, Frank apareceu e pediu para iniciar um processo insano de reabilitação de paternidade. Amanhã ele vai protocolar uma petição, mas o que o cara quer não existe! Mesmo que ele, por um milagre ou desejo do Luke, registre o filho novamente, suas dívidas vão cair sobre todos os filhos, e só depois que ele morrer. Além de não poderem ultrapassar as forças da herança. O máximo que vai acontecer é o Luke pagar alguma dívida do pai com o que ele herdar por direito como filho reconhecido. Não se preocupe, Frank não vai conseguir fazer Luke dispender partes de seu patrimônio pessoal em razão das dívidas dele, a menos, é claro, que Luke queira quitar essas dívidas. Aconselho vocês a se preocuparem mais com as *intenções* do Frank do que com o que ele vai, *de fato*, conseguir fazer. Talvez ele tenha planos mais sórdidos, tentando colocar o filho como seu sócio ou fiador, e se isso acontecer, aí sim ele vai, de fato, conseguir ferrar apenas o Luke e não suas duas filhas.

— Que merda! – levei a mão à testa e suspirei – Obrigada, Steve. Se precisar de mais alguma coisa, eu li...go.

Lucas estava parado na porta do quarto, com um olhar além do colérico. Desliguei o telefone sem me despedir.

— O que. você. está. fazendo?

Ele perguntou com uma voz tão calma e tão baixa que dava para perceber que era apenas controle para não começar a gritar e esmurrar as paredes.

— Nada.

— *Natalie*, não me faça de idiota. Por que você estava falando com *ele*?

Então, eu senti medo. Um medo gigante que me corroía por dentro e estrangulava minha garganta. Eu não sabia o que dizer.

— Era sobre um processo, nada substancial.

— Se você, sem querer, *cruzar na rua* com ele, *já é* algo substancial! Você *falar* com ele é... é... – então Lucas cedeu os ombros, percebendo que

eu é quem tinha que saber quando estava segura para falar ou encontrar com Steve, não ele – Desde quando vocês vêm se falando?
— A gente não *vem* se falando. A gente só se falou *hoje*.
— E você não ia me contar?
— Por que eu contaria? Para ver você cuspindo fogo?
— Você o perdoou?
Sua voz era quase inaudível.
— Não, Lucas. Acho que nunca vou ser capaz de perdoar ou esquecer o que aconteceu. Mas eu precisava de umas informações, então tive que falar com ele.
— E como você se sentiu?
— Não quero pensar nisso.
— Eu não quero que você se aproxime de coisas que trouxeram tanta dor. A raiva virou pena, e eu odiava que sentissem pena de mim.
— Eu precisei, mas está tudo bem. Deixa isso pra lá. Vamos dormir.
Lucas se aproximou e eu o puxei para meus braços, mas percebi que ele não estava realmente comigo. Seu corpo ainda estava tenso e eu não queria pensar no que pudesse estar passando pela sua cabeça.

Naquela noite, nos deitamos sem trocar uma palavra mais. Imóvel, fiquei com os olhos fechados, esperando o sono me encontrar, sentindo o corpo do Lucas ao meu lado, mas sem encostarmos um no outro. Era horrível sentir o clima pesado entre nós, mas se quisesse acalmar a preocupação do meu namorado, eu teria que lhe trazer dor e sofrimento, contando o motivo que me levou a procurar Steve, e isto era algo que eu não estava disposta a fazer enquanto não fosse capaz de resolver a situação. Lucas precisaria aceitar o fato de que precisei trabalhar com meu ex-marido por conta de um cliente qualquer, e enquanto eu não soubesse mais informações sobre Frank Truffi, aquele assunto estaria morto entre nós.

Respiração ofegante no meu pescoço, mãos fortes me prensando de bruços na cama, uma evidente ereção pressionando minha bunda.

Meus olhos estalaram abertos quando tentei gritar, mas minha voz não saía.

Eu podia ver uma pessoa perto o suficiente para me ajudar. Estava de costas, sombreada pela claridade que vinha de dentro do banheiro do meu quarto. Eu conhecia aquele corpo, mesmo no escuro. Lucas estava ali, há poucos passos de mim, e eu não consegui chamá-lo.

Tentei gritar novamente quando um pedaço de corda enrolou ao redor do meu pescoço e começou a apertar. As fibras do material arranhando minha pele, restringindo minha respiração até ser impossível inspirar. O hálito quente ao pé do meu ouvido me causava arrepios, o corpo suado se colava mais e mais ao meu, afastando minhas pernas com brutalidade, enquanto eu

CAPÍTULO 9

tentava lutar contra. Meus olhos não desviavam das costas do Lucas. Ele não virava na minha direção. Ele não sabia que eu precisava de ajuda.

Então houve uma penetração violenta e dolorosa e lágrimas transbordaram dos meus olhos quando mãos exigentes viraram minha cabeça, para que eu pudesse ver quem estava sobre mim.

O sorriso presunçoso de Steve foi tudo que vi antes de um suspiro me escapar, quando a corda apertou mais forte ao redor do meu pescoço e depois me liberou para respirar.

— LUCAS!

Eu me sentei na cama, o corpo trêmulo e suado.

— Pequena! Eu tô aqui. – Lucas me puxou para seu peito e eu balbuciava qualquer coisa – Shhh... Tá tudo bem. Tá tudo bem. – ele falava com a cabeça encostada à minha – Você estava sonhando.

Um pesadelo. Eu já tinha me livrado deles. Eles não podiam ter voltado. Eu não podia ter dado aquele passo atrás.

Enquanto controlava minha respiração, fui invadida com as memórias do que meu subconsciente estava produzindo durante meu sono, e uma ânsia subiu até minha garganta, me fazendo precisar sair correndo até o banheiro para vomitar.

Não. Não. Não. Tudo de novo, não.

Sentada no chão frio do banheiro, apoiada sobre a tampa fechada da privada, chorei escondendo o rosto nos braços.

— Pequena, – Lucas estava sentado ao meu lado, acariciando meus cabelos e minhas costas – eu não sei bem o que dizer, mas está tudo bem. Você está bem. Foi só uma porra de pesadelo.

— Eu sei o que você está pensando. – falei entre fungadas – Que eu me provoquei procurando pelo Steve, que acionei meus gatilhos e agora você tem que passar por isso outra vez, porque *eu* fui uma idiota. Mas não foi isso, Lucas. Eu não fui uma idiota. Eu só precisava saber uma informação.

— Eu não tô pensando isso. Tá tudo bem.

— Eu vou ficar bem, tá? – ergui o rosto para enxergar um Lucas consternado junto a mim – Prometo que eu vou ficar bem. Prometo.

— Eu amo você. – ele disse, com aquela voz convicta que combinava com o calor de seus olhos fixos nos meus – E você é perfeita pra mim. Eu não me importo de lutar suas batalhas, porque elas são minhas também.

Chorando, enterrei o rosto em seu pescoço e Lucas me abraçou até que eu estivesse mais calma.

Escovei os dentes, tomamos banho juntos e voltamos para a cama, daquela vez para dormirmos abraçados até o sol nascer.

10

Na manhã de terça-feira, depois de nadar nua por quarenta minutos, me arrumei e fui trabalhar. Saí antes que Lucas acordasse, era melhor que ele dormisse até mais tarde depois da péssima noite que o proporcionei. Preparei seu café da manhã e o deixei em uma bandeja sobre o divã próximo à janela do quarto com um "eu te amo" escrito em um guardanapo. Lucas tinha demitido Guerta depois de perceber que ela ajudou Camille a invadir sua casa, e desde então a dispensa daquela residência não andava como antes. Pensando que ele acabaria tomando apenas um iogurte, resolvi catar o que tinha de interessante em seus armários e lhe preparei uma refeição decente, porque um atleta precisa se alimentar bem, e eu fazia questão de cuidar do meu.

Quando entrei no meu escritório, fui logo tirando o casaco e o largando sobre o encosto da minha cadeira, soltei minha bolsa sobre o balcão abaixo da janela e, antes mesmo de me sentar, apertei o botão para ligar o computador. A musiquinha de início soou e eu já comecei a clicar freneticamente no link da *internet* para iniciar a busca que eu *precisava* fazer antes de começar a trabalhar. Não foi difícil descobrir o telefone da empresa de Frank Truffi e, sem precisar reconsiderar minhas ações, disquei para marcar um encontro com ele.

— Mas se não é minha adorável norinha! – ele cumprimentou em um tom irônico, assim que a secretária passou a ligação – Que bom receber sua ligação, Natalie.

— Bom dia, Sr. Truffi, aqui quem fala é Dra. Natalie Moore, advogada do Sr. Lucas Barum. Estou ligando para verificar sua disponibilidade para marcarmos uma reunião ainda esta semana. Se possível, ainda hoje.

— Pelo tom que a *doutora* adotou, posso cancelar meu compromisso ao meio-dia e podemos almoçar juntos ainda hoje.

Seu modo de falar insistia em caracterizar nosso encontro como algo informal, me deixando irritadiça e incomodada, mas achei melhor não o provocar tão cedo.

— Estou liberada a partir do meio-dia.

— Passo no seu escritório para buscá-la.

— Não. Eu prefiro encontrá-lo direto no restaurante. Pode ser no Chef Gaspar mais ou menos ao meio-dia e quinze?

CAPÍTULO 10

— Encontro com você lá.

Desliguei o telefone e fiquei alguns minutos registrando o que iria acontecer. Eu almoçaria com o pai calhorda do Lucas, e o ordenaria a parar de jogar com a vida do meu namorado, sob ameaça de denunciar seu desvio de dinheiro. Óbvio que um cara daqueles teria problema na Receita Federal ao acumular milhões no exterior.

Escolhi um restaurante perto do meu trabalho, ignorando propositalmente o que eu costumava frequentar, e fiz reserva para dois, pedindo uma mesa discreta.

Caminhei apressada até lá, sentindo meu coração bater no peito na velocidade dos meus passos. No horário combinado, adentrei o local e, antes mesmo de perguntar pela minha reserva, enxerguei Frank sentado ao fundo do salão. Dispensei a recepcionista e fui até lá com passos largos e seguros, chocando meus saltos autoritariamente no assoalho de ipê. Parei ao lado da mesa onde ele estava lendo casualmente o menu e me impressionei com a semelhança física entre Lucas e aquele homem, mas interiormente era nítido que tinham nada em comum.

— Olá, Frank.

Ele se levantou e me cumprimentou com um forte aperto de mãos, passando toda sua segurança, confiança e ousadia naquele pequeno gesto.

— Querida Natalie, que bom encontrá-la novamente.

Ao me sentar, apoiei os antebraços cruzados sobre a mesa e olhei fixamente em seus enormes olhos castanhos, que me encaravam de volta com clara curiosidade. Frank tinha aquele olhar sedutor de cílios fartos que eu conhecia tão bem em outra pessoa. Seu cabelo escuro era mais curto que o do Lucas e mantido em um corte tradicional bem diferente dos fios *sexys* e revoltos de seu filho, mas a pele era da mesma cor e ambos eram altos com ombros largos e cintura estreita. Impossível negar qualquer parentesco.

— Eu sei quais são seus planos, e se você insistir em tentar prejudicar o Lucas mais uma vez, este processo será tão longo e penoso que você terá que usar sua riqueza estocada em paraísos fiscais para arcar com as custas de tudo isso, fora que perderá um bom tempo tentando explicar à Receita Federal a denúncia que cairá sobre você.

Frank não esperava o meu ataque, e eu percebi o susto aumentando em seu rosto conforme eu falava agressivamente.

— Você veio me ameaçar, *doutora*?

— De forma alguma. Apenas quis ser honesta e lhe dar a chance de mudar de ideia.

— Eu sou apenas um pai querendo se reaproximar de seu filho. Você sabe, acabei deserdando o Luke em um ímpeto de raiva depois que ele me agrediu. Eu nunca devia ter sido tão extremista.

— Frank, eu queria muito que isso fosse verdade. Mas a realidade é que você abandonou uma criança de cinco anos de idade e não se preocupou se ele iria sofrer porque *amava você*! Em algum momento você pensou nele? Em como ele se sentiu culpado por não ser bom o suficiente para fazê-lo ficar? Em como ele sofreu a cada dia dos pais e comemorações em família? Então, quando ele cresce, fica famoso e ganha dinheiro, você reaparece como se tivesse ido embora ontem? Isso o machucou ainda mais, porque ele confirmou que não era amor que você procurava. Agora você precisa de dinheiro e novamente lembra que ele existe? Me diz, como se cura um coração machucado assim?

— Natalie, eu conversei com Luke no passado e expliquei os meus motivos.

— Aqueles que incluíam você ser jovem e imaturo?

Eu mantinha a postura severa, mas o homem sentado à minha frente se remexia desconfortavelmente, e lá estavam meus estudos de linguística corporal me dizendo que ele estava abalado com a minha segurança, o que me fazia rir por dentro.

— Não julgue sem conhecer os fatos, senhorita.

— Pois então me apresente os fatos – pedi, fixando os olhos em seu rosto – Porque deve ser *muito* interessante a justificativa de um pai que abandona e deserda o filho, e depois que vai à falência tenta se reaproximar dele porque este havia ficado rico e seria a solução de seus problemas.

Frank bufou e me olhou com irritação, apoiando os braços na mesa.

— Eu cometi um erro, mas...

— Isso não é "cometer um erro"! – cortei, agressivamente – Você abandonou seu filho!

— Leonor não era nenhuma santa! – ele elevou o tom de voz – Nosso casamento acabou porque ela fez de tudo para que isso acontecesse. Depois ficou me ameaçando com o Luke, enquanto eu só queria ter uma vida tranquila e feliz. – Depois de um longo suspiro, me observando estoica à sua frente, Frank prosseguiu – Constituí uma nova família, que foi tudo que eu sempre sonhei, mas foi *ela* quem mandou que eu não procurasse mais o nosso filho!

— E você simplesmente obedeceu, claro! – revirei os olhos – Frank, nem que você contrate os melhores advogados do mundo você vai conseguir argumentar a seu favor. Lucas é adulto e não quer se reaproximar de você. – quando as palavras saíram da minha boca, fiquei me perguntando se ele *realmente* não queria se reaproximar do pai, se eu podia fazer aquelas afirmações em seu nome – Vocês não têm vínculo legal ou afetivo. Talvez *trabalhar* seja a resposta para os seus problemas.

— Você está tão dedicada a proteger o Luke, porque deve estar de olho no dinheiro dele, não é mesmo? E como é advogada, vai tirar tudo que ele tem.

CAPÍTULO 10

O gosto ácido que senti na boca ao ouvir aquela acusação absurda fez a raiva ser o sentimento mais nobre dentro de mim.

— Não julgue a todos por você mesmo, Frank.

Espalmando as mãos na mesa, me levantei e saí, sem almoçar e sem me despedir. Eu não sabia se aquela conversa tinha surtido efeito, mas eu seguia com esperança de que Frank ao menos refletisse a respeito.

11

Não posso dizer que aquele encontro com Frank não tenha me abalado um pouco. A verdade é que passei as próximas horas do meu dia remoendo as palavras que ele disse, ao tentar fazer seu afastamento da vida do Lucas parecer algo forçado pela Leonor, como se ela tivesse força ou direito de afastar pai e filho, e me enraivecia cada vez que eu lembrava a forma como ele tentou parecer um pai arrependido e muito interessado em se aproximar de seu primogênito.

Eu precisava ficar muito atenta aos passos daquele homem.

—... Então nós vamos para a Espanha na quinta-feira.

Fui pega de surpresa durante o jantar. Na realidade, nem *tão* de surpresa assim, porque já estava ciente da viagem que Lucas falava, mas enquanto eu remexia o arroz, apenas destruindo o formato quase cúbico que eu havia posto no prato decorado, Lucas falava novamente sobre o assunto, ao fundo dos meus pensamentos inquietantes sobre a poeira que eu tentava desesperadamente varrer para debaixo do tapete.

— *Quê?*

Parei de brincar com a comida e levantei o rosto a tempo de ver os olhos do Lucas se estreitarem à minha frente.

— Você não está ouvindo nada do que eu estou falando, não é?

— Estou. Estou ouvindo, sim! É só que...

— Você está estranha desde ontem, quando conversou com seu ex-marido. Depois ainda teve o pesadelo... Você quer conversar sobre isso?

— Não. Tá tudo bem. Eu juro que estou bem.

Lucas apoiou os braços sobre a mesa e apenas me observou com intensidade por vários segundos. Por fim, com uma voz baixa e grave, disse:

— Não jure algo que é óbvio que não é verdade.

— Lucas, o episódio do Steve já passou. Nem é isso que eu tenho na cabeça, é só uma confusão no trabalho que tá me deixando um pouco distraída. Eu tô bem, mesmo!

— Então vamos falar sobre a viagem?

— A viagem... Eu lembro que já tínhamos comentado sobre isso, mas eu... – fiz uma pausa, tentando pensar no que dizer. Vasculhei meu

CAPÍTULO 11

cérebro, mas não encontrei nada – Lucas, eu *realmente* não posso sair da cidade agora.

Eu precisava ter certeza de que Frank tinha se acalmado. Se ele tomasse alguma atitude quando estivéssemos fora do país, eu levaria muito mais tempo para tentar resolver. Eu precisava de mais alguns dias para ter certeza de que a situação ficaria calma por mais um tempo.

— Como assim, *não pode*? Eu já falei com Dr. Peternesco e ele liberou você. O que está acontecendo? Você não está querendo ir comigo pra Europa?

— Eu quero ir! Claro que eu quero. Mas tem umas coisas acontecendo e eu preciso resolver.

— Que *coisas, Natalie*?

Lucas estava desapontado, como se eu preferisse fazer algo além de acompanhá-lo nessa viagem, mas também havia um tom de irritação misturado em sua voz, e sua postura firme com olhos vidrados e punhos cerrados só me confirmavam seu péssimo humor.

— Coisas. Coisas minhas.

Respondi, de forma vaga.

— PORRA! – ele bateu as duas mãos sobre a mesa, fazendo a louça tilintar – POR QUE VOCÊ NÃO ME FALA? EU ESTOU VENDO QUE VOCÊ ESTÁ ME ESCONDENDO ALGUMA COISA IMPORTANTE! MAS AGORA *CHEGA*! – respirando fundo, ele controlou a voz – Eu quero saber que merda está acontecendo!

Eu ainda não estava preparada para contar tudo que eu havia descoberto sobre seu pai. Não tinha pensado em uma maneira menos traumática de expor a verdade. Eu queria ter algo mais positivo para falar quando esclarecesse tudo. Naquele momento eu só precisava arranjar um álibi que me desse tempo para elaborar o próximo passo.

Baixei os braços que estavam apoiados na mesa, os soltando sobre meu colo, e apertei meus dedos com força, como se assim pudesse ligar um dispositivo de coragem para enfrentar a situação, por fim inspirei profundamente e disse:

— Você *não tem que* saber tudo que acontece na minha vida. Já disse que são coisas minhas!

Tentei soar firme e calma.

— EU *NÃO TENHO* QUE SABER TUDO QUE ACONTECE NA SUA VIDA? QUE PALHAÇADA É ESSA?

Ao gritar, Lucas empurrou sua cadeira e se levantou, a deixando cair para trás, fazendo um barulho alto quando a madeira encontrou o piso.

— Calma!

Pedi, após o susto.

— *Calma*? – com as mãos apoiadas sobre a mesa, ele deixou o corpo pender um pouco na minha direção e me lançou um olhar ameaçador.

Eu nunca tinha imaginado Lucas tão furioso comigo – Você quer que eu fique *calmo*? – sua voz era tão fria que fez meu estômago revirar – Minha namorada anda distante, não quer me contar o que está acontecendo, descubro que ela voltou a falar com o filho da puta do ex-marido e agora ela *não pode* viajar comigo porque tem *coisas* pra resolver. Então me explica, *Natalie*, como é que se fica *calmo* SABENDO QUE TEM ALGUMA MERDA ACONTECENDO?

Quando acabou seu questionamento, extremamente exaltado, Lucas tirou uma das mãos da mesa e a movimentou bruscamente, deixando-a bater propositalmente em suas taças de vinho e água, as fazendo espatifarem no chão em mil caquinhos transparentes entre o mar vermelho que se alastrava, parecendo sangue correndo sem uma margem de contenção.

Ele realmente não estava preparado para saber das reais e terríveis intenções de seu pai. Talvez quando voltasse dessa corrida na Espanha... Mas no momento, eu não tinha como falar algo que não o deixasse magoado comigo, e ir viajar magoado comigo também não seria bom. A única opção era controlar meus tremores de pavor e tentar acalmá-lo.

Levantei com elegância e larguei o guardanapo de tecido sobre o jogo americano preto que acomodava meu prato praticamente intocado. Lucas caminhava de um lado ao outro da sala, estalando as juntas dos dedos e bagunçando os cabelos. Ele nem tentava mais se acalmar, mas ansiava por uma explicação que justificasse minha atitude. O problema era que eu *não sabia o que dizer*!

— Me dá mais um dia e vamos conversar.

Ele parou de caminhar e me olhou com um sorriso tão irônico que, se não fosse por tentar poupá-lo, teria me feito ferver de raiva.

— Nem mais cinco minutos, *Natalie*!

Eu precisava de um motivo particular, mas no meio do puro pânico, *nada* me ocorria.

— Eu respeitei seus segredos quando nos conhecemos. Eu preciso que você também tenha um pouco de fé em mim.

— Até teria, se você não fosse o tipo de pessoa que gosta de esconder do namorado coisas como um estupro! – meu sangue abandonou meu corpo. Lucas cruzou os braços e ficou parado a poucos metros de distância, em seguida, voltando a falar, gesticulando as mãos feito doido – Se eu não tivesse entrado no seu apartamento, você mesma disse que não iria me contar nada sobre o ataque, assim como você não me contou quando aquele filho da puta beijou você no seu escritório, assim como não me contou que vocês dois agora andam conversando. Como posso confiar que você não esteja me deixando de fora de algo extremamente importante? Você não quer mais nada comigo, é isso? Já tem outro? O seu *ex* está atraindo você novamente? O QUE É QUE ESTÁ ACONTECENDO? ME FALA, PORRA!

CAPÍTULO 11

Eu não precisava ter sido atacada daquela maneira, mesmo que Lucas não soubesse que eu estava escondendo algo para seu próprio bem, aquela irritação toda era muita coisa e fez lágrimas escorrerem pelo meu rosto. A palavra "estupro" era muito dolorosa para mim e ele sabia disso, fora que a simples menção de eu já estar envolvida com outra pessoa foi como uma faca sendo cravada no fundo do meu coração. Como Lucas poderia sequer supor uma coisa daquelas? Como ele poderia ter dúvidas do quanto eu o amava? Acabei analisando nossa relação sob um novo panorama; *será que para ele é tão fácil assim* **me substituir**?

— Você é um filho da puta, sabia? - fiz uma pausa, tentando me recompor e controlar as lágrimas que rolavam pelas minhas bochechas. Lucas não disse nada, só ficou parado à minha frente com os braços jogados ao lado do corpo — Eu só tento ajudar e você fica jogando meus traumas na minha cara, me acusando de coisas absurdas só porque está irritado. É até bom eu saber que você pensa assim, pra não ficar muito chocada quando perceber o quão fácil foi pra *você* me trocar por outra pessoa.

— Pequena... - ele deu um passo na minha direção e eu dei um passo atrás — Não fuja de mim. Desculpa! Eu não podia ter falado isso, você está certa. - ele se aproximou novamente e eu ergui o braço, impedindo-o de me tocar — Mas eu...

— Agora não, Lucas.

Ele fechou os olhos com força, levou as mãos à cabeça e com um rugido quase arrancou seus cabelos.

— CARALHO!

E assim percebi que, de alguma maneira, eu acabava de conseguir meu álibi.

— Eu vou para casa.

Aumentar a briga seria ruim no momento, mas sendo eu quem estava magoada, tornaria fácil reverter a situação. Assim eu teria tempo para me certificar de que Frank não faria nada absurdo enquanto estivéssemos na Espanha, e antes da corrida do final de semana, eu e meu namorado estaríamos bem outra vez.

— Não...

Lucas sussurrou, implorando.

— Eu preciso ficar sozinha. - não era uma completa mentira - Por favor.

— Será que eu nunca consigo fazer nada certo?

— Eu só preciso ficar sozinha. Tá tudo bem.

— Como você pode dizer que está tudo bem? Você está com seu demônio acordado dentro de você e agora diz que precisa ficar longe de mim.

— Não piore as coisas, Lucas, por favor. Amanhã a gente conversa. Boa noite.

— Você não pode dormir sozinha hoje.

— Lauren está em casa.

— Pequena, por favor...

Eu não disse mais nada, apenas peguei minha bolsa, que estava jogada no sofá mais próximo, e fui embora.

Lucas ficou parado ao lado da porta de acesso à garagem e não tentou mais me impedir. Meu coração se partiu em mil pedaços quando entrei no carro, segundos depois de ele ter desaparecido da minha vista e eu o escutar gritar muito alto junto a um barulho ainda mais alto de louças espatifando no chão, mas, pelo menos, eu consegui tirar o foco do real problema.

Naquela noite tive um pesadelo bem leve, que nem chegou a me acordar, e sem passar por crise de ansiedade alguma, no dia seguinte, ao chegar ao escritório, liguei para o Steve.

— Oi, Nat.

— Oi. Preciso que você descubra se Frank ainda tem intenção de entrar com aquele processo. Lucas precisa viajar para o exterior e quer que eu o acompanhe, mas não posso sair daqui se esse lunático do pai dele mover uma ação absurda como a que está planejando.

— Vocês estão em um relacionamento realmente sério, não é?

— Sim.

Ficamos sem dizer nada, mas eu sabia que meu ex-marido estava refletindo sobre o rumo que nossas vidas haviam tomado.

— Ok. Vou descobrir isso para você.

Steve estava realmente me ajudando a ajudar o Lucas, e mesmo sabendo que ele o fazia por mim, eu era grata em nome do meu namorado também.

— Obrigada.

Desliguei o telefone e em seguida meu celular tocou.

— Oi, Lucas.

Atendi com a voz cautelosa.

— Pequena... Como você está?

— Bem. E você?

— Péssimo! Eu não acredito que fiz você se sentir... Você sabe... Como você dormiu?

— Eu estou bem. Dormi bem. Passou.

— Eu preciso ver você.

— Meu dia está lotado hoje. Posso ligar quando for pra casa?

— Você está me evitando.

Aquela voz triste acabou comigo.

— Eu...

— Desculpa, Pequena. Eu não quero fazer você sofrer.

— Eu sei.

— Eu te amo!

Por alguma razão, não consegui dizer o mesmo. Talvez fosse porque estava realmente chateada com o que ele falou durante o jantar. Não achei correto Lucas jogar meu trauma na minha cara só porque estava irritado por outro motivo.

— Eu ligo pra você à noite. Agora preciso trabalhar.

CAPÍTULO 11

— Pequena...
— Por favor, Lucas!
— Tudo bem.
— Tchau.
Ele não respondeu.
O dia passou se arrastando e nada do Steve ligar de volta. Eram quase cinco e meia e eu precisava saber se teria que continuar o drama com Lucas por mais um dia ou se poderíamos viajar tranquilos.

O mal-estar por alimentar uma briga que já poderia ter acabado, ou melhor, que poderia *nunca ter acontecido*, já era uma bola pesada fixa no meu estômago. Eu não consegui comer nada o dia inteiro, e apesar de me sentir fraca, não tinha fome. Quando estava recolhendo minhas coisas para ir embora, finalmente recebi a ligação que esperei o dia inteiro.

— Oi! E aí, descobriu?
— Sim. Ele desistiu da ação, mas ele vai tentar se aproximar do Luke e fazê-lo querer ser registrado novamente. Aí sim, pretende entrar com uma nova ação absurda. Por ora, vocês podem sossegar, mas confesso que eu adoraria saber qual será a tática do Frank para fazer Luke descobrir que o ama e que o quer como pai depois de tantos anos.
— Isso *não vai acontecer*!
— Se eu descobrir mais alguma coisa, eu aviso.
— Steve... Obrigada. Eu tenho plena consciência de que você fez coisas que não podia ter feito.
— Era o mínimo que eu podia fazer por você, não é?
— Tchau.
— Tchau, Nat.

Saí apressada do escritório e entrei no meu Focus, jogando desajeitadamente minha bolsa no banco do passageiro e, antes mesmo de ligar o motor, peguei meu celular e disquei para falar com Lucas, que atendeu ao primeiro toque.

— Pequena!
— Oi! Quer jantar na minha casa?
— Chego em cinco minutos.
Ele ficou tão feliz que me fez sorrir.

Lucas não chegou em cinco minutos, mas em uma hora e meia. Eu já estava de banho tomado, vestindo uma calça de moletom preta e uma camiseta branca justa de mangas compridas quando a campainha soou.

— Oi. Desculpa, atrasei.

Lucas informou, e logo beijou meus lábios com tanta fome e angústia que me deixou em alerta. Seus braços serpentearam ao redor do meu corpo e ele me manteve apertada junto a si ao enterrar o rosto no meu pescoço, suspirando pesadamente. Ele já estava triste outra vez, mas eu não fazia ideia do motivo.

— Tudo bem, o jantar ainda não está pronto, mas o que houve?

Se afastando para entrar no meu apartamento, Lucas respondeu:

— Frank. Ele apareceu na frente da minha casa.

Entrei em pânico. Será que Lucas já sabia que eu tinha procurado seu pai? Será que Frank tinha dito mais coisas que pudessem partir ainda mais aquele pobre coração carente de figura paterna?

— É? E o que ele queria?

— Se aproximar. Que porra é essa? Por que ele está fazendo isso agora?

— Vocês conversaram?

— Claro que não! Eu o expulsei de lá. Mas passei na casa da minha mãe, foi por isso que acabei demorando. Nem vi que você tinha ligado. Desculpa, devia ter avisado.

— Não tem problema. Vamos até o meu quarto.

— Aconteceu alguma coisa?

— Não. Só quero saber como você está se sentindo.

O puxei pela mão e fechei a porta depois que passamos. Lucas sentou aos pés da cama e eu me acomodei ao seu lado, com o corpo voltado para sua lateral.

— Você sente vontade de se reaproximar do seu pai?

Fiz a pergunta de forma clara e direta.

— Não sei. – ele balançou a cabeça – Não! Não sinto! É tão estranho... Passei anos esperando que meu pai voltasse, mas depois que entendi que isso não iria acontecer, comecei a repelir a ideia, então agora ele vem e bagunça tudo outra vez.

Naquele instante eu percebi o quanto Lucas queria, *sim*, ser amado pelo pai e tê-lo em sua vida, e mais uma vez meu coração se despedaçou, porque eu sabia que aquele homem só estava tentando feri-lo outra vez.

— Posso dar minha opinião?

— Eu adoraria ouvir.

Ele respondeu, ainda encarando firmemente os próprios pés.

— Eu não acho, sinceramente, que seu pai tenha ido embora com a intenção de "fugir" de você. Acredito que ele não queria era estar casado, um problema entre ele e sua mãe, mas que acabou respingando, muito, em você. E aí tinha a nova esposa... Muitas mulheres têm ciúmes dos filhos que o marido teve em outros relacionamentos. Já vi muito disso no escritório.

CAPÍTULO 11

Desde pais que têm que sair escondido com os filhos, até os que perdem o contato. É mais comum do que você imagina. Mas agora acho que é muito tarde para Frank querer bancar o papai. Você já é um homem-feito e as marcas do que ele fez não desaparecem só porque ele acha que este é o momento certo de vocês reatarem. E também tem a Leonor... No lugar dela, eu me sentiria péssima em ver que ela aguentou toda a barra sozinha, para depois vocês voltarem a "brincar" de pai e filho, justo agora que ele não precisa fazer mais nada por você. Aliás, você é quem vai começar a fazer por ele. Desculpa se isso machuca, não quero soar fria, mas se ao menos ele tivesse procurado você antes, ou se tivesse tentado ficar por perto e encarado o problema com a nova esposa... Ele foi fraco.

Lucas seguia sentado ao meu lado, mas com o corpo já virado completamente de frente a mim, encarando meus olhos com muita atenção. Eu quase podia ver seu cérebro trabalhando e processando cada letra do que eu dizia, e depois de um tempo sem verbalizarmos uma só palavra, ele concluiu:

— Obrigado. Você sempre me acalma. – seus braços me envolveram em um abraço forte e ele novamente enterrou a cabeça nos meus cabelos – Viaja comigo pra Espanha?

— Sim.

12

O assunto da minha "estranheza" conseguiu ser bem contornado. Provavelmente Lucas tenha se sentido culpado por ter me agredido verbalmente quando explodiu de raiva e então decidiu não me pressionar para falar o que quer que fosse que eu estava escondendo. Decidiu apenas esperar que eu me explicasse no momento em que me sentisse mais confortável. Era absolutamente certo que ele não tinha esquecido que eu andava misteriosa, mas eu apreciava sua sensibilidade em me dar um pouco de espaço.

Chegamos à Barcelona sem mais notícias de Frank, era como se nada jamais tivesse acontecido.

Alugamos um carro, saímos do aeroporto e fomos direto largar as malas no nosso hotel. Pela janela da Mercedes preta eu observava a cidade e analisava as mudanças desde que estivera lá pela última vez poucos anos antes, e meu coração se agitou com uma alegria que eu não sabia que sentiria ao retornar àquele lugar.

Fizemos o *check-in* e subimos para nossa suíte cinematográfica.

— Que calor agradável está fazendo aqui.

Eu falava ao me espreguiçar na sacada do nosso quarto.

— Eu adoro a Espanha.

Lucas me envolveu por trás e apoiou o queixo no meu ombro para ficar observando a rua comigo.

— Eu também. – ergui os braços e levei as mãos aos cabelos dele – Quero ver se alguns dos meus amigos ainda estão pela cidade.

— Se você quiser, podemos ir até Madri.

Ele sugeriu, amigavelmente.

— Muito longe.

— Quando estivermos mais folgados de tempo, podemos passar uns dois dias lá. É só sairmos cedo. E ainda teremos a chance de curtir uma viagem ótima pelo interior da Espanha. A ideia me anima bastante. É só você querer.

— Lucas... – girei meu corpo para abraçá-lo apertado e dei vários beijinhos em seu pescoço, fazendo ele sentir cócegas e se retorcer inteiro dando risada – Você *não existe!*

Fui puxada para seu colo e entrelacei minhas pernas ao redor de sua cintura.

CAPÍTULO 12

— É só que eu amo você, garota. Agora vamos sair? Preciso passar para falar com o pessoal da equipe e também preciso comer alguma coisa.

— Claro! Estou louca para passear e conhecer a pista.

Saímos do quarto e fomos até a entrada do hotel, onde o manobrista já nos esperava com nosso carro de portas abertas. Lucas sentou atrás do volante, ligou o som e baixou o teto do conversível, me fazendo sentir como em um videoclipe *pop* ao passear pela tarde ensolarada de Barcelona, sentindo o vento no rosto enquanto cantarolava músicas felizes acompanhada de um homem lindo.

Aqueles dias ao lado do Lucas seriam um período interessante para nós dois, porque nunca passamos um tempo de qualidade isolados do nosso mundo inteiro. Naquela ocasião, nem Philip estava acompanhando, como ele costuma fazer sempre que o amigo tem alguma corrida. Eu é que seria a "empresária temporária".

Nosso luxuoso hotel ficou para trás e seguimos por caminhos alternativos em direção ao autódromo de Catalunha. Passamos por vários lugares que eu frequentava no ano em que havia morado na Espanha, pegamos um lanche para comermos no caminho e, ao entrarmos no bairro de Las Ramblas, passamos em frente à casa da amiga que sempre me hospedava quando eu ia à cidade, depois mostrei o bistrô na esquina onde nós gostávamos de tomar um café e comer um salgado estranho de palmito com ovo.

Foi muito bom voltar a um lugar que foi palco de tantos momentos felizes e que representou muito no meu amadurecimento pessoal.

Um pouco depois de completar um ano de namoro com Steve, larguei tudo nos Estados Unidos para partir com minha irmã para um ano sabático na Espanha. Foi uma fase de transição muito importante na minha vida. Meu relacionamento não ia muito bem e eu já estava com dúvidas até quanto a minha escolha profissional, e como Lauren havia terminado um namoro que não sobreviveu à curta distância entre Carmel e São Francisco, ela achou ótima a ideia de "respirarmos novos ares e nos redescobrirmos". Em menos de um mês desembarcávamos em Madri e procurávamos um albergue para passarmos a noite. Uma semana depois, já morávamos em um apartamento pequeno no bairro de La Latina, que chamávamos de uma versão madrilenha de Castro[4]. Não que seu ar medieval, com algumas ruas estreitas onde não passam carros, ou que seus becos azulejados se parecessem com o bairro com que o comparamos de São Francisco, mas seu estilo boêmio definitivamente correspondia ao bairro mais descolado da nossa cidade. Por sorte, conhecemos duas inglesas na espelunca que nosso dinheiro pôde pagar quando chegamos à cidade e elas foram morar conosco, então, além da amizade maravilhosa que surgiu ali, elas também nos ajudaram muito com as contas mensais.

---

4 Bairro considerado boêmio em São Francisco.

Durante o trajeto até o autódromo, fiz um verdadeiro monólogo contando sobre aquele período da minha vida, lembrando que, graças a esta viagem, depois precisei dobrar a carga de estudos na faculdade para me formar no prazo previsto. Lucas parecia verdadeiramente interessado nas minhas histórias, só me interrompendo para fazer alguma pergunta pertinente, ou o máximo que eu escutava era o som de sua risada quando eu narrava episódios como o dia em que alugamos um carro para passarmos o final de semana em Córdoba e, ao sairmos de uma festa, acabamos amassando a traseira do minúsculo Fiat 500 ao darmos ré em cima de um poste, então nos enfiamos em um terreno enlameado e demos muitos cavalos de pau para deixá-lo imundo, na esperança de que o amassado passasse despercebido na hora em que fôssemos devolver o automóvel à locadora. Não era o nosso perfil fazer uma coisa daquelas, mas a grana estava curta e o desespero falou mais alto. Nosso plano perfeito estava sendo muito bem executado, até que na noite anterior à devolução do carro, choveu torrencialmente, o que deixou o Fiat 500 parecendo lavado de tão limpo. Claro que no final de tudo acabamos tendo que desembolsar uma grana para pagar pelo para-choque amassado.

— E você reclamando que é ilegal ligar a seta do carro quase na hora de fazer a conversão!

Lucas observou pertinentemente, quando acabei de contar a história.

— Bem observado, Sr. Barum. Acho que no fundo sou uma fora da lei.

Seguimos conversando sobre nossas impressões sobre a Espanha até chegarmos à pista, então Lucas foi falar com quem tinha que falar, me apresentou a várias pessoas, deu uma boa olhada no carro agressivamente preto que usaria naquele final de semana, me levou na garupa de uma moto para dar uma volta na pista e analisou as condições do asfalto e das zebras. Duas horas depois, fomos embora.

O dia já estava escurecendo quando chegamos de volta ao nosso hotel para nos arrumarmos e sairmos para jantar.

Escolhemos um restaurante próximo, que nos serviu um maravilhoso prato de camarões na moranga e voltamos cedo para o quarto, porque Lucas precisava dormir bem para estar inteiro na manhã seguinte, quando teria o primeiro treino no novo carro.

Sofrendo com o fuso-horário, eu me virava de um lado para o outro na cama e alternava pequenos cochilos, eu deveria estar com sono, mas simplesmente não conseguia dormir. Olhei no relógio: cinco e meia da manhã. Era cedo demais, mas àquela altura eu já sabia que não conseguiria voltar a pregar os olhos, e enquanto minha irritação ia tomando conta de mim, o relógio biológico do Lucas parecia super adaptado a nossa diferença de horário. Ele

CAPÍTULO 12

seguia dormindo de bruços, agarrado a um travesseiro. Então eu desisti de lutar e resolvi ir me arrumar com a maior calma do mundo.

Tomei banho e lavei despreocupadamente os cabelos, mas para secá-los fechei as duas portas que tinham antes do banheiro para não fazer barulho demais. Fiz uma maquiagem caprichada, vesti um *short* soltinho de couro preto, com um cinto do mesmo tecido que fechava em um nó deixando as pontas soltas sobre o quadril, e no tronco usei uma camisa branca justa que mantive com alguns botões abertos, mostrando um pouco da regata preta que usava por baixo. Calcei sandálias azuis que combinavam com meu colar de contas e prendi os cabelos em um rabo, deixando a franja solta.

Às sete horas, Lucas acordou todo preguiçoso e ficou espantado ao me ver pronta, e, como se ele estivesse atrasado, não eu absurdamente adiantada, com um salto saiu da cama e em mais vinte minutos descemos para tomar o café da manhã antes de partimos para o autódromo.

Na equipe, o trabalho era intenso e logo na chegada meu namorado extremamente profissional já me pediu licença para ir conversar com o engenheiro e os mecânicos para tentar saber mais da máquina que guiaria pela primeira vez.

Ao contrário do carro que ele corria nos Estados Unidos, na Europa Lucas competiria em um carro que parecia um carro de rua, mas era rente ao chão, tinha asa traseira e todos os itens de segurança que o diferenciava muito de um carro normal. Ferros atravessados faziam a proteção do piloto no *cockpit*, botões intermináveis me confundiam, o banco ficava quase onde seria o lugar dos passageiros de trás e ao lado tinha um sistema de refrigeração que mandava água de uma "geladeira" por uma mangueira que se conectava a uma camiseta que o piloto usava por baixo do macacão, e quando acionada molhava seu tronco para diminuir o calor intenso que era lá dentro. Eram muitas coisas diferentes do que eu já estava acostumada, mas igualmente atraente.

Lucas me disse que a sensação térmica daquele carro, aliado ao esforço da pilotagem, poderia chegar até 60 graus Celsius, e apesar de ser um carro mais lento do que estava acostumado a pilotar, a sensação térmica seria muito maior e poderia comprometer seu rendimento.

Depois do primeiro treino, Lucas estava completamente suado e cansado, mas também bastante satisfeito com seu quinto lugar entre os trinta e oito competidores.

O *box* estava com as extremidades abertas e deixava a brisa correr de um lado ao outro, aliviando o calor do dia e a fumaça produzida pelos motores, mas o cheiro impregnado de borracha, graxa e combustível não conseguia ser aplacado pelo vento. O que, de certa forma, deixava tudo no clima que deveria estar.

A equipe trabalhava sem descanso e meu piloto se inseria no esquema com aquela facilidade característica de sua pessoa. Eu amava ver o Lucas trabalhando.

No dia seguinte, percebi que a correria dos mecânicos era bem parecida com a confusão na equipe do Nicolas, e na hora da classificação todos estavam bastante apreensivos, inclusive eu, que estava mais nervosa que o normal porque não entendia muito bem como eram as regras daquela categoria e não tinha nenhum "Philip" por perto para eu ficar perguntando as coisas.

Lucas já tinha me explicado que a classificação seria diferente; em vez de um tempo de vinte minutos, seriam três tempos de dez minutos, e em cada um destes, os piores colocados seriam excluídos da etapa seguinte. Mesmo sabendo como aconteceria, a falta de alguém com quem conversar me fez acabar àquela hora com duas unhas com esmalte descascado, contudo, o resultado final compensou; Lucas largaria na terceira posição.

A equipe inteira ficou tão contente que parecia que já nos conhecíamos há séculos! Fui abraçada por tantos homens fanfarrões que até perdi a conta, mas o último foi o único importante; Lucas desceu do carro, abraçou o chefe da equipe e um patrocinador, depois caminhou até mim, me dando um abraço forte, me permitindo ouvir sua risada contente quando enterrou no meu pescoço a cabeça ainda protegida pelo capacete.

À noite saímos para jantar com o alto escalão da equipe e seus patrocinadores, que estavam visivelmente empolgados, e lembrando que eu não estava naquela viagem apenas como namorada, coloquei uma roupa elegante para um possível momento de negócios. Era um vestido xadrez *tweed* na altura dos joelhos, sem mangas e com um corte nadador salientando meus ombros. Nos pés, calcei *scarpins* pretos combinando e me adornei com poucas joias prateadas. Lucas vestiu uma calça social escura e uma camisa azul-claro que ressaltava ainda mais sua pele bronzeada e me deixava com vontade de desabotoá-la muito além daqueles dois primeiros botões abertos no colarinho.

Assim que chegamos ao requintado restaurante com iluminação indireta e velas nas mesas, me agradeci pela escolha adequada do visual. Conduzida pelo meu namorado com o doce toque de uma de suas mãos nas minhas costas, nos aproximamos da mesa onde os senhores nos esperavam e, cheio de formalidades, Lucas até puxou a cadeira para eu sentar.

Achei engraçado pensar em como as pessoas nos viam. Parecíamos tão contidos, quase frios. Postura ereta, voz baixa, risadas discretas, sem toques ou carícias exageradas, quando na verdade éramos um casal de namorados ardentes que não tinham limites na hora do sexo e mal conseguiam controlar as mãos para não tocar um no outro o tempo inteiro.

— Você não pensa em correr fora dos Estados Unidos novamente? Uma temporada inteira?

Um dos patrocinadores perguntou, logo que o garçom recolheu os pratos do jantar e nos entregou o menu das sobremesas.

CAPÍTULO 12

Antes de responder, Lucas me olhou, mas meus olhos não passavam informação alguma. Fui pega de surpresa. Nunca imaginei ficarmos afastados.

— Não pensei mais no assunto. Estou bem onde estou, mas nunca digo nunca.

— Bom saber.

Completou alegremente outro patrocinador engravatado.

"Nunca digo nunca". Meus pensamentos se perderam naquela afirmação, e enquanto eu me perguntava até que ponto eu seria mais importante para ele do que seu trabalho, uma luz acendeu na minha cabeça; eu não poderia ser empecilho. Eu também não gostaria que ele fosse uma âncora me puxando para baixo e me impedindo de seguir viagem. Se realmente o nome do nosso sentimento era amor, lutar pelo melhor em todos os níveis da vida do outro seria tão natural quanto respirar. Mas, então, por que eu me sentia tão mal apenas com essa ideia solta no ar?

Acabei o jantar mais calada e segui deste modo até chegarmos ao hotel. Percebendo que nenhum dos seus assuntos aleatórios prendeu minha atenção, Lucas parou ao meu lado enquanto eu usava meu demaquilante para remover as mil camadas de máscara para cílios que eu usava, e chamou minha atenção me fazendo olhá-lo pelo reflexo do espelho do banheiro.

— Não quero que você fique com essa carinha.

— Que carinha? Cansada?

— Quantas vezes eu vou ter que dizer que eu já conheço você o suficiente?

— Hum...

Acabei de tirar os últimos resquícios de manchas pretas do meu rosto e liguei a torneira para tirar a gordura que o produto deixava na pele.

— Eu não vou vir morar na Europa e deixar você nos Estados Unidos.

Ele falou o que sabia que eu queria ouvir, mas o que eu não podia escutar.

— Lucas...

Sequei o rosto na toalha que estava enrolada sobre a pia e virei de frente a ele.

— Eu trago você comigo.

— *Quê?*

— Nós podíamos vir morar juntos na Espanha. – seus olhos brilharam com as ideias que lampejavam em sua mente – Você não adora este lugar? Ou podemos morar em qualquer país por aqui. – ele cuspia as alternativas, extremamente animado, como se já fôssemos fazer as malas e mudarmos de continente – As corridas acontecem em toda a Europa.

— Sim, mas... eu não posso largar minha vida. Você está maluco? Eu tenho meu trabalho, não vou viver às suas custas.

— Ok... – Lucas disse, baixando a voz e pegando minhas mãos, que estavam soltas ao lado do corpo – Nós não precisamos ter esta conversa agora. Tudo ainda é tão hipotético... Deixa pra lá.

Senti que ele ficou desanimado ao notar minha falta de entusiasmo com as ideias que dava, mas eu não podia simplesmente dizer que tudo era uma maravilha e embarcar em cada loucura que ele propusesse, só porque estava apaixonada. Eu ainda era eu mesma e tinha minha vida, minha família e minhas obrigações. As coisas não poderiam ser definidas apenas de acordo com os interesses do Lucas, assim como meu namorado não podia deixar de fazer o que fosse melhor para ele porque eu não poderia ser incluída no programa.

Com a intenção de dissipar o assunto, dei um sorriso travesso, deslizei a ponta dos dedos ao longo dos botões da camisa dele e perguntei languidamente:

— Encerrado o assunto. Então me diz, o que você tem vontade de fazer agora?

Fiquei na ponta dos pés e mordisquei seu queixo, já abstraindo completamente os pensamentos tristes que me chateavam até meio minuto atrás.

Lucas gemeu, ergueu um pouco mais a cabeça, me dando acesso ao seu pescoço, e fechou os olhos.

— Acho que você sabe o que eu *quero*, mas *não posso!*

— Ah... A abstinência. – eu disse, em tom enfadado, deixando meu peso cair sobre os calcanhares, me afastando dele – Tinha esquecido.

Lucas baixou a cabeça, abriu os olhos e riu carinhosamente quando seus braços envolveram meu corpo, deixando seus lábios tão próximos da minha orelha que o calor de sua respiração me fez uma cócega deliciosa.

— Mas você pode.

— Só se você me der uma mãozinha.

Rebati com uma voz sussurrada como a dele.

— Até duas.

Procurei seus lábios e os contornei com minha língua, ao mesmo tempo em que encostava meus seios em seu peito, para meus mamilos ficarem duros e estimulados, depois inalei aquele perfume delicioso em seu pescoço e lambi a extensão da veia grossa que pulsava da clavícula ao maxilar.

— Mas você não precisa me torturar!

Lucas grunhiu e eu me afastei, sorrindo ingenuamente quando tirei toda minha roupa sem fazer nenhum show especial. Apenas me despi olhando fixamente para os olhos mais quentes do mundo. Quando estava completamente nua, coloquei as mãos em seu peito e tentei tirar a sua camisa, mas Lucas pousou seus dedos sobre os meus e eu achei que ele não queria ficar nu para não piorar as coisas para si, mas eu estava enganada.

Lucas desabotoou todos os botões de sua camisa e a deixou aberta, revelando parte daquele tronco esculpido por Deus, fazendo aquela visão me tentar a poucos metros de distância, mas o que fez meus batimentos acelerados descompassarem foi quando ele desdobrou as mangas que estavam enroladas

CAPÍTULO 12

logo abaixo do cotovelo e desabotoou o segundo botão que ficava no meio do antebraço. Algo estranhamente sensual no movimento básico de dobrar um braço e trabalhar apenas com uma mão fez meus joelhos enfraquecerem. Lucas era tão perfeito e seus movimentos tão elegantes, que simples ações me desconcertavam.

Seus olhos não desviavam dos meus nem por um segundo, e ao mesmo tempo em que eu queria encará-lo de volta, eu *precisava* acompanhar suas mãos em diversos momentos. A camisa azul foi jogada no chão e quando ele abriu o cinto e o botão da calça, perguntei:

— Posso ajudar?

Minha boca estava seca e os olhos vidrados na enorme ereção que era mal disfarçada atrás do tecido social de sua roupa.

— Pela reação do meu público, acho que estou me saindo muito bem sozinho.

Levantei os olhos e vi Lucas sorrindo com o canto da boca. Seu olhar continuava com o mesmo tom escuro, denso e penetrante, focado diretamente no meu rosto, me provocando ao limite. Aquele era um dos momentos mais *sexies* que eu já tinha visto daquele homem. E apesar de ser tudo muito simples, era também muito másculo.

Assim que se livrou de suas roupas, me revelando toda sua enorme ereção, Lucas envolveu a mão direita em seu pau e eu gemi com o maior prazer visual do mundo. Ele começou a se estimular, ficando cada vez mais grosso e convidativo.

Dei três passos para me aproximar e espalmei as mãos em seu tórax, forçando-o a caminhar de costas até chegar à cama. Com Lucas deitado, comigo pairando o corpo sobre o dele, meus lábios avançaram até os seus e nossas línguas se acariciavam e se provocavam, ao tempo que nossos sexos se roçavam, implorando por uma penetração, por uma penetração que não aconteceria, então, precisando desesperadamente de um atrito permitido, me encaixei fortemente em sua coxa.

— Caralho! Você está tão molhada que sinto na minha perna.

Peguei sua mão direita e a levei até meu sexo. Lucas gemeu ao me penetrar com um dedo e, sem pensar duas vezes, comecei a cavalgá-lo como se fosse exatamente a parte de sua anatomia que eu precisava. Seus olhos me observavam à beira de um ataque descomunal, enquanto mais dedos me tomaram mais fundo. Sua boca estava entreaberta, sua respiração arfante, e quando fiquei de joelhos na cama, seu olhar seguiu até o encaixe da sua mão no meu centro e seu pau liberou um pouco do líquido que eu queria poder saborear.

Na ânsia por sentir seu gosto, o toquei com a ponta dos dedos e depois os coloquei na minha boca.

— Ahh... *Natalie*...

Sorri e repeti a ação, mas, em vez de prová-lo novamente, espalhei a umidade nos meus mamilos e fiquei acariciando-os para aumentar o estímulo em meus pontos sensíveis.

— Você é tão perfeita! Adoro ver o jeito como você se toca.

— Eu prefiro quando *você* faz isso!

Ele deu um gemido baixo e um sorriso malicioso.

— Não me desvirtue! Eu tô tentando me controlar aqui.

Seus dedos pararam de contrapor os movimentos do meu quadril e eu ergui os braços em defesa.

— Longe de mim desvirtuá-lo, mas continue com o que estava fazendo porque eu vou gozar nos seus dedos, já que não posso gozar no seu pau.

— Ahhhh... Você ainda me mata, garota.

Lucas me virou de costas e movimentou seus dedos em mim, tocando no ponto exato do meu prazer.

— Só mais um pouco...

Pedi com os dentes cerrados, os olhos fechados e a cabeça jogada para trás, enquanto agarrava com força os lençóis.

— Caralho! Já estou fodendo essa boceta encharcada com a mão inteira!

Eu gemia e me contorcia cada vez mais e Lucas continuava o movimento, até que meu quadril já estava se elevando desesperadamente ao seu encontro. Eu parecia capaz de estourar.

Para meu completo delírio, meu namorado levou sua boca perfeita ao meu sexo para sugar avidamente meu clitóris intumescido, ao tempo que com a mão livre deslizava um dedo pela minha bunda, me penetrando com força, me fazendo gozar estremecendo inteira, gritando seu nome para quem quisesse ouvir.

Saí de órbita!

13

Bem que Lucas tinha dito que os europeus são apaixonados por corrida. Naquela ocasião na Espanha, eu vi fãs com entradas VIPs ficarem alucinados em frente ao *box*, tirando mil fotos, gritando pelos pilotos, e em noventa por cento dos casos até suas roupas declaravam seu fascínio.

Como piloto convidado, Lucas foi bastante assediado pela imprensa e pelos fãs, mal tendo tempo de verificar o acerto do carro e conversar com seu engenheiro, mas o sorriso não desaparecia de seu rosto e a cada pequeno espaço de tempo seus olhos encontravam os meus para um carinho velado.

Acabamos só conseguindo nos aproximar antes de ele entrar no carro.

— Vá fazer o seu trabalho. - eu disse, esfregando as duas mãos em seu peito coberto pelo macacão – Deus o acompanhe.

— Amo você.

Nos despedimos com um breve beijo e segui até a torre de cronometragem. Foi dada a largada e eu acompanhava os carros na pista e simultaneamente os tempos na *internet*. Lucas largou bem, passou para a segunda posição e estava mais rápido que o primeiro colocado. Fiquei controlando tudo, volta a volta com o coração na mão, até que de repente houve um acidente e o Safety Car entrou na pista, ditando o ritmo lento que fez todos os competidores se juntarem novamente.

Antes que eu pudesse me desesperar, sem saber quem havia causado a entrada do carro de segurança, vi meu piloto ainda na segunda posição e respirei aliviada. Depois de três voltas, anunciaram a relargada e eu fiz todas minhas orações costumeiras de início de prova, mas desmoronei segundos depois que a bandeira verde foi acionada, porque o carro atrás do Lucas colidiu no dele, fazendo-o esbarrar no *guard rail*. Meu grito histérico, acompanhado por alguns xingamentos sem educação, fizeram as pessoas ao redor me olharem de soslaio, mas eu mal percebi suas reações, porque meu foco estava na pista, e pude ver Lucas usando todo seu talento e conseguindo controlar o carro para não rodar, mas faltavam menos de vinte minutos para acabar a corrida e ele havia caído para a sexta posição.

A cada dez segundos, eu olhava para a tela do meu celular e atualizava o site da cronometragem para acompanhar a evolução dos tempos dos carros.

Lucas continuava veloz e sua distância para o adversário à sua frente diminuía rapidamente. Foi muita sorte não ter quebrado nada substancial no carro dele no momento da colisão. Na terceira volta após a relargada, Lucas passou dois adversários de uma só vez, ficando a uma posição de poder subir no pódio. Em mais uma volta, ele passou o terceiro colocado e viu o segundo rodar logo a sua frente depois de tentar ultrapassar o líder da prova pelo lado de fora da curva.

Assumindo a segunda posição, Lucas partiu impetuosamente para cima do primeiro colocado, mas o tempo não estava a nosso favor.

Quando o locutor avisou que a próxima seria a última volta da corrida, Lucas usou tudo que podia na pista e chegou quase em cima do líder, mas não teve tempo de efetuar a ultrapassagem.

No final, meu piloto acabou numa posição melhor do que havia largado, o que era lucro, mas eu sabia que ele ficaria chateado, porque se não tivesse acontecido aquela batida na relargada, ele poderia ter brigado para vencer e, naquela circunstância, dificilmente ele valorizaria o trabalho sensacional que efetuou nos últimos vinte minutos da competição, se recuperando de forma incrível.

Saí correndo para chegar ao local onde estava montado o pódio e ainda recuperava o fôlego quando Lucas recebia seu troféu de segundo lugar. Ele piscou o olho para mim ao me enxergar no meio de todas as pessoas das equipes que se aglomeravam para ver a premiação e eu lhe soprei um beijinho.

Depois da guerra de *champagne*, tentei me aproximar, mas não consegui falar com Lucas porque um mar de repórteres se aglomerou em torno dos três pilotos, então voltei ao *box*.

Passaram-se alguns minutos até ele aparecer, indo direto me abraçar. Eu o parabenizei com um beijo, mas logo me afastei para lhe dar liberdade, o deixando passar um tempo conversando com o pessoal da equipe. Ele estava contente, apesar de reclamar o tempo todo do que havia acontecido. Fiquei o observando conversar, se abaixar ao lado do carro para mostrar alguma coisa, analisar os gráficos da telemetria... Lucas era um piloto completo. Eu já tinha ouvido o chamarem assim, mas no começo eu não entendia que aquilo significava que não bastava guiar bem um carro de corrida. Para ser completo, o piloto precisa entender o carro e saber ajustá-lo para a sua maneira de pilotar. A coisa é muito mais complexa do que apenas ter coragem de acelerar.

Meia hora se passou até que um carro, praticamente igual aos dois carros da equipe, estacionou em frente ao *box* e o cara que o dirigia saiu de detrás do volante e foi direto falar com Lucas, que, com um sorriso animado no rosto, respondeu alguma coisa antes de caminhar na minha direção.

— Pronta?
— Nós já vamos embora?

CAPÍTULO 13

— Não. Vou levar você pra dar uma volta na pista em um carro de corrida de verdade.

Meus olhos quase saltaram da órbita de tanto espanto. Nunca fui muito radical e tinha muitas dúvidas a respeito da minha capacidade de aguentar uma brincadeirinha daquelas. O kart, só com Lucas na pista comigo, foi minha aventura máxima.

— Vo-você vai... me levar nisso?

Apontei o carro logo à frente.

— Sim.

— M-mas... onde eu sentaria?

Eu só olhava para o carro e Lucas ria da minha reação.

— Este é um carro para dar voltas rápidas com alguns convidados. Eu pedi emprestado para o piloto responsável. Tem dois bancos. Vamos logo porque não temos o dia todo.

— Acho que tô com um pouco de medo.

Eu me mantive estática no mesmo lugar e Lucas virou de frente a mim, envolvendo meu rosto em suas mãos.

— Você confia em mim?

— Óbvio que confio!

Minha voz saiu firme e convicta, porque sim, eu confiava muito nele.

— Então venha.

Assenti, invadida por uma coragem que não pertencia a mim. Lucas me vestiu com um capacete e sem que eu precisasse perguntar, ele foi logo dizendo que poderia soltá-lo em um segundo se eu precisasse. Em seguida, ele me amarrou naquele cinto cheio de pontas e se sentou ao meu lado, colocando o capacete, luvas, e esperando um rapaz da equipe afivelar seu cinto.

O ronco do motor arrepiou minha pele e revirou meu estômago. Eu queria ter um pouco de noção do que era o trabalho dos pilotos, mas não conseguia evitar a apreensão pelo desconhecido.

Logo na primeira acelerada para sairmos do *box*, minha cabeça foi jogada contra o encosto e eu senti a visão escurecer. Fiquei tonta por alguns segundos, até Lucas parar na entrada da pista, esperando um fiscal autorizar nossa passagem.

— LUCAS! - gritei, porque se apenas falasse ele não me escutaria – SE EU PEDIR PRA DIMINUIR, VOCÊ DIMINUI?

— CLARO, PEQUENA! MAS TENTE APROVEITAR, VOCÊ VAI GOSTAR.

Concordei com a cabeça e ganhamos a pista.

Começamos devagar, mas mais rápido do que eu estava preparada, Lucas acelerou fundo e eu fiquei colada ao banco enquanto tentava manter minha cabeça parada, mas era impossível! O carro ia muito rápido e minha cabeça acompanhava os movimentos das curvas. Passei a entender a necessidade daquele cinto de segurança que amarra completamente o piloto, e o uso do acessório que prendem no capacete para proteger a cervical.

Entramos em uma reta enorme e a velocidade ficou ainda mais absurda. Naquele momento, Lucas colocou uma mão na minha perna e a acariciou levemente, mas eu a tirei dali imediatamente e a levei novamente ao volante. Posso jurar que ouvi sua risada.

A reta estava quase no final e a rapidez do nosso carro parecia capaz de fazê-lo decolar. Não teria jeito de fazermos a curva! Fechei os olhos com medo e senti a freada brusca e as reduções de marcha, então olhei para frente e nós já estávamos contornando e voltando a acelerar fundo.

— OH, MEU DEUS!

Gritei, me agarrando aos ferros ao meu redor, e sem se afastar do volante, Lucas fez sinal de positivo com o dedo, perguntando se eu estava bem, e eu balancei freneticamente a cabeça para dizer que estava sobrevivendo.

Suas mãos enluvadas seguravam com propriedade o volante e se afastavam para envolver a alavanca do câmbio, que não era câmbio estilo borboleta, no volante, como na *Pro Racing*. A maneira como ele fazia esse simples movimento, empurrando aquela pequena barra metálica várias vezes, ou a puxando para reduzir a marcha, foi inesperadamente *sexy* em meio ao meu nervosismo.

Eu estava tendo a rara oportunidade de saber como era, de fato, aquilo que Lucas fazia e que tanto me impressionava, então tratei de absorver os detalhes.

Suas pernas se movimentavam com habilidade entre o acelerador e o freio, e por vezes eu o vi fazer as duas ações ao mesmo tempo, com o mesmo pé! Ele apenas virava um pouquinho o tornozelo e com o calcanhar acelerava enquanto com a ponta do pé freava. Era absurdo! E eu achando que eu já dirigia bem! Lucas sempre morreria de tédio andando comigo. Seus braços firmes no volante, com movimentos precisos, rápidos e intensos, controlando o carro em alta velocidade, mostravam claramente a força que fazia para executar a ação. Nunca imaginei que se movimentasse tanto um volante. É muito diferente de qualquer guiada em carro de rua. E seu olhar... Inclinando de leve a cabeça, observei seu olhar por alguns segundos. Era diferente de qualquer tipo de expressão que eu já tivesse visto em seu rosto. Era focado, mas era leve ao mesmo tempo. Lucas estava em paz ali.

Quando iniciamos nossa segunda volta, um outro carro estava na pista, e para não precisar diminuir a velocidade, Lucas deu sinal de luz várias vezes ao se aproximar e o outro piloto saiu da nossa frente. Aquilo nem chegou a ser uma ultrapassagem, porque não houve disputa, mas eu já achei impossível de fazer. Devia ser muito absurdo durante a corrida, com mil carros na volta e o piloto precisando ultrapassar sem bater e sendo absolutamente veloz.

CAPÍTULO 13

Depois daquela experiência, passei a valorizar ainda mais aquele esporte.

Ao estacionarmos em frente ao nosso *box*, a primeira preocupação do Lucas foi em soltar meu capacete, e assim que me livrei daquela caixa claustrofóbica, dei um longo suspiro ao apertar no botão que liberaria todas as pontas do meu cinto.

— E aí? O que achou?

Curioso, meu lindo namorado perguntou quando já estávamos em pé ao lado do carro. Ele me olhava em um misto de felicidade e expectativa que foi encantador observar.

— Isso é... FENOMENAL! – dei um gritinho empolgada e o abracei sorrindo – Obrigada pela oportunidade.

Entre gargalhadas, Lucas disse:

— Foi do caralho ter levado você! – ele me beijou e segurou meu rosto com as mãos ainda cobertas pelas luvas – Que bom que você gostou, mas o trânsito de São Francisco é mais complicado, não é? Porque as pessoas não estão todas andando na mesma direção e indo para o mesmo lugar, essas coisas...

Ele deu de ombros, fazendo uma cara de enfado ao relembrar nossa conversa quando ele me apresentou o "Elemento Surpresa", e eu ri dele e de mim mesma.

— Você é um besta! – o empurrei de leve pelo ombro – Mas eu admito com todas as letras: é foda fazer o que você faz, tá bom assim? – ele gargalhou, concordando – Eu quase tive uma crise de labirintite e uma disfunção estomacal, mas não posso negar que foi a coisa mais radical e emocionante que já fiz na vida!

— Foi a coisa mais emocionante que você já fez na vida? – ele perguntou, deixando a voz mais grave e aproximando o rosto do meu – Hum... Acho que fiquei um pouco enciumado.

— Você é doente, Lucas!

Ele riu novamente e me abraçou com força.

— Eu nunca tinha levado alguém em um carro de corrida, mas eu queria muito poder dividir mais da minha vida com você.

— Fico feliz que eu tenha sido sua primeira vez.

Eu disse, brincando com o duplo sentido.

— Primeira e única. Só pretendo repetir isso com você.

Eu sorri e nós nos beijamos, até sermos interrompidos por um repórter.

— Luke, desculpe interromper, mas você acabou de levar sua namorada para uma volta rápida, não é mesmo? – ele apenas concordou e o rapaz prosseguiu – E esses carros para convidados são tão rápidos quanto os de competição?

— Não, não. – Lucas respondeu, como se fosse uma resposta óbvia – Esses motores são mais lentos, mas para quem não é acostumado, têm uma velocidade bem interessante.

E eu achando que não tinha como ir mais rápido que aquilo!
— Você gostou da experiência de competir na *Formula Gold*? Você se saiu muito bem. Consideraria uma temporada inteira?
— O carro é sensacional. A equipe foi ímpar e eu estou muito agradecido pela oportunidade, mas sobre competir uma temporada inteira, não sei como responder. Não gosto de fazer projeções. Vamos deixar rolar e ver o que acontece.

"Vamos deixar rolar e ver o que acontece."

Eu precisava me preparar para possíveis novidades no meu relacionamento.

Depois da entrevista, Lucas foi conversar com o pessoal da equipe e eu me afastei para dar-lhe espaço. Ele estava sem camisa, com o macacão abaixado até o quadril, revelando o elástico da sua cueca branca Hugo Boss, enquanto conferia os pneus do carro e conversava com o engenheiro. O sol entrando no *box* deixava sua pele em um tom único de dourado e, ao conversar, ele girava despretensiosamente uma garrafa de Gatorade vazia, que há pouco estava bebendo. Realmente, eu fui brindada com o pote de ouro no final do arco-íris. Lucas era a perfeição masculina em carne e osso.

De onde estava, eu enxergava todo o *box* e a área de acesso, e foi daquele ponto que eu vi quando uma morena estonteante, vestindo um minúsculo vestido tomara que caia preto, entrou resoluta no nosso *box* e foi direto falar com Lucas. Com meus músculos congelados, fiquei imóvel, apenas assistindo à cena.

As reações das mulheres quando encontravam Luke Barum eram sempre as mesmas: risadinhas, olhares insinuantes, mexidas nos cabelos, mãos o encostando "sem querer" e um leve afinamento na voz que eu nunca vou entender o porquê. Mas aquela morena era diferente. Ela caminhava com segurança e parecia que esperava que *ele* a admirasse. O chefe da equipe sorriu muito ao vê-la e a apresentou ao Lucas, que também deu um largo sorriso em sua direção.

Raiva, ciúmes e sei lá mais o que me corroeram por dentro. Eu não queria ser injusta, mas eu sabia que existiam algumas situações que eu jamais aceitaria viver novamente. Respirei fundo e fiz nada. Segui apenas observando e mantendo uma distância cautelar.

A conversa começou normalmente e Lucas nem olhava na minha direção, mas aos poucos aquela mulher foi se aproximando do *meu* namorado e ele *não recuava*, o que fez os meus alertas soarem alto. No final daquela *reunião*, que eu não entendia o propósito, ela passou uma mão de cima a baixo em um dos braços do Lucas e o beijou no rosto. Ele, por sua vez, passou um braço na cintura dela e sorriu amigavelmente demais ao se despedir.

Meus olhos não podiam acreditar no que viam!

CAPÍTULO 13

Controlei meu nervosismo e mau humor até sairmos do autódromo, o que só aconteceu depois de uma longa conversa com o chefe da equipe e os mesmos dois patrocinadores que jantaram conosco na noite anterior, que estavam muito contentes com seu piloto convidado e combinaram de ir aos Estados Unidos acompanhar a próxima etapa da *Pro Racing*. Jamais deixaria de me alegrar ver o talento do Lucas sendo reconhecido, mas meus pensamentos não estavam muito direcionados aos negócios depois da visita daquela morena linda e *sexy* no *box* da equipe.

Eu já sentia sinais de enxaqueca se apresentando e enxergava esferas prateadas à minha frente conforme aumentava a pressão no meu cérebro. Parecia que eu estava a ponto de explodir.

Entramos no carro e eu coloquei o cinto de segurança, já virando o corpo para ficar de frente ao Lucas, que tranquilamente ligava o motor. Eu precisava daquele confronto. Eu precisava esclarecer o tipo de liberdade que Lucas julgava adequado ter com outras mulheres.

— Você tá *louco*?

Falei de qualquer jeito.

— Quê?

Ele fingir que não sabia o motivo da minha ira me fez cuspir fogo.

— NÃO QUEIRA ME FAZER DE IDIOTA, LUCAS! EU JÁ VI ESSE FILME, ESQUECEU? – Lucas franziu a sobrancelhas – QUEM ERA AQUELA MULHER?

— Você tá falando da Mia?

Ele inclinou a cabeça, antes de dar a partida no carro.

— NÃO SEI LUCAS, ME DIGA VOCÊ!

— Pequena, calma. – Lucas soltou as mãos do volante e me olhou com mais atenção – Nós podemos conversar. Não vá pra este lugar. – Aquele foi o exato momento em que ele entendeu o que se passava na minha cabeça e validou minhas emoções – Mia é uma atriz italiana. Ela está trabalhando em um filme em que sua personagem namora um piloto da *Pro Racing*. Ela só quis aproveitar que eu estava aqui para me conhecer.

— Pelo jeito, ela queria testar *de verdade* como seria namorar um piloto da *Pro Racing*! E você bem que gostou! Precisava ter agarrado ela? Ter deixado ela passar a mão em você?

— Eu fiz *o quê*?

Ele pareceu verdadeiramente surpreso e soltou o cinto de segurança para se voltar completamente de frente a mim.

— Não se faça de sonso, Lucas. Eu estou com *muita* raiva agora, e se você ficar se fazendo de idiota, a situação só vai piorar!

— O que você quer que eu diga? Eu só fui educado com ela. Você precisa enxergar as coisas como elas realmente são, não apenas com a sua lente de mulher que já foi traída.

— EU NÃO ESTOU TRANSFERINDO MEU ANTIGO RELACIONAMENTO PARA O NOSSO! EU VI, LUCAS! Você foi *além* de educado. E agora eu nem sei o que pensar. Eu nunca imaginei ver você como um desses homens que fica encantado com qualquer gostosa que vê pela frente. Você sempre me pareceu tão superior a isso... – inspirei profundamente e deixei o ar escapar pela boca de uma só vez – E hoje você me fez sentir *muito* mal... *Muito* humilhada. Ela estava toda saliente, toda linda sorrindo pra você e você sorrindo de volta.

Eu já estava com a voz travada de quem segura o choro, e certamente foi ao perceber isso que Lucas acalmou mais seu tom e pegou minhas mãos, que estavam pousadas no meu colo.

— Pequena, pare com isso! Mia até pode ser uma mulher bonita, mas e daí? Ela nem se compara a você! Em nenhum sentido. Eu não estava encantado por uma gostosa qualquer. Desculpa se fiz você se sentir mal. Eu *realmente* só quis ser educado. Ela estava sendo simpática e não teria por que tratá-la friamente. – ele colocou uma mão na minha bochecha e ergueu o meu rosto – Eu amo você e nunca vou fazer algo que ofenda o nosso relacionamento.

— Então por que você deixou essa mulher passar a mão em você? Por que você a segurou pela cintura? Isso ofende o nosso relacionamento.

— Ela pode ter sido um pouco inconveniente, mas eu não a segurei, eu só encostei nela para me despedir.

Lucas se aproximou para me beijar, mas eu não estava disposta a ceder.

— Não. Eu não quero.

— *Natalie*...

— Só... me dá um tempo.

— Eu não fiz o que você está me acusando de ter feito. Reveja as cenas na sua memória.

Ele se afastou, me dando o espaço que pedi. Fomos em silêncio até o nosso hotel. A cidade passando como um borrão ao meu lado, enquanto eu prestava atenção nos barulhos do motor e na mudança de marchas do câmbio automático. O rádio estava desligado e a falta de música carregava ainda mais o clima entre nós dois.

— Eu quero voltar pra casa.

Falei displicentemente enquanto pegava o celular e largava minha bolsa sobre a cama do nosso quarto de hotel.

— Não!

Lucas foi enfático.

— Como assim, "não"? Essa não é uma escolha sua.

CAPÍTULO 13

— *Natalie*, desculpa, ok? Não fiz nada pra magoar você ou retribuir qualquer coisa pra tal Mia.

— De qualquer forma, a corrida já passou, nós já conversamos o suficiente com os patrocinadores da equipe e eu acho que já podemos ir embora.

Lucas ficou visivelmente sem graça quando eu concluí que obviamente já tínhamos feito tudo que tínhamos ido fazer na Espanha, e meu sangue, que já estava fervendo há horas, deve ter evaporado e deixado meu corpo como um recipiente vazio quando raciocinei sobre a reação do meu namorado.

— O que... – respirei fundo, controlando minha voz – O que você fez? Perguntei, temendo a resposta.

— Eu sabia que você não viria comigo se...

— PORRA! – gritei, explodindo de raiva ao jogar o celular contra o colchão – Você realmente não tem mais trabalho para fazer aqui na Espanha, não é?

— Eu só queria estar com você!

Ele se justificou, como se querer estar comigo fosse uma justificativa para me fazer mentir para o meu chefe e simplesmente sair de férias.

— Eu também quero estar com você sempre que possível. – eu disse – Mas quando não dá, NÃO DÁ! Nos próximos dias... O que você tinha em mente? – ele olhou para as mãos e não respondeu – FALA!

— Não tenho nada planejado. Só queria ficar a sós com você.

Oh, Jesus!

— Chega! Estou indo embora!

Caminhei em direção ao banheiro e comecei a recolher meus produtos de higiene e maquiagem.

— *Natalie*, por favor, nós já estamos aqui...

— As coisas não funcionam assim, Lucas! – eu não olhava para ele e não parava de colocar tudo nos *nécessaires* – Dr. Peternesco vai me perguntar como foram os negócios quando eu voltar e o que eu digo? Que só vim namorar? – virei o corpo de frente ao Lucas, que estava parado na porta do banheiro, e gritei: – ELE É MEU CHEFE! E por mais que seja um homem muito compreensivo, ele paga para que eu trabalhe e não para sair em lua de mel sem estar de férias!

— Você conseguiu ótimos novos clientes para o escritório dele, você merece um bônus.

— ELE ME PAGOU UM BÔNUS POR ISSO! Apesar de eu não merecer, porque só consegui estes clientes porque um lunático se apaixonou por mim e fez a loucura de sair de um grande escritório para migrar para o nosso. – eu o empurrei com o ombro e passei de volta ao quarto – Acho que devo repassar o bônus pra você!

— Você se dedica de corpo e alma àquele escritório.

Lucas ia me seguindo pelo quarto, tentando se manter calmo, tentando assim me acalmar também.

— Sim, me dedico mesmo, porque é o meu *trabalho*! E é por isso que eu vou embora daqui.

— NÃO! – ele baixou a tampa da minha mala para me impedir de colocar as coisas para dentro – Por favor, eu estou pedindo. Fica comigo!

— Já fiquei. Já fui à sua corrida e agora nós dois podemos voltar pra casa. Ou – montei minha expressão mais irônica – você pode chamar a *Mia* para ficar aqui até suas "férias" acabarem.

— PARA DE FALAR MERDA, NATALIE! – fiquei sem resposta depois que ele gritou comigo – Eu... Eu só queria uma viagem tranquila com você! Só você e eu. Nós nunca ficamos completamente sozinhos, e agora que passou a corrida é que poderíamos aproveitar de verdade. A minha ideia era podermos nos conhecer mais intimamente, dedicando nosso tempo apenas um ao outro.

Ele justificou sua esquisitice com o tom de voz normal outra vez.

— Essa enrolação toda só pra passar uns dias a sós comigo... Eu entendo esse desejo, mas as coisas não podem ser decididas assim, Lucas.

Refleti em voz alta.

— *Por favor*. Fica comigo.

Minha escala de valores parecia se moldar a novos formatos com muita facilidade, sempre que Lucas Barum me pedia algo.

— Lucas...

— *Por favor*. Viva isso comigo!

Exalei aliviando a tensão dos ombros. Eu entendia aquele desejo. Eu sentia o mesmo. Eu queria me manter racional, mas com Lucas me olhando daquele jeito...

— Isso não é certo.

Tentei argumentar calmamente.

Com um passo, Lucas chegou à minha frente, tirou os *nécessaires* das minhas mãos, os largou sobre minha mala fechada e me segurou pelo quadril.

— Você pode deixar de ser a advogada perfeita , pelo menos, uma vez na vida e curtir uma viagem romântica comigo? E além do mais, aqueles dois patrocinadores disseram que, se tivéssemos tempo, eles gostariam de jantar conosco em algum momento nesta semana. – uma de suas mãos subiu para o meu rosto e a outra acariciava a base das minhas costas – Estou pedindo pra você ficar comigo. *Por favor*.

Passei umas trinta horas pensando se afinal de contas nós ainda seríamos namorados depois da raiva e do ódio causados por aquela atriz de meia tigela. Conclusão: claro que seríamos! Eu queria ficar com ele, mas não gostava de mentiras e estava me sentindo como se estivesse traindo a confiança do Dr.

CAPÍTULO 13

Peternesco, mas nós realmente nunca havíamos ficado sozinhos, afastados do nosso mundo real, e a situação estava tão perfeita para ficarmos uns dias a sós...

— Eu não acredito que vou dizer isso, mas... Eu fico!

Cobri meu rosto com as mãos, Lucas deu uma enorme risada de alívio e me pegou no colo, antes de me beijar enlouquecidamente.

— Eu te amo tanto, mas tanto, que nem cabe em mim, sabia?

— Eu também te amo, seu adolescente irresponsável!

14

O sol mal tinha levantado no início da manhã de segunda-feira e o calor que já entrava pela janela aberta do quarto grudava as roupas no corpo. Fechei o vidro e liguei o ar-condicionado, lembrando minha mãe, que sempre foi contra ao que considero uma das maiores invenções de todos os tempos. Ela diz que essa "engenhoca" resseca demais o ambiente e desconfia da função de umidificação.

Lucas e eu sentamos na mesa da varanda para tomar o café da manhã que pedimos no quarto e meus pensamentos voaram até Dr. Peternesco. Pensei que eu deveria estar indo trabalhar, mas, em vez disso, eu estava compactuando com uma mentira e logo mais faria um passeio romântico com meu namorado pelas belezas da Espanha.

— Ei! Não pense!

Lucas cortou meus pensamentos, me interpretando com perfeição quando fiquei muito tempo com a xícara no meio do caminho entre o pires e minha boca.

— Estou tentando! Vamos sair logo daqui?

Sem me dar tempo de mudar de ideia, ele levantou, deixando seu café inacabado, e em um piscar de olhos já estávamos no carro a caminho de Madri.

Não fizemos o *check-out* no hotel porque voltaríamos a Barcelona no dia seguinte, então apenas colocamos algumas roupas na mala do Lucas, que era menor, e saímos para pegar a estrada. Seria uma viagem longa, lembro que meu recorde de tempo foram seis horas e trinta e dois minutos, mas a estrada era boa, àquela hora da manhã quase não tinham carros conosco e quem dirigiria seria o Lucas, portanto, era muito provável que eu conhecesse um novo melhor tempo de Barcelona a Madri.

Feito dois turistas, baixamos a capota do carro e sentimos os primeiros raios de sol do dia, deixando o volume alto do rádio animar nossas férias clandestinas.

Foi tão bom ficar sentindo o vento no rosto... Eu sempre gostei de sentir o ar, mesmo que gelado, beijando minha pele e bagunçando meus cabelos. A simples sensação me faz sentir uma paz tão verdadeira que sou capaz de rir e chorar ao mesmo tempo.

CAPÍTULO 14

Meus pensamentos vagavam entre memórias felizes do meu passado em Carmel e ideias futuras de uma vida ao lado do Lucas. Eu não podia ser mais feliz do que era desde que conheci aquele homem tão especial, mesmo ele tendo me desestabilizado e afrontado corajosamente todas minhas regras de conduta, fazendo minha vida dar uma guinada inesperada e audaciosa. Lucas era a luz no final do túnel, a pessoa que me entendia com o olhar e dava sentido aos momentos mais banais. Viver se tornou uma incrível jornada ao seu lado, e cada instante do meu dia era sentido e aproveitado, porque eu os percebia. Tudo tinha um brilho novo e mesmo os momentos difíceis eram enfrentados mais vigorosamente. Eram fatores da vida que incluíam a pessoa que me transformava um pouco mais a cada minuto.

Lucas apoiou a mão na minha perna e eu percorri seus dedos com meu indicador, pela primeira vez pensando que se por algum motivo nós nos separássemos, eu não saberia lidar com uma dor que fosse inversamente proporcional ao tamanho do amor que eu sentia por ele.

Afastando os pensamentos negativos, envolvi nossas mãos.

"Call Me Maybe" tocava animando o trajeto, enquanto eu tentava amarrar meus cabelos em um rabo e Lucas sorria esbanjando felicidade naquele rosto simétrico. De repente, ele aumentou mais o volume do rádio e me olhou, cantando a plenos pulmões, fazendo uma voz alta e aguda que foi a coisa mais patética e encantadora do mundo: *"Where you think you're going, baby?"*, e entre muitas gargalhadas, continuamos juntos no refrão e eu levantei os braços, sendo seguida por ele, que desatou em uma dança exagerada enquanto segurava o volante apenas com os joelhos, o que, óbvio, me fez quase ter um ataque e pular em seu colo para tentar controlar melhor o carro, o fazendo rir ainda mais.

Eu diria que aquele foi um dos momentos de mudança, quando a felicidade plena completa o coração e ao mesmo tempo dá falta de ar de tanta emoção. Mais um degrau da nossa subida. Mais uma unidade de medida do nosso infinito.

Almoçamos em um restaurante próximo à estrada e seguimos sem fazer mais paradas. E podendo adquirir bastante velocidade com a capota do carro fechada, entrarmos em Madri cinco horas e quatro minutos depois de termos saído de Barcelona, sendo que uns bons quarenta minutos perdemos durante a refeição.

— Você levou menos de cinco horas para chegar a Madri, se não considerarmos a parada. Deve ter tomado umas mil multas!

— Tomei nada! Eu cuidei da velocidade. É que de maneira geral...

— Já sei. Já sei. De maneira geral as pessoas dirigem muito mal.

— Isso.

Ele concordou, parecendo um garotinho, mostrando aqueles dentes brancos e tão perfeitamente alinhados.

Depois de acabar, da forma mais natural do mundo, com todos os recordes que eu conhecia da viagem de Barcelona a Madri, Lucas me levou para encontrar Anne, uma das amigas que dividiram o apartamento comigo e Lauren quando moramos ali. Apesar de ser inglesa de nascimento, Anne já estava há tantos anos na Espanha e tinha se afeiçoado tanto à cultura local, que eu tinha sérias dúvidas se ela conseguiria voltar a falar com o acento carregado da Inglaterra.

Guiei Lucas pelas ruas que ainda faziam sentido na minha cabeça e estacionamos em frente ao pequeno prédio antigo que fora meu lar temporário anos atrás.

Na época em que morávamos em quatro meninas ali, precisávamos estipular regras para o uso do único banheiro da residência e limites para a utilização comum dos quartos. As mais importantes eram "nunca levar um homem estranho para dormir em casa" e "pré-agendar a utilização do quarto individualmente se um namorado for passar a noite". Por sorte, nunca tivemos problemas de convivência. Eu e Lauren dividíamos um dos aposentos e Anne e Tess, o outro. O único momento ruim que passamos juntas foi quando o irmão mais velho da Tess faleceu e ela resolveu voltar para Londres e ficar com a família. Depois daquele episódio, Anne convocou uma assembleia extraordinária para votarmos a possibilidade do seu então namorado, Augusto, morar conosco. Não me agradava a ideia de ter um homem estranho em casa, mas dos seis meses que já estávamos lá, quatro ela havia passado com o estudante de literatura que não oferecia perigo algum, então o aprovamos para um período de teste, e depois que constatamos a mania de organização e limpeza que ele tinha, aprovamos sua estadia definitiva sem nem pestanejar.

Desci do carro e fiquei olhando a fachada recém-pintada do prédio, lembrando de cada momento de revelação que vivi ali. Contei ao Lucas que foi naquele apartamento que eu tive a conversa mais séria da minha vida com Steve, até aquele momento, dizendo para ele se sentir livre para aproveitar a vida de solteiro enquanto eu estivesse longe, e ainda ali, depois de duas noites de bebedeira em que eu fiquei com uns carinhas nada a ver, eu liguei de volta implorando que Steve me esperasse e jurando que o amava e que seria fiel durante todo o tempo que restava. Foi engraçado analisar aquela história depois de saber da falta de vocação que meu ex-marido apresentava. Naquela ligação, ele conseguiu me fazer sentir a pior pessoa do mundo por ter dado uns beijos em uns estranhos nas noites anteriores. Pedi tantas desculpas – sendo que estávamos esclarecidos quanto à nossa situação conjugal quando eu fiz o que fiz – que quase cansei a palavra. E ele, com ar superior, "me perdoou" porque "me amava demais"! Deve ter me traído como louco naquela época, e eu achando que tinha conquistado um verdadeiro príncipe!

CAPÍTULO 14

Que idiota que fui! Aquele passo foi o único retrocesso ao amadurecimento pessoal que aquela viagem me proporcionou.

Recordei também o maior porre da minha vida, que me fez esquecer mais de doze horas da minha existência, e não poupei detalhes ao contar que acordei apavorada sem saber onde estava e depois fiquei mais apavorada ainda com a quantidade de vômito que tinha ao lado e em cima da minha cama. Sorte que Anne, por ser a motorista da vez, não bebeu naquela noite e não nos permitiu fazer nada degradante demais. Mas ela disse que eu e minha irmã demos muito trabalho a ela e ao Augusto.

Tantas lembranças felizes... E Anne continuava cercada pelas nossas memórias naquele pequeno apartamento, mas com a diferença de que ela já era a proprietária do imóvel e seu trabalho como *designer* de joias lhe dava condições de sustentá-lo sozinha.

O porteiro eletrônico liberou nossa entrada e eu corri pelas escadas até o apartamento 2B.

— AHHHH! Eu não acredito que você está mesmo aqui!

Minha amiga saltou em minha direção assim que abriu a porta marrom com janelinha de vidro, revelando a sala com a mesma mesa de ferro branco e sofás estampados de verde que eu conhecia. Anne estava ainda menos inglesa do que eu lembrava e me abraçou escandalosamente no corredor em frente às outras três portas de apartamentos do segundo andar.

— Eu disse que ainda voltaria à Espanha antes de você ir aos Estados Unidos! Que saudade!

— Caramba, Nat, que bom ver você! Vocês vão ficar por aqui?

Ela olhou Lucas com uma naturalidade que não era normal de as mulheres dirigirem ao meu namorado, especialmente na primeira vez que o viam, e aquilo aqueceu o meu coração.

Anne era aquele tipo de amiga que podia não concordar com nada do que você gostava ou fazia, mas nunca julgava e sempre dava conselhos imparciais. Ela não ia com a cara do Steve, apenas de ouvir as histórias que eu contava, mas sempre respeitou minha decisão de continuar com ele e só não foi ao meu casamento porque tinha um desfile muito importante acontecendo em Barcelona na mesma época e suas joias estariam junto aos protagonistas da noite principal.

— Dormiremos apenas esta noite em Madri. Estamos em Barcelona. Deixe fazer as apresentações... – dei um passo ao lado e apontei com a mão em direção ao Lucas – Este é Lucas, meu namorado. Lucas esta é Anne, minha fortaleza aqui na Espanha.

— Muito prazer. – Anne disse, sorrindo amigavelmente – Você, sim, combina com minha amiga. – então ela o abraçou como se já o conhecesse, e enquanto eu ainda me sentia levemente corada, Anne disparou: – Gente, hoje tem uma festa im-per-dí-vel. – ela ia falando e me puxando para a sala – Vai ser em um hotel, é festa fechada. Vocês vão comigo, viu? Acho que Britney, Carla, Diego e Mike também vão.

Passamos algumas horas com minha amiga, ela me mostrou seu trabalho e eu não resisti e comprei um par de brincos, que Lucas insistiu em pagar e eu insisti que ela aceitasse, e, de presente, Anne me deu um anel em formato de laço que era o que havia de mais charmoso. Caminhei com familiaridade pelo apartamento e mostrei meu quarto ao Lucas. A peça tinha virado um estúdio, mas ainda restava na parede um quadro com quatro fotos nossas que eu tinha pendurado um mês antes de irmos embora. Ela disse que aquele apartamento não fazia sentido sem as nossas histórias, então resolveu manter algumas memórias ao alcance dos olhos.

Minha amiga era uma pessoa incrível.

No horário combinado, saímos do aconchegante hotel em que tínhamos nos hospedado, porque Lucas achou impessoal demais ficarmos na casa de alguém que ele nem conhecia, e voltamos ao meu antigo endereço para buscarmos Anne, que estava solteira outra vez e tinha dito que poderia ir de táxi à tal festa, mas é óbvio que o Sr. Educação não permitiu, e eu fiquei feliz com seu gesto.

Eu usava um curto e justo vestido tomara que caia em combinações de marrom com *nude* e calçava uma sandália *gladiator* de saltos altíssimos no tom mais escuro da roupa. Coloquei um conjunto de colares dourados que combinavam com uma pulseira de elos, fiz uma maquiagem esfumada nos olhos, como eu adorava usar, e deixei a boca sem cor. Sequei os cabelos passando os dedos entre os fios, deixando o aspecto mais "selvagem", e quando estava colocando meu perfume Burberry, vi Lucas através do reflexo do espelho do banheiro.

— Você está... Gostosa!

— Que romântico! – eu disse, e mostrei a língua para ele – Mas tudo bem, porque *gostoso* também é a palavra que eu usaria para definir você.

Ele riu.

Lucas vestia jeans claro e uma camisa preta *slim* que marcava sugestivamente seu peitoral perfeito e era mantida com alguns botões abertos, atiçando o meu desejo. No pulso, um Hublot escuro atraía meus olhos para as veias largas de seu braço, arrematando o visual másculo e *sexy* daquele homem de cabelos bagunçados e olhar pecaminoso.

— Vamos?

Ele me estendeu a mão e saímos juntos do quarto.

O local da festa não era muito longe do nosso hotel, o que nos fez dar uma volta desnecessária para buscarmos Anne e depois retornarmos quase até onde estávamos, mas meu namorado não soltou nem um mísero suspiro de desaprovação.

CAPÍTULO 14

Quando chegamos ao endereço, conseguimos furar a fila, porque Anne falou alguma coisa com o segurança enquanto apontava para o Lucas, e assim entramos e nos encaminhamos direto a uma área dividida por cordas vermelhas onde estavam nossos conhecidos.

Teoricamente aquilo era um espaço VIP, mas não tinham bancos nem cadeiras, apenas um balcão onde as mulheres largavam as bolsas junto a alguns copos vazios que se acumulavam.

— U-A-U! Você está gostosa, hein? Nem acreditei quando Anne disse que você estava por aqui!

Diego foi me cumprimentar com seu galanteio clássico e seu péssimo inglês.

— Ei! Olá, Diego! – abracei meu amigo com força ao sorrir de felicidade por reencontrá-lo – Você não imagina como estou feliz em ver vocês outra vez!

Com o mesmo sorriso estampado no rosto, virei em direção ao Lucas para fazer as apresentações, mas o que encontrei junto a mim foi um muro de concreto duro e frio parecendo capaz de prensar alguém a qualquer instante.

Fingindo não perceber todo aquele mau humor repentino, apresentei os dois e em seguida sussurrei para apenas ele escutar.

— Pare com isso. Diego é meu amigo.

— Ele se dá muita liberdade!

— É só brincadeira. Não tem nada demais. Por favor, não estrague a minha noite.

Eu tentava lidar bem com aquele modo possessivo do Lucas, mas às vezes dava vontade de dar um soco na cara dele.

Enquanto eu ainda tentava salvar o humor do meu namorado, Mike e Carla apareceram com mais dois rapazes que eu não conhecia.

— Carla, você e o Mike estão...

— SIM! Finalmente! Você acompanhou todo meu drama e não viu o final feliz!

— Como é que você não me contou isso? Como nos permitimos perder o contato assim? Estou tão feliz por vocês!

Depois de cumprimentar o casal e apresentar Lucas aos dois, fomos apresentados a Thor, um australiano, e Justin, que era de Chicago.

— Vamos dançar?

Anne convidou todos, mas puxando Justin pela mão.

Na pista de dança lotada, comecei a dançar esfregando meu corpo no Lucas, o puxando para beijos sem pudor algum. Tomávamos uma bebida atrás da outra e poucas músicas depois ele já tinha reagido e estava completamente solto. Seus braços me agarravam com força, fazendo uma de suas mãos pairar na minha bunda e a outra enrolar em meus cabelos, puxando minha cabeça para trás para lamber meus lábios, me tomando audaciosamente para si.

As músicas iniciavam e acabavam sem interrupções, assim como nossa dança e o fluxo de bebidas que meus amigos buscavam constantemente no bar. Eu sentia o suor escorrer entre meus seios e os cabelos grudavam ao redor do pescoço. Carla e Mike estavam envoltos em sua própria bolha, assim como eu e Lucas. Anne estava em uma paquera intensa com Justin, enquanto Thor, mais três rapazes e duas garotas que chegaram depois abasteciam o fluxo alcoólico de toda a nossa galera.

Eu já não sentia meus pés e minha boca formigava quando Lucas encostou a testa na minha. Com uma mão na minha cintura e outra no meu pescoço, ele deslizou o polegar nos meus lábios e cantou o primeiro verso de "Wild" com os olhos fixos nos meus, me fazendo ferver por dentro.

"If I go hard, let me tell you that it's worth it
Play the right cards, I ain't afraid to work it
Brush'em right off, when they say I don't deserve it
Hands in my heart, you keep my fire burning..." [5]

Se não estivéssemos em público, tenho certeza do que faríamos no instante seguinte, mas como não podíamos, resolvi, de alguma maneira, corresponder, então continuei...

"Ooh it feels so crazy when you scream my name
Love it when you rock me over every day
When I think about it I could go insane
Here we are, it's beautiful I'm blown away..." [6]

A dança sensual do encontro de nossas bocas foi tão pecaminosa quanto o que nossos corpos já ensaiavam, e o beijo que não queria mais terminar atiçou o resto do desejo que eu ainda conseguia manter dominado dentro de mim.

Aquela festa estava servindo como uma preliminar altamente inflamável e eu não aguentava mais para estar a sós com meu homem e senti-lo preenchendo o vazio que se formava fundo dentro de mim.

Quando eram quase quatro da manhã, eu mal me aguentava em pé e voltamos ao hotel.

---

5 "Se eu for com tudo, deixe-me dizer-lhe que vale a pena / Jogo as cartas certas, não tenho medo de arriscar / Ignoro quando dizem que não mereço / Mãos no meu coração, você mantém meu fogo queimando..."

6 "Ooh, é uma loucura quando você grita o meu nome / Adoro quando você me balança todo dia / Quando penso nisso, posso enlouquecer / Aqui estamos, é lindo, estou encantada..."

CAPÍTULO 14

Antes da festa, não tive tempo de explorar o quarto que estávamos ocupando, e depois não tinha condições, mas percebi que a suíte era maravilhosa. Tinha salas de estar e jantar, banheira, sauna e até um piano! Os detalhes não conseguiram ser registrados.

Enquanto Lucas abria a porta, eu ia abrindo suas calças. Não sei como ele não estava caindo de bêbado como eu, porque ele bebeu umas duas vezes mais e ainda assim conseguiu dirigir respeitando sua faixa na pista e não estava cambaleando. Entramos no *hall* e ele tentou me fazer chegar até a cama, mas eu parei apoiada na mesa de jantar.

Uma música realmente alta entrava através das janelas abertas, e eu apenas deixei que o rock de "Lullaby" vibrasse pelo meu corpo. Fechando os olhos, deixei minha cabeça pender para trás.

— Pequena, eu acho melhor você tomar um banho gelado e ir dormir, você bebeu demais.

Com um pequeno impulso, me sentei na mesa e abri as pernas. A calcinha eu já tinha tirado no carro.

A expressão no rosto do Lucas devia ter sido gravada.

— Você vai me deixar assim? Sozinha?

Falei quase miando, abrindo mais as pernas para o escrutínio do homem delicioso, com a camisa já quase toda desabotoada, que estava à minha frente.

— *Natalie...*

Ele se aproximou e eu envolvi seu quadril com minhas pernas, para depois arrancar sua blusa.

— Tão gostoso... – me deleitei esfregando as mãos em seu peito e abdome – Eu sou capaz de gozar só de olhar para esse corpo perfeito. – eu estava tão bêbada que as palavras saíam um pouco engraçadas e mais alongadas que o necessário, e em contraponto à minha inibição, que já estava dormindo há horas, minha libido estava no ápice de sua existência – Mas eu prefiro quando seu pau duro está metendo forte em mim.

Lucas exalou ruidosamente.

— É o que você quer agora? – ele inclinou a cabeça e ergueu uma sobrancelha – Meu pau na sua boceta?

— Não! Antes eu quero que ele foda minha boca!

Escutei um gemido de satisfação antes de Lucas me dar um rápido beijo e me puxar grosseiramente da mesa, até eu estar de joelhos em frente à sua ereção, que ainda estava guardada dentro das calças. Abri os últimos botões de seus jeans, liberei seu membro e o agarrei com as duas mãos para massageá-lo quase descontroladamente, então o enfiei até a garganta. Lucas agarrou meus cabelos com muita força e me manteve no lugar para meter até o fundo, sem parar. Eu o aceitava gemendo de satisfação, com minhas mãos envolvendo suas bolas, pressionando o ponto orgástico logo atrás delas e agarrando sua bunda.

Lucas gemia alto, se perdendo rapidamente, os movimentos ficando cada vez mais intensos, até que ele gozou com tamanha pressão que quase me engasgou.

— Que delícia! – eu me ergui novamente, limpando os cantos da boca com os dedos – Você é todo perfeito.

— Porra mulher, você é um tesão do caralho!

Fui posta sentada sobre a mesa, minhas pernas escancaradas, meus pés apoiados sobre a madeira fria, e no segundo em que Lucas passou a língua em mim, eu estremeci quase gozando. Deitei o corpo para trás e me concentrei para aproveitar mais do momento.

Tomada pela sensação que me fazia perder cada vez mais o controle, gritei arqueando as costas em um movimento de total entrega e luxúria. Minha cabeça parecia girar enquanto eu implorava não sabendo pelo quê, minhas mãos frenéticas se apressaram em libertar meus seios e eu estimulei meus mamilos com brutalidade ao gemer alto, mas quando estava quase lá, eu o afastei.

— Eu quero seu pau me comendo, por trás!

Lucas sabia me provocar como nunca imaginei ser possível, e naquele momento ele sorriu vitorioso, com seus olhos brilhando uma malícia que me levava aonde ele quisesse. Com um único movimento, eu estava virada de bruços, os pés tocando o chão e o tronco apoiado na mesa.

Depois de massagear preguiçosamente meu clitóris, enquanto pressionava o pau duro na minha bunda, Lucas puxou meu vestido sobre minha cabeça, me deixando completamente nua, e então avisou:

— Eu vou entrar bem devagar, pra aproveitar ao máximo.

Aquela voz rouca e trêmula fez meu corpo inteiro se arrepiar, e quando ele mordeu o lóbulo da minha orelha ao mesmo tempo em que deu um tapa forte na minha bunda, eu gritei de dor, surpresa e tesão.

Lucas se abaixou, e enquanto seus dedos entravam em mim pela frente, ele me lambeu atrás para lubrificar, e ao erguer o corpo, deslizou sua língua pela minha coluna, até chegar à minha nuca, fazendo cada célula da minha pele esfacelar sob seu calor úmido, então lentamente foi me completando.

Os movimentos no meu clitóris foram intensificados e eu suspirei longamente quando ele voltou a pressionar seu pau, até estar todo lá dentro.

Meu corpo já estava fora de controle quando os movimentos cadenciaram. Meus braços estavam esticados sobre a mesa e minhas unhas arranhavam a madeira. Lucas emitia sons altos que vinham do fundo da garganta e ouvi-lo tendo prazer comigo só completava meu momento e me fazia gritar e gemer mais.

A parte inferior da minha barriga, que estava pressionada na curva da enorme mesa maciça, chegava a machucar conforme arrastávamos o móvel

CAPÍTULO 14

pelo chão com a brutalidade dos nossos movimentos, e quanto mais ele gemia, mais eu gritava.

Em meio ao turbilhão de sons e sensações, eu ainda ouvia Lucas dizendo obscenidades ao pé do meu ouvido, arrepiando todos os pelos do meu corpo. E quando me senti atingir o limite do prazer, emiti sons incoerentes ao ter o orgasmo mais alucinante da minha vida, e Lucas urrou, desabando o tronco sobre o meu.

Não lembro como fui para a cama.

15

Na manhã seguinte, acordamos tarde, vestimos qualquer coisa e saímos correndo para aproveitar o dia caminhando pela Gran Vía e gastando alguns euros em lojas maravilhosas, depois comemos um delicioso prato de camarões em um restaurante de frutos do mar e seguimos ao Museo Del Prado, que eu já tinha visitado quando morava na cidade, mas não pude deixar de dar ao menos uma passadinha para rever algumas de suas obras fantásticas. Quando voltamos ao hotel, só tivemos tempo de tomar um banho rápido, fechar as malas e fazer *check-out* para não nos atrasarmos para o encontro com meus amigos em um bar na Plaza Mayor.

Anne seguia no clima de romance com Justin, mas nada tinha evoluído da noite passada até aquele momento, Carla ria descaradamente do romance juvenil dos dois e Britney estava sem entender nada, porque havia perdido a festa da noite anterior. O resto do pessoal conversava alto, e juntos bebíamos cerveja e comíamos batatas fritas enquanto as conversas sobrepunham-se umas às outras, até que ficou tarde e eu e Lucas decidimos pegar a estrada.

— Anne, você precisa ir me visitar na Califórnia. Eu prometo que mesmo não sendo perto de onde eu moro, levo você para os lugares mais badalados de Hollywood.

— Eu vou sim. Prometo! Quem sabe no seu casamento?

Ela riu, sabendo perfeitamente que eu ficaria morta de vergonha pelo tipo de comentário na frente do Lucas, mas antes que eu pudesse voltar a respirar, meu homem maravilhoso me ganhou mais um pouquinho.

— Vamos cobrar essa promessa.

Seu modo natural e confiante de falar mostrava que já estava muito confortável com a ideia, e eu amei fazer essa constatação.

— Viu só? – Anne piscou e deu um empurrãozinho no meu ombro – Deixa de ser boba e tira esse vermelhão do rosto. Esse cara aí gosta mesmo de você!

— Obrigada, Anne. Você é muito conveniente.

Lucas riu enquanto eu e minha amiga nos enroscávamos em um abraço apertado, antes que eu embarcasse no nosso conversível rumo à Barcelona.

CAPÍTULO 15

Dirigimos noite adentro mantendo a capota do carro erguida, contendo o vento frio da estrada, e ouvíamos músicas enquanto conversávamos, evitando que a viagem com poucos carros ao redor ficasse monótona e sonolenta, e depois de beber sozinha uma garrafa de vinho branco que tínhamos comprado em Madri, me senti ousada e subi uma mão pela coxa direita do Lucas, chegando à sua virilha e seguindo até agarrar o que pude no meio de suas pernas.
— Estou com fome.
Informei, e Lucas me fitou por breves segundos com faíscas no olhar, então, aproveitando seu interesse, abri sua calça e o encontrei latejante à minha espera. Lambi meus lábios observando seu membro longo e sedoso na minha mão e Lucas expirou longamente entre dentes cerrados. Sem pressa, baixei a cabeça em seu colo e comecei a fazer o boquete mais dedicado da minha vida. Contando com a distância que tínhamos até Barcelona, saboreei aquele momento por vários e vários minutos, lambendo, chupando e massageando seu pau, fazendo-o contrair as coxas e respirar pela boca quando eu diminuía o estímulo para que ele não gozasse rápido.
— *Meu Deus*! *Natalie*, eu não aguento mais.
Aliviei minhas investidas e ergui o olhar mais inocente para ele.
— Então não resista.
— Ah, Pequena... Você tem ideia de como é boa nisso?
Sorri e comecei a tirar minha roupa. *Toda* a minha roupa.
— O-o que você está fazendo?
Lucas gaguejou, olhando duas vezes para frente e para mim, então diminuiu consideravelmente a velocidade e se manteve na pista da direita, para poder olhar mais para mim do que para a estrada.
— Para o carro.
Pedi.
Sorrindo, Lucas passou uma mão dos meus seios até meu sexo, me penetrando com os dedos, sentindo meu calor interno. Em seguida, lambeu os dedos, e com o desejo quente como o pecado brilhando incandescente em seus olhos, passou a ditar as regras do *meu* jogo.
— Não. Eu vou foder você enquanto dirijo. – meus olhos arregalaram, mas ele não recuou – Monta em mim. Não se preocupe, eu vou devagar.
Ok, ele não se permitiria perder completamente o controle. Eu poderia fazer aquilo. Eu confiava no Lucas atrás do volante de um carro em movimento como jamais confiaria em qualquer outra pessoa em situações muito mais seguras.
Ergui-me no banco e passei a perna direita sobre o corpo dele, que precisou largar uma das mãos do volante para eu me acomodar com o corpo virado para o seu e os seios logo à frente de sua boca. Óbvio que Lucas não resistiu e, por míseros segundos, abocanhou um dos meus mamilos antes de voltar a prestar atenção à estrada.

Quando achei a posição ideal, peguei seu pau com uma mão e o conduzi até o ponto onde ele deslizaria para dentro de mim, e assim foi.

— Caralho! – Lucas jogou a cabeça contra o encosto – Tá enterrado até o talo.

Eu podia sentir a ponta do pênis dele pressionando meu útero. Não estava exatamente desconfortável, mas poderia ficar, caso ele empurrasse com muita força.

— Eu sinto você inteiro em mim.

Diminuindo ainda mais a velocidade, ele me deu um beijo rápido e intenso, depois voltou a se concentrar na visão além dos meus ombros.

Extremamente excitada, eu subia e descia em seu colo, e a cada investida aquele pontinho exato dentro de mim era massageado e me levava mais rapidamente ao paraíso. Quanto mais eu gemia, mais Lucas ofegava e mais nosso tesão aumentava.

Uma camada de suor brilhava na minha pele nua e a camiseta do Lucas ficava cada vez mais grudada no corpo. Eu queria arrancá-la para passar a língua no suor do tronco dele, mas preferi não arranjar mais um motivo para fazê-lo tirar as mãos do volante e perder a concentração.

— Lucas... *Lucas.*

Grunhi, segundos antes de estremecer contraindo meus músculos íntimos ao redor do seu membro pulsante, então ele levantou o quadril para empurrar mais fundo e soltou um *"ahhh"* aliviado ao final de seus tremores.

Com as pernas fracas, fiquei mais um tempo com nossos corpos encaixados até ter coragem de me levantar.

— Morri.

Sussurrei e Lucas riu, dando um beijinho no meu ombro, e continuou dirigindo devagar pela faixa da direita até eu me recuperar.

— Natalie realizando outro sonho erótico de Lucas. *Check.*

Ele informou, fazendo sinal de marcação no ar.

— *Outro?* Quer dizer que eu já realizei algum e nem sei?

Ele me olhou sorrindo, o brilho da lua iluminando seus olhos profundos, me fazendo amar ainda mais sua beleza.

— Digamos que toda vez que fazemos sexo, você está realizando um sonho erótico meu, porque todo mundo sonha com essa intensidade toda que temos, certo? – concordei – Mas nossa primeira vez foi em um lugar que, se eu tivesse uma lista, com certeza estaria incluído. Por mais clichê que possa ser fazer sexo no carro, eu nunca tinha feito, e comer você por trás, ainda mais tão louca e entregue como ontem, *certamente* foi a realização de um sonho! Agora, com o carro em movimento foi mais um. Você tem alguma fantasia em especial?

Uau!

CAPÍTULO 15

— Sabe que eu não penso a respeito? Mas sempre rola aquela curiosidade sobre fazer no mar e na beira de uma praia deserta. Acho que são influências cinematográficas. A única vez que eu *realmente* pensei algo como "um dia eu *preciso* fazer isso" foi em uma corrida sua. – Lucas me olhou e sorriu antes mesmo de eu dizer o que era – Eu fico louca de tesão quando vejo você competindo, apesar do medo, e me dá uma vontade quase incontrolável de transar em um carro de corrida, mas eu sei que você leva o seu trabalho muito a sério e eu...

— Caralho! Por que você não me falou isso antes? *Óbvio* que comer você no meu carro é uma das minhas fantasias! Um dia você vai realizá-la pra mim, e eu pra você. – fez-se uma pausa e ele continuou – Puta que pariu! Fiquei com um tesão fodido só de imaginar você de pernas abertas pra mim em cima do meu carro!

Eu ri.

— Calma, Campeão. O bom dos sonhos também é poder cultivá-los bastante para se tornarem inesquecíveis quando virarem realidade.

Quarta-feira passeamos por Barcelona, visitamos o Museu Nacional de Arte Catalunha, caminhamos pelo Parque de Montjuic e oramos na Igreja da Sagrada Família.

Quinta-feira perambulamos pelo El Gòtic e à noite jantamos com aqueles dois patrocinadores que estavam demonstrando um grande interesse em ter Lucas na equipe da *Formula Gold* no ano seguinte.

O jantar foi bem tranquilo, mas eu aticei novamente as caraminholas que estavam na minha cabeça.

— Não teria como você aliar sua carreira aqui com a que tem em casa? Perguntei ao Lucas, quando já estávamos de volta ao hotel.

— Até teria, dependendo dos calendários.

— Então eu acho que você precisa pensar bem quando a proposta for oficializada, porque é certo que eles irão oficializar este convite. Eles estão realmente impressionados e seria muita...

— Shhh... – Lucas me calou, levando um dedo à minha boca – Eu já disse que não quero pensar nisso agora. Estou curtindo minha lua de mel.

Pronto! Assim ele me ganhou novamente!

Na sexta-feira, assim que abri os olhos ao perceber "*Unthinkable*" tocando baixo no quarto, me encontrei envolta em muitas pétalas de rosas, com uma bandeja de café da manhã deliciosa me esperando nas mãos de um homem seminu ainda mais delicioso.

— Uau! O que eu fiz para merecer tudo isso?

Eu me espreguicei e tomei um gole da água que eu tinha deixado na mesa de cabeceira.

— Você é você! – Lucas explicou, se aproximando ao deixar a bandeja de lado – Eu queria que alongássemos essa viagem para que pudéssemos passar alguns dias sozinhos, longe de todo mundo que faz parte das nossas vidas, para criarmos algo só nosso. – seus olhos sorriam junto aos seus lábios carnudos – Você me transformou de tantas maneiras que é quase impossível explicar, e agora eu sei que estou no momento mais real de toda a minha vida.

Eu olhava aquele homem com cara de menino, que sorria como se tivesse descoberto um tesouro, e fiquei simplesmente sem saber como responder a uma declaração de amor tão simples e tão intensa.

Meus lábios se curvaram em um sorriso honesto e o puxei para perto de mim.

— Eu amo você.

Emanando felicidade, Lucas me deitou novamente na cama e cobriu meu corpo inteiro de beijos, me venerando e me despindo enquanto eu me entregava. Delicadamente, ele acariciava minha pele e fazia muito mais com meu amor. Sem pressa, os movimentos iam fluindo e tomando corpo como nosso desejo. Quando Lucas se colocou completamente sobre mim, com nossos olhos declarando tudo que tínhamos em nossos corações, ele me possuiu lenta e apaixonadamente. Ondulando seu corpo sobre o meu, ele elevava minha alma enquanto completava meu corpo. As sensações se construíam calmas e fortes, misturando a paixão no meu peito com o calor no meu ventre. Eu parecia flutuar.

Suas mãos apoiadas ao lado do meu rosto me davam a distância necessária para absorver toda sua beleza, e deslizando a ponta dos meus dedos em seu rosto, pescoço e peito, dividíamos aquele que talvez tenha sido o sexo mais despudorado de toda a minha vida, porque nossos olhos se encontraram assim que Lucas me penetrou e não desviaram para lugar algum até depois de termos sentido nossos corpos convulsionarem de paixão. Minutos e minutos de contato visual enquanto nos movíamos, fazendo o encaixe perfeito dos nossos quadris produzir chamas em nossos corpos. Foi perfeito.

Algo aparentemente simples, como manter contato visual, é tão íntimo e revelador que não é tão fácil realizar. Não tínhamos nenhum elemento extra conosco, não nos provocávamos à exaustão, não tínhamos o escuro da noite, não tínhamos posições sensuais, nada. Tínhamos apenas nosso amor em sua forma mais latente. Sem reservas e sem ressalvas. Nós nos amávamos, e foi tão intenso que nossos corpos ficaram tremendo um bom tempo depois de gozarmos juntos na nossa mais verdadeira declaração de amor.

Meu mundo inteiro pertencia àquele homem e eu rezava para que fôssemos fortes o suficiente para mantermos o que havíamos construído juntos.

CAPÍTULO 15

Depois de tomarmos café da manhã, saímos para passear. Ganhei do meu namorado um vestido lindo para usar no jantar especial da última noite da nossa "lua de mel", e eu mal podia esperar a hora de poder desfilar pela cidade usando-o.

O vestido de seda imitando uma camisa que acabava pouco acima dos joelhos era todo estampado com folhas de árvores e frutos vermelhos sobre um fundo branco. Por baixo, levava um corpete vermelho que ficou visível porque deixei vários botões abertos. Um cinto marrom e delicado ficava preso à cintura e as mangas longas e largas davam o acabamento "dançante" à peça. Calcei uma sandália vermelha que só tinha uma tira sobre os dedos e amarrava no tornozelo com uma fita de seda e deixei os cabelos soltos. Para completar, estava com minha clássica e *sexy* maquiagem e saí do banheiro desfilando para mostrar meu visual ao Lucas.

Ele cantarolou um assobio e girou um dedo no ar para que eu desse uma voltinha, e ao fazer o ouvi dizer um *"caralho"*, que eu já tinha aprendido a interpretar como algo *bem* positivo. Eu gostava quando ele me olhava daquela forma.

Lucas vestia uma calça de linho bege e uma camisa branca que ficava justa no tronco e revelava um cinto em tons de verde-escuro. As mangas dobradas acima do cotovelo atraíam ainda mais atenção aos seus braços fortes e ao Rolex brilhando poderosamente em seu pulso. Como arremate, os cabelos bagunçados estavam incrivelmente *sexies* e levemente úmidos, provocando pensamentos proibidos para menores.

— Você está tão lindo que eu já estou pensando na hora de voltar pro quarto para tirar toda sua roupa e lamber seu corpo inteiro!

Eu disse, colocando uma mão na cintura e me apoiando no batente da porta do quarto.

— Gostaria de gentilmente pedir que a senhorita não me provoque, porque eu tenho a real intenção de ter um jantar romântico com a minha namorada esta noite, mas se você continuar me olhando assim, vai arruinar meus planos cavalheirescos. - eu ri alto e Lucas se afastou para mexer em sua mala, voltando em seguida e me puxando para frente do espelho de corpo inteiro que ficava ao lado da cama — Mas antes...

Posicionado atrás de mim, ele delicadamente afastou meus cabelos para o lado e colocou no meu pescoço uma linda gargantilha de ouro branco com um pingente no formato do símbolo do infinito com um coração cravejado de brilhantes na interseção. Era uma joia linda e delicada.

— Lucas...

Meus olhos piscavam e me percebi boquiaberta.

— O que eu quero dar pra você hoje não é um vestido novo, um par de sapatos, nem mesmo apenas uma joia normal. Eu quero dar algo pra selar verdadeiramente este momento, e é algo que eu nunca dei a ninguém, e nunca mais darei; meu amor infinito.

Ele acabou de fechar a corrente em mim e meus olhos saíram do pingente e encontraram os dele no nosso reflexo no espelho.

Meu coração bombeava forte no meu peito e um nó na garganta me avisava que lágrimas estavam próximas.

— Lucas! – girei o corpo para nos olharmos de frente – Eu nem sei o que dizer... – levei uma mão ao pingente descansando na base do meu pescoço – Eu amei. Amei a joia, mas... – minha voz falhou, e com as duas mãos envolvi o rosto do Lucas, fitando seus olhos apaixonados – Amei mais ainda o que ela significa.

Ele sorriu.

— Que bom que você gostou. Passei um tempo pensando em como expressar o que eu sinto, até que me surgiu esta ideia e mandei fazer este pingente especialmente pra você. Olha...

Ele virou meu corpo de volta para o espelho e me mostrou a parte de trás do pendente. *"Natalie e Lucas – Amor Infinito"* estavam escritos nos contornos do símbolo do infinito.

Não consegui segurar algumas lágrimas e virei novamente de frente ao homem que eu amava, o abraçando com força, segurando aquele momento para sempre comigo.

— Lucas, você é a melhor parte da minha vida e vai ser para sempre! Eu te amo de uma maneira que eu não sabia que existia. Você me faz tão feliz... Obrigada por tanto! Por cuidar de mim, por me fazer rir e me consolar quando eu choro. Obrigada por me deixar fazer estas coisas por você também. Obrigada por ser meu! Por dividir sua vida comigo e me dar seu coração.

16

*E*ra um final de tarde de sábado quando nosso avião aterrissou em São Francisco, nos levando de volta à realidade, e apesar de ter sido um voo espetacular, uma tristeza inconveniente já tomava meu peito por ter saído do mundinho paralelo de Lucas e Natalie, mas disfarcei com sorrisos para não parecer aquele tipo de namorada carente e grudenta que eu sempre repudiei.

— E aí, você vai me dar folga ou vai dormir lá em casa?

Pisquei o olho, brincalhona, enquanto esperávamos o processo de abertura de portas da aeronave.

— Eu queria que dormíssemos na minha casa até segunda-feira, pra ficarmos mais um tempo a sós. Não quero voltar para o mundo real.

Aquilo era tudo que eu queria escutar, até senti meu coração acelerar o compasso.

— Já que você tocou no assunto... Eu também não quero "voltar à vida"! A viagem foi tão boa e foi tão maravilhoso ter só você preenchendo meus dias... Eu não queria que acabasse nunca.

— Só para registrar que você queria ter voltado antes pra casa.

— Deixa de ser besta, Lucas.

A comissária nos autorizou a descer do jatinho que nos trouxe para casa e quando dei o primeiro passo em direção à porta, Lucas me puxou pra si, enrolou os braços na minha cintura e me beijou.

— Isso quer dizer que você vai pra minha casa?

— Sim. - respondi sorrindo, fazendo carinho nos cabelos de sua nuca – Mas preciso passar no meu apartamento antes, desfazer as malas e pegar algumas coisas para ir trabalhar na segunda.

Lucas assentiu, e assim que pegamos nossos pertences, saímos do aeroporto.

Vi a luz da sala acesa quando Philip, que tinha ido nos buscar no aeroporto, estacionou em frente ao meu prédio. Lauren estava em casa e era certeza que teríamos que conversar sobre a viagem e muito provavelmente ela iria nos forçar a jantar ali para saber os detalhes de tudo, nos impedindo de voltarmos depressa ao nosso conto de fadas dentro do conto de fadas que já era nossa vida juntos.

Lucas dispensou Philip e quando fomos recepcionados animadamente pelo zelador Wilson, percebi que realmente estávamos de volta. Não entrávamos e saíamos despercebidos como nos hotéis que nos hospedamos na Espanha. Aquele era o nosso mundo e as férias haviam acabado.

Ignorando os apelos incansáveis de minha irmã, fomos embora antes do jantar, mas isso não aconteceu antes que eu lhe entregasse umas bugigangas que havia comprado na viagem, aproveitando para vê-la gargalhar com o copo vazio do nosso café orgânico favorito de Madri.

— Eu não acredito que você me trouxe de presente um copo descartável!
— *Um copo descartável?* Era o nosso café preferido! Tenho certeza de que se você fizer café e botar aí dentro, você vai se sentir na *"españa, chica"*!

Fiz um gesto como se estivesse dançando flamenco ao usar o meu melhor sotaque espanhol, e meu público riu da minha cara.

Ao chegarmos à garagem para nos dirigirmos ao meu carro, Lucas me jogou as chaves que tinha pegado no chaveiro da cozinha e disse:
— Você dirige.
— Tem certeza? Estou tão cansada para ter aula agora...
— É bom ter aula cansada, pra você aprender a prestar a atenção no trânsito sob qualquer circunstância. Deus me livre de você bater na traseira de outro carro e acabar me trocando por um cara qualquer!

Lucas sempre me divertia, assim como sempre acabava me convencendo a fazer o que ele queria. As pessoas sempre me diziam que meu poder de argumentação foi o responsável por eu ter escolhido minha profissão. Sempre fui conhecia como "a que consegue o que quer", mas com Luke Barum não era assim. Eu ficava besta e sem nada para contra-argumentar, e não era difícil me ver cedendo ao que ele queria, estampando no rosto o sorriso mais idiota do mundo.

Saí da garagem e obedeci a cada pedido do meu copiloto. Ele achava que eu já estava dirigindo bem, mas estava determinado a me ensinar a ter uma postura mais agressiva/defensiva no trânsito. Sua porção piloto dizia que era eficaz ser agressivo e importante saber se defender e desviar de situações. Apenas saber as leis de trânsito e saber usar o carro da maneira esperada não livra ninguém de acidentes e assaltos, embora algumas das coisinhas que Lucas faça não sejam exatamente o que me livraria de alguma multa.

Às nove e meia da noite chegamos à casa dele, fazendo planos maliciosos para um longo banho de banheira, mas mal havíamos passado pela porta da frente e a campainha soou.

— Leve nossas coisas para o quarto que eu atendo.

Falei, já me encaminhando ao *hall* de entrada enquanto Lucas seguia carregando nossas malas em direção às escadas de acesso aos quartos.

CAPÍTULO 16

Espiei pelo olho mágico e tive a infeliz visão de Frank Truffi parado do outro lado da porta. Encostei a testa na peça de carbono e fiquei pensando o que eu poderia fazer.

*Ah, não! Muito cedo para a parte ruim da realidade **literalmente** bater a nossa porta!*

— Quem é?

Lucas estava de volta e perguntava com curiosidade ao dar um beijo no meu pescoço.

— Seu pai.

Seus ombros cederam antes de ele soltar o ar pela boca.

— Pode abrir.

— Tem certeza?

— Sim.

Engoli em seco, bastante apreensiva com o desenrolar que aquele encontro poderia ter, mas obedeci, e meio segundo depois Frank sorria a nossa frente.

— Da outra vez em que estive aqui, cheguei a comentar como é bacana sua casa, filho?

Ele falava tentando olhar mais para o interior do *hall* de entrada.

— O que você quer? Lucas perguntou, daquela maneira seca e agressiva que sempre usava com seu pai, escondendo com perfeição o fato de que aquele homem ainda o fazia chorar.

— Não vai me convidar para entrar?

— Não. Você já vai embora mesmo.

Os dedos de uma mão do meu namorado tamborilavam nervosos sobre o carbono da porta e os outros esmagavam os meus.

— Vamos dar uma trégua nessa briga e conversar como pai e filho.

A risadinha curta e irônica que Lucas deixou escapar era um aviso.

— Olha, você vai ter que me desculpar, mas eu *não sei* o que é conversar como *pai e filho*, porque eu *nunca* tive um *pai* que me ensinasse isso.

— Oh... Essa doeu!

Fiquei parada ao lado do muro frio de interior frágil que era o homem que eu amava, e só observava o fingimento de um e o desprezo de outro. Acho que eu estava mais nervosa que os dois juntos.

— O que você quer?

— Sua namorada não contou?

O sangue fugiu do meu rosto, minha boca ficou seca e minhas pernas bambas. O que ele pretendia? Iria assumir que só queria explorar o filho? Como ele pretendia me colocar na berlinda sem se comprometer junto?

A mão do Lucas afrouxou da minha e ele virou o rosto, estudando minha reação, instantaneamente entendendo que o pai não estava blefando e que eu sabia mais do que dissera saber, mas decidiu não mostrar nossas fragilidades em frente a um "estranho", o que eu agradeci, então novamente se voltou a Frank.

— Eu quero que *você* me diga.

— Eu estava prestes a abrir um processo na justiça pedindo para registrá-lo novamente. *Eu quero ser seu pai*. Mas a Srta. Moore me coagiu e acabei não fazendo nada.

Fechei os olhos e inspirei com força. Eu não falaria nada na frente dele, mas minha vontade era de matar aquele homem.

— Então, por que está aqui?

Ok. Lucas não me repudiou. Pelo menos, por enquanto.

— Para que pudéssemos conversar. Para que pudéssemos nos conhecer melhor. Então, depois eu posso voltar a constar na sua vida, e na sua certidão. Eu quero reparar os meus erros.

Na sua certidão? Eu não aguentei apenas ouvir aquilo, deixando aquele homem tentar iludir Lucas daquela maneira cruel, como se estivesse pensando apenas no filho e querendo se redimir dos erros do passado.

— Frank, — chamei, dando um passo à frente, ajeitando firmemente a postura – estou quase chorando com seu discurso emocionante, mas agora, se você nos der licença, precisamos descansar.

Lucas ficou calado, me dando todo suporte. Ele estava ao meu lado, mesmo sem saber o que eu havia escondido.

— Você é realmente muito interesseira, mocinha. Não quer nem me deixar tentar conquistar meu filho outra vez porque deve estar de olho em tudo que ele tem! Cuidado Luke, abre o olho.

— EU NÃO ADMITO QUE VOCÊ FALE ASSIM COM A MINHA NAMORADA! – Lucas me puxou para trás de si e empertigou o corpo na direção do pai – QUE LIBERDADE VOCÊ TEM PARA ME DAR CONSELHOS? VÁ EMBORA DA MINHA CASA E DESAPAREÇA DA MINHA VIDA!

Extremamente exaltado, Lucas foi caminhando firme, forçando Frank a ir de costas até os degraus que o levariam à calçada, e quando este deu as costas e partiu, eu me preparei para o que viria.

A porta de casa foi fechada brutalmente e Lucas parou à minha frente. Ele estava trêmulo e ofegante. Tentei abraçá-lo, mas fui afastada de leve pelos ombros.

— Comece a falar, *Natalie*.

Emoção zero na voz e meu estômago se retorceu, me deixando com medo de ter feito a coisa errada. Será que ele cogitou a hipótese de que talvez eu estivesse interessada em seu patrimônio? Apesar do aperto no peito, se fosse aquele seu pensamento, eu teria orgulho suficiente para ir embora de cabeça erguida. O dinheiro nunca foi peça fundamental na minha vida, e se até então Lucas não tivesse certeza disso, era sinal de que ele não me conhecia nem o mínimo.

CAPÍTULO 16

Puxei o ar pela boca e tentei pensar depressa em alguma maneira de explicar aquela situação, sem magoar um coração tão machucado como o de um filho abandonado pelo próprio pai.

— Vamos pro quarto?

— Não me enrola. Fala logo, o que está acontecendo?

Peguei em sua mão, mas ele a soltou.

Rejeição. E meu coração apertado passou a bater descompassadamente.

— Eu vou pro quarto, se você quiser conversar, estarei esperando.

Óbvio que ele foi atrás de mim.

Sem dizer nada, Lucas sentou na cama, fazendo as molas do colchão pularem com seu peso sendo jogado sobre elas de qualquer jeito, e eu sentei ao seu lado, mas não consegui fazer contato visual, então reuni o pouco de coragem que tinha e, sem achar uma maneira bonita de falar, optei pela sinceridade simples e comecei a explicar aquela merda de situação.

— Lucas, – inspirei e soltei o ar longamente pela boca antes de despejar informações – eu pesquisei sobre seu pai e descobri que ele tem vários processos correndo na justiça. Ele é réu na imensa maioria e eu reparei que o escritório que o defende é o mesmo no qual Steve trabalha. Foi então que criei coragem para procurar meu ex-marido. Eu pedi pra ele descobrir qual era o caso. – pausa para criar mais coragem – Steve não poderia ter feito isso, mas como ele está em débito eterno comigo, acabou cedendo.

Fiquei calada por longos instantes, tentando elaborar o texto para a pior parte.

— O que ele disse?

Lucas perguntou, mexendo o mínimo de músculos possível para falar. Pela primeira vez, falar do Steve não o tornou o centro do assunto. Não fui questionada sobre como foi, para mim, fazer aquilo, apesar de em partes ele já saber.

— Steve disse que... – visivelmente alterada, comecei a prender os cabelos em um coque no alto da cabeça, ainda sem olhar para o Lucas – Seu pai está falido.

— E?

Ele estava curvado, com os braços apoiados nas pernas em total desânimo, o que partia ainda mais o meu coração.

— E é isso!

Tentei deixar resumido.

— Não me enrola!

Lucas endireitou as costas, girou o tronco de frente a mim, me fazendo ficar de frente a ele também, e eu congelei sob seu olhar, largando as mãos sobre as pernas, deixando os fios dos cabelos caírem sobre os ombros.

— Mas é basicamente isso. Frank quebrou porque aplicou na bolsa e caiu junto com aquele bilionário famoso que faliu uma galera há um ou dois anos.

Voltando a se curvar, Lucas ficou olhando fixo para o chão, até que, depois de vários batimentos cardíacos acelerados e amedrontados, ele disse:
— Ele está me procurando porque precisa de dinheiro.

A maneira como foi pronunciada cada uma daquelas palavras em tom afirmativo e não interrogativo, com a voz fraca e melancólica, me dilacerou por dentro e eu me ajoelhei à frente daquele homem tão maravilhoso, que tanto me apaixonava, e tentei confortá-lo, porque ele parecia um garotinho que acabara de descobrir que o pai o havia abandonado.

— Mas não se preocupe, – eu disse, de alguma forma tentando amenizar a situação – porque eu sei que ele tem dinheiro aplicado fora do país, eles não vão ficar mal de verdade. Só... não deixa Frank registrar você novamente.

— Por quê?

Seus olhos pesados com as sobrancelhas franzidas encontraram os meus, aflitos e carinhosos, e por mais alguns instantes eu não soube o que dizer.

Será que no fundo ele *queria* que Frank o registrasse?
— Porque não seria justo com sua mãe.

Por fim, eu disse, mas claro que Lucas sabia que tinha mais.
— POR QUE, NATALIE? Me diga tudo que você sabe!

Eu não conseguia falar nada. As palavras simplesmente não saíam da minha boca. Era uma sensação péssima, como se eu precisasse dar a notícia da morte de alguém a seu ente querido.

— Lucas...

Outra vez não consegui prosseguir, então ele se ajoelhou à minha frente. Com os olhos marejados envolveu meu rosto em suas mãos e suplicou, enquanto nós dois nos encarávamos com dor e medo estampados no olhar.
— Me conta a verdade. Eu preciso saber. Só você pode me ajudar. Não me deixa na escuridão.

Sua voz saiu trêmula e ele não conseguiu conter uma lágrima de rolar por sua bochecha, e com todo amor que tinha em mim, o abracei apertado, depois o olhei no fundo de seus olhos castanhos, segurando seu rosto em minhas mãos. Ele tinha razão, ele *precisava* saber tudo.

— A verdade é mesmo que ele precisa de dinheiro. Ele faliu nos Estados Unidos e... bem, o que eu não disse é que ele não quer acabar com as economias que têm estocadas em paraísos fiscais, que são a segurança da família dele, então precisa arranjar dinheiro para quitar suas dívidas e a ideia é que você o ajude a se reerguer. A intenção dele era...

Lágrimas inoportunas escorreram pelas minhas bochechas e um tremendo nó na minha garganta me impediu de continuar falando.

— Não se preocupe comigo. Apenas fale.

Como não me preocupar? Como?

CAPÍTULO 16

— Ele quer registrar você novamente, te passar confiança, e então dar um jeito de colocá-lo como uma espécie de "fiador" das dívidas dele, mas isso não existe! O único meio é se você *concordar* em ser este fiador.

— Por que você não me contou isso antes? Era isso que a impedia de ir comigo para a Espanha?

Lucas usava as costas da mão para limpar com desdém uma ou outra lágrima que escorria em seu rosto.

— Era isso. Eu não contei antes por que eu não sabia como contar, mas eu ia falar. Ia falar tudo. Só queria que a situação estivesse resolvida antes, para conseguir melhorar o contexto geral. Você não merece sofrer mais pelas decisões do Frank.

— Como você se sentiu quando procurou pelo Steve?

Meu Lucas estava de volta.

— *Lucas...*

— Como você se sentiu quando procurou pelo Steve, *por minha causa*?

Com mais força nas palavras, Lucas completou a pergunta. Ele já sabia que eu tinha falado com Steve e que tinha corrido tudo bem, mas naquele momento ele queria saber como foi ter que fazer aquilo *por ele*, e se eu dissesse que foi difícil, ele se culparia eternamente.

— Eu conto as coisas mais absurdas e você se preocupa só comigo?

— Pequena, você é a única pessoa que me importa nessa história toda, e eu sei que deve ter sido um esforço enorme você ter procurado aquele merda do seu ex-marido só pra me ajudar, e se isso machucou você ainda mais, eu não vou querer matar só o Steve, mas o Frank também.

— Lucas... – o envolvi em meus braços e senti seu amor aquecendo meu coração. Naquele momento em que ele devia estar com a cabeça a mil, ele queria *me* consolar – Eu estou bem, não precisa se preocupar comigo.

— Claro que preciso. Eu te amo! Qualquer coisa que possa fazer mal à pessoa que mais me importa nessa vida, atinge a mim também.

Seu rosto estava escondido no meu pescoço e seus lábios roçaram minha pele quando ele falou.

— Como *você* está se sentindo?

Perguntei, passando os dedos entre os fios do cabelo dele.

— Há muito tempo eu já entendi quem é Frank Truffi. Não vou mentir e dizer que saber essas coisas não faz diferença alguma, mas também não foi tanta surpresa assim.

Eu me afastei para que pudéssemos nos olharmos nos olhos e mantive as mãos em seu peito, que martelava aceleradamente contra minhas palmas.

— Se ele conhecesse você...

Lucas pegou minhas mãos e beijou os nós dos meus dedos antes de apoiá-las em seu colo.

— Já fez falta, não faz mais. Não precisa ter pena de mim.

— Não é...
— É sim. Tudo bem. Eu tive a melhor mãe do mundo e ela me transformou em um homem batalhador e corajoso. Não acho que eu seria como sou hoje se tivesse vivido sob as influências do Frank. E também fico feliz em ver que tenho uma namorada que luta as minhas batalhas. Obrigado, Pequena.

Ele estava sendo sincero, mas a intensidade de seus sentimentos não estava aflorando completamente. Inclinei levemente a cabeça para o lado e estreitei os olhos, como se pudesse enxergar o que ele estava sentindo.

— Eu não estou conseguindo interpretar muito bem, mas saiba que eu estou aqui pra você. Sempre.

— Estou triste pra caralho, com vontade de chorar e com raiva por isso, então minha vontade é me deitar com você na cama e sentir o seu corpo junto ao meu até pegar no sono. Pode ser?

Eu não esperava *tanta* sinceridade, e a tristeza em sua voz quando o ouvi se expondo me fez sentir no pior nível de impotência. Eu queria poder arrancar do peito dele toda aquela dor e todo o sofrimento que seu pai causava, mas eu não podia. Só podia me deitar ao seu lado e oferecer meu abraço. Então, sem falar nada, tirei sua roupa e depois a minha, puxei as cobertas da cama e dormimos enrolados um ao outro, apenas ouvindo o barulho de nossas respirações e sentindo as batidas dos nossos corações.

17

Domingo acordei antes do Lucas e preparei um café da manhã que compensasse a falta do jantar da noite anterior. Peguei uma bandeja na gaveta ao lado da pia da cozinha para acomodar várias coisas gostosas que Leonor havia comprado e deixado esperando pelo filho para quando voltasse de viagem. Para enfeitar, coloquei de cada lado da bandeja um guardanapo de linho branco com abraçadeira de prata e peguei o pequeno vaso com uma orquídea que estava à nossa espera sobre a mesa de jantar e posicionei ao centro do pequeno banquete matinal.

Quando entrei no quarto, encontrei Lucas sentado na cama, digitando uma mensagem no celular.

— Bom dia, Campeão. Dormiu bem?

— Bom dia, Pequena. Eu sempre durmo bem com você. – ele jogou o telefone sobre a mesa de cabeceira e me fitou com olhos curiosos, entrelaçando seus dedos e esticando os braços acima da cabeça – O que você tem aí?

— Coisas gostosas para começarmos bem nosso último dia de *férias*.

— Prefiro chamar de *lua de mel*.

Sorri concordando e coloquei a bandeja sobre a cama, no espaço que ele abriu entre os mil travesseiros que dividiam o colchão conosco noite após noite quando dormíamos na casa dele, e assim que me acomodei ao seu lado, Lucas deu um beijo e um suspiro no meu pescoço.

— Obrigado.

Apenas sorri, porque eu sabia que aquele "obrigado" não esperava uma resposta. Era muito mais profundo que um agradecimento por um café da manhã.

— O que você quer fazer hoje?

Perguntei, chupando o polegar depois de comer um pedaço de bolo de chocolate.

— Preciso conversar com minha mãe. Combinei de almoçarmos na casa dela, pode ser? Depois você pode escolher o programa que quiser.

— Claro.

Lucas estava tentando fingir fortemente que estava tudo bem, que *ele* estava bem, mas eu quase podia ouvir os gritos que vibravam de seu interior

em ondas avassaladoras e depressivas, então resolvi testá-lo, para saber até que ponto minha presença ajudava ou atrapalhava naquela circunstância.
— Vou tomar um banho. Quer vir comigo?
— Vai indo na frente, eu já vou.
Resposta errada.
Lucas só aparentava ser tão duro por dentro quanto era por fora. Na verdade, seu interior era pequeno e frágil, com um coração bom que sofria solitário com seus dramas pessoais. Lucas estava sofrendo mais do que eu imaginava, e eu não estava conseguindo fazê-lo sentir-se bem outra vez.
— Lucas... – parei na entrada do *closet* e o olhei na cama, onde ele seguia sentado e novamente digitando algo no celular – Você prefere conversar sozinho com sua mãe?
— Por que você está me perguntando isso?
Ele se limitou a levantar os olhos.
— Porque é um assunto que só diz respeito a vocês dois, e talvez não você, mas ela, possa se sentir constrangida na minha presença.
— Você não se importaria?
— Claro que não. – aquilo não era bem verdade, mas no fundo eu sabia que mãe e filho precisavam ter aquela conversa em particular – Espero você no meu apartamento.
Um pouco antes do meio-dia, Lucas saiu no Aston Martin para ir até a casa de Leonor, e eu fui com meu carro até o meu apartamento. Para minha sorte, Michael estava trabalhando em um processo muito complicado e precisou ficar em casa, então Lauren estava à disposição para me ajudar com uma forte crise de ansiedade que me fez passar as duas primeiras horas arrancando com os dentes os esmaltes das unhas.
— Nat, respira! Ele está com a mãe dele.
— Lauren, ele está tão chateado...
— Compreensível, mas ele já é um adulto, vai saber superar essa situação.
— Nós estávamos tão bem, a viagem foi tão perfeita, e aí chegamos em casa e essa bomba Frank Truffi caiu no nosso colo.
Encolhi as pernas sobre o sofá e fiquei passando o dedo na bainha da minha calça branca de ginástica.
— Você fez mais do que a sua parte, e com certeza Luke percebeu isso, agora fica ao lado dele que tudo vai passar. Ele só precisa de carinho.
Não adiantava. *Nada* adiantava. Palavras eram tão vazias quanto eu longe do Lucas. Minha irmã estava se esforçando, puxando assuntos aleatórios, me fazendo contar sobre a viagem a Madri e combinando a próxima vez que iríamos juntas até lá. Por alguns nanossegundos eu até esquecia o drama pelo qual meu namorado estava passando, mas quando lembrava, eu me retorcia toda outra vez.

CAPÍTULO 17

O primeiro alívio verdadeiro que eu senti foi quando meu telefone tocou soando "I Won't Give Up" e eu dei um pulo do sofá para pegá-lo sobre a bancada da cozinha. No visor, o nome do Lucas aparecia junto a uma imagem de um beijo apaixonado que trocamos no meio da pista de dança da Mimb.
— Oi, Campeão!
Atendi um pouco eufórica demais.
— Oi, Pequena.
A voz dele seguia triste e me parecia mais... Fria.
— O que houve? Onde você está?
— Em casa.
Em casa?
— Mas... você não vinha... me buscar?
— Se você não se importar, eu queria ficar um pouco sozinho.
— Hum... Lucas, eu fiz alguma coisa errada? – a angústia ficou clara na minha voz. Será que ele estava com raiva por eu ter me envolvido em sua história de vida, sem nem ao menos consultá-lo? – Desculpa se eu me intrometi em um assunto que não me diz respeito, mas eu só queria...
— Não. Não é nada disso. Eu só preciso pensar.
— E eu não posso nem ficar em silêncio ao seu lado?
— Tá tudo bem. Não fica preocupada. Amanhã a gente se fala.
Só amanhã?
— Tá.
Minha voz saiu em meio a um soluço e as lágrimas começaram a rolar pelo meu rosto.
— *Natalie?*
— Hum.
Tentei engolir o choro.
— Você vai ficar bem?
Não!
– Aham.
— Pequena, isso não tem nada com você, viu? Eu só preciso ficar um pouco sozinho.
— Aham.
Não consegui nem me despedir e explodi em um choro quase convulsivo.
Lauren voltou da área de serviço correndo e ainda segurando alguns prendedores de roupas. Coitada, devia ter achado que alguém morreu, pela intensidade do meu desespero. Ela me encontrou sentada no chão com as costas apoiadas no sofá e chorando tão alto que a deixou preocupada.
— Meu Deus, Nat, o que houve?
— Ele não quer ficar comigo!

— Ele terminou com você? – seus olhos se arregalaram e ela largou os prendedores sobre a mesinha em frente ao sofá e esticou os braços para me amparar – Pelo telefone?

— Não. Ele só disse que queria ficar sozinho, mas eu tô me sentindo deixada de lado.

Ela suspirou aliviada.

— Calma, Nat, não exagera! Você mesma já quis ficar sozinha, lembra? Respeite o tempo dele. É muita coisa pra digerir. Esse pai que andou anos sumido de repente reaparece se fazendo de bonzinho, então ele revive o quão filho da puta esse cara é, só querendo a grana dele. Luke está sofrendo e você *precisa* respeitar o espaço dele.

— Eu sei que ele está sofrendo. Deve estar chorando sozinho agora, e eu tô morrendo com isso porque eu queria poder ajudá-lo.

— Então fique forte. Não dê a ele mais um motivo de preocupação. Talvez ele não queira que você o veja tão vulnerável. Vamos aproveitar e sair juntas. Faz tempo que não fazemos isso.

— Eu não quero sair.

Eu não queria fazer nada. Eu sabia que o homem que eu tanto amava estava sozinho em casa, se consumindo em memórias tristes e se sentindo rejeitado por uma das duas únicas pessoas no mundo que eram "programadas" para amá-lo. É, sim, muito para digerir saber que o próprio pai quer ferrar com você, mas às vezes um carinho, um beijo cheio de sentimento verdadeiro ou só um corpo quente ao lado podem ser ajudas muito eficazes. Eu não queria imaginá-lo chorando feito um menino abandonado, como vi naquele hotel em Los Angeles, e somando-se a isso, eu me odiei por já tê-lo posto na mesma situação em que eu me encontrava, quando não o deixei me confortar depois do episódio com Steve. Deve ter sido péssimo para ele se afastar, sabendo quão mal eu estava.

— Você quer sair, sim! Pode ir se arrumar.

Quando Lauren fez "aquela" cara, igualzinha a que nosso pai faz querendo dizer "nem tente, porque eu não vou desistir", eu não disse mais nada e fui trocar de roupa.

Vesti um *short* de alfaiataria preto e uma camiseta branca, uma sandália caramelo e atravessei uma pequena bolsa Louis Vuitton no corpo.

Fui informada de que iríamos passear no shopping e depois curtiríamos um cinema.

Legaaal!

Saí do quarto verificando a bateria do meu celular, para não correr o risco de Lucas tentar me ligar e não conseguir me achar, e encontrei minha irmã na sala usando um vestido azul e verde fechado até o pescoço e balançando na altura dos joelhos. Lauren era tão bonita... E o sorriso que me mandou quando eu disse *"vamos?"* foi tão meigo e genuíno que me fez lembrar quando éramos duas adolescentes e saíamos com o cartão de crédito da nossa mãe para comprarmos alguma roupa especial para alguma festa imperdível.

— Dia das meninas. Vamos lá.

Ela falou dando pulinhos e eu quase consegui sorrir.

Nosso passeio me rendeu apenas um creme para o corpo, enquanto Lauren comprou quatro blusas e uma saia, que ela provavelmente guardaria com as etiquetas durante meses, até, por fim, decidir usar. Típico dela.

A tarde passeando com minha irmã até que estava me distraindo, mas não me animando. Quando Michael ligou e ela se sentou na praça de alimentação para eles conversarem com calma, fiz sinal indicando que iria ao banheiro. Ela assentiu e eu saí.

Caminhando em frente às vitrines, coloquei a mão na bolsa para pegar meu celular e percebi que ele não estava comigo. Parei no meio do fluxo de pessoas e procurei melhor, mas nada do meu telefone. Fiz uma recapitulação mental e tive quase certeza de tê-lo deixado no console do carro, porque não o larguei durante todo o trajeto, e na hora de descer no shopping precisei soltá-lo para me desvencilhar de uma sacola de roupas que minha irmã precisava levar à lavanderia e que estava aos pés do banco do passageiro de seu Sonata. Voltei apressada até a praça de alimentação e encontrei Lauren sentada no mesmo lugar, ainda falando com seu namorado. Para não a perturbar, peguei a chave do carro e saí quase correndo para ver se Lucas havia ligado.

Cruzei o estacionamento sem olhar para os lados, acionei o botão para destravar as portas e lá estava meu telefone me esperando, sem nenhuma chamada ou mensagem recebida. Em parte, fiquei aliviada por ver que Lucas não tentou falar comigo e acabou sem resposta, mas, por outro lado, ele não ter tido nem vontade de falar comigo me deixou um pouquinho mais arrasada.

Tranquei o carro e voltei em direção às lojas com a cabeça baixa e os olhos vidrados na tela do aparelho. Foi quando ouvi uma buzina e um barulho de pneus freando. Levantei a cabeça rapidamente e vi quando um carro preto chegou perto demais, mas não consegui correr e acabei sendo atingida na lateral. Por sorte o motorista estava devagar e só me empurrou, mas eu caí estatelada no chão.

O que aconteceu foi só um susto, porque eu estava desatenta, e eu já me levantava quando pessoas começaram a correr para o meu lado, até que vi Steve se aproximando. Pisquei algumas vezes, tentando conectar sua imagem atual à que eu tinha na memória. Seu rosto estava um pouco diferente com o nariz apresentando um pequeno caroço que não tinha antes de ter sido quebrado, um olho tinha a pálpebra levemente puxada em direção a uma cicatriz e o formato dos dentes quebrados definitivamente não era como os originais foram um dia. Ali estava sua punição eterna.

— Nat! Meu Deus! Você está bem? Eu freei, eu buzinei, mas acabei atingindo você! Meu Deus! Você se machucou?

Quanta sorte. Consegui ser atropelada pelo meu ex-marido. O que mais falta acontecer envolvendo nós dois?

— Eu tô bem. - ele se abaixou e tentou me ajudar a levantar, mas o simples toque de suas mãos nos meus braços foi um prelúdio de um ataque de pânico – Me solta. Não toca em mim.

Ainda sentada no chão, tentei me afastar dele, me empurrando nervosamente com pernas e braços para trás.

— Tudo bem, tudo bem. - com um olhar triste, constatando o que sua presença me causava, ele ergueu as mãos, mas quando olhou meu braço, deu um grito – NAT! Você machucou o braço. Eu não vou deixar você aqui. Tá sangrando pra caralho e parece profundo! Desculpa, mas eu vou levar você pro hospital.

As pessoas ao redor não falavam nada de útil, só me perguntavam se eu estava bem, se eu sabia onde estava e qual era meu nome. Por Deus! Eu não tinha nem desmaiado! Só caí de leve no chão. Nem sei como consegui cortar o pulso.

Ignorando as perguntas, fui abrir a boca para protestar quanto ao exagero de atenção do meu ex-marido, mas mal tive tempo de formular um pensamento coerente e Steve já estava me segurando no colo.

— Steve. Steve, não. - minha respiração ficou tão agitada que eu não conseguia falar – P-por favor... não. - senti os batimentos do meu coração pressionando meu peito e retumbando em meus ouvidos, ao tempo que meus ossos pareciam pressionar meus órgãos, me esmagando por dentro – Eu... não... tô... bem...

Foi a última coisa que eu disse antes de desmaiar, assim que ele me colocou dentro de seu carro e bateu a porta.

Quando abri os olhos, eu já estava deitada em uma maca em algum tipo de ambulatório com um médico dando pontos no meu pulso e meu ex-marido ao lado falando ao telefone.

— Ei, calma aí, cara, eu só socorri ela!

Lucas! Era o Lucas! Eu queria falar com ele, mas a ligação foi interrompida antes que eu conseguisse dizer alguma coisa e no mesmo instante Lauren entrou apressada, derrubando o medidor de pressão do reservado onde eu estava, se debruçando sobre mim pelo lado oposto do profissional calado que me costurava.

— Nat! Como você está? Você quase me mata de susto!

— Eu tô bem, só baixou minha pressão e eu desmaiei.

— Steve me disse que atropelou você e que na queda você derrubou uma lata de lixo e acabou se cortando em uma garrafa quebrada que estava lá dentro.

CAPÍTULO 17

Ah, então foi assim.
Lauren dirigiu os olhos para o corte que era contido com linha e ouvimos a voz do jovem médico pela primeira vez.
— Foi um corte bastante profundo, mas pequeno. Cinco pontinhos que irão desaparecer se você cuidar para não pegar sol na cicatriz e nem carregar peso enquanto estiver com este curativo.
— Oh, graças a Deus! – minha irmã suspirou – E a cabeça? Desmaiou por quê?
— Ela está bem, Lauren. – Steve respondeu – O desmaio não foi decorrente da batida, foi culpa de quem foi socorrê-la.
Minha irmã virou o rosto furioso em direção ao Steve e o questionou sem a menor educação, mas não precisava ter educação com ele mesmo...
— O que você fez com ela?
— Nada! Será que eu vou ser um vilão eternamente?
— Sim!
Ela respondeu, sem titubear.
— Eu entendo que ela passe mal toda vez que eu me aproximo, mas eu fiquei preocupado com o machucado. Sangrava bastante. Parecia profundo. Era no pulso. Não ia deixar a Nat esvaindo sangue no meio do estacionamento. Precisava trazê-la para o hospital. Eu não sabia que vocês estavam juntas.
Revirei os olhos, inconformada, e quando o médico saiu, eu tentei me levantar, mas minha irmã me manteve com as costas apoiadas no fino colchão da maca e disse para eu ficar ali até me darem alta.
— Seu namorado ligou. – Steve informou, cauteloso – Desculpe ter atendido, mas achei melhor avisá-lo que você estava aqui. Acho que ele está a caminho.
Ótimo! Daria mais preocupação ao Lucas, quando eu precisava fazer justamente o oposto!
Uns dez minutos depois, ouvi sua voz agitada na recepção e Lauren foi buscá-lo antes que ele invadisse todos os reservados atrás de mim.
— Pequena! – percebi sinais de choro em seu rosto preocupado. Que merda! Ele em casa sofrendo e eu passeando no *shopping*! – O que houve?
Lucas se curvou e me beijou com carinho nos lábios, simplesmente ignorando a presença da pessoa que um dia ele quase havia matado.
— Nada importante.
— Como assim "nada importante"? Você foi atropelada, desmaiou e precisou vir para o hospital levar pontos.
Segurando minha mão, ele inspecionou o curativo.
— Steve atropelou a Nat no estacionamento do shopping. – Lauren explicou – E quando ele viu o sangue quis trazê-la para o hospital, então ela passou mal e desmaiou.

— Caralho!
Lucas resmungou mais para si do que para qualquer pessoa.
— Ok. Hum... Bem... – Steve guardava seu celular no bolso da calça jeans – Desculpe pelo acidente, Nat, e por ter tentado ajudar, mas você tinha um pedaço de vidro enfiado no pulso e sangrava bastante. Eu não cogitei outra solução além de trazer você pra cá.
Dito isso, ele virou as costas e finalmente foi embora, sem que eu lhe dissesse nem sequer "obrigada".
— Eu odeio aquele filho da puta. – Lucas rugiu assim que ficamos só nós três na sala – Ele tocou em você, *Natalie*? Ele foi desrespeitoso de alguma maneira?
— Não. Pelo menos, enquanto eu estive acordada. – dei uma risadinha tentando descontrair, mas piorei a situação. Lucas ficou agitado, apertou o maxilar e os punhos – Calma. Está tudo bem. – coloquei uma mão sobre a dele – Steve foi muito educado e respeitoso. Eu é que não consigo ficar perto dele, então quando ele me pegou no colo...
— QUANDO ELE *O QUÊ*?
— Lucas, foi por isso que eu desmaiei. Ele me segurou para me botar no carro dele, mas foi só coisa da minha cabeça. Já passou.
— Porra! – Lucas grunhiu, seus dentes cerrados e a testa enrugada, tentando não fazer um escândalo no hospital – Merda! Merda! Merda! – quando endireitou o corpo, passou as mãos nos cabelos – Não era pra você estar aqui hoje.
— Não começa. Você não vai conseguir se culpar por isso.
— Mas você ia passar o dia comigo...
O médico entrou novamente na pequena sala e ficou surpreso ao ver Luke Barum ao meu lado. Constrangido, ele pediu uma foto, que Lucas educadamente recusou, algo que eu nunca o havia visto fazer. Compreensivo, o médico assentiu e passou a me fazer perguntas enquanto verificava meus sinais, apesar de achar que ele estava verificando mais era minha irmã do outro lado da minha cama.
Finalmente me liberaram para ir descansar em casa e fui logo me levantando.
—Vamos pra casa, Lauren?
— Vamos, vou pegar a requisição dos remédios e encontro vocês na saída.
— Eu vou levar a Natalie.
Lucas informou, já pegando a minha mão.
— Não precisa. Lauren está indo pro mesmo lugar e você pode voltar pra sua casa, não faz sentido irmos até meu apartamento em dois carros.
— Eu não posso ir ficar com você?
Sua voz era baixa e cautelosa.
— Poder pode, mas você queria um tempo sozinho e eu já estou causando mais preocupações.

CAPÍTULO 17

— Eu não tinha que ter ficado sozinho. Só me sinto bem quando você está comigo. Era pra dizer isso que eu estava ligando quando Steve atendeu. Desculpa ter me afastado.

Eu me senti aliviada e extremamente amada.

Assim que entramos no meu apartamento, Lucas se encaminhou direto à cozinha para me preparar um café com leite enquanto eu me aninhava no sofá.

— Eu sei que você ficou chateada porque eu preferi ficar sozinho. – Lucas me entregou a caneca fumegante – Eu só não queria que você se preocupasse comigo.

— Como você está?

— Melhor. Minha mãe disse que meu pai sempre foi assim, "desapegado". Ele não se dá com seus pais também, mas eu não sabia que era porque ele quis assumir a presidência da empresa do meu avô, e quando negaram, ele se revoltou e foi embora de casa. Este é o motivo pelo qual eu não conheço ninguém da minha família paterna. Minha mãe também não chegou a conhecê-los. Eles talvez nem saibam que eu existo. Frank não forçou nossa reaproximação quando nos reencontramos na Europa e logo em seguida fui deserdado, e como eu costumo fazer uma varredura na *internet* apagando qualquer coisa que possa me ligar àquele homem, é bem provável que minha família paterna nem saiba que eu exista.

— Você gostaria de conhecer essa família?

— Não sei.

18

Depois de uma noite calma com Lucas cuidando para nem encostar no meu machucado, como se fosse algo muito grande e preocupante, cheguei um pouco atrasada no escritório, porque demorei demais na minha rotina matinal, e encontrei Dr. Peternesco já trabalhando.

— Com licença.

Coloquei metade do corpo para dentro da sala dele e o vi concentrado na tela do computador, deixando cair sobre a mesa um pouco dos farelos das rosquinhas que dona Margarida sempre garantia ter à disposição do marido no trabalho. Meu chefe *sempre* comia rosquinhas quando usava o computador. Era praticamente uma regra.

— Olá, Nat. Entre.

— Bom dia. O senhor tem um tempinho agora?

— Claro. Entre, fique à vontade. - ele colocou um último pedaço de petisco na boca e alinhou o corpo de frente a mim — Como foi a viagem?

Eu sabia que essa seria sua primeira pergunta.

— Foi mais tranquila do que Lucas previa, — respondi, ao me sentar à sua frente — mas tivemos reuniões com dois patrocinadores que estão se mostrando bem interessados em levá-lo para competir na Europa no ano que vem. Eles virão para a próxima etapa da *Pro Racing*.

— Ótimo! Conseguiu aproveitar e se divertir um pouco? Você tem trabalhado tanto, precisa relaxar também.

Ele foi tão doce dizendo aquilo... Como um pai. Fez desaparecer a metade da culpa que eu sentia por ter mentido um pouquinho.

— Consegui. Obrigada. Como estão as coisas por aqui?

— Preciso falar sobre umas ações que estão me dando muito trabalho. Estava agora mesmo trabalhando em uma delas. Essa história de termos pego os clientes grandes que vieram com Luke vai nos fazer precisar contratar mais gente. O escritório daquele colega em Los Angeles já está tendo que pedir ajuda para fazer o serviço de correspondente e, em Nova York, Theo já contratou mais um.

Realmente nosso volume de trabalho tinha aumentado gigantescamente, e só contando com parcerias é que conseguíamos dar conta de tudo. Naquele dia, ficamos a manhã inteira trabalhando juntos e a tarde eu passei toda no Fórum.

A semana passou voando. Eu tinha muitas coisas para resolver no escritório e quando percebi já era sexta-feira e estava na hora de embarcar para Watkins Glen para mais uma corrida da *Pro Racing*. Sorte minha que Lucas sempre me garantia ótimos voos particulares até onde ele já estava trabalhando, me dando conforto para relaxar antes de começar o frenético sistema de horários dos dias de treinos e corridas, e naquela ocasião, me preparando também para o compromisso a mais que eu agendei: conhecer o novo escritório que Theo contratou para nos representar nas ações que encaminhávamos para Nova York. Nossa vida havia mesmo mudado após a chegada de Luke Barum.

Os patrocinadores que conhecemos na Europa realmente voaram até os Estados Unidos unicamente para ver meu namorado competir, e a boa impressão que tiveram na Espanha seguiu inabalada, porque mesmo Lucas tendo abandonado a corrida quando o motor de seu carro superaqueceu, ele liderou a prova até os cinco minutos finais e comprovou todo seu talento aos novos interessados em seu potencial de pilotagem.

E então aconteceu. Os empresários europeus oficializaram a proposta que haviam sondado durante nossa estadia na Espanha. Dezessete milhões de dólares por um ano na equipe MB Racing da categoria *Formula Gold*, fora patrocínios pessoais. Quando os números foram ditos, sem o menor tremor, durante um agradável jantar em um restaurante movimentado próximo ao nosso hotel, eu precisei engolir em seco e forçar um sorriso. Em primeiro lugar porque fiquei chocada com o montante, e em segundo lugar porque era quase impossível dizer não. Eu sabia que Lucas tinha muito dinheiro, mas nunca tinha presenciado o momento em que uma oferta irrecusável era feita.

Quem, em sã consciência, diria "não" a uma proposta dessas?

— Você não gosta muito da ideia, não é?

Lucas só tocou no assunto quando já estávamos no voo de volta para São Francisco.

— Não é isso. Eu fiquei muito feliz com a proposta, é uma chance maravilhosa e eu sei que você quer ir.

— Pequena, além de o carro ser muito legal, eu posso quase dobrar meus rendimentos, se considerarmos os patrocínios pessoais. Seria uma grande oportunidade para a nossa vida.

— Eu acho que você deve aceitar.
— *Acha*?
Ele inclinou a cabeça e franziu as sobrancelhas, mas eu só o olhava com o canto do olho, porque estava fingindo ler alguma matéria inútil em uma revista que tinha à disposição no jatinho, tentando ao máximo evitar contato visual para Lucas não perceber minha fragilidade.
— Sim.
— Mas você tinha dito...
— Minha resistência é só porque vou sentir sua falta, mas raciocinando coerentemente, você não tem como recusar uma proposta dessas.
Eu manuseava a revista sem absorver nada. Se ela estivesse de cabeça para baixo, eu nem teria percebido.
— Mas eu não cogitei ficar longe de você.
— Lucas, nós só vamos ficar um pouco afastados, mas eu tenho certeza de que a gente vai aprender a lidar com isso, eu confio em nós dois.
— Eu quero que você vá comigo.
Só neste momento é que fechei a revista, a pousei sobre minhas pernas e olhei fixamente para o meu namorado.
— Não. Eu já falei que não vou largar minha vida aqui pra ir seguir você. Nós temos que preservar nossa individualidade.
— Em alguns momentos, eu vou precisar passar um mês inteiro lá. Às vezes as corridas são muito próximas, têm treinos esporádicos e eventos com patrocinadores, não vai dar pra voltar, então nós vamos ficar um mês inteiro afastados?
— Nós não vamos morrer por isso.
Tentei parecer confiante, mas, no fundo, a ideia estava me despedaçando, como se um mês fosse um ano.
— Preciso pensar.
— Lucas, se você recusar essa proposta *só* por minha causa, nós vamos ter uma briga feia.
Ele passou as mãos nos cabelos, deu um longo suspiro e resolveu mudar de assunto, compreendendo que não resolveríamos a situação naquele momento.
— Minha mãe me ligou depois da corrida. Disse que conseguiu o contato dos pais do Frank.
— Seus avós? Ela falou com eles?
Dei um pulo na cadeira e fiquei totalmente atenta ao novo tópico que Lucas abordava.
— Eles não sabiam que Frank teve um filho. Ficaram surpresos com a notícia e querem me conhecer. Minha mãe marcou um jantar na casa dela amanhã à noite. Você pode ir comigo?
— Claro! Você pediu para conhecê-los? Ou sua mãe...

CAPÍTULO 18

— Eu pedi.
— E como está se sentindo com a resposta positiva?
— Nervoso.
— Nervoso? Eles querem conhecer você. Vai ser ótimo!
— E se eles não gostarem de mim?

Ficou muito claro que Lucas achava que nunca fora realmente importante para o pai, e ali estava ele, achando que esses familiares, que ele nunca teve a oportunidade de conhecer, pudessem ser parecidos com Frank. A ideia dele se achando desinteressante me entristecia, e novamente eu queria poder fazer alguma coisa, que não fosse apenas confortá-lo com meu amor, mas não tinha o que eu pudesse fazer além de amá-lo.

— É claro que eles vão gostar de você!

Durante a tarde de segunda-feira, Lucas me ligou umas dez vezes, coisa totalmente atípica. Ele inventava as mais diversas desculpas, mas eu sabia que tudo era para disfarçar o nervosismo enquanto esperava o jantar para conhecer seus avós.

Às sete da noite, ele me pegou no meu apartamento para irmos até a casa de Leonor. Suas tentativas de rir e descontrair durante o trajeto eram extremamente forçadas, e o ar-condicionado do carro ligado na mais baixa temperatura, naquela noite de verão estranhamente fria, estava me congelando, mas ele suava de tanto nervosismo e eu não pegaria uma pneumonia se aguentasse uns poucos minutos.

Lucas também não estava muito atento ao trânsito, passou em dois sinais vermelhos e demorou demais para arrancar em outro quando ficou verde. Fingi que não reparei nada, porque se ele não queria falar como estava se sentindo, achei melhor deixá-lo o mais tranquilo possível, tendo certeza de que estava disfarçando bem.

Ele parecia ainda mais jovem vestindo uma calça jeans clara e uma camiseta branca com capuz, e eu tentei parecer informal com calça e camisa jeans.

Já na casa de Leonor, víamos os minutos passando e a angústia pela espera dos avós foi deixando Lucas muito calado e ainda mais tenso. Assumir que queria conhecer a família que nem sabia que ele existia fora algo muito importante e muito corajoso, porque pela primeira vez Lucas estava assumindo que se importava com alguma coisa em relação ao seu pai.

Olhando incessantemente para o relógio, comecei a temer que os avós não aparecessem, o que seria péssimo e ativaria todos os gatilhos de rejeição que Lucas tinha tão latentes em seu âmago, porém, às oito e vinte e dois a campainha soou, anunciando que Sra. Thereza e Sr. Jim Truffi haviam chegado, e meu lindo e *sexy* namorado ficou mais parecendo um animal acuado enquanto sua mãe caminhava até a porta para recebê-los. Era de partir o coração ver Lucas tão vulnerável, mas algo me dizia que uma página estava prestes a virar assim que ele entrasse no mundo desconhecido dos Truffi.

— Vamos, Campeão. Vamos receber seus avós.
— Pequena, acho que essa não foi uma boa ideia.

Ele não dava um passo, me deixando com a mão esticada no ar, esperando sua pegada.

— Não se preocupe, você não está sozinho. Venha.

Lucas baixou os olhos para meus dedos esticados à sua frente e aceitou meu convite, seguindo comigo até a porta de entrada, onde Leonor cumprimentava o casal baixo e rechonchudo de cabelos brancos. Quando os dois pousaram os olhos no meu namorado, a senhora deu um grito fraco, visivelmente emocionada, tapando a boca com ambas as mãos, então agarrou com força o braço do marido e com lágrimas já escorrendo pelo rosto, ela caminhou em direção ao Lucas, o avaliando com tanto amor que até eu podia sentir.

— Meu neto!

Ela murmurou ao abrir os braços para recebê-lo em seu abraço, e reconhecendo a reação ligeiramente hesitante do menino à sua frente, a senhora se adiantou um pouco mais e o envolveu pela cintura, encostando o rosto envelhecido em seu peito largo. Lucas não pronunciou uma palavra sequer, só a abraçou de volta, visivelmente feliz, então seu avô se aproximou com os olhos marejados.

— Também posso dar um abraço no meu neto?

Não consegui conter a emoção ao ver Lucas receber tanto amor por parte da família de alguém que tanto o fez sofrer, e enquanto disfarçava minhas lágrimas, Leonor passou o braço pelos meus ombros e falou baixo ao pé do meu ouvido:

— Obrigada, querida.
— Você não tem o que me agradecer. Eu não tenho participação. Foi o Lucas quem quis conhecer os avós.
— Minha querida, você não imagina *o quanto* já fez pelo meu menino. Eu nunca pensei que conseguiria vê-lo tão feliz, tão completo.

Ela sorriu e me deu um beijo no rosto.

— Vocês desculpem estes velhos chorões, mas este é um dos momentos mais emocionantes das nossas vidas.

Dona Thereza justificou suas lágrimas sem se afastar do Lucas, que mantinha um sorriso quase infantil no rosto.

CAPÍTULO 18

— Não sei como nunca reparamos na semelhança de Luke Barum com nosso Frank.

Jim expressou, olhando atentamente o rosto do neto.

— Quando não fazemos a menor ideia de alguma coisa, é difícil termos esse tipo de pensamento absurdo.

Lucas defendeu, sem nenhum tipo de mágoa ou tristeza na voz. Não existiam culpados naquela sala. Apenas vítimas de um egoísta Frank Truffi.

— Vamos jantar? Preparei uma torta de presunto que Luke adora.

Leonor era só carinhos com o filho, que transbordava amor por aquela mãe tão devotada.

Durante o jantar, Lucas contou vários episódios de sua vida a seus avós, que pareciam não se cansar de ouvir, mas em determinado momento, um tópico inevitável veio à tona.

— Eu não sei se minha mãe comentou que Frank andou me procurando para dizer que queria se aproximar novamente, mas a Natalie, que além de uma excelente namorada é também uma advogada brilhante, — ele deu uma risadinha simpática e colocou uma mão na minha perna — descobriu que na verdade ele está falido e queria dar um jeito de me prender judicialmente a ele, para me responsabilizar por suas dívidas.

— Jesus Cristo! — Dona Thereza levou uma mão ao peito, verdadeiramente chocada — Frank passou de todos os limites, mas há muito tempo não me surpreendo com as coisas que ele faz. Quando leio nas revistas as barbaridades que ele fala, me pergunto como ele pôde ter saído tão diferente de nós e Clark, seu tio.

— Meu... tio?

Lucas piscou algumas vezes e ficou com a mão em volta da taça de seu vinho branco, mas não a tirou da mesa enquanto aguardava a resposta.

— Sim. Você tem um tio, dois primos e uma prima. — Leonor também não os conhecia, e como Lucas nunca quis procurar pelos Truffi, sua mãe acabou nunca mencionando saber que Frank tinha um irmão — Eles ficaram muito empolgados quando contamos que vínhamos conhecer você, e, se você quiser, eles gostariam de conhecê-lo também.

Completou seu avô, em um tom muito esperançoso.

— Claro! Seria ótimo conhecê-los. Minha mãe é filha única e eu sempre quis ter primos.

— Você também tem duas irmãs.

Sua avó testou o terreno.

— Não! Não tenho.

— Lucas...

Dei um leve aperto em sua perna para ele lembrar de conter a alteração na voz.

— Mas... por que a briga de vocês com Frank foi tão dramática?
Lucas mudou um pouco o foco do assunto.

— Seu pai sempre foi uma pessoa muito ambiciosa, — Jim começou a falar casualmente – mas eu não via grandes problemas nisso, até ele querer passar a própria família para trás. Nós temos uma construtora e ele queria assumir a administração do negócio enquanto eu ainda estava vivo e lúcido. Os dois filhos trabalhavam comigo, mas ele queria nos afastar de lá. A gota d'água foi quando tentou me interditar alegando insanidade.

Jim elucidou as lacunas da história que Leonor havia contado ao filho.

— Eu não acredito que ele teve coragem de fazer isso com o próprio pai!

Lucas arregalou os olhos. Surpresa estampava em seu rosto.

— Querido, e o que ele fez com o próprio filho? – a senhora simpática mencionou, entristecida com o próprio comentário – Já passei da fase de tentar defender e me reaproximar do Frank. Meu filho tem um desvio de personalidade e eu não me culpo mais por isso. Como mãe, fiz o que pude, mas não posso cuidar de um filho e esquecer o resto da família. Frank fez a escolha dele e eu fiz a minha, mas confesso que poder ter você por perto me faz resgatar uma fase em que éramos todos felizes e unidos, e vê-lo assim, um moço do bem, tão trabalhador, tão bonito e tão bem-criado, me faz pensar que existia algo bom no gene do Frank, que, combinado com este encanto de mulher que é sua mãe, nos deu você de presente. Deus sabe o que faz, e eu espero que agora consigamos acalmar toda tristeza que meu filho deixa em nossos corações.

Depois daquela declaração, todos ficaram sem saber o que dizer e o assunto na mesa passou a histórias de infância e lugares preferidos no mundo. Lucas relaxou pouco a pouco, até convidar os avós, o tio e primos para jantarem em sua casa, o que ficou acertado que seria ainda naquela semana.

— E aí, como está se sentindo?

Estávamos deitados em sua enorme cama, em meio aos seus muitos travesseiros e Lucas parecia leve e tranquilo, como há dias não o via.

— Fazia tempo que não me sentia tão bem em relação... em relação ao meu... ao Frank.

Ele estava de costas, com as mãos debaixo da cabeça, sorrindo ao olhar para o teto, e eu, de lado, o observava.

— Seus avós são uns amores!

— Também achei. Que bom que você está comigo. – Lucas virou de frente a mim, deu um beijinho na ponta do meu nariz, depois se levantou para colocar uma música. No retorno puxou minhas pernas, me arrastando até a beirada do colchão e, com o olhar mais malicioso que já vi em seu rosto, foi se aproximando até encostarmos os narizes – Agora quero encerrar a noite da melhor forma possível.

CAPÍTULO 18

Agarrei sua cabeça com as duas mãos para imobilizá-lo. Passei a língua em seus lábios e, quando eles se abriram, a deslizei para dentro. Nossos calores se misturaram e Lucas me atacou, pressionando o quadril contra o meu, deixando sua ereção fazer pressão no lugar certo.
— Você é *tão* gostoso!
Gemi.
— Eu sou tão *seu*!
"Pure Shores" me surpreendia tocando sugestivamente, dando o tom do momento conforme nossas roupas iam sumindo na velocidade do nosso desejo. Eu sentia que aquela música não fora escolhida aleatoriamente. Era *ele* falando. Era Lucas se libertando e descobrindo mais sobre si mesmo. Sobre sua porção Truffi.

"... *Never been here before*
I've been tricked out I'm sure
I'm searching for more...
Take me somewhere I can breathe
I've got so much to see
This is where I want to be
In a place I can call mine..."[7]

Ele estava se movendo. Estava dando um grande passo em direção ao seu conhecimento pessoal e ele sabia que eu o apoiava. Ele sabia, conforme nos entregávamos ao som daquela declaração tão pessoal, que eu entendia a mensagem e que eu estaria ao seu lado.

Sua boca me saboreava com necessidade, explorando meus pontos mais sensíveis, alastrando calor na minha pele, me fazendo gemer ao chupar meu pescoço e sussurrar no meu ouvido. Com a língua, Lucas acariciou meus mamilos, e com os dentes puxou meus bicos intumescidos, irradiando eletricidade até meus ossos.

Senti os pelos do meu corpo arrepiarem quando ele desceu com beijos por um lado da minha cintura, enquanto contornava com os dedos o lado oposto. Eu era feita de terminações nervosas em suas mãos. Eu tinha uma super consciência de cada parte do meu corpo, porque ele me explorava com minúcia e dedicação.

Eu me retorcia sobre o colchão quando tive minhas pernas amplamente afastadas e senti sua língua escorregar entre minhas dobras encharcadas de prazer. Lucas gemia sugando meu clitóris e aceitava meus movimentos de

---

[7] "Nunca estive aqui antes / Eu fui enganado, tenho certeza / Estou procurando por algo mais... / Me leve a algum lugar que eu possa respirar / Eu tenho que ver tanto / Isto é onde eu quero estar / Em um lugar que eu possa chamar de meu...")

quadril, me projetando mais e mais pra ele, que me atendia me levando a um estado incrível de prazer. Seus dedos me invadiram, me abriram, me massagearam. Eu gemia. E quanto mais eu gemia, mais ele me dava.

— Lucas!

Com as mãos nos meus seios, Lucas foi erguendo o corpo até alinharmos nossos quadris.

— Você é a melhor parte da minha vida. Toda você. Cada parte de você é a maldita melhor parte da minha vida.

Ele falou com os lábios colados ao meu, esfregando seu pau duro na minha entrada molhada, e então, em um movimento único, me penetrou.

Os gemidos guturais que ele emitia me enlouqueciam a tal ponto que eu gritava em resposta, implorando por tudo que ele pudesse me dar. Os movimentos incessantes combinaram com carícias nos meus seios enquanto sua boca passeava pelo meu pescoço, dando lambidas e mordidas na minha pele quente e úmida, me fazendo sentir como se estivesse me desprendendo da matéria e entrando em uma experiência transcendental.

— Oh... *Natalie*... Eu preciso *tanto* de você! Preciso tanto...

— Você me tem, Lucas. Você me tem completamente.

Em total descontrole, eu agarrava com força os lençóis brancos da cama e Lucas se movia sem a mínima compaixão. Quando diminuiu o ritmo, me fazendo acreditar que se acalmara, tive minhas pernas erguidas para apoiar os tornozelos em seus ombros.

— Ai!

Gritei, sentindo uma dor aguda quando ele voltou a se enterrar no meu interior, e agarrei com ainda mais força os lençóis sob minhas mãos.

— Vai muito fundo assim?

— Muito. Deixa eu me acostumar.

Ao meu pedido, Lucas passou a se mover devagar, até que eu comecei a balançar de encontro ao seu quadril.

— Você é perfeita!

Ele expirou uma risada maliciosa que acabava comigo.

— Mete forte!

Pedi com urgência e as estocadas intensas voltaram, batendo no mais profundo de mim.

Eu estava desnorteada, gritando e gemendo descontroladamente de tanto prazer.

— Eu quero que amanhã você lembre de mim a cada minuto do seu dia!

Eu tinha certeza de que iria senti-lo quase na minha alma a cada vez que eu respirasse.

— Não para. Não para!

— *NATALIE!*

CAPÍTULO 18

Lucas gritou meu nome e gozou dentro de mim, me levando junto em um prazer dolorido e intenso, que eu mal lembrava onde estava quando estremeci.

19

Na noite de quarta-feira, tínhamos convidados muito especiais para o jantar; a mãe, os avós e a família do tio do Lucas, mas naquela ocasião não recebi mil ligações durante o dia e nem tive um namorado hesitante ao meu lado na expectativa de conhecer o resto de seus parentes.

Lucas estava resgatando sua essência, como se estivesse ligando alguns pontos e enxergando sua própria vida sob um novo prisma. A lacuna "pai" nunca havia sido preenchida, mas algo naquela nova relação familiar parecia como uma tábua de salvação, para que seu conceito de família ficasse completo e para que o menino que habitava aquele corpo pudesse se sentir dessa maneira também.

Ele estava adorando conhecer mais de sua árvore genealógica e "se enxergar" em outras pessoas. Seu tio Clark e seu filho mais velho, Thomas, eram muito parecidos com Frank e Lucas, e ficou claro que a genética da beleza em pele bronzeada e olhos escuros de cílios fartos vinha de dona Thereza, total oposto de seu marido Jim, de pele e olhos claros. Os outros primos, Alexander e Lia, se pareciam com a mãe deles, Claire, com cabelos acobreados e olhos azuis.

Para o jantar, contratamos os serviços de um *chef* de um dos restaurantes preferidos do Lucas, e enquanto conversas sobre "as histórias Truffi", como Lia nomeou, eram contadas e encantavam o novo membro da família, nós degustávamos uma entrada de lagostins com azeite de açafrão e mousse de ervilha. Na hora do salmão grelhado com molho de nata o assunto passou para as histórias automobilísticas do Lucas, e seu tio e primos fizeram este tópico estender-se até depois do delicioso *creme brulée* que comemos de sobremesa.

Naturalmente, o nome de Frank foi mencionado várias vezes durante o jantar, mas nunca de maneira pesada ou constrangida. Todos já estavam "acostumados" com seu jeito, embora os primos nem o conhecessem.

A família Truffi era muito bem-posicionada socialmente e tinha um patrimônio bastante relevante. Certamente teriam ajudado Leonor e Lucas quando ambos foram abandonados, e talvez tudo pudesse ter sido bem mais simples para os dois.

Será que em breve esses familiares também seriam procurados por um Frank saudoso, como acontecia com Lucas? Será que ele já havia feito isso?

CAPÍTULO 19

— Em duas semanas tenho uma corrida em Sonoma. — Lucas contou, entusiasmado — Se vocês quiserem, eu ficaria muito feliz em recebê-los como meus convidados.

Depois de tanto falarem sobre automobilismo, Lucas achou que convidar sua família para ir a uma de suas corridas poderia ser uma boa maneira de se aproximarem um pouco mais, e ele estava certíssimo.

— Cacete! — Thomas e Alexander exclamaram juntos, e o restante da mesa caiu na risada, com exceção de Claire, que achou ambos extremamente vulgares por falarem um palavrão, especialmente à mesa de jantar — É claro que nós vamos, primo! — Thomas completou, enquanto seu irmão dava tapinhas nas costas de Clark, que sorria feito uma criança ao descobrir que vai à Disney — Eu nunca fui de VIP em um autódromo, só fiquei nas arquibancadas. Vai ser demais conhecer esse universo.

— Vocês vão surtar!

Concluí, piscando o olho para o meu namorado, que parecia brilhar de tanta alegria.

Para ficarmos um pouco mais perto da pista, resolvemos nos hospedar na casa onde Lucas passou boa parte da infância e adolescência: nos vinhedos de sua mãe em Sonoma County.

Eu entendo que a mudança para lá tenha sido traumática e que o lugar não era como eu estava vendo tantos anos depois, mas era *impossível* uma criança não ser feliz ali!

A casa de aberturas brancas e paredes tomadas por trepadeiras ficava no alto de uma colina, e da varanda da frente viam-se as videiras perfeitamente alinhadas, contrastando com uma quantidade fabulosa de pés de alfazemas que coloriam a paisagem e acabavam somente quando mais morros se desenhavam no horizonte.

Imaginei Lucas andando a cavalo entre as plantações e brincando no enorme jardim. Atualmente, um lado inteiro do terreno é ocupado por dois galpões para a fabricação e conservação dos vinhos B-One, mas pelo que Lucas me disse, no começo o vinho era feito na garagem para seis carros na parte de trás da casa.

Leonor nos instalou no quarto que pertencia ao Lucas quando morava lá, e como ele fez quando esteve no meu quarto na casa dos meus pais, eu ri de algumas memórias de sua adolescência, especialmente quando percebi um pôster da Britney Spears vestida de colegial colado na parte interna de uma das portas do armário dele.

Naquela ocasião, além de nós e da mãe do Lucas, seus avós também estavam hospedados na casa, e o lado bom da regra ridícula que meu namorado mantinha, de não fazer sexo antes das corridas, foi que naquela residência de paredes finas nós precisaríamos nos controlar bastante para não emitirmos sons que comunicassem aos demais hóspedes o que estávamos fazendo. Ouvimos o vô Jim roncar durante toda a primeira noite na parede ao lado da nossa e notávamos até o barulho de uma gota pingando na pia do banheiro em frente ao nosso quarto, mas, pelo menos, esse probleminha foi solucionado quando chutei o Lucas da cama e o fiz ir salvar a natureza, vedando a porcaria da torneira.

Na véspera da corrida, Lucas se classificou para largar na terceira posição e, para minha surpresa, não reclamou por ter perdido a *pole position* porque foi atrapalhado na sua volta rápida. Provavelmente, a presença da família estava o deixando mais relaxado, se permitindo enxergar as coisas com mais otimismo e podendo curtir os momentos, mesmo que não fossem os que ele considerava "ideais".

Depois de jantarmos com o "clã Truffi" e nossos mil amigos, que também estavam empolgados com a corrida pertinho de casa, me deitei ao lado do meu namorado na cama meio casal do quarto dele e o beijei apaixonadamente, o que já deixou meu corpo todo aceso, e o dele também.

— Essa sua mania, *sem nexo*, de abstinência antes das corridas, ainda vai me matar, sabia?

Sussurrei, com meus lábios colados ao seu ouvido e minha língua deslizando em sua orelha.

— Você sabe que sempre pode se aliviar.

Ele argumentou, tremendo de leve o corpo quando um arrepio o pegou desprevenido.

— Você está querendo um showzinho, Campeão? – Lucas riu, inclinando a cabeça para o lado e fazendo a cara de vítima mais linda do mundo – Essa casa não é à prova de sons, acho melhor eu só virar para o lado e dormir.

— Eu posso calar seus gemidos.

Safado!

Lucas contornava meus seios sobre o pijama, provocando um desejo em mim que ele não poderia saciar, então, cedendo um pouco à necessidade, tirei minha roupa e sentei na cama com o corpo de frente ao dele. Sem nenhum tipo de pudor, abri as pernas e o vi engolir em seco assim que comecei a tocar meus seios com uma mão, enquanto a outra traçava lentamente uma linha até chegar ao meu sexo. Lucas não sabia qual das mãos acompanhar, o que foi relativamente engraçado de ver, então eu seguia a provocação. Quando deslizei um dedo em meu interior, ouvi um gemido baixo escapar dos lábios abertos e secos do meu espectador. Sorri satisfeita com sua reação e, para aumentar a provocação, inseri um segundo dedo, e quem gemeu fui eu.

CAPÍTULO 19

Ao juntar um terceiro dedo à brincadeira, tive Lucas se contorcendo à minha frente. Agitado, ele baixou a calça do pijama e agarrou seu pau com força quando eu puxei de volta meus dedos e chupei lentamente um de cada vez.

— Foda-se essa merda toda!

Foi o que ele rugiu antes de partir para cima de mim e me beijar, pressionando seu sexo contra o meu.

— Lucas, não. Quer dizer... você tem certeza? – eu ofegava com sua boca passeando tentadoramente pelo meu pescoço – Depois você vai se arrepender, e também essa casa não é muito silenciosa e...

— Estou completamente certo disso, assim como estou bastante certo de que meus avós, no quarto ao lado, já não escutam muito bem.

Ele mordeu meu queixo e eu baixei o restante de sua calça com mãos afoitas, acabando de tirá-la com os pés, enquanto Lucas já ia se enfiando em mim.

— Para!

— O que foi, machuquei você?

Não respondi, apenas me virei e fiquei de quatro para ele.

— Sua safada, quer me enlouquecer, é?

— Não sei se consigo, mas quero que *você* me enlouqueça!

Ele sabia ao que me referia, então passou a língua em mim, por toda minha região íntima, e antes de se enterrar até o fundo, deu uma palmada forte na minha bunda e eu fiz "shhh" para lembrá-lo de ser discreto. Ele riu.

Seu pau me teve faminto e Lucas grunhia de boca fechada. Seus dedos me massageavam por trás até que um deles deslizou para dentro. Soltei gemidos de prazer e rebolei implorando.

— Troca!

Pedi, minha voz completamente rouca e trêmula de prazer.

Na mesma hora, Lucas tirou seu membro rijo da frente e enfiou dois dedos em mim, depois, lentamente colocou seu pau na minha bunda e começou a me penetrar com movimentos lentos e profundos.

— Safada. Me provocando com essa bunda deliciosa.

— Eu gosto como você faz, Lucas.

Com uma mão, ele brincava com meus seios e com a outra me invadia e espalhava meu líquido no meu clitóris. Aos poucos, as investidas foram ficando mais profundas e mais intensas, me fazendo sentir amplamente invadida, e quanto mais eu sentia aquele preenchimento todo, mais eu adorava o prazer que vinha junto.

A cama começou a balançar demais, fazendo barulho no assoalho e, sem pensar duas vezes, Lucas me puxou para o chão. Massageei meu clitóris com veemência enquanto ele vibrava sons intensos com a garganta e calava a minha boca com uma mão, porque eu estava ficando muito escandalosa. O prazer se construía no meu centro e irradiava por todo meu corpo, arrepiando minha pele e confundindo meus pensamentos, até que explodiu em um orgasmo destruidor que surgiu junto com o ápice do Lucas, estremecendo nossos corpos em um descompasso desnorteante.

Ofegantes e satisfeitos, voltamos para a cama e nos deitamos abraçados.

— Ei, Campeão, acho que desvirtuei você.

— Eu acho que você acabou de me botar nos eixos, de uma vez por todas.

Meu coração se encheu ainda mais de amor por aquele homem. Sempre que eu achava que não tinha como amar mais, Lucas vinha com detalhes que faziam meu coração parecer crescer no meu peito.

— E se a corrida não for boa amanhã?

— Eu ainda vou ter você.

— Eu te amo, sabia?

— Eu também te amo, Pequena. Infinito!

Lucas acariciou o pingente do nosso amor infinito, que estava constantemente pendurado no meu pescoço, e nós pegamos no sono sob um delicioso edredom de espuma que combatia o vento gelado do ar-condicionado.

No domingo, antes de se preparar para entrar no carro, Lucas foi dar um beijo nas mulheres do verdadeiro fã clube que havia se tornado o *box* de sua equipe.

— Vá fazer o seu trabalho, Campeão.

Eu disse, assim que nos afastamos após um beijo comportado.

Camille apareceu enquanto Lucas ainda estava ao nosso lado e eu lamentei ela não ter deixado de ir à pista, como fizera no dia anterior. Ela andava quieta, mas naquele momento pareceu que nada havia mudado.

— Avós do Luke? – sua voz esganiçada embrulhou meu estômago – Eu não posso ter escutado certo. Como é que vocês aparecem do nada, simplesmente dizendo que são a família dele?

— Camille, você não sabe de nada. Não crie problemas agora.

Pedi.

— Quem você pensa que é? *Acha* que conhece o Luke?

Dando um passo largo em direção à ex-namorada, Lucas enrijeceu visivelmente o corpo e disse:

— Se eu perder o *box* aberto porque tive que sair do carro porque *você* estava importunando a *minha família*, você vai perceber que ainda *não* me viu irritado, Camille.

CAPÍTULO 19

— Lucas, deixa que eu cuido disso. — tentei acalmá-lo, passando uma mão em suas costas — Vá fazer o seu trabalho. Eu vou levar sua família até onde dá pra ver melhor a corrida. Não se preocupe.

Ele me beijou mais uma vez e deu as costas para entrar no carro, deixando Camille sem tempo e clima para falar mais alguma besteira. Em seguida, nos afastamos das perguntas incessantes que voltaram a jorrar da ex-namorada descontrolada e fomos assistir à corrida de fora do *box*, em um ponto onde podíamos ver o máximo de pista, como era meu jeito preferido de acompanhar o Lucas.

A largada aconteceu e meus nervos já pareciam dar um nó dentro de mim. Lucas se manteve na mesma posição, o que foi um alívio, porque o quarto colocado o tocou e quase o jogou para fora da pista. Comecei a respirar melhor assim que ele passou a primeira curva, mas poucas voltas depois, vi na *internet* que o tempo dele não era dos mais rápidos e fiquei nervosa, sem saber o que estava acontecendo. Alguma parte do carro dele podia ter ficado danificada com o toque logo no começo da prova, mas eu rezava que fosse apenas tráfego. Seus primos tentavam entender os tempos que Ewan e Joe mostravam no celular, sua avó só gritava e agarrava o braço de Antony quando ele mostrava que era Lucas quem estava passando por nós outra vez, e eu tinha que explicar as coisas mais banais à Meg, Paty e Carol, até que meu cunhado percebeu que eu não estava satisfeita com suas interrupções e, junto à minha irmã, puxou as três para longe de mim.

Era muito bom ter nossos amigos e família na corrida conosco, mas eu não podia lidar com distração enquanto meu namorado acelerava a quase 300 km/h.

Pouco antes da parada obrigatória para abastecimento e troca de pneus, começou uma chuva torrencial, pegando todos desprevenidos, mas nem mesmo o contratempo da natureza foi capaz de nos fazer arredar o pé de onde estávamos, e juntos continuamos vibrando, pulando e torcendo pelo nosso piloto, enquanto nossas roupas ficavam ensopadas. Eu nem ligava para a transparência que ia tomando conta do meu *cropped* branco e pouco notava a aderência da minha calça de alfaiataria nas minhas pernas.

Lucas fez uma excelente parada no *box* e voltou à pista com o melhor tempo da corrida, mas conforme eu o via arriscando mais e mais para chegar no segundo colocado, mais e mais eu ia ficando nervosa com toda aquela água no traçado. Era *muita* chuva, e eu nunca tinha visto ele correr sob tão péssima condição climática.

Carros rodavam sozinhos, acidentes aconteciam a todo instante e o carro de segurança entrava o tempo inteiro para coordenar o pelotão.

Eu rezava.

Em uma das relargadas, Lucas passou o segundo colocado na reta, mas eu só comemorei quando ele completou a primeira curva segurando com perfeição o carro, que deu uma leve balançada na traseira.
Nossa torcida organizada era muito animada. Éramos dezessete pessoas pulando e gritando sob a chuva, enquanto Lucas dava show no asfalto, e em menos tempo que ele levaria com clima seco, conseguiu fazer o adversário à frente enxergar um feroz carro vermelho e prata crescendo em seu retrovisor.
— Faltam duas voltas para o final da corrida. Lucas é mais rápido. Quando entrarem novamente na reta principal, ele estará perto o suficiente para disputar a posição com o primeiro colocado.
Expliquei, com meu novo vasto conhecimento, a todos ao meu redor.
— Meu Deus, isso é muito angustiante!
Dona Thereza, segurando uma enorme bolsa sobre a cabeça, resmungou ao meu lado.
— É sim! Eu costumo dizer que estou desenvolvendo uma úlcera por conta dessas corridas. E essa na chuva, então? Tô quase infartando de tanto nervosismo!
Os dois carros apontaram na reta e Lucas fez exatamente o que eu disse que ele faria, mas o adversário à frente não quis entregar a posição e o fechou com tudo, quase o jogando para fora do traçado na primeira curva.
Óbvio que mesmo com um imensurável rombo nervoso no estômago, xinguei até a décima geração da família daquele piloto, antes de voltar a me concentrar nos tempos.
Lucas não tinha perdido rendimento e, conforme íamos girando o corpo para enxergarmos os pontos da pista mais distantes de onde estávamos, ele ia fazendo sua mágica e encantava o público, que gritava seu nome entusiasmadamente nas arquibancadas lotadas.
Eu vi com a perfeição de um filme quando ele colocou o carro pelo lado de fora do seu oponente e conseguiu se igualar a ele na curva, sem ultrapassar, mas sendo favorecido pala curva seguinte, que o deixou na parte interna e lhe deu a chance de assumir a liderança da prova. Nosso "fã clube" inteiro se abraçou e pulou em comemoração.
— Calma gente, a corrida ainda não acabou.
Alertou Clark, roendo as unhas enquanto uma cortina de água caía sobre a aba de seu boné autografado pelo sobrinho, mas em mais algumas curvas, nosso piloto cruzou a linha de chegada na primeira posição e Clark relaxou em meio a nossa festa.
Eu não sabia se era capaz de imaginar o quão feliz Lucas deveria estar em sua própria pele. Minha vontade era sair correndo para abraçá-lo, mas não podia abandonar todo mundo ali.
Depois de pularmos e gritarmos, comemorando efetivamente a vitória, comecei a caminhar apressada em direção ao pódio, mas então eu percebia que

CAPÍTULO 19

estava deixando o pessoal mais velho para trás e parava para esperá-lo. Eu estava quase carregando a avó do Lucas no colo para irmos mais rápido e, ao perceber minha agitação, minha querida sogra disse tudo que eu queria escutar.

— Pode correr, Nat. Leve a ala mais jovem com você e deixe que eu conduzo os mais velhos ao pódio.

— Obrigada! – sorri, já dando uns pulinhos – Vamos?

Convidei Thomas, Alexander, Lia, Lauren, Michael, Carol, Paty e Meg, porque Joe, Antony e Ewan já tinham saído em disparada.

Corremos em meio ao pessoal das equipes, sentindo nossos pés afundarem em poças d'água, e chegamos ao pódio quando Lucas estava descendo do carro. Seus mecânicos o abraçaram e pularam em comemoração, tão ensopados quanto todos nós. Quando Lucas tirou o capacete, apertou os olhos com a chuva que ainda caía e molhava seu rosto, foi então que ele me enxergou e quase correu até mim.

Em meio a gritos e palmas, Lucas pulou a cerca que nos separava e entrou no meio do mar de gente que se espremia em frente ao pódio. Eu corri, me batendo nas pessoas à minha frente para encontrar meu homem no meio do caminho. Ele me abraçou apertado, tirando meus pés do chão, e rimos juntos antes de nos beijarmos apaixonadamente. O gosto da chuva se misturava ao sabor do suor da pele dele e era simplesmente perfeito. Enterrei as mãos em seus cabelos e mantive nossos corpos tão colados que sentia o calor de sua pele passando para a minha. Quando por fim nos afastamos, enxerguei algo novo crepitando feito fogo em seus olhos, era algo de um novo e mais completo Lucas, e eu nem sei dizer o quão feliz fiquei com aquela constatação.

— Eu te amo, Pequena! – ele me deu um beijo rápido e ficou segurando o meu rosto em suas mãos – Eu te amo demais! – um novo beijo foi plantado em meus lábios enquanto as pessoas gritavam ao nosso redor – Obrigado por tudo que você faz por mim.

— Eu só faço amar você. Amar infinito.

Respondi, também colocando minhas mãos em seu rosto, depois de tirar uma mecha molhada de seu cabelo, que escorria por um de seus olhos.

— Casa comigo?

Meu queixo caiu e meus olhos ficaram tão arregalados que o fiz gargalhar. Fiquei uns cinco segundos processando o que acabara de escutar, apenas olhando para aquele rosto lindo que a chuva molhava sem ser capaz de lavar a feição extremamente feliz.

— Lucas...

— Casa comigo, Pequena! Eu te amo e preciso de você na minha vida, para sempre!

Sorri com o rosto e o coração, sabendo que aquele pedido não fora algo dito no calor da hora, era algo que ambos sabíamos que queríamos, sabíamos que, apesar do relativo curto tempo que estávamos nos relacionando, já conhecíamos a essência e os segredos da alma um do outro, o que nos tornou, além de amantes, cúmplices. Então eu respondi, com todo meu amor.

— Sim! Eu caso com você! Eu quero ficar com você para sempre! Eu te amo, Lucas!

Nós nos beijamos sob a chuva, com o barulho dos gritos animados ao nosso redor e os clarões dos *flashes* dos fotógrafos.

Quando Lucas subiu ao pódio e lhe entregaram o troféu do primeiro lugar, ele avistou sua avó chegando com sua mãe e, quebrando todos os protocolos, desceu lá de cima e entregou o prêmio à Thereza Truffi, que o recebeu em meio às lagrimas, enquanto abraçava o neto.

Na entrevista depois da corrida, Lucas dedicou a vitória a sua família, em especial a mim, a quem ele chamou de *noiva* em rede nacional.

Minha mãe iria me matar se soubesse da "pequena" novidade pela televisão.

Depois do encerramento do evento, voltamos ao vinhedo de Leonor para pegarmos nossas malas, e como a chuva tinha parado, pedi ao Lucas para me levar até as videiras. Caminhamos entre as plantações usando botas de borracha para não atolarmos na lama e ele me contou algumas histórias de sua infância. Lucas tinha sido feliz ali, o que me deixou feliz também.

Gotas esparsas voltaram a cair do céu, mas não apressamos o passo até a casa. Deixamos que elas caíssem sobre nós dois até se tornarem uma chuva intensa e, mesmo assim, ficamos ali, andando lentamente e conversando sobre o passado e o futuro, até que Lucas parou de caminhar e me puxou para si.

— Eu nem acredito que você vai ser minha esposa!

— Pois trate de acreditar, Campeão.

Ele afastou a franja molhada da minha testa e ficou me observando, piscando lentamente ao me estudar sorrindo, com as gotas da chuva molhando seu rosto perfeito, me fazendo me perder naquele momento. A maneira como Lucas sempre me olhava, com tanta transparência e tanto amor, alimentava minha alma e me fazia sentir completa, mas naquele momento quase me fazia poder voar. Fiquei o olhando de volta, entregando meu coração àquele homem, até que fui tomada por seu desejo selvagem ao ser beijada com fervor. Nosso amor era a calmaria e o alvoroço, muitas vezes agindo em um encontro explosivo que nos tornava únicos um para o outro.

Todos os cantos da minha boca foram explorados e cada parte do meu corpo acariciada por mãos audaciosas e possessivas, e eu amava tudo aquilo.

— Você mudou tudo na minha vida. Eu preciso do seu amor.

— Lucas... Você me tem inteira!

Sua boca voltou a encontrar a minha, e com nossos lábios ainda se tocando, ele disse:

— Eu quero você, aqui, agora.

CAPÍTULO 19

Afastando-se um pouco, Lucas me olhou como se pedisse consentimento, e eu o fiz, balançando de leve a cabeça ao sorrir de volta para ele.

Depois de tirar a camiseta e a estender no chão enlameado, ele me colocou sentada sobre sua roupa, erguendo o vestido branco que eu usava depois de ter tomado um banho. A água da chuva fez a areia densa completamente molhada colar à minha pele assim que me acomodei no chão, e com mãos sujas toquei o peito do Lucas quando ele baixou a bermuda, liberando sua enorme ereção segundos antes de rasgar minha calcinha e me completar. Nós nos tocávamos e ofegávamos, nos entregando àquele sentimento tão único que criávamos juntos.

Girei o corpo para ficar por cima e vi o homem com quem eu iria me casar se deitar na lama, esticando os braços para envolver meus seios em suas mãos, sujando meu vestido com terra molhada, afastando minha roupa para poder tocar na minha pele, me provocando e me presenteando com prazer. Joguei a cabeça para trás, sentindo a chuva molhar meu rosto e escorrer pelo meu peito, sempre movimentando meu quadril, fazendo o encontro dos nossos sexos nos levar ao paraíso.

— Eu nunca vou esquecer dessa cena, enquanto eu viver.

Lucas falou com a voz grave e eu baixei a cabeça para observá-lo me admirando. Seus olhos eram negros de tesão e seus lábios sorriam, apaixonado.

Eu sorri. Era o sorriso mais feliz da minha vida.

E foi assim, debaixo de chuva e entre as plantações de uva que fizeram parte de um cenário muito importante da vida do Lucas, que satisfizemos nossos corpos, liberando o nosso amor um para o outro.

Nós nos amávamos e íamos nos casar!

20

Minha semana no trabalho teria começado normal, não fosse a inesperada e nada bem-vinda visita da Camille. Eu mal acreditei quando tive que parar com o que estava fazendo para receber a ex-namorada do Lucas no meio do expediente.

— Eu não faço ideia no que eu posso ajudá-la, mas preciso dizer que estou no meu horário de trabalho, e a menos que você queira me contratar como advogada, não posso demorar.

Informei, assim que ela cruzou a porta de acesso à minha sala.

— Vai ser rápido. – ela respondeu, sem olhar diretamente para mim, mas estudando cada detalhe que seus olhos alcançavam no meu espaço profissional – Muito rápido! – seus braços cruzaram abaixo dos enormes seios e por fim ela fitou meu rosto, sem conseguir encarar meus olhos – Eu só vim até aqui dizer que eu andei quieta e deixei as coisas acontecerem, mas depois daquela palhaçada na corrida de ontem, de vocês ficarem *noivos* em rede nacional, eu vou precisar fazer você ver que essa sua historinha com Luke não vai dar em nada.

— Se você veio aqui prestar solidariedade e me avisar isso, obrigada, o recado está dado, você já pode ir embora.

Ainda parada diante da porta, estiquei o braço, indicando a saída.

— Luke está confuso porque descobriu umas coisas que não gostou a meu respeito, mas não terminou comigo de coração, foi na raiva. Nossa história não existiu apenas por alguns dias, como a de vocês. Nosso relacionamento durou *anos*, e não é assim que se esquece alguém que foi importante na sua vida. *Eu* fiz Luke dar um grande passo ao se permitir entrar em um relacionamento estável. *Eu* fiz ele amadurecer e olhar para o futuro pensando em ter alguém ao lado. A raiva que ele está sentindo vai passar, então se ajude garota, caia fora dessa história que não lhe pertence, antes que algo acabe forçando a sua saída.

— Camille, os seus discursos entusiasmados não surtem efeito comigo. Poupe-se o trabalho.

Minha voz era neutra, mas despertou uma reação que percebi Camille tentando controlar. Com os braços cruzados e mantendo os punhos cerrados, o que eu sei que mostra hostilidade, e me olhando desafiadoramente no fundo dos olhos, ela disse:

CAPÍTULO 20

— Eu acho que você ainda não entendeu uma coisinha: eu *sempre* consigo o que eu quero, não importa como, eu consigo. Não vai ser você quem vai mudar isso. Eu não tenho medo de fogo, você tem?

Senti um enjoo forte e achei que fosse vomitar. Precisei respirar fundo e novamente convidei Camille a se retirar, mas antes de sair, ela ainda me dirigiu seu clássico sorriso debochado e só então deu as costas e foi embora.

Tentei agir como se o que ela tivesse acabado de me falar não fosse capaz de me fazer surtar, mas eu senti uma energia diferente, uma determinação diferente naquela mulher, e um arrepio de mau agouro correu pela minha coluna.

Eu acreditava na força do meu amor e do Lucas. Eu não precisei nem de alguns dias para saber que o nosso amor era algo verdadeiro, jamais precisaria de alguns anos para chegar a essa conclusão. Não acredito em amor à primeira vista, mas acredito em destino e encontro de almas, e confesso que senti algo diferente quando meus olhos encontraram os olhos do Lucas assim que desci do meu carro depois daquele abençoado acidente em que o conheci. No momento, achei que fosse apenas atração, porque Luke Barum é inegavelmente lindo, mas passado um tempo eu já tinha uma nova avaliação; nunca me senti atraída por alguém como me senti pelo Lucas, com o corpo todo acendendo com a força de um olhar, como se não houvesse disfarce e fôssemos capazes de enxergar além da matéria, com uma energia cósmica ao nosso redor fazendo nossas células reconhecerem suas semelhantes. O que aconteceu entre nós dois foi algo mágico, ou místico. Foi algo além de explicações convencionais, e só quem sente sabe como é um verdadeiro encontro programado pelo destino.

Acabei não comentando com Lucas sobre a conversa com Camille. Eu sabia que aquela era uma mulher transtornada psicologicamente e eu me forçava a ser racional e acreditar que ela já havia gastado todas as suas fichas para tentar ficar com Lucas. Ele não a queria de volta, o que ela poderia fazer para nos prejudicar, além de umas visitinhas indesejadas? Eu não podia ficar paranoica pensando na Camille.

Naquele dia depois do trabalho, saí para um *happy hour* com minhas amigas. Elas queriam que eu explicasse direitinho que história era aquela de casamento repentino.

— Eu ainda não tô acreditando que você conheceu um cara, anos depois de mim, e vai casar, pela *segunda vez*, antes que eu consiga casar *uma vezinha só*! Preciso botar Michael contra a parede. A situação vai ficar feia pro lado dele!

Lauren comemorou meu novo *status* e estava radiante com a ideia de organizarmos uma festa de casamento, mas o que ela acabara de dizer, revelando uma pontinha de frustração, era verdade. Eu sabia que minha irmã já estava pronta para o matrimônio, mas ela nunca seria a pessoa da relação a colocar esse assunto em pauta.

— Eu acho que vocês deviam casar juntas!

Sugeriu Meg, entornando sua taça de Cosmopolitan.

— Ah, não! Eu amo a Lauren, mas nós já nascemos juntas, portanto, tivemos todos os nossos aniversários juntas, também nos formamos juntas na escola e na faculdade. Agora o casamento não precisa ser em dupla também, né?

Rimos enquanto acabávamos nossa segunda dose de *drinks* e eu já sentia as borbulhas do álcool dividindo espaço com meu sangue nas minhas veias. Ficamos quatro horas falando trivialidades femininas em um bar claustrofóbico e superlotado, mas eu nem me importava com as pessoas que passavam e batiam nas costas da minha cadeira.

— Nat, você é uma filha da puta de uma sortuda, sabia? Além de pegar o cara que deve ter servido de molde por Deus, você confessa que ele fode como em sonhos e qualquer um vê que ele está perdidamente apaixonado por você. Isso chega a ser injusto!

Carol me pagou uma rodada de Sex On The Beach, *porque eu merecia*, e todas brindamos juntas.

— Depois do que passei no meu primeiro casamento, acho que estava merecendo um bônus, não é?

— Um *bônus*, sim, mas a porra da loteria inteira já é demais! Meg concluiu, e seguimos rindo, bebendo, e eu continuei falando mais do que eu normalmente falo sobre minha vida particular. Mais tarde, chamei um táxi e fui até a casa do Lucas, porque não podia esperar até o dia seguinte para vê-lo, e com a quantidade de bebida alcoólica que ingeri, meu comportamento social já tinha ido embora há horas e eu precisava aproveitar essa desinibição com meu noivo tentadoramente delicioso.

Tirei meu chaveiro de coração de dentro da bolsa e, usando a chave que Lucas havia me dado, abri a porta de sua casa, sendo imediatamente surpreendida por algo *sexy* do Two Feet tocando em alto e bom som no segundo andar.

Que diabos tá acontecendo aqui?

Lucas *nunca* ouviria aquela música sozinho em casa. Fato que me deixou alerta e um pouco sóbria. Com o coração levemente agitado, cambaleei até a escada que dava acesso aos quartos, enganchando o salto do meu sapato em uma camiseta do Lucas, que estava no primeiro degrau. Curvei o corpo para pegar a roupa e percebi um sutiã vermelho emaranhado ao tecido. Instantaneamente senti a garganta fechar e o estômago embrulhar. Eu não podia estar vivendo, novamente, aquela história. Meu cérebro me implorava que desse crédito ao Lucas, mas meu coração já começava a partir.

Segui uma trilha de roupas até o quarto e, quando empurrei a porta, percebi que a iluminação estava por conta apenas da lareira, que enchia o quarto com um calor febril em um dia que estava muito quente.

CAPÍTULO 20

Passei pela antessala e parei a alguns metros do pé da cama, simplesmente sem saber o que fazer.

O álcool evaporou em segundos, meu coração batia tão descompassado apertando meu peito que estava difícil até para respirar, meus músculos enfraqueceram, começando a tremer quando a bruta realidade me assolou. Camille estava nua, montada no Lucas, que também estava completamente nu e suado, agarrado aos seios dela.

Isso não está acontecendo. Isso não está acontecendo outra vez na minha vida. **Lucas** *não está fazendo isso comigo!*

Ambos gemiam em uma troca mútua de prazer, e minha vontade, além de chorar, era matá-los. Eu não acreditava em como eu tinha sido burra! Eu simplesmente não podia acreditar que aqueles meses haviam sido uma farsa. Por alguns segundos, tentei reviver minha história com Lucas à procura de falhas que eu não havia percebido, mas não achei nada.

O gosto amargo da desilusão estava na minha boca e lágrimas ferventes escorriam pelo meu rosto. Virei o corpo para ir embora com o que restava da minha dignidade, mas constatando que eu já estava completamente destruída, parei na porta e decidi voltar. Os dois estavam tão entretidos um com o outro que nem haviam notado minha presença. Camille se balançando, tomada por ele, que gemia de olhos fechados, movendo o quadril de encontro ao dela. Limpei os olhos, engoli o choro e parei ao lado da cama.

— Você é um filho da puta! – cuspi com a voz seca – Tão filho da puta quanto seu pai!

Lucas abriu os olhos, assustado, e seu olhar encontrou os meus de uma maneira estranha, parecia que ele não estava entendendo o que estava acontecendo. Ele parecia bêbado, ou em transe. Sua testa franziu olhando meu rosto e então seu olhar embaçado encarou Camille, que sorria em plena satisfação. Lucas ainda levou uns três segundos para perceber que ainda estava enterrado nela. Foi a cena mais nojenta que eu já tive o desprazer de presenciar.

— Mas... – ele piscou diversas vezes, balançando a cabeça – O que... – ele me olhou novamente e eu percebi o exato segundo em que ele compreendeu tudo que estava acontecendo, e *onde* seu pau estava enterrado – QUE PORRA É ESSA? – ele gritava com uma voz enrolada – SAIA DAQUI, CAMILLE!

Lucas a empurrou para o lado, com uma descoordenação impressionante, e ela protestou.

Enjoada, virei as costas para sair daquele quarto, daquela casa, daquela vida. Lucas se levantou trôpego para ir atrás de mim, mas no estado em que estava eu não precisei nem correr para fugir. Ele me chamava, implorando que eu parasse para ouvi-lo, mas eu seguia em frente, me mantendo o mais inteira possível enquanto ele seguia atrás de mim, se apoiando nas portas e se chocando contra as paredes, me fazendo olhar para trás algumas vezes quando ouvia sons de ossos colidindo com concreto. Ele tentava a todo custo se manter em pé e quase rolou escada abaixo ao tropeçar nas próprias pernas. Quando passei para o *hall* de entrada, ouvi Lucas acelerar os passos, mas ao ficar sem apoio ele tropeçou e caiu, nu e com a cara no chão. Abri a porta da rua enquanto via com o canto do olho ele tentando se levantar, mas sem conseguir sustentar o próprio corpo, ele continuou estirado no chão.

— NATALIE!

Lucas gritou, estendendo um braço em desespero, enquanto eu batia a porta de carbono que me protegia da humilhação, mas nada fazia contra a dor no meu peito.

Desci lentamente os degraus até a calçada e deixei meu choro vir de maneira desesperada ao entender o que eu havia acabado de presenciar e o que aquilo implicava na minha vida.

Tudo estava acabado, todos os sonhos de que eu merecia ser feliz, de que eu tinha encontrado alguém que me amava de corpo e alma, que estava predestinado a mim, mostrando que o extraordinário existe na vida real. Eu estava acabada, já sentindo a dor física da tristeza que dilacerava meu coração. Eu sabia que, se um dia perdesse o Lucas, a dor inversa ao meu amor seria destruidora, e era isso mesmo que ela já se mostrava ser.

Caminhei várias quadras até encontrar um táxi, e quando cheguei à minha casa, Lauren já estava fechada no quarto e eu decidi não incomodar, até porque eu precisava ficar sozinha. Não estava em condições de conversar com ninguém.

Chorei até as cinco horas da manhã e só então consegui pegar no sono.

Às oito e quinze me arrastei para fora da cama, tomei uma ducha e tentei consertar meu rosto, mas não consegui disfarçar que havia passado a noite inteira aos prantos, então abstraí meu reflexo no espelho e saí do quarto vestindo calça, blusa e casaco pretos.

Lauren não deve nem ter percebido que eu dormi em casa, porque quando cheguei à cozinha ela já havia saído sem deixar um café pronto na cafeteira, algo que ela *sempre* fazia se sabia que eu levantaria depois dela.

Lucas não tentou me ligar para se justificar, e eu não queria pensar em todas as coisas que eu já estava pensando.

Um enjoo me pegou de surpresa e corri até o banheiro para colocar tudo que eu não havia comido para fora.

Fui trabalhar e me mantive monossilábica e praticamente em transe a manhã inteira. Eu não queria pensar na minha vida, então trabalhei obstinadamente até que, pouco antes do meio-dia, sem ser convidado, Lucas entrou na minha sala.

— O que você está fazendo aqui?

Empertiguei o corpo, segurando fortemente os apoios de braço da minha cadeira.

CAPÍTULO 20

Lucas me olhou, certamente percebendo que tive uma noite terrível, então fechou a porta e encostou a testa na madeira fria quando soltou um suspiro.

— Pequena, desculpa! Eu não sei o que aconteceu comigo ontem, eu estava fora de mim. Eu... eu achava que era você!

— Ah, Lucas, não me venha com essa conversa. – eu me levantei, caminhei até a janela e ele me seguiu – Eu já passei por isso e conheço todas as desculpas. Vá embora. Eu estou no meu local de trabalho e não tenho nada pra falar com você.

— *Como* não tem nada pra falar comigo? Temos *muito* o que conversar, *Natalie!*

— EU VI! – virei o corpo para encará-lo de frente e logo me arrependi, porque ele estava muito perto, e eu sempre ficava fraca demais quando sentia seu perfume e o calor de seu corpo – Ninguém me contou, EU VI, PORRA!

Respirei fundo, dei dois passos para o lado, tentando manter a calma para segurar as lágrimas.

— Eu estava me sentindo estranho, nunca me senti daquele jeito, eu não sei nem explicar. Mal tive coordenação pra chamar o Phil e ele até me forçou a fazer exames de sangue, porque viu meu estado e acha que Camille pode ter me drogado.

Será que podia ser aquilo mesmo? Mas, mesmo assim, ele deu chance de ela se aproximar *outra vez*! Caso contrário, como ela teria conseguido entrar e drogá-lo?

— Ok. Vamos pelo começo: QUE MERDA AQUELA VADIA ESTAVA FAZENDO COM VOCÊ NA SUA CASA?

Ele fechou os olhos com força. Ele sabia que a origem do problema vinha antes de eles terem ido para a cama, mas aparentemente foi honesto em sua resposta.

— Ela pediu pra conversar. Queria saber o que estava acontecendo na minha vida, que história era aquela de avós e primos.

— E você, como é muito legal, – bati palmas uma vez e comecei a rir nervosamente – a convidou para beber alguma coisa enquanto contava sua linda história de vida para uma mulher que passou *anos* ao seu lado e *nunca* se interessou em saber!

— Eu não a convidei para beber e confraternizar comigo. Eu estava furioso com aquela visita, ainda mais porque você não estava em casa. Eu estava bebendo uma vitamina e ela pediu uma água. Só lembro de termos conversado por uns cinco minutos.

— Uau, – ergui as sobrancelhas, me atirando novamente na minha cadeira – o resto do tempo vocês só foderam?

— Pequena, por favor...

Lucas se abaixou à minha frente e me puxou pelos braços, mas eu o empurrei com as mãos espalmadas em seu peito e ele me soltou, percebendo minha raiva fumegar instantaneamente.

— Nunca. Mais. Encoste. Em. Mim!

— Por favor, *Natalie*... – seu rosto ficou sério demais – Não faz isso comigo. Eu *juro* que eu não tive culpa.

Eu podia sentir a dor nas palavras dele e também a via em seus olhos, mas eu não podia perdoar, não depois do que acabou acontecendo na noite anterior. Eu sabia exatamente o que eu *não* toleraria em uma relação, e o que eu tinha visto no quarto dele estava gravado a ferro na minha memória.

— Ah, você teve culpa, sim! *Você* deixou Camille entrar, então agora arque com as consequências. Além do mais, essa sua história é *bem* difícil de engolir!

— Você acha que eu estou mentindo?

Não, eu não achava, só que ao mesmo tempo era tudo tão absurdo que eu me sentia uma louca por acreditar, então eu apenas lembrava que não podia acreditar em absurdos novamente, que eu não poderia ser a mesma pessoa que fui no meu primeiro casamento. Era uma promessa que eu havia feito a mim mesma.

— Eu não acho nada, Lucas. Eu *não preciso* achar nada. Essa história não me diz mais respeito.

— Para com isso *Natalie*, – sua voz vacilou, entregando o nervosismo – *por favor*!

Ele tentou me tocar novamente e eu levantei da cadeira e fui em direção à porta.

— Se quer conversar com alguém, procure a Camille e pergunte o que ela achou do "vale a pena ver de novo!"

— Eu não estava na porra do meu juízo normal! – ele começou a mexer no cabelo e a estalar os dedos, demonstrando toda sua perturbação – Eu achava que era você, e então a vi ao meu lado e não entendi o que estava acontecendo.

— Vai embora. Eu preciso trabalhar.

Pedi, com a mão já apoiada na maçaneta.

— Não.

— Então eu vou chamar alguém para tirar você daqui.

— Pequena... – Lucas apoiou o quadril no balcão abaixo da janela e escondeu o rosto entre as mãos. Por um instante, achei que ele fosse chorar, mas ele só esfregou os olhos e me encarou com o cenho franzido e tenso – Eu estou péssimo! Eu não acredito que isso está acontecendo com a gente. Eu *juro* que não sabia o que estava fazendo! Acredita em mim, *estou implorando* pra você!

Minha determinação vacilou, mas as palavras saíram mesmo assim.

CAPÍTULO 20

— Vá embora, Lucas. – não consegui mais conter as lágrimas – Eu não quero mais.

— NÃO! – ele gritou, e em dois passos me alcançou e me abraçou junto ao seu peito – Não diz isso, Pequena. Nós vamos nos casar. Eu amo você! Como doeu. Como doeu ouvir aquilo. Nós estávamos felizes porque iríamos nos casar e de repente todos os sonhos ruíram e só dor me encontrava. Lucas até poderia estar sendo sincero comigo, mas uma parte de mim sempre seria a esposa que chegou do trabalho e viu seu marido na cama com outra mulher. Por mais que eu tentasse, não conseguia me afastar daquele medo, daquele sentimento de pequeneza, e eu não podia ser aquela pessoa com Lucas, nem com ninguém. A minha força pessoal era meu ingrediente principal para não desabar, e as imagens do que eu vi eram gatilhos muito eficazes para minha queda. Eu preciso estar em primeiro lugar na minha vida, aprendi isso de forma dolorosa.

— Você sabe que eu já acabei um casamento por ter pego meu marido na cama com outra mulher. – eu tentava me afastar, mas Lucas não me soltava completamente – Você já devia saber que eu *não consigo* aceitar isso. Aquelas imagens não vão se apagar, Lucas. Eu... eu não consigo nem olhar pra você.

— Não diz isso...

Alguém bateu à porta e só assim Lucas me soltou e me viu secar as lágrimas antes de receber quem nos interrompia.

— Nat, nós precisamos ver... – Theo parou de falar quando já estava dentro da minha sala e viu que eu e Lucas estávamos obviamente tendo um momento difícil – Desculpa, eu não sabia que você estava acompanhada. Tudo bem, Luke?

Ele perguntou por educação, porque estava na cara que Lucas não estava nada bem.

— Não.

Lucas respondeu, olhando apenas para mim.

— Hum... – ajeitei minha voz e disse: – Lucas já estava de saída. Theo, você pode acompanhá-lo até a porta, por favor?

— C-claro.

— Não precisa. – Lucas disse de forma seca – Eu sei o caminho.

Com isso ele saiu, esfregando propositalmente o corpo no meu, e eu corri para me afundar na minha cadeira, escondendo o rosto nas mãos e chorando de verdade.

— Nat, – Theo cochichava como se fosse me contar um segredo – posso fazer alguma coisa por você?

— Só me deixa sozinha, por favor.

Meu amigo ficou calado por um instante, naquele curto espaço de tempo em que a pessoa pensa: "Que porra eu falo agora?", então, segurando a maçaneta da porta, disse:

— Se precisar de mim, estou na minha sala.
— Obrigada.

Não lembro o que eu fiz a tarde inteira, só sei que não saí da minha sala nem para ir ao banheiro.

Ao chegar em casa, a soma de uma péssima noite, mais um péssimo dia, fez a minha aparência ficar ainda pior e acabei deixando Lauren preocupada.

— Nat? O que houve? Você andou chorando... Muito!

Ela soltou na mesinha em frente ao sofá a caneca que usava especialmente para tomar iogurte, baixou o volume da televisão e me puxou para sentar ao seu lado. Vários sinais de que eu que não teria como escapar daquela conversa.

— Acabou!
— Com Luke? - seus olhos ficaram do tamanho da lua – Mas por quê? Vocês estavam tão felizes...
— Eu acho que ele não estava tão feliz assim. Ontem encontrei ele na cama com a Camille.
— NÃO! – minha irmã gritou assustada, me assustando com sua reação – Isso não faz sentido! Como assim?
— Como assim, "como assim"? Eles estavam transando e eu empatei a foda!
— Isso não faz sentido! Ele não tolera aquela mulher, essa história está estranha, o que ele disse? Me conta direito!

Fiz um resumo sobre a noite e o dia.

— Mana...
— Não fala nada, Lauren... Eu só preciso ir dormir.

Levantei do sofá e ela não me impediu. Fui para o meu quarto, me despi sem pensar em nada além de cada peça de roupa que tirava do corpo, entrei no banho e deixei a ducha morna massagear a tensão nos meus ombros, mas parecia que nada seria capaz de me aliviar. Eu me lavei sem ânimo algum, com os olhos fixos no misturador da água, que estava mais para a direita do que para a esquerda. Séculos se passaram até que achei que já podia sair de debaixo do chuveiro, então me enrolei em uma toalha sem me dar ao trabalho de secar o corpo, e quando entrei de volta no meu quarto, escutei vozes vindas da sala.

Lucas estava na minha casa.

Parei com a camisola na mão e juntei o ouvido à porta para tentar escutar o que estava sendo dito.

— Lauren, eu *juro* que eu não sabia o que estava fazendo!
— Luke, você precisa dar um tempo a ela. Sua situação com minha irmã está... complicada.
— CARALHO! Por que ela não acredita em mim?
— Você já conversou com a Camille?

CAPÍTULO 20

— Sim. Eu quase matei aquela mulher! Ela diz que foi consensual, que eu a seduzi e ela aceitou. Mas *não foi isso*! Eu *jamais* trairia a Natalie! Ela é... *tudo* pra mim!

Aos poucos, sua voz ficou mais calma, mais baixa e mais triste.

— Eu não sei se tenho algo útil para dizer. Nat não quer nem ouvir falar seu nome. Você precisa ter calma, ela só está conseguindo enxergar essa história sob um prisma, remetendo ao trauma do casamento dela. Ela precisa se acalmar para entender tudo com mais imparcialidade.

— Chama ela, por favor!

— Não vai adiantar. Dá um tempo. Deixa a raiva passar.

— Não consigo simplesmente ir embora. *Não consigo*!

Depois de muito argumentar, Lauren o convenceu, e apenas quando escutei a porta fechando é que fui até a sala.

— Nat, o Luke...

— Eu ouvi.

— E?

— E nada. Vou preparar um café com leite e vou para a cama. Boa noite.

— Só tenha uma coisa em mente, Natalie, – minha irmã me olhou com firmeza – Luke não é o Steve. – eu quis me defender, mas ela me cortou – E tem mais, você já viveu o que o Luke viveu ontem, apenas as amarras eram diferentes, e ele não culpou você, quando *você* abriu a porta de casa para o seu ex-marido e acabou sendo a vítima.

Faltou-me ar.

Minha irmã me deixou com meus pensamentos e foi para seu quarto.

Camille tinha estuprado o Lucas.

21

Na manhã seguinte eu me sentia um trapo, ainda mais deprimente que no dia anterior. Meus pensamentos eram uma bagunça e só fui trabalhar porque era a única opção que eu tinha, mas não me comunicava além do estritamente necessário.

Era estranho estar no meu corpo. Eu estava lá, vivendo, trabalhando, mas era como se as pessoas à minha volta estivessem em outra dimensão, incapazes de me compreender, de me ouvir... Elas riam, falavam e agiam normalmente, enquanto eu gritava em silêncio e ninguém percebia. Era uma espécie de limbo, onde eu esperava a real compreensão dos fatos me assolar.

Camille estuprou Lucas?

A mistura de raiva, pena e autopiedade não resultava em nada coerente. Mais alguns dias assim e minha nova vida me atropelaria com tudo, eu sabia como era aquela transição, só não sabia como conseguiria lidar com ela, tendo um amor tão forte no meu peito.

Perto da hora do almoço, Philip apareceu para conversar comigo no escritório.

— Philip, não é nada pessoal, mas eu não quero e não posso ficar falando sobre o Lucas.

— Nat, nós precisamos conversar, mas não quero atrapalhar seu trabalho. Já é quase meio-dia, podemos almoçar juntos?

Eu não escaparia.

— Tudo bem. Só porque é você!

Ele ficou me esperando na recepção e quando terminei o que tinha que fazer, fui ao seu encontro. Philip levantou quando me viu chegar e caminhou até mim. Sempre muito educado.

— Aonde você quer ir?

— Costumo almoçar no restaurante do outro lado da rua.

— Então vamos até lá.

Senti meu estômago embrulhar quando nos sentamos na mesma mesa em que almocei pela primeira vez com Lucas. Eu andava com os nervos à flor da pele e meu organismo padecia com isso. Minha vida havia mudado muito em poucos meses e só então eu percebi que a nova mudança iria me

CAPÍTULO 21

levar de volta ao ponto onde havia parado no dia em que colidi com aquele Aston Martin.

— Tinham substâncias ilegais no sangue do Luke, inclusive compostos alucinógenos. – ergui os olhos, surpresa e em parte aliviada, mas não disse nada – Camille *realmente* o drogou. Tenho certeza de que você não vai pensar que ele se drogou por livre e espontânea vontade, vai?

— Não. Mas...

— Nat, eu *jamais* me intrometeria na vida de vocês se não tivesse ficado completamente enraivecido com o que aconteceu. Ok, Luke errou em ter deixado Camille entrar em casa, mas ele é só um cara com um bom coração, e quem pensaria que ela faria uma coisa dessas?

Lembrei de mim mesma abrindo a porta da minha casa para o Steve, sem *nunca* imaginar que ele seria capaz de me machucar da maneira como fez.

Apesar de Lucas ter me irritado por deixar Camille entrar novamente em sua casa, se ela não o tivesse drogado nós teríamos tido uma pequena discussão e tudo estaria bem, então será que eu não deveria dar esse crédito ao homem que eu tanto amava? Será que meu trauma e o abalo na minha autoestima não conseguiriam lidar com isso? Nem pelo amor da minha vida? Ele não foi vítima da Camille, assim como eu fui do Steve?

— Eu... Eu não sei o que fazer... Eu tenho medo de voltar a um ciclo vicioso que já me machucou tanto... Eu tenho muito medo de errar.

— Você está errando agora, Nat. Não compare as histórias. Eu entendo o que você quer dizer, mas você conhece o Luke. Ele jamais trairia você! Procura ele. Vocês dois estão sofrendo por conta de uma armação da Camille, não deixem que ela vença. Separar vocês era exatamente a intenção, e pelo visto está dando certo. Eu garanto que Luke só pensa em você. Ele estava tão feliz falando que vocês iam casar, e agora ele está no fundo do poço. Não come, não dorme e só chora. Ele não costuma mostrar suas vulnerabilidades, mas ele não está conseguindo esconder o quão miserável está.

Fiquei imaginado tudo que Philip disse e minha raiva começou a se transformar em pena e culpa.

O que eu estava fazendo com a gente?

O que eu estava permitindo que Camille fizesse com a gente?

— A mãe dele já sabe?

— Não. Ele só falou comigo.

— Obrigada Philip, você é um amigo muito especial.

— Eu torço pelo que é certo. Só isso.

Eu e Lucas éramos certos juntos. Eu precisava resolver aquele mal-entendido e abstrair da minha mente o que vira entre ele e Camille. Nosso amor era maior e eu não podia comparar histórias. Philip estava certo. Acreditar na verdade não iria me destruir.

Saindo do trabalho, criei coragem e fui até a casa do Lucas. Eu ainda estava um pouco estranha, mas nos daria a chance de termos uma conversa amigável. Nós merecíamos aquilo.

Resolvendo não invadir a privacidade dele, usando as chaves que tinha comigo, afinal estávamos tecnicamente rompidos, toquei a campainha. Eu estava pronta para ouvi-lo, e então perdoá-lo, mas levei um susto quando a porta se abriu.

— *Camille*? O que você está fazendo aqui?

Ah não! Aquilo já era demais pra mim. Camille atendeu a porta da casa do Lucas com a blusa toda aberta e os cabelos bagunçados.

— Eu é que faço essa pergunta, Natalie.

Claro, afinal *ela* estava do lado de dentro, a intrusa, mais uma vez, era eu.

— *Natalie*! – Lucas apareceu descalço, vestindo uma bermuda preta e uma camiseta branca – Camille? O que você está fazendo aqui? – ele reparou em como ela estava desarrumada e, como me conhecia bem, entendeu na hora que o fogo no meu olhar não era nada bem-vindo – Não. Não. Não. Pequena, não é o que você está pensando! – ele fez uma pausa quando inclinei a cabeça e ergui uma sobrancelha – PUTA QUE PARIU! – Lucas correu em direção à porta – Camille, vá embora!

— Doce, acho melhor assumirmos tudo de uma vez por todas. Até minha paciência de ouro tem limites, já paguei bem caro pelos meus erros, agora vamos agir como adultos.

Ela discursou em tom calmo e seguro, enquanto eu seguia atônita, tentando digerir toda aquela cena.

— CALA A BOCA, CAMILLE! *Natalie*, por favor...

— Não fala nada, Lucas. – o interrompi com uma calma gélida na voz – Vamos agir como adultos. – virei as costas e fui descendo a escada – Adeus.

— *Natalie*, pelo amor de Deus, eu *não sei* como Camille entrou aqui! Você não pode acreditar que eu deixei essa lunática entrar novamente na minha casa!

Ele correu até mim e parou à minha frente, me impedindo de caminhar até meu carro.

— Luke, eu estou escutando! – Camille miava, parada na porta de entrada – Seja homem e assuma seus atos!

— Camille, se você não sair daqui *agora mesmo*, sou capaz de chamar a polícia para tirá-la da minha casa!

Ele vociferou com os dentes cerrados e um olhar capaz de matar alguém.

— Vou esperar no quarto.

Camille não parecia estar nada abalada com o jeito do Lucas, como se já estivesse acostumada com seus rompantes de raiva, como se soubesse que eram passageiros.

CAPÍTULO 21

— PORRA, CAMILLE! VÁ EMBORA DA MINHA CASA!

Ele queria correr até ela, mas não queria sair da minha frente e me deixar partir sem tentar argumentar mais alguma coisa.

— Saia da minha frente, Lucas, e vá se resolver com a Camille.

Eu disse, e ele suspirou.

— Pequena, não vá embora. Eu não sei como ela entrou, ela deve ter pego a chave quando...

— CHEGA! Primeiro ela droga você dentro da sua própria casa, depois consegue invadi-la *de novo* e ainda atende à porta toda desgrenhada sem que você saiba. No que mais você vai querer que eu acredite? Papai Noel?

— EM MIM, PORRA! VOCÊ TEM QUE ACREDITAR EM MIM! – eu estremeci com o berro que ele deu, parado a um palmo de distância, e agradeci não terem pessoas passando pela calçada – O que você veio fazer aqui?

Lucas perguntou com a voz controlada outra vez, me olhando diretamente nos olhos, e depois de dar um longo suspiro, permitindo que meu olhar mergulhasse nas profundezas hipnóticas das íris castanhas do Lucas, fui honesta.

— Eu vim aqui dizer que eu amo você e que Philip me contou que apareceram substâncias ilícitas nos seus exames de sangue, mas por sorte eu tive a chance de ver a grande burrada que eu estava prestes a cometer, então agora eu vou pra casa e *nunca mais* voltarei.

— Você... você veio para me perdoar? – ele encostou a testa na minha e me abraçou com propriedade pela cintura, me pegando completamente de surpresa e guarda baixa – Então fica, *por favor*! Eu sei que você tem suas questões com fidelidade, mas eu também sei que *você sabe* que eu te amo e que eu jamais te trairia. Fica comigo, *por favor!*

Ele estava tão lindo e me olhava com tanto carinho que a vontade que eu tinha era de deixar meu amor me guiar e então me atirar de qualquer altura que Lucas pedisse.

— E a Camille?

— Eu não sei como ela entrou aqui. Ela deve ter feito mais de uma cópia da chave naquele dia em que a Guerta emprestou a dela, sei lá, eu não troquei as fechaduras porque Camille tinha deixado uma cópia aqui antes de sair furiosa quando você a mandou embora de táxi, não pensei que tivesse outra chave. Eu não quero mais ninguém, Pequena, eu só quero você. Eu te amo.

— Não me chame de "Pequena"! – eu disse, o afastando de mim – Eu não posso com tudo isso, Lucas. É muita confusão e eu não sei mais no que acreditar. Minha cota para este tipo de situação já se esgotou. Eu *não posso* fazer isso comigo mesma. Eu não posso! Eu vou pirar! Saia da minha frente, por favor!

Pedi com mais certeza em manter meu orgulho, e não tão certa quanto a veracidade das minhas palavras.

— EU NÃO SOU O MERDA DO SEU EX-MARIDO! – ele esbravejou e depois inspirou com força, tentando se acalmar – Eu não sou ele! – Lucas me olhava com segurança, amor e intensidade – Mas se é tão difícil assim acreditar em mim, então tudo bem, *Natalie*. Foda-se! Vá embora da minha casa, vá embora da minha vida E NÃO VOLTE NUNCA MAIS! – ele gritou novamente quando dei as costas e alcancei a calçada – VÊ SE CRESCE E APRENDE QUE O MUNDO NÃO GIRA SÓ AO SEU REDOR E EM RAZÃO DAS SUAS DORES! Você nunca confiou totalmente em mim.

Com o coração aos pulos, eu registrava toda a dolorida verdade das palavras do Lucas, mas sem recuar minha determinação, entrei no meu carro e bati a porta, enquanto olhos castanhos e olhos azuis se confrontavam em silêncio, então dei a partida e fui embora.

Sem a menor condição de ir trabalhar, fiquei jogada na cama quinta e sexta-feira. Eu me sentia muito enjoada e nada parava no meu estômago. Parecia que a cada minuto eu perdia mais forças e, mesmo querendo me alimentar, eu não conseguia comer.

Preocupada, Lauren resolveu me carregar para o médico, mas eu tinha certeza de que era apenas minha reação nervosa pelo que havia acontecido comigo e o Lucas. Estava acabado. Agora estávamos *definitivamente* rompidos e ele me odiava. Por que eu fiquei tão triste com sua reação explosiva, se eu mesma a provoquei? Não lhe dei ouvidos quando tentou me mostrar seu ponto de vista e quando ele cedeu ao que eu queria, me senti frustrada e arrasada.

— Desde quando você tem se sentido enjoada?

Perguntou o médico, com os braços apoiados em sua mesa de vidro, depois de ter medido minha pressão, verificado minha temperatura e analisado meu globo ocular e garganta.

— Assim, ininterruptamente, há dois dias, mas já faz mais ou menos uma semana que eu tenho tido mal-estar esporádico. Tenho passado por uns dias bem estressantes.

— Usa algum tipo de método contraceptivo?

Fiquei nervosa com o rumo da conversa e um enjoo forte me pegou de surpresa. Cobri a boca com uma mão e me apressei em direção à janela aberta

CAPÍTULO 21

atrás da mesa do rapaz que me atendia. Precisei respirar ar fresco para não dar vexame no meio do consultório.

— Sim, pílula.
— Você sempre lembra de tomar?
— Sim! Religiosamente.
— E você toma sempre no mesmo horário?
Por que tantas perguntas?
— Hum... Não.

Um arrepio percorreu todo meu corpo. Eu deveria tomar sempre no mesmo horário? Eu quase nunca fazia isso. Voltei a me sentar, e com olhos vidrados e ouvidos mais atentos do que estiveram a qualquer coisa nos últimos dias, escutei a explicação.

— Existe um atraso tolerável para tomar seu anticoncepcional, se passam mais de doze horas entre um comprimido e outro, você perde o efeito desejado. Uma pílula esquecida altera todo o funcionamento da cartela e deixa o usuário na zona de risco. Entenda que se trata de um medicamento, que como qualquer outro tem um tempo de absorção e metabolização. Eu acredito que o que você tem chama-se gravidez.

Meu mundo parou de girar, o ar ficou rarefeito e meus batimentos cardíacos pareciam fazer força para continuarem seu ritmo. Lembrei de várias vezes em que eu praticamente tomei duas pílulas seguidas, achando que estava tudo certo por ainda estar "dentro do dia". Como é que eu nunca soube dessas informações tão básicas? Provavelmente seja porque eu comecei a tomar anticoncepcional aos quinze anos por indicação de uma médica amiga da minha mãe para controlar meu ciclo menstrual, então acabei nunca tendo aquela tão importante primeira consulta ginecológica que as meninas devem ter. Eu não ter engravidado do Steve durante todos os anos que passei com ele foi um verdadeiro milagre!

— Eu... Eu estou grávida?
— Não sou ginecologista, sugiro que você consulte um especialista, mas você não tem nada além de sintomas comuns de início de gravidez. Enjoos, sono, alteração de humor... Podemos fazer um exame de sangue, mas não ficará pronto na hora. Sugiro que você passe na farmácia e compre um teste, eles são bem confiáveis, mas não deixe de marcar uma consulta com seu médico.

Como é que aquele cara me dava uma notícia bombástica daquelas como se me dissesse que eu estava apenas resfriada? Minhas entranhas se retorciam, meu enjoo aumentava e, sem dizer uma palavra mais, saí praticamente carregada pela Lauren até o carro dela.

Comecei a chorar, tremendo o corpo e soluçando até ficar realmente sem ar.

— Calma Nat, – minha irmã me abraçou e afagou meus cabelos – vai dar tudo certo, só tente se acalmar. Vou passar na farmácia.
Chegamos em casa com dois tipos de exames.
— Vamos acabar logo com essa agonia, venha comigo, Nat.
Fomos até o meu banheiro e eu fiz os dois exames. Esperamos alguns minutos e ambos diziam a mesma coisa.
— Oh. Meu. Deus. Eu estou grávida!

22

Passei o sábado e o domingo dormindo quase o tempo todo. Ainda não tinha assimilado o que estava acontecendo e pedi que Lauren não comentasse nada com Michael, nem com ninguém, e ela cuidou de mim com tanto amor que me deixou até emocionada.

Se eu já andava chorando antes de saber que estava grávida, depois que descobri minha nova condição, eu chorava até quando o vilão morria no final de um filme de suspense.

Segunda-feira acordei às seis da manhã, tomei uma vitamina de frutas, fiz minha aula com Sebastian, tomei banho, vesti uma camisa branca e combinei com uma saia lápis escura de cintura alta. Calcei um par de *scarpins* vermelhos, prendi o cabelo em um coque desmanchado e fui trabalhar.

O sono ainda não havia abandonado meu corpo quando cumprimentei Stephanie em meio a um bocejo e nem escutei o que ela falava enquanto me dirigia à minha sala para me atirar nos meus afazeres atrasados.

Às três horas da tarde, eu colava um *post-it* verde limão na página de um livro para marcar uma informação importante, quando meu telefone tocou.

— Sr. Luke Barum e Sr. Philip Carter já aguardam na sala de reuniões.

Oi?

Saí do modo "piloto automático" que havia adquirido há uns dias e um nervosismo misturado a medo começou a dar sinais no meu corpo. Era como se o Lucas fosse me olhar e adivinhar o que eu estava com medo de lhe contar. Eu ainda não estava pronta para vê-lo e muito menos para informá-lo de que teríamos um filho juntos. Qual seria o rumo das nossas vidas depois dessa revelação?

— Reunião agora?

Perguntei à secretária, como se ela pudesse ter se enganado.

— Sim, já estão todos lá.

— Mas que reunião é essa? Eu não sabia de nada.

— Foi a que eu lhe disse hoje quando você chegou. Um patrocinador novo vai migrar para o nosso escritório.

— Ah... Ok. Estou indo, obrigada.

Cada vez mais, as grandes empresas que patrocinavam Lucas se interessavam pelo nosso escritório. Muito provavelmente pelo fato de que não somos como aquelas grandes sociedades onde milhões de estagiários são quem cuidam dos interesses dos clientes, mas, sim, porque nós mesmos supervisionamos cada processo e lemos cada linha de apelação, mesmo que um contratado externo precise fazer a audiência em outra localidade. É mais fácil confiar em grandes nomes e em parcerias consolidadas, como era o caso do escritório onde Steve trabalhava, que tinha sedes em todas as grandes cidades do país, mas quando os clientes percebiam que tinham muito mais atenção em um lugar onde o sobrenome escrito na placa da porta seria o mesmo do advogado sentado à sua frente, nós ganhávamos da concorrência.

Naquela tarde, foi incontrolável ficar completamente nervosa e angustiada sabendo que encontraria com Lucas, principalmente por saber que eu tinha a maior de todas as notícias para lhe dar. Era como se um enorme elefante andasse ao meu lado e eu precisasse escondê-lo apenas com uma toalha. Sequei o suor das mãos ajeitando minha roupa e fui até onde me esperavam. Tentando me acalmar, eu respirava pelo nariz e expirava pela boca, controlando minha ansiedade ao observar meus sapatos vermelhos cobrindo os fios de seda da passadeira que ficava no corredor que ligava minha sala à sala de reuniões. Foquei meus olhos nos desenhos coloridos em tons de azul, verde e vermelho que formavam flores e ramos no tapete, e quando cumprimentei Lisa, a secretária pessoal do meu chefe, que estava em seu posto entre a sala do Dr. Peternesco e a sala onde eu deveria entrar, minha respiração já estava controlada outra vez.

— Com licença.

Empurrei devagar a porta que estava encostada e me dirigi ao meu lugar de sempre, ao lado do Theo.

— Olá Nat. Está se sentindo melhor?

— Estou quase nova, Dr. Peternesco. Obrigada.

— O que você tem?

Lucas não levou nem meio segundo para fazer a pergunta, mostrando toda sua preocupação comigo, e eu precisei me concentrar nos papéis à minha frente para não erguer o rosto e fitar sua angústia.

— Nada.

— *Nada* não devia ser, Nat, porque você não veio trabalhar nem quinta nem sexta-feira.

— Theo, uma indisposição forte não é tão relevante assim.

Lucas estalou os dedos, e espiando seu rosto, notei uma expressão tão vazia como eu nunca tinha visto antes. Seus olhos estavam fundos e com bolsas inchadas abaixo. A pele sem vida deixava visível marcas de expressão, a barba estava mais crescida que o habitual e os cabelos pareciam não ver água há alguns dias. Ele também não estava bem, mas, pelo menos, não precisava segurar a barra por dois, como eu. Ele nem fazia ideia...

CAPÍTULO 22

Passamos uma hora tratando do assunto da empresa patrocinadora que passaria a ser nossa cliente e mais duas horas conversando com o presidente e o diretor-geral da companhia em questão. Quando as reuniões acabaram, fui às pressas à minha sala pegar minhas coisas para ir embora. Eu queria fugir do Lucas, mas nem precisava ter me preocupado, porque quando passei apressada pelo *hall* de entrada, cruzei com ele, que passou por mim como se não me enxergasse e foi embora.

Ele desistiu. Justo quando eu descobri que teríamos um filho juntos. E só perceber aquilo me fez sofrer ainda mais, como se não tivesse sido eu mesma quem quis assim.

Os dias passavam se arrastando e eu não parava de enjoar. Minha vida estava um verdadeiro inferno e eu ainda não conseguia tratar minha gravidez como algo que *realmente* estivesse acontecendo. Todas as noites antes de dormir eu escrevia mensagens para enviar ao Lucas, mas acabava deletando. Meu orgulho e o medo de ser rejeitada venciam a necessidade que eu tinha de tê-lo por perto, e assim eu alimentava aquele luto e não dava atenção necessária ao bebê que carregava em meu ventre.

No meu íntimo, eu acreditava no Lucas, mas com todo o trauma do final do meu casamento voltando com força total à minha mente, me proteger foi tudo que consegui fazer, e com isso acabei fazendo Lucas se afastar de mim.

— Nat, nós precisamos marcar uma consulta com a sua obstetra. Você precisa começar o pré-natal e também precisamos conversar com nossos pais. Está na hora de você parar de se preocupar com seu sofrimento e passar a se preocupar com essa vidinha inocente que está crescendo na sua barriga.

Então as palavras do Lucas me voltaram à mente como se fossem um tapa na cara: *"Vê se cresce e aprende que o mundo não gira só ao seu redor e em razão das suas dores!"* Eu precisava crescer. Eu seria mãe e já não podia me dar ao luxo de me preocupar apenas comigo e com a minha dor. Lauren estava certa, eu tinha uma vidinha inocente dentro de mim e a estava negligenciando. Como eu pude? Assim que percebi essa grande verdade, caí no choro, encolhendo as pernas no sofá, enquanto na televisão passava um documentário instrutivo demais para meu estado de espírito.

— Calma, Nat. Também não precisa ficar assim!

— Você está certa. Eu vou ser mãe e essa pessoinha é a razão para eu fazer as coisas da melhor maneira possível, eu *preciso* dar a volta por cima.

— Você vai conseguir, se dê um tempo, mas enquanto você se recupera, vamos cuidando para esta gestação ser a mais tranquila possível, ok? Eu ajudo. – balancei a cabeça afirmativamente e ela prosseguiu – Quando você pensa em contar ao Luke?

— Não sei... Estou sem coragem.

— Coragem? Ele vai amar a novidade! Você não precisa ter medo dele.

— Ele desistiu de nós, Lauren.

— Nat... – Lauren pegou minhas mãos – Será que um filho não é motivo o suficiente para você provocar uma reconciliação com o Luke?

Puxei as mãos de volta e comecei a falar, a interrompendo.

— Em primeiro lugar, me admira muito *você* vir me sugerir isso. Lucas me insultou de uma maneira que nem Steve conseguiu fazer! – quando vi a expressão no rosto da minha irmã se alterar, para me mostrar que meu ex-marido havia feito coisas muito piores, eu ergui um dedo e concluí: – Verbalmente! Em segundo lugar, eu não tenho total certeza de que Lucas também foi inocente no segundo episódio com a Camille, – essa parte foi mais uma desculpa pelo meu medo de ser rejeitada – e para completar, agora ele também não me quer de volta e eu não quero que ele volte só porque teremos um filho.

— Você sabe que está sendo ridícula, não sabe? Você tem que parar de esperar que Luke vá agir como Steve agiu quando vocês eram casados. Luke não é assim! – ela fez uma pausa e eu não disse nada, nem demonstrei que concordava, mas ambas sabíamos que eu estava plenamente de acordo, e a nossa conversa "não verbal" era a que estava valendo naquele momento – Bem, pensa logo, porque daqui a pouco sua barriga vai começar a crescer.

Outra verdade!

Era uma sexta-feira quando fui à minha médica no horário do almoço para saber como estava o desenvolvimento do meu bebê, e para obter o aval dela para pegar um avião e ir a Homestead para mais uma etapa da *Pro Racing*.

Dra. Carmem Rowland me passou um sermão por não a ter procurado assim que soube que estava grávida, mas amenizou quando, mais uma vez, comecei a chorar.

— Natalie, eu preciso que você faça alguns exames e me traga os resultados assim que ficarem prontos, por ora, vamos até a sala ao lado para conhecermos o novo amor da sua vida.

Ela me levou para a sala adjunta, onde eu tirei toda minha roupa para

CAPÍTULO 22

que ela me pesasse e depois, vestindo um avental florido, me deitei em uma cama coberta por uma folha de papel. Ao lado, estavam todos os equipamentos de ecografia e só então a real compreensão me bateu; eu veria o meu bebê pela primeira vez, e eu estava completamente sozinha. Lauren trabalhava longe e eu a convenci de que poderia ir desacompanhada à consulta, mas deitada ali, a segundos de entender a grande mudança pela qual estava prestes a passar, achei ter feito uma grande burrada a dispensando.

Poucos segundos se passaram enquanto eu divagava mentalmente, até que na tela preta do monitor ao meu lado se iluminou um pontinho branco pulsando freneticamente.

Estava ali, bem diante dos meus olhos. Um conjunto de células com um coração batendo. Meu bebê!

Todo o universo ficou vazio no momento em que a realidade me cumprimentou. Pensei muito no Lucas, e sem me preocupar em disfarçar, chorei. Chorei de verdade, de fazer barulho e tremer o corpo. A sensação de dádiva divina contrastava com a maldade de privar o pai de conhecer o próprio filho, e ao mesmo tempo em que eu me senti feliz pelo momento mágico que vivia, me culpei por sentir assim.

Depois de alguns minutos, em que a médica avaliou que tudo estava certo com o embrião, ela me deixou escutar minha nova música preferida: as batidas fortes do coração do meu bebê, que pulsavam em mim e tomavam conta da sala inteira.

— Viu só? Já tem um coraçãozinho trabalhando forte aí dentro!

Fechei os olhos e me entreguei àquele som, que aos poucos foi me acalmando e me permitindo sorrir.

— É lindo.

Sussurrei, e passei mais alguns instantes absorvendo aquele momento.

— Bem, Natalie... – Dra. Rowland falava ao assinar uma requisição de exames quando estávamos de volta à sala anterior – O embrião saiu das trompas e se alojou perfeitamente no útero. As batidas do coração estão fortes e agora você só precisa se preocupar com você mesma, se alimentando, se cuidando e descansando o suficiente.

Ela falou mais vários minutos sobre as alterações que eu poderia sentir e me dispensou me entregando um frasco de ácido fólico que eu deveria tomar diariamente.

Fui embora me sentindo *mãe* pela primeira vez. Tinha um coração batendo em mim, além do meu próprio! Eu estava gerando uma vida! Eu era responsável por essa vida e a partir daquele momento eu só me importaria com o meu bebê.

Parei em uma loja de maternidade, comprei um sapatinho de lã com bordado de ursinho e um livro para montar um *scrapbook*, para que eu pudesse escrever memórias e confissões da minha nova vida, e então um dia dá-lo de presente ao meu filho ou filha.

    Em casa, peguei minha antiga Polaroid, tirei uma foto de lado em frente ao espelho, para fazer um acompanhamento do crescimento da minha barriga, e coloquei dentro do livro.

23

Sábado em Homestead eu usava um vestido de malha azul-claro, que não era nem muito justo, nem muito folgado, e calcei um tênis branco. Fazia muito calor naquela cidade, então saí bem cedo em direção ao autódromo, para não estar na rua no horário do abafamento do meio da manhã, e assim que cheguei ao complexo, encontrei Sr. Cabral, o patrocinador que agora também era nosso cliente, conversando com Lucas e Philip.

— Bom dia, senhores.
— Bom dia, Srta. Moore.

Cabral me cumprimentou com um enfático aperto de mão.

— Oi, *Natalie*.

Lucas disse, sem se aproximar e sem estender a mão para me cumprimentar, apenas fazendo um leve aceno com a cabeça, e eu assenti em resposta, logo desviando de seu olhar para não perder a postura profissional, então cumprimentei Philip e começamos uma breve reunião na sala de estar da equipe.

Era difícil ficar no mesmo ambiente que Lucas e abstrair sua presença e o magnetismo inegável que nos atraía, mas eu fazia o possível para não perder o foco no trabalho e fingia que não percebia os olhares das pessoas ao redor em cima do "ex-casal" que nós formávamos.

Por instinto de autopreservação, acabei me escondendo o máximo do tempo dentro da sala de estar e passei horas trocando mensagens com minhas amigas, que, contrariando a regra, não fizeram nenhum comentário sacana ou irônico me mandando pular em cima do Lucas.

Antes de entrar no carro para classificação, Lucas foi até onde eu estava e me encontrou atipicamente assistindo a tudo que acontecia apenas pela televisão. Tinham mais alguns patrocinadores e seus convidados comigo, o que não o impediu de dar um jeito de ficarmos a sós.

— Posso falar com você um segundo, *Natalie?*

Levantei educadamente e, encostando uma mão com bastante pressão na minha lombar, ele me conduziu à sala ao lado, onde os pilotos se vestem. Aquele toque, aquela proximidade, o cheiro dele... Tudo a seu respeito criava ondas elétricas pelo meu corpo e me fazia hiperventilar.

— O que você quer falar, justo agora?
Perguntei com a voz baixa, porque não estávamos completamente em privacidade com apenas uma lâmina acrílica nos separando das demais pessoas.
— Desculpa. – seus olhos me observavam com curiosidade e sinceridade – Eu já devia ter falado isso antes, mas... – ele balançou a cabeça – Enfim... É que eu fui muito grosseiro com você naquela noite na minha casa e queria me desculpar, mas você também...
— Tá tudo bem. Não precisa se desculpar.
Lucas ficou me olhando por vários segundos, sem dizer nada, então deu um longo suspiro.
— Você pode ao menos me desejar "boa sorte"?
— Você não precisa disso.
Eu disse, de forma evasiva, revirando os olhos.
— Ultimamente ando precisando muito. – ele rebateu, muito sério e intenso, me olhando fixamente – Só sorte pra me ajudar.
Fiquei observando seu rosto triste e tive uma quase incontrolável vontade de consolá-lo.
— Vá fazer seu trabalho, Lucas. Deus o acompanhe.
Ele sorriu como o Lucas que eu conhecia tão bem e se despediu sem encostar novamente em mim, deixando meu corpo implorando por qualquer tipo de contato seu.
Minutos depois já tínhamos o resultado. Mais uma vez, Luke Barum havia conquistado a *pole position*. Fiquei imensamente feliz, mas me controlei para não deixar transparecer. Camille apareceu em seguida para cumprimentá-lo e ele aceitou seu abraço, o que fez meu coração se apertar ainda mais.
Camille era filha do chefe de sua equipe e, embora ela e o Lucas tivessem terminado sua relação de forma bastante ríspida, eu poderia entender que ele não a hostilizasse em frente ao seu pai, certo?
Errado. Eu não podia entender aquilo. Eu queria que ele a ignorasse, desse as costas, a impedisse de tocá-lo. Ele era meu. Ele sempre seria meu.
A correria dentro da equipe já havia diminuído consideravelmente quando fui para a parte da frente do *box* conversar com Philip, Cabral e Nicolas, mas Lucas não demorou muito para se juntar a nós, me fazendo perder mais da metade da naturalidade ao se inserir no assunto.
Nas caixas de som do autódromo, a música que o DJ do evento estava tocando ficava alta demais sem o barulho dos carros, o que ajudava a me animar, mas não consegui usar esse auxílio psicológico por mais de dez minutos, porque "Lullaby" começou a tocar e fez meu corpo inteiro vibrar. Em um ato reflexo, levei meus olhos até os profundos olhos castanhos do Lucas, que estavam me encarando e me incendiando. Fui invadida por memórias do sexo maravilhoso que fizemos em Madri e me senti corar, ao tempo que uma

CAPÍTULO 23

família inteira de borboletas bateu asas dentro do meu estômago. Achei ter visto Lucas sorrir com o canto da boca, mas ignorei o fato.

— Com licença, eu preciso pegar uma água.

Eu estava muito volátil desde que descobri estar grávida e aquelas inconstâncias me enlouqueciam aos poucos. Saí de onde estava, como se pudesse fugir também dos meus pensamentos, e entrei na sala de estar, onde só um rapaz digitava algo concentradamente em seu celular.

Peguei uma garrafa de água na geladeira que ficava na parede em frente à porta e dei um grande gole, deixando o líquido descer gelado pela minha garganta, parecendo capaz de acalmar aquele calor que me tomava por dentro, mas eu não esperava que o fogo fosse ao meu encontro.

— Você pode nos dar um minuto, por favor?

Virei em direção à porta e vi Lucas pedindo que o rapaz solitário saísse para podermos ficar a sós, e assim que o cara calado se retirou, Lucas nos fechou e chaveou na sala, antes de voltar toda sua atenção a mim.

Eu já tinha vivido aquela cena antes e meu corpo se agitou em reconhecimento.

— Lucas, eu quero sair.
— Eu sei exatamente no que você está pensando.
— Não, você não sabe. Se soubesse, certamente não estaria aqui.

Ergui desafiadoramente uma sobrancelha, mas ele não comprou minha mentira.

— Cansei dessa palhaçada!

Quê?

Ele se aproximou sem medo da minha reação, enrolou um braço ao redor da minha cintura, me puxando de encontro ao seu corpo. A outra mão entrou por baixo dos meus cabelos, agarrando fortemente minha nuca. Pronto! Os hormônios explodiram dentro de mim e, emaranhando meus dedos em seus cabelos, o puxei para mim com força, fazendo seus lábios quentes se juntarem aos meus.

Eu precisava tanto dele, do nosso contato, da nossa conexão...

Nossas línguas serpenteavam se dando amor e prazer da maneira que sabiam fazer, e respondendo ao impulso, Lucas soltou minha cintura, me empurrou contra a parede e levantou meu vestido para agarrar a minha bunda.

Fiquei em êxtase quando ele gemeu e envolvi seu quadril com uma perna, me esfregando nele o máximo que podia, porque eu tinha fome de seu corpo. Quanto mais ele me dava, mais eu queria. Seus beijos passaram para minha orelha, meu pescoço, e foram descendo mais conforme nosso desejo ia perdendo o controle, então minha roupa foi erguida acima do peito e Lucas baixou meu sutiã para abocanhar um seio como se dependesse daquilo para viver.

— Nossa, eles estão tão inchados, que maravilha!
Meu Deus, será que ele pode notar minha barriga?
Tive uns cinco segundos de nervosismo e depois relaxei, porque afinal eu havia emagrecido desde que engravidei, e ainda era muito cedo para a barriga aparecer.
Sem perder muito tempo, Lucas colocou minha calcinha de lado e enfiou os dedos em mim. Não sei se eram os hormônios que transitavam a mil pelo meu corpo, mas cada parte da minha pele estremecia de prazer ao mínimo toque das hábeis mãos daquele homem.
Alguém tentou abrir a porta naquele instante, mas Lucas pareceu nem perceber e a pessoa acabou desistindo.
— *Natalie*, sempre pronta pra mim. Você me enlouquece! Senti tanto sua falta...
Eu não disse nada, apenas me entreguei à sensação. Lucas puxou seus dedos e os chupou, me olhando nos olhos. Era muito *sexy* quando ele fazia aquilo, e quando ouvi seu gemido satisfeito ao provar novamente meu sabor, precisei abrir a boca e inspirar com força, para me acalmar ao menos um pouco.
Enquanto ainda nos comunicávamos apenas pelo olhar, Lucas baixou o macacão, levando junto a cueca, e eu rompi nosso contato visual ao descer os olhos por seu corpo perfeito, e umedeci os lábios quando fui brindada com a linda visão de sua ereção.
O refrão da música tocou novamente e Lucas me pegou no colo, entrando em mim com força, não parando mais de se mover em mim. Ele investia com tanto ânimo e tanta virilidade que me empurrava para cima encostada à parede. Seus gemidos no meu ouvido a cada estocada eram mais um complemento afrodisíaco e em pouco tempo gozamos, abafando nossos gritos em um beijo incendiário.
Meu corpo estava trêmulo e suado, e Lucas riu com os lábios ainda colados aos meus quando cessou o alvoroço do prazer.
— Pequena, eu estava com tantas saudades suas.
O afastei rapidamente, assim que meu cérebro voltou a coordenar minhas ações.
— Lucas, isso foi um deslize. As coisas não se resolvem assim.
No que ele saiu de dentro de mim, um pouco de sêmen escorreu pelas minhas pernas e eu passei a mão para limpá-lo. Percebi seus olhos grudados nos meus dedos lambuzados, esperando minha próxima reação, que normalmente consistiria em levá-los à boca, mas daquela vez eu peguei um guardanapo e me limpei.
— O que você está dizendo? – ele perguntou, surpreso, voltando os olhos para meu rosto, avaliando minha reação – Você só pode estar de brincadeira comigo!

CAPÍTULO 23

— Não. Eu não vou simplesmente dizer "amém" assim que você *decide* que me quer de volta.

— *De volta?* Como se em algum momento eu tivesse parado de querer você? — Lucas piscava, nitidamente confuso — Você está sendo dramática. Você sabe que fui inocente nos incidentes com a Camille e você sabe que só explodi de raiva com você porque *você* fez questão de me levar ao limite, mas já pedi desculpas.

— Existem outras coisas com as quais preciso me preocupar agora, e a instabilidade da nossa relação não é uma delas. Você não pode coordenar as coisas apenas de acordo com o seu momento emocional.

— *Natalie*, por favor, vamos conversar. Eu quero saber sobre o seu momento emocional.

— Ah... Você nem imagina como eu estou, mas já servi ao seu propósito agora, não é? Está mais aliviado?

— Não fala assim, Pequena. Não é sobre isso.

Destranquei a porta e saí sem lhe dar tempo de me impedir, mas parei do lado de fora do *box*, tentando recobrar os sentidos e acalmar minha respiração.

O que foi que acabou de acontecer? O que eu faço agora?

Percebendo que Lucas não havia me seguido, respirei fundo e liguei para Lauren.

— Oi, Nat, tudo bem?

— Lauren, eu não resisti! Eu preciso tanto do Lucas, mas me sinto tão vulnerável...

— Tudo bem se sentir vulnerável. Você está grávida. — ela parecia animada — Vocês voltaram?

— Não. A gente só transou. — falei com a voz muito baixa — Na sala do *box*! Com todo mundo do lado de fora! Depois eu fugi dele. De novo. Eu tô com medo da conversa que a gente precisa ter.

— Isso é que eu chamo de não resistir, hein? — Lauren riu — Nat, fale o que você precisa falar e recomecem a partir daqui. O passado passou. Para com esse drama. Luke vai amar saber que será papai!

— Ele achou meus seios inchados, será que eu deveria ter parado tudo e dito: "Ah! Bem lembrado, é porque estou esperando um filho seu"? Lauren, a verdade é que eu não sei mais como lidar com nós dois! Eu estou perdida entre o que eu sinto e o medo de me machucar.

E quando ergui novamente meus olhos foi que percebi Camille estática à minha frente. Com os braços cruzados, ela não parecia ter intenção de se mover até que eu desligasse o telefone, o que eu fiz mais rápido do que pretendia.

— Quer dizer que você está esperando um filho do Luke?

Um arrepio estranho percorreu meu corpo, como um mau pressentimento.

— Você não tem nada com isso. Com licença.

— Ah, tenho sim! – ela disse, se aproximando e bloqueando meu caminho – Mais do que você imagina, porque eu *também* estou grávida!

O oxigênio do mundo acabou naquele segundo e eu fiquei em choque, tentando manter meu organismo em funcionamento.

— *Grávida*? – sussurrei, e ela assentiu, sorrindo vitoriosa – E... ele já sabe disso?

— Claro! Levou um susto, mas está superfeliz! Lucas sempre quis ser pai. Só não espalhamos a novidade porque é recente demais, sabe como é, período delicado.

Ele sabia e estava curtindo a novidade? Será que eu poderia acreditar no que Camille falava? Lucas sempre me pareceu um cara que amaria se tornar pai, mas... mesmo Camille sendo a mãe?

— Engraçado, Lucas só me pareceu "superfeliz" quando estava me fodendo na sala de convidados agora há pouco.

Provoquei.

— Olha aqui, sua vagabunda, – ela apontou um dedo na minha cara e deu um passo seguro à frente – se você *sonhar* em contar pro Luke que está esperando um filho dele, eu *juro* que cometo uma loucura! Você não me conhece o suficiente, Natalie. Você não sabe do que eu sou capaz. Eu batalhei muito pra ter o Luke pra mim. Eu fiz tudo que precisava ser feito e não vou perder pra você. – ela foi se exaltando e parecendo cada vez mais desequilibrada – Se você contar a ele sobre esse bastardo que você carrega, eu *juro* que eu acabo com essa história. Luke vai ser novamente meu. Ele já está voltando. Eu não vou perder ele pra você. Não vou! Você entendeu o que eu quis dizer?

Meu corpo tremeu inteiro e eu não duvidei nem o mínimo de que ela seria capaz de me machucar. Meu coração perdeu o ritmo e o medo primitivo que eu senti era algo totalmente novo e intenso esmagando meu peito.

— Camille...

— Não venha com conversinhas pra cima de mim. Eu *vou ter* o Luke de volta, custe o que custar. Eu tenho dinheiro, eu tenho influência, amor de sobra pra fazer o que for preciso e agora tenho um bebê na barriga. Não duvide do que eu digo! – lembrei do que ela fazia para segurar o Lucas em um relacionamento e engoli em seco. Aquela mulher era capaz de tudo – Agora quem vai me ajudar a atingir meus objetivos é você!

— *Eu*?

Meu corpo grávido e fraco do sexo, aliado ao calor do lado externo do *box*, estava me deixando exausta.

— Sim, você! Porque você vai dizer pro Luke que está grávida de outro homem, e isso vai fazê-lo perder completamente o interesse.

CAPÍTULO 23

Meu Deus! Eu não posso fazer isso! Por que eu não contei logo sobre esse filho ao Lucas? Por quê?

— Camille, você não pode brincar assim com a vida das pessoas. Essa criança tem o direito de saber quem é seu pai, e o Lucas também tem o direito de saber que tem um filho.

— Paga pra ver, Nat. – ela debochou – Mas cuidado ao atravessar uma rua, ao descer uma escada em algum lugar público... Nunca sabemos quando vamos sofrer um acidente. Eu não cheguei até aqui para perder agora! Não se meta no meu caminho.

Meus olhos se encheram de lágrimas e senti um forte enjoo subir até a garganta, e não conseguindo segurar, vomitei na enorme lata de lixo próxima a mim, exatamente quando Lucas apareceu e foi me acudir.

— Natalie!

— Tá tudo bem.

Falei, afastando suas mãos que seguravam meus cabelos, mas continuei debruçada sobre a lata.

— Quer ir até o ambulatório? O que você está sentindo? – eu nem erguia a cabeça – O que você está fazendo aqui, Camille?

— Como você é ingênuo, Luke. - Camille falou com aquele tipo de sorriso falso que, mesmo sem ver seu rosto, eu sabia que estava lá – Natalie não precisa ir para o ambulatório, ela só está grávida.

— *Grávida*? – ele ergueu meu tronco e me olhou surpreso – Você está grávida, Pequena?

E foi assim que Lucas ficou sabendo do meu bebê, e um dos piores momentos da minha vida estava prestes a acontecer.

— Sim.

Sussurrei, e ele riu com o rosto inteiro, seus olhos brilharam e ele me puxou ao encontro do seu peito. Eu deixei minhas lágrimas rolarem em puro desespero pelo que teria que fazer, ainda mais depois de ver a alegria irradiar dele. Lucas nem notou minha rejeição quando o empurrei delicadamente para longe de mim.

— Quer dizer que nós...

— Não.

Eu não podia arriscar e contar a verdade. Pelo menos, não naquele instante em que Camille observava tudo de camarote.

— Como assim, "não"?

Ele perguntou, franzindo o cenho, e eu respirei fundo contendo outra onda de náusea antes de dizer as piores palavras da minha vida.

— Você... não é o pai.

Respondi, envergonhada, fitando o chão, porque não tinha coragem de encará-lo. Meu peito doía, as lágrimas forçavam escapar e eu sentia meu corpo tremendo.

Lucas ficou parado à minha frente e percebi que seu rosto se voltou para Camille. Ele ficou mudo, então, tentando encerrar o assunto, dei as costas para ir embora e fugir daquela situação, mas ele me puxou pelo braço.
— Isso *não é* verdade!
Não, não é mesmo! O filho é seu! O filho é nosso!
Seus olhos excruciavam os meus. Medo e esperança latentes, me quebrando inteira.
— Lucas, não deixe este momento ainda mais constrangedor.
Tentei fazer com que ele me soltasse, mas, ao invés disso, ele me segurou firme pelos dois braços, me forçando a ficar de frente para ele.
— O que aconteceu lá dentro, menos de dez minutos atrás?
Um nó na garganta me impediu de dizer qualquer coisa nos próximos segundos.
— Hormônios.
— Hormô... – ele balançou a cabeça – Não! Não foram hormônios, *Natalie*. Me diz... – sua voz foi sumindo e percebi que seus olhos ficaram marejados – Esse bebê... então... qu-quem é o pai? – ele balbuciou a pergunta com o olhar mais despedaçado que eu já tinha visto em seu rosto, enquanto seu peito subia e descia agitadamente – *Quem?*
— Não interessa.
— Você está mentindo pra mim. – mais um pouquinho e ele começava a chorar na minha frente – *Eu sei* que você está mentindo! Esse bebê é...
Lucas me conhecia melhor que aquilo, eu precisaria ser mais convincente.
— É DO THEO!
Gritei acima de sua voz.
Meu Deus! Por que eu disse isso?
— Do... do *Theo*? – incredulidade, desapontamento e mágoa vertiam de suas palavras – Mas... Quando? A gente terminou há tão pouco tempo. Como você sabe que é dele? Quando vocês...?
Eu sabia que só a ideia de pensar que eu e Theo dormimos juntos era torturante demais, então a ideia de que *concebemos um filho* juntos devia estar sendo desoladora para o Lucas.
— Foi depois que eu peguei você e a Camille na cama. Eu sei que é dele porque eu parei com a pílula quando vi você com ela.
— Isso não pode ser verdade. – ele balançava a cabeça, visivelmente agitado – Isso não pode... Não pode estar acontecendo...
Sem condições de prosseguir com o show, fui embora quase correndo. Lucas não falou mais nada e também não tentou me impedir, apenas ficou lá, parado, ao lado da Camille.
Nosso filho tinha sido concebido na Espanha. Na nossa "lua de mel". Que ironia.

24

Sem ânimo ou coragem de me juntar aos patrocinadores do Lucas em mais um jantar de confraternização, usei meu enjoo constante para me abster de participar do encontro e fiquei escondida no meu quarto, onde pretendia me manter isolada até o momento de ir para a corrida no dia seguinte. A náusea que eu sentia estava misturada a uma apreensão que parecia torcer meu estômago. Aquele era o pior momento da minha vida. Eu vi a felicidade brilhar nos olhos do Lucas ao imaginar ser pai do meu filho, eu percebi que o nosso amor nos salvaria e nos colocaria novamente no caminho certo, mas em seguida vi a dor tomar conta de seu rosto quando eu disse que Theo era o pai do meu bebê. Meu corpo me implorava misericórdia e me atirei na cama querendo dormir para fugir da minha vida, mas meu cérebro não parou com suas acusações e me deixou com insônia e em um estado que eu classificaria como torpor de pânico. Era surreal tudo que andava acontecendo, e aquela ameaça da Camille só reforçava a loucura do momento. Um medo animalesco parecia ter vindo para ficar, mas ao mesmo tempo em que me consumia, era o que me fazia forte para encarar o drama com Lucas.

No meio da madrugada, quando eu estava finalmente conseguindo pegar no sono, ouvi batidas fortes à minha porta, que me fizeram saltar da cama em um susto e me apressar para atender, sem nem pensar em perguntar quem era, nem me importando com o fato de que eu vestia apenas uma curtíssima camisola rosa claro de seda. Ao baixar a maçaneta, meu coração se comprimiu, e naquele rápido segundo minha intuição me preparou para o que eu veria: um Lucas completamente acabado, arrefecido, encostado ao batente com o rosto inchado e os olhos vermelhos de chorar.

— Diz que é mentira.

A voz fraca e trêmula era apenas mais um indício de sua tristeza.

— Lucas, o que você está fazendo? Você deveria estar dormindo!

— Diz. *Por favor.* Diz que é mentira.

Ele apoiou as duas mãos no marco da porta, logo acima de sua cabeça, e franziu as sobrancelhas quando tentou melhorar a voz, como se pudesse mandar as coisas se reverterem. Na verdade, tudo poderia ser muito diferente, mas ele não saberia. Eu precisava pensar em como agir, em como nos proteger da Camille, em como contar a verdade ao Lucas sem colocar nosso bebê em risco e em como tirar aquela louca do nosso caminho. Eram coisas demais, que eu não conseguiria resolver naquele momento.

A imensa vontade de começar a berrar me dilacerava por dentro. Além de triste, aquele também era o momento mais dolorido pelo qual eu já tinha passado. Doía fisicamente, porque toda aquela devastação ultrapassava o âmbito emocional e machucava meu corpo inteiro. Eu não seria capaz de falar sem derramar muitas lágrimas, então deixei que elas rolassem e que o desespero tomasse conta de mim.

— Não faz isso, Lucas. Por favor.

— Eu nunca senti tanta dor em toda minha vida. – ele verbalizou meus pensamentos – Parece que eu tô rasgando por dentro. Você nunca esteve tão longe. Você e o Theo, vocês... – ele fechou os olhos com força – Estão juntos?

O que eu poderia falar?

— Mais ou menos.

Lucas mal deu atenção para o que eu disse. Estava mais preocupado com o que supostamente já tinha acontecido, não com o que poderia acontecer. O conhecendo como eu conhecia, sabia que ele estava criando um filme na cabeça e se martirizando com as cenas que via.

— Ele fez um filho em você. – com as costas apoiadas no umbral, Lucas puxou os cabelos com força, depois deixou os braços soltos ao longo do corpo. Sua tristeza perante a perspectiva de termos acabado de vez, aliada ao ciúme por outro homem ter ficado comigo, o desestabilizou mais do que eu imaginava que aconteceria – Ele fez um *filho* em você! Era para ser *eu* a fazer isso! Mas não fui. – sua cabeça balançou para os lados algumas vezes e seu rosto permaneceu fitando o chão – Eu perdi você, de verdade.

Meu Deus! Ver Lucas falando do próprio filho como se não fosse dele simplesmente acabou com o restinho de mim. Ele chorava, eu chorava e assim ficamos por um tempo, sem olharmos nos olhos um do outro, sem dizermos nada, e foi só relembrando palavra por palavra do que Camille dissera ser capaz de fazer, que eu consegui manter aquela mentira dolorosa por mais um tempo.

— Lucas... – dei um passo à frente e virei seu rosto para que ele me olhasse nos olhos. Sequei suas lágrimas com meus polegares e, quando quis me afastar, ele agarrou meus pulsos e manteve minhas mãos em seu pescoço. Ficamos nos encarando com nossos olhares apaixonados e sofridos, e por alguns segundos o tempo parou. Estávamos sozinhos, poderíamos agir como nós dois queríamos. Bastava um sinal e nos entregaríamos ao sentimento latejante que estava nos sufocando de dentro para fora. Meus olhos desceram para seus lábios e uma faísca brilhou entre nós dois, ameaçando romper a barreira invisível que nos afastava, mas

CAPÍTULO 24

então Camille voltou à minha mente, com suas ameaças desequilibradas e a lembrança de que ela também teria um filho do Lucas, o que me faria nunca poder controlar sua presença, o que me deixaria maluca e colocaria meu filho em perigo constante. Ela já tinha provado ser capaz de coisas muito baixas, eu não poderia ser negligente naquele momento. Se ela não cedesse, eu não arriscaria meu bebê em nome do meu amor pelo Lucas, então me afastei e fiz o discurso que *tinha* que fazer – O que nós vivemos foi lindo e eu nunca vou esquecer, mas a vida segue, você também vai ter seu filho e deve aproveitar este momento.

— Que momento? Eu só quero morrer.

— PARA! – voltei a segurar seu rosto e o fiz me encarar – Não fala isso, nem de brincadeira!

— Nada mais faz sentido...

— Lucas, – ele lambeu os lábios, desviando minha atenção para sua boca úmida, e eu quase me arrependi por tê-lo feito ficar me encarando. O soltei e ocupei minhas mãos com o elástico de cabelo que estava em torno do meu pulso – Você *não pode* nem brincar com uma coisa dessas. Não se fala esse tipo de besteiras. Pretende abandonar sua mãe? E a família que você acabou de conhecer? Eles o amam muito e precisam de você! E você vai ter um filho e...

— Por que você está dizendo isso?

— Como assim, "por que eu estou dizendo isso"? Eu estou mostrando que você tem valor e que não pode se dar ao luxo de desaparecer da vida das pessoas.

— Só da sua?

— Você precisa dormir.

— Duvido que eu consiga.

— Você *precisa*!

— Você não me ama mais?

Por que ele precisava ser tão direto?

Seu rosto triste, sua voz fraca, a insegurança naquele homem lindo...

— Lucas, eu... – não queria dizer que não, mas não poderia dizer sim – Você precisa descansar.

— Você quem sabe, Pequena.

Ele deslizou o indicador pelo desenho do meu perfil, o deixando um tempo a mais nos meus lábios e eu afastei um pouco a cabeça, rompendo o contato, o incitando a dar as costas e me deixar ali, sozinha. Lucas saiu com passos lentos e a cabeça baixa, levando consigo mais um pedaço de mim.

Eu me fechei no quarto quando já não o enxergava no corredor e deixei meu corpo escorregar encostado à porta, até que fiquei sentada no chão acarpetado, afundando em lágrimas escaldantes e aflitas durante horas. Nunca me senti tão mal, tão sozinha, tão triste e com tanto medo.

No domingo, eu não conseguia me concentrar nas conversas e em nada ao meu redor. Lucas mal trocava olhares comigo, mas percebi que estava muito abatido, o que logo me deixou preocupada. Queria que ele estivesse tranquilo para correr, sempre me preocupei com o fator psicológico durante a competição. Os pilotos são seres humanos, com dias bons e ruins, e precisam estar muito concentrados para guiarem um carro na velocidade absurda que eles guiam, então, me enchendo de determinação, fui falar com Camille, torcendo pelo despertar de seu bom senso.

— Camille, você viu como Lucas está abatido?

Cochichei ao seu lado em um canto mais reservado do *box*.

— Ele vai superar.

— Não falo por isso, mas estou preocupada com a corrida. Não acho bom ele ir andar naquela máquina assassina sem estar completamente focado no que deve ser feito.

— Ah, Natalie, você se valoriza demais, não é? Luke é capaz de correr até de olhos fechados.

— Camille, você está sendo imprudente. Isso é perigoso!

— Não tente arranjar uma desculpinha pra contar a verdade pra ele. Ou, se preferir, conte.

Ela ergueu uma sobrancelha e fez uma cara maquiavélica que conseguiu me dar medo.

— AAAAAAARGH! VOCÊ É LOUCA!

Gritei e saí correndo dali.

E se eu contar ao Nicolas que sua filha me ameaçou? E se eu contar a verdade ao Lucas? Certamente ele saberá como manter a mim e ao nosso bebê em segurança. Mas até quando? Ele vai ter um bebê com ela também. Nossas vidas estarão para sempre ligadas e eu nunca serei capaz de relaxar quando não estiver próxima do meu filho. Ela é louca. Talvez o melhor seja mesmo ficar afastada e tocar minha vida com segurança e paz, mas isso implica no Lucas nunca saber que é pai do bebê que eu carrego, e só essa ideia já é insuportável. Será que a maternidade não pode dar clareza à Camille?

Mil linhas de raciocínio invadiam meu cérebro e nenhuma delas parecia ser a solução dos meus problemas. Eu precisava acalmar o Lucas de alguma maneira, mas não tinha muito tempo, nem muitos argumentos. Ele já ia entrar no carro.

— Espera!

Corri até ele, que me olhou surpreso. Era a primeira vez que conversávamos naquele dia.

— *Natalie?*

CAPÍTULO 24

— Não vai.
— *Quê?*
Erguendo as sobrancelhas, ele sorriu. Ah, como foi bom ver aquele sorrisinho convencido em seu rosto novamente.
— Não corre hoje.
Meu peito subia e descia agitadamente, como se eu tivesse participado de uma maratona. Lucas se aproximou de mim, colocou uma mão na minha nuca e acariciou minha bochecha com o polegar.
— Tá tudo bem, *Natalie*.
— Não, Lucas, não está! Eu estou vendo no seu rosto. Eu sei que é loucura pedir isso, mas eu *imploro*, não vá. Por favor, Lucas. *Por favor*!
Eu me agarrava com toda força ao tecido de seu macacão e ele pousou as mãos sobre as minhas, como se mostrasse que eu estava desnecessariamente nervosa.
— Eu *preciso*.
Ele sussurrou, olhando no fundo dos meus olhos.
— Não.
Murmurei, balançando a cabeça, já com a voz travada na garganta e os olhos úmidos.
— Fico feliz em ver que você ainda se preocupa comigo, mas não precisa ficar assim.
— Lucas... – segurei seu rosto nas minhas mãos e ele carinhosamente apoiou as suas no meu quadril. Precisei de toda força de vontade do mundo para não o beijar naquele momento – Eu tô muito mal.
— Ei, – seu sorriso foi meigo e acalentador – onde está a Natalie forte e corajosa por quem eu me apaixonei?
Como foi que ele passou a me consolar? Ele sempre faz isso.
— Não sei. Ela morreu.
Deixei meus braços penderem ao lado do meu corpo e Lucas me puxou pela nuca, colando meu corpo ao seu.
— Eu não entendo você, mas *juro* que ainda vou entender.
Ele jurou como se me dissesse que voltaria para mim, como se estivesse fazendo uma promessa, e eu acreditei, porque eu acreditava nele. Eu. Acreditava. Nele!
— Então me promete que depois da corrida você me dá um pouco do seu tempo? Tem umas coisas que eu preciso falar.
Esperava que assim eu conseguisse animá-lo e motivá-lo a se cuidar dez vezes mais que o normal.
— Claro. Todo tempo do mundo.
Lucas me deu um beijo demorado na testa e eu me afastei para ele colocar o capacete e fazer seu ritual de entrada no carro, mas a dor no meu peito só fazia aumentar.

Nunca rezei tanto e nunca me senti tão ansiosa em uma largada. Fiquei no *box*, acompanhando tudo pela televisão junto à equipe, com meu estômago revirando tudo que eu havia comido e suando frio em meu calor febril.

A luz verde acendeu e correu tudo bem na largada. O tempo foi passando devagar demais e eu seguia rezando, pedindo para que a corrida terminasse logo.

Faltavam menos de dez minutos para a bandeirada final quando o segundo colocado começou a pressionar insistentemente o carro do Lucas, e eu comecei a roer as unhas e a tremer quase de forma epilética.

— O FILHO DA PUTA TÁ BATENDO NA TRASEIRA DO CARRO DO LUKE!

Um dos mecânicos gritou ao meu lado e jogou uma chave de fenda no chão, fazendo um barulho alto quando ela se chocou contra o carrinho dos equipamentos mecânicos.

Eu fiquei ainda mais nervosa.

De repente, os carros estavam lado a lado e a câmera filmava tudo. As laterais se encostaram, mas era óbvio que Lucas não estava disposto a entregar a posição e o segundo colocado não parecia se conformar com aquela resistência toda.

— Alguém sobe na torre para fazer uma reclamação! Isso é cabível de punição! Olha o que o cara tá fazendo!

Não registrei quem disse aquilo e nem mais nada do que as pessoas falavam ao meu lado, só mantive os olhos vidrados nas imagens da televisão, até que a gritaria desapareceu, deixando apenas um zumbido na minha cabeça. Aquela tortura parecia não ter fim e eu queria o Lucas de volta.

Como se tudo se passasse em câmera lenta, vi o carro dele balançar para os dois lados e depois ser prensado contra o muro, criando faíscas pelo atrito, me fazendo dar um grito. O outro piloto se afastou para que Lucas pudesse voltar à pista, mas quando estavam disputando outra vez, Lucas foi inesperadamente jogado contra o muro com violência e acabou perdendo a direção, ricocheteando em alta velocidade de volta para o traçado. Seu carro cruzou o asfalto e bateu de frente no muro oposto, antes de ser lançado novamente para o meio do fluxo dos carros, até acabar atingido por um adversário que vinha contornando uma curva e não teve como desviar. A colisão fez o carro do Lucas voar alto, girando no ar, acabando de cabeça para baixo.

— LUCAS!

Gritei desesperada, e fiz menção de sair correndo, mas fui impedida por Philip.

— Calma. Calma. Espera aqui. A equipe de resgate vai para lá. Fica calma.

Ele me mandou ficar calma, mas eu podia ver o nervosismo e o medo estampados em seu rosto também.

CAPÍTULO 24

A equipe gritava ao nosso redor e eu já assimilava tudo. A tensão era tamanha que era quase uma massa visível. Eu e Philip ficamos abraçados por infinitos minutos enquanto observávamos as imagens na televisão, e nada acontecia.

— Phil, – choraminguei – ele nem abriu a porta do carro. Por que ele não abre a porta?

Eu não estava preocupada em esconder minhas lágrimas e agradeci ter Philip ao meu lado para me amparar.

— Pode ter amassado alguma coisa. Ele vai sair logo desse carro. Ele vai sair logo desse carro.

Ele repetiu quase como um mantra.

— A culpa é minha.

Eu sussurrava entre soluços.

— Nat, ninguém tem culpa. Luke sabe o que faz.

— Não, Philip, – desviei os olhos da televisão e escondi o rosto nas mãos quando me aninhei em seu abraço – você não entende, eu o desestabilizei, eu disse...

— Eu sei. Mas ele já correu triste antes, então não se martirize.

Não entendia se ele estava apenas querendo tirar a culpa dos meus ombros, ou se ele realmente acreditava naquilo, mas não importava, porque meu mundo estava ruindo e eu era a única responsável.

Quando voltei a olhar as imagens daquele verdadeiro pesadelo, fiquei vendo a equipe de resgate trabalhando no local do acidente. Eles já tinham desvirado o carro e finalmente abriram a porta. Quando começavam a soltar o Lucas, ficou claro que ele estava imóvel, e isso quase me fez morrer de desespero. O colocaram em uma maca e eu vi que uma de suas pernas estava toda torta, completamente quebrada. Abafei um grito entre as mãos e chorei alto, tremendo os ombros e sendo ainda mais acolhida pelos braços carinhosos de Philip, que fungava pesarosamente.

— Eu quero ver ele! Eu preciso ver ele!

— Venha comigo.

Philip disse, com a voz falhando, mas ainda tentando manter a compostura.

Fui puxada até a parte de trás do *box* e subi na traseira de uma pequena moto que ele ligou girando a chave que tinha pendurada no pescoço. Fomos o mais rápido possível até o ambulatório e chegamos lá antes da ambulância do resgate, então pudemos ver quando eles estacionaram e puxaram a maca onde Lucas estava. De relance o vi quando passou próximo a nós.

Ele estava com os olhos fechados e o corpo assustadoramente lânguido. Tentei correr atrás, mas um segurança com três vezes o meu tamanho me impediu, e quando Philip segurou meu braço me afastando da porta, senti uma ânsia subir pela garganta e corri até o banheiro feminino, a tempo de me atirar de joelhos no chão de uma cabine nada higiênica e vomitar até as tripas naquela privada insalubre.

Meu cérebro estava trabalhando tão intensamente com o medo que eu sentia, que meus sentidos estavam sendo bombardeados de informações que eu não tinha tempo de assimilar. Uma espiral de terror completamente desconhecida fazia meu coração disparar e tencionava meus membros, me fazendo sentir tanta dor que era difícil até caminhar.

Apenas uma certeza me invadiu a mente: eu podia não ter o Lucas para mim, mas seria incapaz de viver em um mundo no qual ele não fizesse parte.

Lavei o rosto, bebei água e usei o enxaguante bucal que tinha a disposição e voltei para perto do Philip. Ficamos abraçados por cerca de dez minutos sob o sol escaldante, até que o médico saiu para dar uma explicação.

Toda a equipe do Nicolas já estava na porta à espera de notícias, bem como vários outros pilotos e membros de equipes adversárias.

— Eu preciso transferir Luke urgentemente para o hospital. Ele sofreu uma parada cardíaca – meu coração saltou e eu levei as mãos à boca para conter um choro catártico – e agora seus batimentos estão bastante fracos. Ele precisa passar por exames mais minuciosos. Sua perna esquerda quebrou e provavelmente algumas costelas. Já está na morfina e vamos colocá-lo no helicóptero. Alguém vai acompanhá-lo no voo?

— Eu!

Dei um passo à frente, respondendo antes que alguém pudesse dizer qualquer coisa.

— No seu estado é melhor você ir pra casa, Nat.

Philip falou com voz baixa, para que apenas eu escutasse.

— Não, Phil, por favor, me deixa ir com ele.

Voltei os olhos ao médico jovem e alto que estava ao nosso lado e ao silêncio de todos, ele assentiu e voltou para o ambulatório.

Respirei fundo, tentando me controlar enquanto conversas preocupadas aconteciam ao meu redor e comecei a estralar as juntas dos dedos, exatamente como Lucas fazia em momentos de nervosismo.

— Nat, você está muito angustiada, seria melhor se...

— EU VOU COM ELE!

De repente fui incisiva o suficiente para Philip parar de me convencer a descansar.

— Ok. – ele disse com a voz baixa – Eu pego sua bolsa e encontro você no hospital.

— Obrigada.

Eu já estava dentro do helicóptero quando entraram trazendo o amor da minha vida preso à maca. Ele estava com uma proteção amarela amarrada em torno da cabeça, o corpo seguia frouxo, a perna já estava reta

CAPÍTULO 24

sobre uma tala e um balão de oxigênio o ajudava a respirar. Meu coração quase parou ao vê-lo.

Lucas, aquele cara forte que me protegia de tudo, que tinha aquela risada contagiante, dono de uma voz amanhecida extremamente *sexy*, a pessoa que mais me conhecia no mundo inteiro e pai do meu filho, estava com a vida em perigo e não tinha o que eu pudesse fazer para ajudá-lo.

O que será de mim sem ele? Por que eu o deixei correr? Devia ter feito um escândalo! Eu não devia ter cedido à chantagem da Camille! É tudo minha culpa. **Minha culpa!**

— Lucas! Meu amor, volta pra mim. Eu te amo!

Eu disse baixinho, próximo ao seu rosto, quando coloquei minhas mãos sobre as dele antes de levantarmos voo.

25

Em alguns minutos, desembarcávamos no heliporto de algum hospital, e assim que a equipe médica cercou a maca onde Lucas estava deitado desacordado, fui afastada de seu corpo e nossas mãos tiveram que se soltar. Descemos por um enorme elevador, onde ninguém respondia a nenhuma das minhas perguntas histéricas e, em seguida, completamente contra a minha vontade, me colocaram sozinha em uma sala de espera fria e asséptica, enquanto levavam Lucas até uma porta no final do corredor. Um médico, se compadecendo do meu estado de puro desespero, disse que assim que tivessem notícias iriam me avisar, e disse também que enviaria uma enfermeira para me medicar.

Eu não queria que me medicassem. Eu queria que medicassem o Lucas, que o fizessem acordar e acabassem logo com aquele pesadelo.

Ellen, uma senhora com os cabelos completamente brancos, chegou à sala de espera, depois de eu ter passado uns bons quinze minutos sozinha em meu desespero, e perguntou se podia me trazer um calmante.

— Eu estou bem. Eu não quero tomar remédios.

Informei, secando as lágrimas do rosto.

— Querida, não há problema algum tomar um calmante fraquinho. Você irá se sentir muito melhor enquanto aguarda notícias do seu marido.

Meu **marido**.

— Eu não posso. Eu estou grávida.

A senhora, com todo jeito de ser uma ótima avó, não conseguiu disfarçar a pena e o medo que sentiu por mim. Sim, eu estava grávida e meu *marido* estava à beira da morte.

— Eu vou ver o que você pode tomar, mas, por enquanto, tome ao menos este copo de água e sente-se.

Aceitei a água e tomei tudo de uma só vez. Minutos mais tarde, Philip, Nicolas e Cabral entravam na sala onde eu aguardava notícias do Lucas. A enfermeira Ellen, que havia voltado com uns remédios que eu teoricamente poderia tomar, mas que me neguei a fazê-lo, percebeu minha ligação com Philip e o chamou em um canto. Não soube o que foi dito, mas era algo referente ao meu estado, porque meu amigo ficou ainda mais atento a todos os meus sinais depois daquela pequena conversa.

CAPÍTULO 25

Philip me entregou minha bolsa e eu peguei meu celular, que estava cheio de ligações não atendidas e mensagens à minha espera. Não retornei nenhuma das chamadas, só enviei uma mensagem à Lauren.

"*Estamos no hospital esperando por notícias. Tô com tanto medo!!! Quando souber alguma coisa eu aviso. Não se preocupe comigo porque Phil conversou com uma enfermeira e agora não tira mais os olhos de mim. Reza pelo Lucas.*"

Mil horas se passaram até que um senhor de uns cinquenta anos veio em nossa direção.

— Família de Lucas Barum?

— Sim.

Eu disse, me levantando da cadeira ao lado da porta, e junto com os três homens que aguardavam comigo, cerquei o médico que nos diria como estava o pai do meu filho.

— Lucas sofreu uma batida muito violenta, em decorrência teve um hematoma intracraniano e está em coma.

— Oh, Jesus! Coma? O que isso significa exatamente, doutor?

— Todo acúmulo de sangue no crânio comprime o cérebro, o que pode causar lesões neurológicas e no momento constitui um quadro bastante sério. – meu corpo amoleceu, e não fosse pelos braços de Philip, eu teria despencado no chão – Mas nós estamos na esperança de que o próprio organismo absorva o hematoma. Já analisei a ficha médica que a organização da *Pro Racing* nos encaminhou e fico otimista pelo Lucas ser tão saudável e não fazer uso de nenhuma substância que afine o sangue, porém, caso seja necessário, estamos prontos para operá-lo. Lucas também sofreu um pneumotórax traumático, – antes que eu pudesse perguntar o que era aquilo, o médico olhou diretamente para mim e tratou de explicar – que é um acúmulo de ar entre o pulmão e a pleura, e isso pode comprimir o pulmão causando dificuldade na respiração, e em alguns casos pode fazer com que o coração se desloque, causando alterações nos batimentos. Apesar de ser um quadro mais usual e de constante reversão natural, também requer muita atenção pelo estágio em que se encontra.

— Isso não pode estar acontecendo!

Solucei e não contive um novo choro livre.

— Mas ele não teve nova parada cardíaca e no momento se encontra estável. Tentem não se desesperar. Lucas é jovem e saudável, – o médico prosseguiu, e eu já não aguentava ouvi-lo chamá-lo de Lucas e não Luke, como todo mundo fazia, além de mim – seu organismo tem total capacidade de ajudá-lo. A situação é delicada, mas não a tomem como definitiva. – percebi Philip dar um longo suspiro, chamando a atenção do especialista, que continuou contando o que havia acontecido – De mais superficial, preciso dizer que sua perna esquerda quebrou em três partes, uma no fêmur e duas na tíbia. Ele já foi operado, sendo necessário colocarmos quatro pinos na tíbia. No restante,

apenas algumas escoriações sem grandes proporções. Daqui a pouco, ele será transferido para a UTI e apenas uma pessoa poderá vê-lo hoje, ok?
— Doutor? Nós podemos providenciar sua remoção para a Califórnia? Philip perguntou, antes que o médico se afastasse.
— Ele precisa ficar aqui, pelo menos, pelas próximas quarenta e oito horas, depois disto, dependendo do inchaço do cérebro, vocês poderão providenciar a remoção.
— Obrigado.

Ficamos novamente sozinhos na sala e eu me encolhi na cadeira, escondendo o rosto entre as mãos para chorar mais um pouco, e sem dizer nada, Philip se acomodou ao meu lado e me puxou para um abraço carinhoso, me fazendo sentir leves tremores em seu corpo, denunciando que também estava chorando, e ali ficamos, juntos, esperando enquanto nossas lágrimas escorriam e nosso desespero se fundia.

Meu sentido de vida tinha virado pó. Com a força de um instante, todos os meus paradigmas haviam se alterado, tudo de repente parecia tão vazio e superficial que eu não conseguia dar os devidos créditos. Só conseguia me sentir culpada por um dia ter me afastado do Lucas, por ter duvidado e brigado com ele, por não ter contado que teríamos um filho no instante em que fiquei sabendo e por ter concordado que ele participasse de uma corrida estando tão abalado emocionalmente.

Os piores pensamentos ocupavam minha mente e me atormentavam com ideias de um mundo sem a pessoa que eu mais amava. Eu tentava arrancar aquelas coisas nebulosas da cabeça, mas elas vinham e vinham e não paravam de apresentar um desfecho pior que o outro. Tudo girava em torno da morte do amor da minha vida e da dor inenarrável no meu peito.

A vida parecia escorrer entre meus dedos feito água, e por mais que eu tentasse contê-la, ela escapava de mim.

Quando autorizaram a visita à UTI, Philip fez um sinal para que eu acompanhasse a enfermeira que mostraria onde Lucas estava.

Lavei as mãos, calcei uma proteção sobre meus calçados e passei por portas de correr atrás de uma moça chamada Ari, que estava toda enrolada em roupas esterilizadas azuis.

O cheiro hospitalar era ainda mais forte ali dentro e meu estômago revirou. Meu coração batia agitado e meus olhos atentos só procuravam pelo Lucas em uma daquelas camas cheias de aparelhos de monitoramento. Nós passávamos por vários pacientes e nenhum deles era o pai do meu bebê, então, por alguns segundos, fantasiei que alguém me diria que ele não estava na UTI, que já tinha recebido alta e iria para casa, mas no meio do meu devaneio o vi, próximo a uma janela no final do corredor por onde seguíamos. Os bipes que asseguravam a vida de todas aquelas pessoas desapareceram e eu só ouvia o que vinha da cama do Lucas, como se fossem as próprias batidas de seu coração me mostrando que ele ainda estava vivo e que voltaria para mim, porque havia me prometido que o faria.

Quando cheguei ao seu lado, eu chorei baixinho, e a enfermeira disse que me daria alguns minutos a sós, então arrastou uma cadeira branca para que eu pudesse me sentar ao lado da cama e se retirou.

Com a vista embaçada pelas lágrimas que escorriam pelo meu rosto, analisei toda a situação; sua cabeça estava inchada, alguns eletrodos estavam colados em seu peito e em suas têmporas, um grampo prendia o indicador direito e um respirador o ajudava a inalar oxigênio. Nunca imaginei que o veria tão vulnerável. Seu corpo grande ocupava a cama inteira e seu preparo físico não parecia fazer diferença com ele deitado ali, mas eu confiava que era sua força e sua saúde que o trariam de volta.

Passei a mão em seus cabelos, em seu rosto, e acariciei seus lábios com os nós dos meus dedos. Ainda assim, Lucas era lindo, e eu o amava demais.

Na esperança de que ele pudesse me sentir, segurei a mão que estava próxima ao seu quadril, baixei o rosto encostando a testa em sua pele quente, e antes de falar qualquer coisa, rezei.

— Deus, proteja este teu filho. Dê-lhe forças para lutar por sua vida e coragem para enfrentar os obstáculos que surgirão. Abençoa com seu amor este homem que é tão bom e que agora precisa tanto de Ti. Abençoe o Lucas, Pai. Por favor. *Por favor*. Amém.

Assim que concluí minhas preces, levantei o rosto e estudei o semblante do Lucas. Parecia mais claro do que normalmente era, mas talvez fosse pela iluminação fluorescente daquela sala. Seus cílios fartos descansavam sobre as maçãs do rosto, como tantas vezes observei durante seu sono, mas a intubação não deixava dúvidas quanto à gravidade daquele dormir.

— Ei, Campeão, não faz isso comigo! A gente tem tanto que conversar. Eu ainda preciso de você, viu? – minha voz era quase um suspiro de tão baixa e tomada por lágrimas engasgadas – E tem outra pessoinha que também vai precisar de você logo, logo. Volta pra nós! Eu te amo, infinito!

Não demorou nem dez minutos para a enfermeira vir pedir que eu me retirasse.

— Eu não posso ficar aqui com ele?

Perguntei esperançosa.

— Não, senhora, ele só precisa ficar descansando.

— Mas eu fico quietinha, só sentada nesta cadeira.

— É melhor a senhora ir para casa e descansar um pouco. Nós vamos cuidar bem dele, não se preocupe.

Levantei contrariada, e antes de ir embora, encostei meus lábios nos lábios do Lucas e acariciei seu rosto mais uma vez.
— Eu te amo.
Saí da UTI e voltei à sala de espera, onde mais gente tinha chegado, incluindo Camille.
Eu estava me sentindo bastante enjoada e com uma tremenda dor de cabeça, talvez eu precisasse mesmo tomar alguma medicação.
— Como ele está?
Philip perguntou, me agarrando pelos ombros como se eu fosse escapar sem lhe dizer coisa alguma, e eu pressionei as têmporas, para controlar o vibrar na minha cabeça.
— Não fosse pelo aparelho que o ajuda a respirar, ele parece bem, como se estivesse dormindo, só com a cabeça mais inchada. Não pude ver a perna porque estava coberta.
— Meu Deus, Luke no hospital. Ele vai sobreviver? Alguém me diz se ele vai sobreviver?
Camille se intrometeu, chamando a atenção de todos com um drama exagerado e inoportuno, como tudo mais que aquela mulher fazia.
A passos largos, me aproximei dela e, supersegura de mim, a empurrei para fora da sala de espera e fechei a porta atrás de nós.
— Camille, se isso aqui está acontecendo, saiba que você tem grande parcela de culpa, e se você continuar com esse *show*, eu faço algo maior ainda e acabo com toda essa farsa ridícula. Será que seu pai vai gostar de saber o que você fez?
Eu sabia que ela se preocupava demais com o que o pai pensava sobre ela, eu só não fazia ideia de quanto poder ele mantinha sobre a filha. Camille era um furacão escala cinco, dificilmente alguém poderia pará-la.
Virei às costas, sem lhe dar tempo de me contrariar e entrei novamente na sala. Suspirando longamente ao fechar os olhos, escutei a porta batendo atrás de mim e Camille miando alguma coisa para seu pai.
— Nat. – Philip estreitou os olhos ao me observar – Você está bem?
— Tô com dor de cabeça, mas logo deve passar.
— Quer uma aspirina?
— Sou alérgica, e nem sei se posso por causa da gravidez, mas não se preocupe, logo passa.
— Você não precisa ficar se sentindo mal. Vou pedir que uma enfermeira a medique. Espere aqui.
Ignorando meus protestos, Philip saiu da sala onde estávamos e quando voltou disse que logo mais alguém apareceria para me dar uma medicação segura.
Não demorou nem dez minutos e uma enfermeira chamada True me entregou um comprimido, dizendo que aquele era o remédio solicitado e

CAPÍTULO 25

indicado para o meu caso, e afirmou que me faria sentir melhor em seguida.

Hesitante, tomei o remédio com um pouco de água e só percebi que Camille havia saído da sala porque naquele instante ela retornava para se sentar perto de seu pai.

Vinte minutos se passaram e eu comecei a sentir minha praticamente esquecida asma se acentuar e meu corpo comichar. Nesse instante, uma enfermeira sorridente caminhou até mim, com uma pequena bandeja metálica nas mãos.

— Me perdoe a demora. É você quem precisa de um remedinho permitido para gestantes?

Minha garganta começou a fechar.

— Sim, mas... - espalmei a mão no peito, entrando em desespero – Outra enfermeira já trouxe. True era seu nome.

— Mas que estranho, ela não estava nesta sessão. Me dê um segundo, ok?

— Não. – a segurei pelo braço, inspirando ruidosamente pela boca, a fazendo perceber que eu estava passando mal e não apenas nervosa – Eu preciso de ajuda. - percebi Philip correr até mim – Alguma coisa está acontecendo comigo.

A sequência de fatos aconteceu muito rápido. A enfermeira sorridente parou de sorrir e saiu correndo da sala, assim que me pôs sentada com Philip me supervisionando. Quando voltou tinha um aparelho de adrenalina nas mãos e uma injeção na outra. True estava com ela e eu ouvi algo sobre terem lhe pedido para me dar uma aspirina, pois eu estava com uma dor de cabeça branda.

Eu estava tendo uma crise alérgica.

Eu não conseguia mais falar, porque estava concentrada em respirar, então tentei apontar em direção à Camille, que saía da sala disfarçadamente. Só podia ter sido ela!

O que me injetaram devia ser um anti-histamínico e me puseram em um quarto para observação, então eu dormi.

Quando acordei, não sei quantas horas depois, eu me sentia nova. Levantei da cama, fui ao banheiro e na volta dei de cara com Camille à minha espera.

— Como você está se sentindo?

Ela perguntou, sorridente.

— Eu realmente não acreditei que você queria se tornar uma assassina.

— Assassina? Você está em um hospital, eu não teria tanta sorte.

Ela abanou uma mão casualmente e me perguntei se aquilo era psicopatia, maldade, loucura ou se um compilado de tudo. Camille era uma pessoa doente e completamente livre para agir.

— Camille, você tem noção do que acabou de fazer? Você passou dos limites. - dei um passo seguro em sua direção – Isso não vai ficar assim!

— Vai, sim! - ela rebateu de forma enfática, se erguendo na minha direção, chegando até parecer mais alta – Eu disse que faria qualquer

coisa para ter o Luke de volta. E eu falei que eu conseguiria. Considere-se avisada.
— Você não vai vencer. Declarei.
— Quer apostar?
A pergunta segura e insolente me arrepiou inteira, então Camille deu as costas e saiu do quarto, me deixando em companhia de um medo tão intenso quanto desconhecido.
Até onde Camille realmente iria?
Quando fui liberada para retornar à sala de espera onde os amigos do Lucas aguardavam notícias, disse ao Philip que passaria rapidamente pelo hotel para tomar banho e logo voltaria. Ele insistiu que eu voltasse apenas no dia seguinte, mas eu não conseguiria descansar com Lucas estando na UTI.
Meu mundo estava parado no tempo. Eu não conseguia pensar em nada e não conseguia me dedicar a fazer nada. Todo o resto era pequeno e insignificante. Nem o que Camille fez parecia tão relevante, mesmo eu sabendo que era *absolutamente* relevante.
Os médicos falaram que meu bebê estava bem e naquele momento era só o que me importava sobre aquele episódio.
Entrei no meu quarto de hotel e analisei como tudo parecia diferente do que fora naquela manhã, quando o mundo ainda era mundo e apesar da tristeza a vida seguia seu curso. Eu me despi com os olhos fixos em um ponto onde o papel de parede ao lado da cama estava levemente descascado, caminhei lentamente até o banheiro e sem esperar a água do chuveiro ficar na temperatura ideal, entrei debaixo da ducha e deixei que ela massageasse meu corpo. Sem pressa, peguei o shampoo, abri a tampa, despejei uma quantia razoável na palma da mão e levei até o topo da minha cabeça. Esfreguei os fios, repeti a ação mais uma vez e com o resto do corpo foi a mesma missão despreocupada; lavei meticulosamente minha pele, tentando postergar ao máximo o momento em que teria que voltar à realidade e encarar que o amor da minha vida estava deitado em um leito hospitalar, lutando para sobreviver.
Eu me sequei, tomei uma medicação que me receitaram no hospital, mandei mensagem para minha obstetra, que rapidamente me respondeu me acalmando de qualquer pensamento funesto, e pedi uma comida no quarto, apesar de estar sem a mínima fome. Depois, ainda sem roupa, liguei o secador para arrumar os cabelos, passei um pouco de maquiagem no rosto, vesti uma calça jeans, uma blusa de algodão azul-claro, e uma camareira entregou meu prato de salada. Comi a contragosto, escovei os dentes, passei a mão em um casaco branco de malha, calcei tênis da mesma cor e saí.
De volta ao hospital, fiquei sentada em silêncio em uma poltrona da sala de espera, apenas observando as pessoas entrando e saindo, enquanto isso os

CAPÍTULO 25

programas na televisão começavam e terminavam sem que eu soubesse sobre o que tratavam. Meu corpo estava ali, mas minha mente vagava por algum lugar muito distante. Segui ignorando as mil chamadas e mensagens no meu celular, só mandei outra atualização para Lauren, dizendo qual era o quadro do Lucas, informando que não sairia dali antes que ele acordasse, e pedi que ela falasse com Dr. Peternesco. Ela quis ir ficar comigo, mas eu disse que estava bem e que Philip seguia muito atencioso, então minha irmã apenas pediu que eu a mantivesse informada e que não esquecesse de me alimentar. Tenho certeza de que ela repassou a informação a todos que me procuravam, porque de repente meu celular silenciou em definitivo.

Era madrugada quando Leonor apareceu com Dona Thereza ao seu lado.

— Phil! – ela correu quando viu o melhor amigo de seu filho – Como está o meu filho?

Leonor já chegou aos prantos, o que me fez chorar novamente.

— Estável.

— "Estável"? Eu quero vê-lo! Eu quero ver meu filho!

Eu seguia sentada e meus olhos estavam vidrados naquelas duas senhoras. Leonor estava descontrolada, se mexia agitada, falava alto demais e chorava sem parar, já Dona Thereza estava atônita, calada, apenas segurando sua bolsa como se fosse um bebê. Fazia algumas horas que eu estava sentada na mesma cadeira, com os olhos fixos no mesmo lugar, me esforçando para levar meus pensamentos a algum lugar belo, mas as tentativas evaporaram ao vê-las ainda no grau um do desespero.

Enxergando-me sozinha em um canto da sala, com lágrimas escorrendo pelo rosto, a avó do Lucas se aproximou enquanto Leonor tentava achar algum médico para lhe pedir para ir ver o filho.

— Nat, minha querida.

— Olá, Dona Thereza.

Eu me levantei desanimadamente e ela me abraçou.

— Não fique com essa carinha. Eu *sei* que ele vai ficar bem. Confie em Deus.

— Ah, Dona Thereza... – meu choro intensificou e eu tremi abraçada a ela – É tudo minha culpa!

— Por que você diz isso? Ninguém tem culpa de nada, minha filha.

Ela respondeu, passando a mão nos meus cabelos de uma maneira muito fraternal.

— Eu tenho culpa, sim. Ele não dormiu à noite porque eu lhe falei algumas coisas e... Ele estava muito abalado. Eu pedi que ele não corresse, eu implorei! Eu estava com mau pressentimento...

Eu falava tudo de qualquer jeito, enquanto seguia chorando e soluçando, nem sei se ela conseguia me entender.

— Não fique assim. Não se culpe. Tudo que acontece na nossa vida tem uma razão de ser.
— Como não me culpar? *Como*? Eu o amo tanto... E o fiz sofrer.
Antes que ela pudesse dizer mais alguma coisa, um daqueles enjoos fortes me pegou de surpresa e precisei sair correndo até o banheiro. Ao retornar, percebi Leonor e dona Thereza me observando, como apenas mulheres que já tiveram filhos são capazes de fazer.
— Oi.
Abracei Leonor com carinho, já sem chorar.
— Nat, – suas lágrimas também estavam contidas – você está grávida? Ela foi direta.
— Hum... – sentindo um calafrio percorrer meu corpo, respondi – Sim.
Eu vi quando seus rostos se iluminaram e me doeu quando me preparei para mentir para mais duas pessoas que eu tanto gostava.
— Mas... Hum... Lucas não é o pai.
— Não? – Leonor ergueu as sobrancelhas, totalmente surpresa, e eu me senti pior que uma vagabunda. Dona Thereza apenas me observou, sem falar nada, mas eu percebia a análise em seu olhar – Mas...
— Eu e Lucas terminamos quando voltamos de Sonoma. Desculpem, mas eu não gostaria de falar sobre isso agora.
Leonor e Dona Thereza me olhavam com espanto, então um médico apareceu e fomos quase correndo em sua direção, assim nosso assunto dissipou.
— O organismo do Lucas já absorveu grande parte do sangue no cérebro, isto é um ótimo sinal. – um enorme alívio correu das pontas dos meus pés até a raiz dos cabelos – Ele segue desacordado, mas acredito que logo mais vocês poderão transferi-lo.
— Eu quero ver meu filho.
Leonor convenceu o médico a deixá-la ver Lucas e saiu o acompanhando pelo longo corredor. Dona Thereza ficou parada ao meu lado, e eu ainda tentava controlar a animação pela evolução positiva do quadro do Lucas, quando ela começou a falar.
— Minha filha, você pode enganar a todo mundo, menos a mim. Eu sei que este bebê é do Luke.
— Não! Não é.
Tentei parecer convincente, porque antes de pensar bem sobre o que eu faria para lidar com Camille, ninguém poderia saber a verdade sobre o pai do meu bebê. Eu estava lidando com uma pessoa que não ficava só em ameaças vazias, e eu temia o grau de sua loucura.
— É uma simples questão de observação, está escrito no seu rosto.
— Dona Thereza, *por favor*...

CAPÍTULO 25

— Se você não quer que ninguém saiba é porque você tem um motivo muito forte e eu não vou contar nada, mas quando quiser conversar a respeito, eu estarei à disposição.

A abracei com força, e novamente chorei enquanto ela me consolava.

26

Assim que fecharam quarenta e oito horas desde o acidente do Lucas, conseguimos autorização para que ele fosse transferido para São Francisco. A princípio, seu quadro era de observação, mas se fosse preciso operar, Leonor queria que fosse feito pelos médicos que ela conhecia e já confiava.

No avião ambulância que Philip fretou, Leonor foi acompanhando Lucas e eu peguei um voo comercial para casa.

Lauren foi me buscar no aeroporto, mesmo eu dizendo que poderia pegar um táxi, mas foi a melhor coisa que ela fez, porque eu precisava muito de seu abraço.

— Nat!

— Lauren, que bom ver você!

Soltei o puxador da minha mala de rodinhas e entrei no abraço apertado da minha irmã. Nos envolvemos com força e ficamos imóveis por alguns instantes, quando o amor dela era o que me acalmava e me dizia tudo que palavra alguma não poderia expressar.

O aeroporto estava tomado por repórteres e fotógrafos à espera do Lucas, mas por sorte nenhum deles me reconheceu descendo do voo convencional.

Chegamos em casa sem falarmos muito, mas sempre que eu dava abertura, minha irmã tentava me convencer de que eu não tive culpa de nada e que ela tinha certeza de que Lucas acordaria em breve.

As pessoas adoram dizer coisas assim para confortar quem está sofrendo, mas eu me pergunto: e se a vítima não acordar tão rápido? O que estas mesmas pessoas dirão? Estados de coma podem durar anos! Também podem nunca reverter, e só de pensar nisso, eu me arrepiava inteira e meu estômago se retorcia.

O piloto que provocou o acidente foi desclassificado da prova por conduta antidesportiva, mas eu seguia me martirizando pelo que tinha acontecido. Lucas teria lidado diferente com a investida do adversário se estivesse mais atento à corrida. Ele estava abalado psicologicamente, e era tudo minha culpa. Minha maldita culpa.

Lauren me preparou algo para comer enquanto eu ficava sentada inerte no sofá, sem o menor apetite.

CAPÍTULO 26

— Nat, você estava defendendo seu bebê. Não fica se torturando desse jeito.
— Eu amo tanto o Lucas quanto amo este bebê, Lauren.
— Eu sei. Mas você precisou fazer uma escolha, e escolheu o que qualquer mãe escolheria. Eu não posso nem acreditar em como você está calma depois do que aquela louca da Camille fez com você no hospital.
— Talvez depois eu surte, mas agora estou bem, meu bebê está bem. Lucas é que segue lutando pela vida. Não consigo me preocupar com nada além disso.
— Você teve uma crise alérgica que poderia ter sido grave. Fique atenta, Nat. Fique longe dessa mulher! – assenti – Agora sente-se à mesa e coma o que eu preparei pra vocês.

Foi bom me sentir cuidada e não precisar pensar em nada. Naquele dia, Lauren fez tudo por mim, desde o jantar até me botar para dormir. Ela sempre foi muito maternal e estava ficando cada vez mais, conforme os dramas da minha vida iam aumentando.

Antes de dormir, peguei o *scrapbook* do meu bebê e na primeira página escrevi: *Esta é a maior história de amor que você irá ler. É sobre o amor de uma mãe por seu bebê.*

A noite de sono na minha cama foi um pouco revigorante e, na quarta-feira, antes de ir para o escritório, passei pelo hospital. Lucas continuava desacordado, mas os médicos tinham refeito os exames, feito mais mil testes novos e estavam muito otimistas. Falaram que, além do hematoma no cérebro, o pneumotórax também havia regredido, e concluíram dizendo que ele poderia acordar a qualquer momento. A vontade que eu tinha era de abandonar o trabalho e ficar plantada no hospital até que ele reagisse mais, porém eu já tinha faltado dois dias no escritório e precisava dar satisfações ao Dr. Peternesco.

O tempo se arrastou durante a tarde e eu precisava me esforçar para me dedicar aos meus afazeres. Quando finalmente chegou o final do expediente, saí apressada e fui novamente ao hospital.

A primeira pessoa que vi na sala de espera reservada para os amigos e familiares do Lucas foi Camille. Ela estava sentada ao lado de Leonor e Dona Thereza.

— Alguma novidade?

Perguntei à Leonor.

— Nada ainda, minha querida, mas daqui a pouco ele poderá receber visita, entre você desta vez.

Camille bufou de leve, mas fingimos não perceber.

Tomei um péssimo chá aguado enquanto esperava, até que autorizaram minha entrada e eu me apressei para ir ver o Lucas.

Passei pelo mesmo procedimento de higiene e proteção do outro hospital e entrei na ala onde ele repousava conectado a um monitor.

— Oi, Campeão. – cumprimentei, passando a mão em seu rosto, me concentrando na barba mais crescida e em seus lábios ressecados, que naquele momento não estavam entubados, mas Lucas ainda usava um respirador – O médico disse que você está melhorando sozinho, então você já pode acordar, viu? Chega dessa brincadeira e fala logo comigo! Estou com tanta saudade... E com tanto medo...

Novamente chorei ao vê-lo daquela maneira, e baixando a cabeça, agarrei sua mão para fazer minhas orações.

— *Pequena?*

Aquela voz, que mais parecia um suspiro rouco, me fez erguer o tronco para encontrar os olhos perdidos e carinhosos do Lucas à minha espera.

— Oh, meu Deus! – meu coração se expandiu no meu peito – *Lucas!* – falei baixo, como se ninguém pudesse saber que ele tinha acordado – Lucas, você acordou! - a ficha caiu e eu tive um acesso histérico de alívio e alegria. Lágrimas rolando pelas minhas bochechas, morrendo no enorme sorriso que estampava meu rosto – Ai, meu Deus, meu Deus, obrigada! – eu já estava gargalhando eufórica entre lágrimas – Eu preciso chamar o médico. Meu Deus! Eu preciso chamar alguém.

Levantei, me sentindo descoordenada, e apertei o botão vermelho ao lado da cama, enquanto Lucas observava, confuso e sonolento, o que eu fazia.

— O que está acontecendo?

— Você sofreu um acidente e ficou desacordado por dias. – eu falava tão rápido que ele nem devia estar conseguindo acompanhar – Ah, Lucas, que bom falar com você novamente! – minhas mãos acariciavam seu rosto – Eu estava tão preocupada!

— Por que você está chorando?

Ele estava quase sem forças para falar e sua voz estava bastante rouca.

— Porque eu estou feliz. Muito, muito feliz!

Ele sorriu e piscou lentamente.

— O que você queria conversar comigo?

Olhei incrédula para ele e ri por aquela ser a primeira coisa que ele realmente queria saber, mas o médico chegou e eu tive que sair da UTI sem conversarmos sobre mais nada. Lucas protestou quando me levaram dali, mas, sem condições de fazer nada, parou de pedir que eu ficasse e me seguiu com o olhar, enquanto eu caminhava de costas até passar pelas portas de correr.

Resplandecendo felicidade, levei a boa notícia à Leonor, Thereza, Philip, Clark, Thomas, Joe, Antony e Camille, que estavam na sala de espera conversando com uma enfermeira.

O alívio tomou conta de todos e nos abraçamos em meio a lágrimas de alegria. Apenas Camille ficou de fora da nossa comemoração, apesar de não ter sido uma exclusão premeditada. Eu estava tão aliviada que mal podia esperar

CAPÍTULO 26

para contar toda verdade ao pai do meu filho. Não queria mais perder tempo. Eu o amava e sabia que ele me amava também. A vida vale mais que tudo e nós tínhamos o direito à felicidade, junto do nosso bebê. Camille não poderia estragar tudo. No final, daríamos um jeito. Eu não me importava mais que Lucas fosse ter um filho com outra mulher também. Eu não me importava mais com os momentos terríveis que Camille tentaria me fazer passar, com medo de que ela fizesse alguma coisa ruim a nós. Eu não me importava com mais nada! Eu só queria ficar com o Lucas. Eu estava muito feliz e queria viver aquela felicidade.

No dia seguinte, ele seria transferido para um quarto, e naquela noite só mais uma pessoa poderia vê-lo, então Leonor entrou na UTI e eu fui para casa descansar, para no dia seguinte conversarmos calmamente.

Ao fechar a porta da sala de espera, encontrei Camille me esperando para me dar um aviso.

— Só estou aqui para lembrá-la de não contar nada sobre este bebê.

— Camille, você já trouxe sofrimento demais, você ainda não está satisfeita? Lucas quase morreu! Você realmente acha que ele não tem o direito de saber que será pai?

— Você sabe o que eu acho. – ela ergueu as duas mãos, como se estivesse se rendendo, algo que ela *jamais* faria — Então faça o que você achar melhor.

Com aquele sorriso que eu odiava, ela encerrou o assunto com sua *performance* cinematográfica e se afastou de mim, me deixando sozinha com o calafrio que percorreu meu corpo inteiro.

Na manhã seguinte, chovia torrencialmente e parecia que a maioria das pessoas da cidade tinha resolvido sair de casa conduzindo seus carros, porque o trânsito se tornou um caos, enquanto as calçadas eram mal preenchidas por alguns pedestres corajosos batendo seus guarda-chuvas e molhando os pés ao som das buzinas que soavam incessantemente quando os semáforos abriam.

Dentro de duas semanas, aconteceria uma nova etapa da *Pro Racing*, e era certeza de que Lucas não participaria. Nem daquela, nem de várias outras corridas, o que muito provavelmente lhe faria perder o campeonato que vinha conquistando tão lindamente, mas ele estava vivo e lúcido, e isso bastava.

Enquanto me dirigia ao hospital, eu pensava sobre o calendário da *Pro Racing* e a bênção que era Lucas estar bem, mas no meio do caminho percebi que aquele trânsito caótico me faria atrasar demais para chegar ao escritório, então precisei fazer um retorno e deixar minha visita para depois do expediente. Meu senso de responsabilidade me deixou irritada comigo mesma, mas era o correto a ser feito, e no final do dia eu teria mais tempo para conversar com Lucas e colocar nossa vida em ordem. Era chegada a hora. Eu precisava fazer isso, por nós *três*.

Passei a manhã toda olhando para o relógio, me contorcendo de vontade de ligar para aquele cara incrível que era pai do meu bebê, para falar tudo que eu tinha para falar, mas dada a importância do assunto, eu me forçava a manter a calma para podermos conversar cara a cara. Eu queria ver os olhos do Lucas quando soubesse que seria pai. Queria analisar todas as nuances de sua expressão, torcendo para que ele compreendesse meus motivos por ter mentido, e que me perdoasse por isso.

No horário do almoço, me atrevi a encarar a chuva forte e me protegi dentro da minha capa e debaixo da minha sombrinha laranja para atravessar a rua e ir almoçar com Theo no Bobo's. Eu deveria ter levado minhas galochas verdes, para calçá-las ao menos para atravessar a rua, porque calçando *scarpins* eu não evitaria de meus pés ficarem completamente molhados.

Avançamos até o semáforo e, ao esperá-lo fechar, eu recebi uma mensagem no celular e rapidamente o tirei do bolso para ver sobre o que se tratava. *"Eu não estou brincando!"*, estava escrito no corpo do texto. Apenas isso. Uma mensagem sucinta enviada por um número desconhecido, mas eu sabia exatamente de quem se tratava. Respirei fundo, tentando me livrar dos pensamentos sombrios que me vieram à mente, mas não tive muito tempo para deixar aquelas ideias de lado, porque quando colocamos os pés no asfalto, um carro irrompeu em nossa direção, cruzando agressivamente o sinal fechado, e não fosse pelo forte puxão que Theo deu no meu braço, eu teria sido atingida em cheio.

— Caralho! – meu amigo vociferou, segurando meu corpo junto ao seu – Que cara louco! Meu Deus! Ele quase pegou você, Nat! Tá tudo bem?

Theo estava perplexo e eu tremendo inteira, em completo estado de choque. Não era apenas um motorista maluco. Aquilo era o que Camille prometeu. Ela não estava brincando. Aquela mulher era uma assassina! O que ela fez no hospital realmente era apenas um aviso. Camille faria qualquer coisa para me afastar do Lucas. Um carro tinha acabado de tentar me atropelar e o pior poderia ter acontecido. Abracei meu amigo e, só para não perder o hábito, chorei nervosamente.

— Calma Nat, está tudo bem!

— Não, Theo, não está! – eu não parava de chorar e tremer. Levei a mão à barriga e levantei o olhar – Eu preciso da sua ajuda!

Visivelmente compadecido pelo meu estado de pânico, meu amigo me levou de volta ao escritório e fomos direto à minha sala. Lá ele me ofereceu um copo d'água gelada para beber, tentando me acalmar um pouco, mas *nada* era capaz de me tranquilizar.

CAPÍTULO 26

Camille estava determinada a me afastar definitivamente do Lucas. O que eu poderia fazer contra ela? Como eu poderia provar que ela tinha tentado me atropelar? Como conseguiria proteger a mim e ao meu bebê se ela estaria *para sempre* presente na minha vida com Lucas? Nossos filhos seriam irmãos. Eu estava me iludindo se achava que venceria essa batalha e se achava que teria disposição para assumir as consequências que chegaram para o Lucas após aquela noite em que ela o drogou. Ele e Camille teriam um bebê! A vida era muito injusta.

— Fala Nat, o que está acontecendo?

Eu não conseguia falar. Eu só tremia e chorava. Eu achava que o pior medo da minha vida era perder o Lucas, mas meu instinto de mãe tinha acabado de dar às caras e eu senti na pele que pior que perder o homem da minha vida seria perder meu bebê por algum tipo de negligência minha. Se aquele remédio que Camille fez com que me dessem no hospital tivesse prejudicado meu bebê, se aquele carro que acelerou no farol fechado tivesse me batido com força suficiente, eu poderia ter perdido meu filho. Meu bebê ainda era só uma bolotinha com um coração batendo freneticamente, mas era fruto de uma relação de amor e, se fosse desejo de Deus que ele vivesse, eu não tinha o direito de colocar sua frágil vida em risco.

Foi assim que eu virei mãe e coloquei outros interesses acima dos meus.

— Theo, eu estou grávida.

Seus olhos se arregalaram, sua boca se abriu, mas ele não emitiu som algum. Ficou por vários segundos apenas me olhando e piscando, até que percebeu que precisava dizer alguma coisa.

— Nossa! Uau! Parabéns!

Meu amigo ainda estava digerindo a primeira informação quando eu larguei uma bomba ainda maior em seu colo.

— Mas Lucas acha que o filho é seu.

Falei de uma só vez, sem pensar demais, enquanto passava o dedo indicador na borda quadrada do copo de cristal com a água que Theo me oferecera.

— M-meu?

Levantei os olhos para analisar sua expressão, e óbvio que pânico e confusão foi o que identifiquei em seu rosto.

Estávamos sentados nas duas cadeiras de couro preto com braços cromados que ficavam do lado oposto à minha cadeira de trabalho e Theo quase caiu de uma delas quando se jogou para trás levando as mãos à cabeça.

— Desculpa. Por favor, me desculpa! Eu sei que eu não podia ter envolvido você nessa história, ainda mais sem consultá-lo antes, mas Camille também está grávida do Lucas e ela me ameaçou. – seu olhar ficou ainda mais surpreso – Ela me fez ter uma crise alérgica no hospital quando Lucas se acidentou e tenho certeza de que esse carro que quase me atropelou foi coisa dela. Ela acha que dando um filho ao Lucas, e eu tendo um filho de outro homem, fará com que ele me esqueça definitivamente e acabe voltando pra ela, mas se ele tiver um filho comigo vai se sentir mais ligado a mim do que jamais esteve. Pra proteger meu bebê, eu disse que o filho era seu. Eu deveria ter falado com você antes, é claro, mas Lucas me pegou de surpresa perguntando quem era o pai e você foi a primeira pessoa que me veio à cabeça. – fechei os olhos e com a ponta dos dedos esfreguei entre as sobrancelhas – Ele ficou arrasado quando soube... E depois teve o acidente... Eu me culpo tanto por isso... E agora que eu estava decidida a contar a verdade e encarar o que Camille pudesse fazer, acontece isso pra me mostrar que eu não posso me deixar levar pela emoção. Não posso mais me colocar em primeiro lugar. *Não posso* botar a vida do meu bebê em risco! Ela estava falando sério quando disse que faria qualquer coisa. Você me entende, Theo? Estou com muito medo. Camille realmente cumpre suas ameaças. Ela é doente! É completamente desequilibrada e extremamente validada pelas pessoas que convivem com ela. Camille não conhece limites!

— Meu Deus, Nat. Que história absurda! Nós precisamos processar essa lunática! Ela é uma criminosa!

— Seria uma alternativa, mas não tenho provas contra ela, e de qualquer forma, ela nunca estaria distante o suficiente, com sua vida para sempre ligada à do Lucas.

— E então você quer que eu finja ser o pai do seu filho?
— Sim.

Eu me senti corar ao responder.

— Isso é tão maluco... – Theo balançava a cabeça, tentando entender tudo que eu lhe pedia – Isso pode *realmente* mudar nossas vidas. Você já pensou nisso?

— Oh, Jesus. – cobri o rosto com as mãos – Eu sei. Me desculpe. Eu não podia pedir uma coisa tão grande assim, é que eu...

— Eu tenho uma condição.

Ele me interrompeu, parecendo bastante decidido.

— Que condição?

Perguntei, em um sussurro curioso.

— Que você me deixe tentar. – percebendo minha expressão confusa, ele logo prosseguiu – Tentar ser realmente o pai desta criança, e ganhar seu coração.

— Theo, eu não estou pronta. Eu amo o Lucas.

— Eu não vou invadir seu espaço. Só quero estar por perto. Nat, você sempre soube dos meus sentimentos. Eu sei que você se arrependeu de ter ficado comigo naquela noite na Mimb, mas acho que agora nossa relação vai ser muito mais que uma simples amizade, e assim talvez você consiga me enxergar de outra forma.

O que eu poderia dizer? Ele iria me fazer o maior favor do mundo, e seu

CAPÍTULO 26

pedido dava margem para que nada, nunca, de fato mudasse entre nós dois, então eu só poderia concordar.

— Tudo bem, mas sem pressão, ok?
— Claro. Eu quero que você me queira, não que me "agradeça" por alguma coisa. Só me dê um pouco de crédito.
— Ok.

Decidi não mais ir ao hospital, porque se eu encontrasse com Lucas, provavelmente não aguentaria e acabaria metendo os pés pelas mãos. Era hora da mudança. Lucas era oficialmente um capítulo encerrado na minha vida. Eu precisava seguir em frente.

Lauren não estava em casa naquela noite e sem apetite para muita coisa, comi uma fruta, um sanduíche, tomei um copo de leite e me sentei no sofá da sala com meu *scrapbook* em mãos.

"Meu querido bebê, a sua chegada enche meu mundo de luz e alegria. Você é uma bênção e fruto de muito, muito amor, mas nem sempre as coisas acontecem como gostaríamos e você não vai poder receber todo o amor que merece, e que eu sei que teria se o seu pai estivesse vivendo tudo isso com a gente.

Seu pai, Lucas Barum, um homem maravilhoso, mas que não pode saber sobre a sua chegada... Me perdoe, meu pacotinho de amor, mas proteger você é o que mais importa e eu nunca vou me arrepender por esta decisão.

Que Deus permita que você venha com muitas características desse cara incrível que te trouxe pro mundo junto comigo e que insistentemente me ensina a ser forte e uma melhor pessoa".

Percebendo minha ausência, Leonor me ligou para saber por que eu não apareci e não dei mais notícias.

— Oi, Leonor, está tudo bem com Lucas?
— Está sim, querida. Estou ligando para saber se está tudo bem com *você!*
— Hum... Sim, por quê?
— Porque ficaste de passar aqui ontem à noite e até agora não chegou. Luke só pergunta por você.

Não sei por que eu sorri ao saber que ele perguntava por mim. Devia ficar triste, porque eu o faria sofrer novamente.

— Leonor, eu acho melhor não ir mais visitá-lo. Ele está a salvo, é isso que importa. Ele pode explicar melhor a nossa situação para que você entenda tudo.

O que eu mais queria era poder cuidar do Lucas. Imaginava como ele devia estar se sentindo mal, especialmente pela perna. Lucas teria que passar por muitas sessões de fisioterapia e muito provavelmente seu campeonato estava arruinado. Ele devia estar se perguntando se sua recuperação seria completa, se ainda existia a possibilidade de ir competir na Europa no ano seguinte, se seus patrocinadores o abandonariam agora... Sua cabeça devia estar a mil, e para completar, ele seria pai de um filho da Camille e tinha que lidar com a ideia de eu estar esperando um filho do Theo. Como eu queria poder consolá-lo... Mas ao invés disto, eu precisava me manter a quilômetros de distância para preservar a vida do nosso bebê.

— Eu realmente não sei o que está acontecendo entre vocês dois, mas pensem bem no que estão fazendo. Vocês obviamente se amam e estão jogando fora algo muito precioso.

Não sabendo o que dizer, mudei de assunto.

— Como ele reagiu quando percebeu o que houve com sua perna?

— Muito mal. Ficou agressivo e depois emotivo. – meu coração congelou – Mas o psicólogo do hospital já está vindo cuidar dele. Meu filho é forte, vai superar.

— Tenho certeza disso.

— Se mudar de ideia, ficaremos aqui até sábado.

— Obrigada. Até mais.

— Tchau, querida.

27

Tive uma nova consulta na obstetra que, apesar de elogiar os milhões de exames de sangue que havia me mandado fazer, me passou um sermão memorável porque eu continuava emagrecendo em vez de engordar. Com cinco semanas de gestação, eu havia perdido quase dois quilos.

— Eu estou tentando me alimentar melhor, mas eu ainda enjoo demais.
— Quando isso acontece, você pode tomar aquele remédio que eu prescrevi. Gravidez não é doença. Você pode viver normalmente, apenas cuidando da alimentação e respeitando as mudanças que acontecerão no seu corpo. Por falar nisso... – ela me olhou por cima das hastes de seus óculos de tartaruga – Você leu aquelas recomendações alimentares que eu enviei por e-mail?
— Já sei tudo. – ergui o dedo mindinho e comecei a numerar – Grãos e cereais contêm ácido fólico, que previne doenças congênitas, – segurei o segundo dedo com a outra mão e continuei – leguminosas contêm ferro e previnem anemia – levantei o terceiro dedo – laticínios contribuem para a formação dos ossos e dentes, – quando cheguei ao indicador, ergui apenas ele para cima – peixes estimulam a inteligência, – o polegar também foi marcado sozinho em frente à médica – hortaliças têm vitamina B, que previne malformação do tubo neural e – baixei as mãos para o meu colo – frutas fazem bem para o meu intestino, que pode ser afetado pela gestação. Esqueci de alguma coisa?

Dra. Rowland deu uma risadinha simpática e me parabenizou pelo estudo, mas disse que apenas "saber" não surte efeito e explicou que, mesmo enjoando, eu teria que conseguir comer "as coisas certas", porque em pouco tempo meu bebê exigiria bem mais de mim.

— Na próxima consulta, você ficará orgulhosa em ver minha evolução. Eu disse, antes de ir embora.

Ao abrir os olhos na silenciosa manhã de sábado, minha mente foi invadida por um pensamento que fui incapaz de abstrair: Lucas finalmente iria para casa. Eu me remexi na cama pelo maior tempo possível, mas não consegui aquietar a agitação no meu peito. Empurrando as cobertas para longe, caminhei até o banheiro e joguei um pouco de água no rosto, o que também não adiantou. Entrei debaixo do chuveiro e deixei a ducha me massagear. Não surtiu efeito. Vesti meu roupão branco e fui devorar uma omelete na cozinha, então lembrei que Lucas adorava quando eu lhe preparava aquela exata refeição.

Voltei correndo para o quarto, peguei meu celular de cima da mesa de cabeceira e, sem pensar mais um milésimo de segundo, coloquei o dedo sobre o nome de Leonor e iniciei a chamada. Eu precisava saber como Lucas estava e quais seriam os próximos passos. Eu precisava saber dele.

No terceiro toque, a ligação foi atendida.

— Pequena?

Caí sentada na cama ao ouvir aquela voz tão familiar, e por um instante fiquei muda, tentando raciocinar se não havia, sem querer, ligado para o número errado. Tirei o telefone do ouvido para verificar o nome no visor e constatei ter mesmo ligado para Leonor, porém quem atendeu foi o Lucas.

— Hum... Oi. – meu coração saltava no peito – Eu queria saber como você está. Já saiu do hospital?

— Por que você sumiu? Quando acordei do coma, você estava comigo e... Bem, eu achei que ficaríamos juntos outra vez, mas então você não voltou mais e eu fiquei esperando pra ver se você mudava de ideia.

As palavras me feriam tanto quanto o som triste da voz dele e, tentando controlar minha emoção, respondi:

— Eu estava muito preocupada com você e me sinto culpada pelo que houve.

— Você não teve culpa de nada. – Lucas expôs, calmo e fraco – Eu sempre soube dos riscos que enfrentava ao acelerar carros de corrida. Dessa vez eu me dei mal. Minha profissão é sobre entretenimento. Tenho certeza de que mereço até um aumento de salário.

Ele tentou descontrair.

— Deixa de ser idiota! – retruquei – Lucas, você não tinha dormido direito e estava...

— Sim, eu estava péssimo, mas quando eu entro no carro eu foco no que tem que ser feito e esqueço o resto.

— Por que eu não acredito nisso?

Minha voz saiu mais sussurrada do que eu gostaria.

— Pequena, – ele deu um longo suspiro cansado – você não tem culpa. Sua única culpa é o modo como estou sofrendo sem você comigo agora.

O nó na garganta intensificou e quase me impediu de respirar.

CAPÍTULO 27

— Não me fala isso.
— Mas é verdade.
Eu precisaria dar um golpe final que o fizesse querer se afastar de mim, que facilitasse aquela situação dolorosa.
— Lucas, eu vou ter um filho de outro homem, como você pode ainda falar sobre *nós*?
A ligação ficou tão silenciosa que eu novamente fui conferir o visor, para me certificar que ele não tinha desligado assim que tivesse relembrado aquele pequeno "detalhe".
— Pode parecer loucura, – por fim, Lucas falou – talvez até seja loucura, mas eu não me importo. Eu amo você demais para que exista algo que me fizesse não querer que ficássemos juntos.
Oh, meu Deus!
Por que ele tinha que ser assim? Lucas estava assumindo o próprio filho, achando que era de outro homem, só porque me amava demais. Como eu resistiria?
— Bem, eu... Eu só liguei porque queria saber como você está e saber se já está em casa.
— Estou em casa e estou me recuperando bem, tirando essa merda que aconteceu com a minha perna. No momento tô bem *sexy* com grande parte da canela depilada e com uma enorme cicatriz que vai quase até o joelho, onde estão a placa e os pinos. Gostaria de saber como vai ser passar em um detector de metal. Será que apita? Neste caso, vão me fazer ficar nu nos aeroportos, porque por bem menos eles já quase fazem isso com a gente.
Ele riu, mas foi só para descontrair, e ele sabia que eu perceberia a encenação.
— Deixa de ser bobo. Sua placa e pinos são de titânio. Não vão apitar nos detectores. Uma pena pra plateia que tivesse a sorte de estar por perto quando você tentasse passar.
Foi a minha vez de iniciar uma risadinha descontraída, mas não fui acompanhada.
— Você acha?
Lucas perguntou, daquele jeito irônico que eu tinha certeza de tê-lo feito inclinar a cabeça e erguer uma sobrancelha.
Tratei de mudar de assunto.
— O que falaram sobre a recuperação? Quanto tempo vai levar?
— Meses. Mas já estou com um programa intenso pra minha reabilitação, começo hoje. Só espero poder voltar a correr. Eu sei que meu campeonato está arruinado e nem quero mais pensar nisso, só quero estar bem para voltar com tudo no ano que vem. – ele soltou a respiração, demonstrando toda sua frustração – Tá tudo dando errado na minha vida.

— Não fala assim! Você está *vivo*! Isso é o mais importante!
— Não é tão importante assim. Eu só tenho minha mãe...
— Eu *não quero* ouvir você falar essas merdas! Você tem sua mãe, tem toda a família que você acabou de conhecer, tem seus amigos, tem a mim, e...
— *Tenho*? – ele me interrompeu – Eu tenho você?
— Claro que sim, Lucas! Você sempre será especial pra mim.
Ele nem imaginava o quanto!
— Você e Theo... Vocês estão juntos?
— Por que você quer saber?
— Porque na sala do *box* você estava tão minha novamente, e depois você disse que estava esperando um filho dele. Eu acho que um filho deve ser um forte motivo pra fazer duas pessoas ficarem juntas.
— Nós estamos juntos. – fechei os olhos e uma lágrima rolou quente na minha bochecha – Isso quer dizer que você vai dar uma nova chance à Camille?
— Por que eu faria isso?
— Porque você acha que um filho é um forte motivo para fazer duas pessoas ficarem juntas.
— Não estou entendendo.
— Camille já me disse que está esperando um filho seu.
— O QUÊ?
Ele berrou ao telefone, fazendo o grito machucar meus tímpanos e eu precisei trocar o celular de orelha e massagear a que havia sofrido a agressão auditiva.
— Ela disse que você sabia... – eu já não entendia mais nada – Desculpa, não queria ter acabado com a surpresa.
— *Surpresa*? Meu Deus! Isso não pode ser verdade! Quando ela falou isso? Isso é mentira! Não pode ser verdade!
— Na verdade, isso *pode* ser verdade, você sabe bem disso.
— Não. Não! Meu Deus! *Meu Deus*! Que merda é essa? CARALHO! – Lucas estava claramente descontrolado – Era pra *nós* termos *o nosso* filho, não era para ser assim! Como conseguimos ficar tão distantes em tão pouco tempo? Um filho com a Camille? Não...
Ele tentava entender a bagunça que havia se tornado sua vida, mas eu não queria fazer parte daquele momento. Aquilo tudo não me pertencia mais.
— Lucas, eu acho que você precisa resolver algumas coisas por aí. Se cuida.
Desliguei, antes que ele falasse mais alguma coisa que eu *realmente* não queria escutar.
Por que Camille me disse que Lucas sabia da gravidez? Era meio óbvio que eu falaria sobre isso com ele. Fiquei cheia de dúvidas, até dizer a mim

mesma que nada mais importava naquela história. Eles teriam um filho juntos, ele teria que conviver com ela para o resto da vida e, talvez, quando a poeira baixasse, ele acabasse até lhe dando uma nova chance para poder construir a família que sempre sonhou, e eu seria apenas uma pessoa que fez parte de um breve momento de sua história, embora para mim ele jamais pudesse ser apenas alguém que passou pelo meu caminho, mesmo se não tivéssemos um filho juntos.

Com um misto de emoções espiraladas me angustiando, peguei o livro de memórias do meu bebê e escrevi: *"Há alguns dias, seu pai sofreu um acidente durante uma corrida, e o medo de um mundo sem a pessoa que eu tanto amo se apossou de mim. Quando ele finalmente acordou, eu estava decidida a contar que você, crescendo na minha barriga, era também seu bebê, mas fui lembrada de que não posso arriscar a parte mais importante da minha vida. Existem mais pessoas envolvidas nessa história e o mundo não é um lugar onde apenas os bons vivem, mas hoje eu e o Lucas falamos por telefone e, mesmo sem saber que vai ser pai, ele quis ser pai. Ele quer ser seu pai, meu bebê, e corta meu coração negar a ele esse direito e a você esse amor. Eu nunca conheci alguém como o Lucas. Alguém que ama com tudo de si. Alguém que coloca esse sentimento no lugar onde merece estar; acima de tudo"*.

28

Duas semanas se passaram e eu só soube do Lucas mais uma vez. Leonor me disse que ele estava sendo um verdadeiro guerreiro e que os médicos estavam surpresos com a rapidez da evolução de seu quadro. Fui tomada por um enorme alívio ao saber as novidades, mas percebi que o clima entre mim e a mãe dele parecia um pouco tenso. Ela perguntou como eu e o bebê estávamos, foi simpática e solícita, mas eu percebi uma nuance diferente, talvez ela estivesse chateada por eu tê-la deixado sozinha cuidando do Lucas em um momento tão delicado, talvez a notícia de que Camille carregava seu neto a tivesse feito se voltar para o lado da ex-nora. Alguma coisa tinha de diferente ali, o que me fez sentir chateada e indesejada.

Aquela foi a última vez que liguei para ela.

Certo dia, às dez horas da manhã, tínhamos agendada uma reunião com Philip, porque os patrocinadores do Lucas estavam agitados com o rumo de sua carreira e nós precisávamos nos posicionar.

Quando entrei atrasada na sala onde imaginei que todos só estavam me esperando, fui surpreendida ao me deparar com o pai do meu filho sentado ao lado do seu amigo e empresário, à esquerda do Dr. Peternesco. Aparentemente, Theo estava mais atrasado que eu.

— Lucas! – não consegui controlar o espanto em minha voz e meu corpo inteiro se agitou ao vê-lo novamente – Como você está?

Soltei uma pasta cheia de contratos sobre a mesa antes de me sentar à frente dele, contendo a vontade de correr ao seu encontro.

— Melhorando. - ele respondeu, batendo uma das mãos no par de muletas apoiadas em sua poltrona – E você?

— Bem.

Meus olhos não conseguiam se afastar dele, nem os dele de mim. Ignoramos as outras pessoas conosco até Theo entrar arfante sala adentro, e,

CAPÍTULO 28

percebendo a situação, antes de sentar ao meu lado, deu um beijinho no alto da minha cabeça. Aquele gesto carinhoso deixou Lucas claramente desconfortável e seus olhos desviaram para as próprias mãos, já Theo se sentiu vitorioso e sorriu tanto que parecia não ser capaz de ficar sério outra vez, me colocando como se fosse um troféu que ambos estivessem disputando em algum tipo de competição velada.

— Parabéns, Theo. Eu soube que você vai ser pai.

Lucas disse, cheio de brio, assim que meu amigo estava longe o suficiente do meu corpo.

— Obrigado. Mas soube que você também será pai. Parabéns.

— É. – Lucas respondeu, sem emoção – Parabéns, Dr. Peternesco, será o primeiro neto, não é?

— Hum... Sim, o primeiro. Obrigado, Luke.

Pelo mínimo de ética, contei a verdade ao meu chefe. Não poderia fazê-lo pensar que seria avô, mas mesmo naquelas condições, ele demonstrava um carinho muito especial com meu bebê. Já havia dado presentes, me convidava frequentemente para jantar com sua família, além de sempre querer saber como eu estava me sentindo.

— Vamos começar?

Propus.

— Claro. O que você pensa em fazer?

Dr. Peternesco me questionou, desviando os olhos do Lucas, os deixando cair sobre mim.

— Falei com Philip ontem à tarde e decidimos não acionar a cláusula de afastamento por lesão. Pelo que fiquei sabendo, os patrocinadores não reclamaram que o carro do Lucas foi guiado pelo piloto de testes na última corrida, mas gostariam de sugerir alguns nomes mais qualificados para esse período, para terem mais visibilidade daqui pra frente. Vamos tentar resolver isso sem cancelarmos o contrato, para não prejudicarmos o Lucas e para atendermos bem ao cliente, porque rompendo a parceria agora, além de Lucas perder um bom dinheiro, poderia comprometer a possibilidade de reatar as parcerias no futuro. Philip disse que o piloto que foi sugerido está disponível e aceitou colocar no carro os patrocínios pessoais do Lucas. Isso já é uma grande coisa. Então pensei em proparmos ao Nicolas, e depois aos patrocinadores, que todo *marketing* do carro vinte seja também colocado no carro treze do Gregory, assim, mesmo que esse novo piloto não tenha um desempenho tão bom, as marcas terão visibilidade suficiente, ganhando um segundo carro "de brinde". Também acho que seria interessante se Lucas pudesse ir às próximas etapas. Se o seu médico liberar, é claro. – falei, me voltando para ele – Assim, além de manter o contato, segue à disposição para atender os clientes das empresas nos espaços VIPs, como já vinha fazendo.

— Ótimas ideias! – Dr. Peternesco exclamou, empolgado – São resoluções simples e não existe razão aparente de alguém não aceitar.
— Luke também vai conceder várias entrevistas esta semana e usará a camisa da equipe com todas as marcas patrocinadoras.
Completou Philip.
— Você acha que seu médico libera para que você viaje?
Perguntei, olhando no fundo dos olhos castanhos mais desconcertantes do mundo, mas acabei desviando para a boca mais tentadora de todas quando Lucas passou a língua pelo lábio inferior.
Meu corpo se arrepiou e estremeceu com a visão, e acho que ele percebeu.
— Claro. Eficiente como sempre, hein, *Srta. Moore*?
O modo provocante como ele falou mexeu comigo mais do que deveria e eu quase gaguejei ao responder.
— É me-meu trabalho. – respondi, desviando o olhar daqueles lábios pecaminosos, que eu queria que estivessem percorrendo todo meu corpo, e tentei ao máximo romper o clima sexual que se estabelecia entre nós dois – E como está a sua pontuação no campeonato?
— Richard está cinco pontos atrás de mim e Ethan dois pontos atrás dele. Na próxima corrida eu já serei história. *Se* eu conseguir voltar, lá por novembro, vou ter deixado de lutar por uns cento e cinquenta pontos. Adeus campeonato. Quanto muito, posso me empenhar por um troféu de bronze, mas eu tô cagando pela posição que vou conseguir ficar.
— Desculpa, mas eu acho ridículo você dizer isso. – os quatro pares de olhos masculinos se fixaram em mim enquanto eu fixava em apenas um deles – Mesmo se você não tivesse sofrido um acidente, chegar entre os três primeiros colocados é algo muito bom, sim! E é ainda mais espetacular sem o piloto acelerar nas pistas durantes meses! Seria algo fantástico! Se existir chance matemática de você conseguir fazer isso, você deve se empenhar como se fosse uma luta pelo primeiro lugar.
— Muito bom o seu discurso, *Pollyanna*[8], mas não funciona. O segundo é o primeiro perdedor, e o terceiro então...
— Eu vejo o segundo como o segundo vencedor. Quantos carros são? Uns quarenta? Poxa, ser o segundo ou o terceiro melhor entre quarenta e tantos competidores é *sim* algo fantástico.
Lucas sorriu, e quando a pressão entre suas sobrancelhas diminuiu, eu senti meu cenho relaxar também, e talvez meus lábios tenham me traído e se armado em um sorriso, mas eu não conseguia saber, porque meu sistema sensorial só captava e traduzia a reação do homem à minha frente, passando de irritado e pessimista para tranquilo e... encantado.

---

8 Personagem do livro de mesmo nome da autora Eleanor H. Porter, que é conhecida por sempre ver o lado positivos em todas as situações.

CAPÍTULO 28

Quando a reunião acabou, juntei minhas coisas para voltar à minha sala, mas fui interceptada por Lucas, antes que eu pudesse sair pela porta.

— Será que podemos conversar a sós por cinco minutos?

Philip, atento como sempre, puxou assunto com Dr. Peternesco e Theo, para que ninguém nos interrompesse.

— Você quer falar mais alguma coisa sobre...

— É particular.

Ele não aceitou meu teatro e foi direto ao assunto.

— Eu não acho apropriado.

— *Cinco minutos.* Quer que eu peça autorização ao Theo?

A pergunta soou irônica, com sua voz escapando muito baixa e grave.

— Vamos até a minha sala.

Respondi, estreitando os olhos e meneando a cabeça para a porta.

Lucas caminhava com bastante facilidade com aquelas muletas, mas o que eu mais notei foram seus bíceps fortes se contraindo por baixo da camiseta branca enquanto fazia força para andar. Meus dedos coçavam de necessidade de tocar aquela pele bronzeada, de brincar nos contornos daquela musculatura, sentindo sua textura e temperatura.

Chegamos à minha sala e eu puxei uma cadeira para ele se acomodar, e enquanto ele sentava, fechei a porta.

— Pronto. O que você quer falar comigo?

Fui caminhando para me colocar do outro lado da mesa, mas resolvi mudar a rota e me sentei na cadeira ao lado da que ele ocupava.

— Como você está?

Lucas perguntou, assim que virei o corpo de frente a ele.

— Bem, já disse. Era isso?

— E o bebê?

Pisquei várias vezes, tentando fazer meus neurônios se conectarem, e inspirei com força.

— Bem, e o seu?

— Também, mas eu não acredito que seja realmente meu. Camille já aprontou demais. Ela não tem mais créditos comigo. Vou fazer um exame de DNA quando nascer. Infelizmente precisarei esperar nascer, porque ela disse que é perigoso demais fazer ainda grávida e se nega a arriscar.

— Hum...

— E você, tem certeza de que Theo é o pai do seu filho?

Engoli em seco, fazendo um esforço tremendo para manter a coluna ereta e a respiração controlada. Eu não podia desabar na frente do Lucas. Eu precisava aprender a lidar com aquele tipo de situação. O que estava em jogo era muito importante para arriscar.

— O que você está querendo dizer?

— Quero dizer que pode ser meu. – ele respondeu, esperançoso – Foi tão... rápido.
Levantei agitada e me posicionei atrás da cadeira, com as mãos agarradas ao encosto.
— Lucas, você está me ofendendo! Eu sei quem é o pai do meu filho!
— Desculpa! – ele ergueu as duas mãos – Não foi minha intenção! Eu só pensei que... talvez... houvesse uma chance.
— Uma chance...
Refleti.
— Eu queria ser pai do seu filho.
Lucas sussurrou, imediatamente desviando os olhos dos meus para fitar suas mãos.
Aquele nó na garganta, já tão familiar, se apresentou novamente, e tudo que eu pude pensar era que eu precisava tirar aquele homem da minha frente, porque eu sentia que meu coração não aguentaria nem mais um minuto.
— Nós fizemos o teste. Theo é o pai.
Lucas ficou de boca aberta, piscando sem dizer nada por alguns instantes, como se apenas naquele momento compreendesse uma verdade.
— Ah...
— É melhor você ir embora.
Ele balançou a cabeça.
— Eu conheço você, *Natalie*. Tem alguma coisa estranha nessa história. Há poucos minutos, na sala de reuniões, você não ficou completamente indiferente a mim. Eu vi. Agora você está agitada e tentando me mandar embora antes de quê? O que você está me escondendo? Se esse filho realmente não é meu, o que mais pode ter nessa história? É isso que não faz sentido pra mim. Você diz uma coisa e demonstra outra. Me fala. *Por favor*, o que está acontecendo?
Ai. Meu. Deus! Socorro!
— Para! Para com isso! Me deixa seguir a minha vida! Você me traiu *duas vezes* e engravidou outra mulher. O que você ainda espera de mim?
— Eu *não* traí você!
Ele tentou manter a calma, mas suas mãos já agarravam com força os braços da cadeira. Se pudesse caminhar, ele começaria a andar de um lado para o outro e estalaria os dedos sem parar.
— Ah, não? E o que se chama o fato de eu ter pego você fodendo outra mulher na sua cama?
Eu precisava jogar com o que eu tinha.
— Naquele dia, eu estava fora de mim, completamente drogado. Você sabe! – Lucas falava com os dentes cerrados, com uma raiva que eu não sabia se era direcionada a mim ou à Camille – E no outro dia eu não sei como ela estava na minha casa, mas por segurança, troquei todas as fechaduras.

CAPÍTULO 28

— Tem certeza de que não sabe como ela entrou na sua casa?
Seus olhos viraram chama. Sua raiva era direcionada a mim.
Lucas levantou apoiando uma mão na minha mesa e, apontando um dedo na minha cara, rugiu:
— Eu *nunca* fiquei contra você, quando *você* passou por uma situação dessas! Eu *nunca* julguei suas atitudes. Eu *nunca* questionei nada além de perguntar por que você não queria chamar a polícia. Eu *sempre* estive ao seu lado, amando você e aceitando todos os limites que você me pedia.
Meu coração parou de bater.
Exatamente o que Lauren já havia me dito, nós somos vítimas de um mesmo crime, apenas as amarras foram diferentes. Eu sabia. Talvez Lucas estivesse sofrendo como eu sofri e ainda precisava lidar com uma gravidez da Camille e minhas acusações. Eu queria poder confortá-lo, mas eu não podia.
— Lucas...
— Tudo bem, Natalie. Nós não temos mais o que conversar. Eu não vou tentar provar meu ponto, porque isso tudo é uma merda fodida e eu prefiro esquecer, o máximo que eu puder esquecer.
Lucas foi embora e eu acabei com os braços encostados à porta e o rosto escondido entre eles enquanto chorava.

29

Resolvemos todos os contratempos com os patrocinadores e Lucas conseguiu viajar para Wisconsin e acompanhar a etapa de Road America da *Pro Racing*. Deve ter sido difícil para ele ir até lá e não acelerar seu carro. Certamente, passou o final de semana inteiro se sentindo frustrado e irritado, mas cumpriu com suas obrigações, porque, acima de seu estado físico e emocional, Lucas sabia que precisava manter seu profissionalismo.

Como consegui me esquivar daquela viagem, me concentrei em comprar coisas para o meu bebê, acompanhada da minha mãe, que estava na cidade para passar o final de semana comigo.

Passado o choque que minha gravidez inesperada causou, meus pais ficaram radiantes com a chegada do primeiro neto, porém não concordavam com minha decisão de não contar a verdade ao Lucas, até porque isso significaria que eu seria mãe solteira, ao ponto que, se Lucas soubesse a verdade, eles tinham certeza de que ele me levaria para sua casa nem que fosse arrastada pelos cabelos, e me livraria do "fardo" de criar um bebê sozinha. Eles eram tão conservadores...

Saciando minha curiosidade, me escondi no meu quarto e assisti à corrida de domingo para saber como ficaria a classificação do campeonato, e para ver se fariam algum comentário sobre a recuperação e retorno do Lucas às pistas. Filmaram ele assistindo ao *show* de batidas e penalizações pela televisão do *box* da equipe do Nicolas, enquanto angustiado roía as unhas. Lucas nunca foi de roer unhas, mas também nunca teve que lutar por um campeonato do lado de fora do carro. Ele sempre trabalhou tanto se arriscando, cuidando do corpo, dos patrocinadores, estudando aqueles gráficos complexos da telemetria e pesquisando alternativas para seu carro, que era impossível não pensar o quanto era injusto ele ter que ficar observando de braços cruzados sua história ser escrita. Ele devia estar uma pilha de nervos, e eu não estava ao seu lado, mas Leonor estava lá, a filmaram junto do filho e eu senti um enorme alívio, porque ela e Lucas eram muito próximos e era daquele tipo de amor que ele precisava naquele momento de tensão.

No final da corrida, Richard e Ethan colidiram em uma manobra estúpida e não marcaram pontos, o que significava que Lucas seguia na liderança

CAPÍTULO 29

do campeonato. Outros pilotos subiram na tabela, mas a disputa ainda seguia entre os mesmos três competidores. Uma corrida a menos. Eu estava em uma contagem regressiva desesperada. Dali mais duas semanas teria outra prova, e eu estaria novamente torcendo contra os principais adversários do Lucas.

A cobertura do canal que transmitia a *Pro Racing* seguia mostrando a festa das equipes e algumas entrevistas depois do pódio, até que um repórter entrou no *box* do Nicolas e pediu para que Lucas lhe respondesse algumas perguntas.

— Luke, como está a sua recuperação? Vai dar pra voltar a competir?

— Claro. Estou me dedicando de corpo e alma à minha reabilitação e graças a Deus a evolução tem sido muito rápida.

— Você volta ainda este ano?

— Espero que sim.

— E acha que tem condições de voltar e disputar o campeonato?

— Se meus adversários me ajudarem como hoje, quem sabe? É uma possibilidade. – ele deu uma risadinha curta – Mas falando sério, eu não penso mais no título, só em voltar a competir.

— E o casamento?

— Quê?

Lucas não lembrou que a imprensa o tinha visto me pedir em casamento ao final da corrida em Sonoma.

— Todos vimos você pedindo sua namorada em casamento quando venceu aquela impressionante corrida na chuva em...

Ele riu, interrompendo a pergunta.

— Verdade. Verdade. – batendo amigavelmente no ombro do repórter, Lucas foi dando um passo ao lado – Cara, preciso ir. Nos veremos em breve.

Com um sorriso educado, Lucas encerrou a entrevista sem falar que estávamos rompidos, e porque eu era uma grávida sensível demais, me afoguei em lágrimas.

Aos poucos, as coisas foram se acalmando, a dor se tornando suportável e a saudade que eu sentia do Lucas era toda canalizada ao amor pelo bebê que eu gerava na minha barriga. Enfim a vida ia seguindo seu curso natural, ou, pelo menos, o curso que precisava ser mantido.

No meio do mês de outubro, Lucas surpreendentemente voltou a competir, e pela forma arrojada como guiou, posso dizer que ele estava com a mesma confiança de antes. Os repórteres esportivos estavam todos questionando sua capacidade de ser rápido e competitivo novamente, se não por algum tipo de lesão que pudesse afetar seus movimentos, então pelo lado emocional, que poderia inconscientemente inibi-lo, mas logo em sua reestreia ele botou esses questionamentos abaixo, conseguindo ser rápido e competitivo o bastante para acabar a corrida no terceiro lugar, depois de ter largado na sétima posição. Isso ajudou muito em sua pontuação no campeonato; ele subiu de oitavo para quinto em um único dia, mas Richard estava a mais de trinta pontos a sua frente e restavam poucas provas até o final da temporada.

Com quatro meses de gestação, eu ainda nem tinha barriga aparente, mas gostava de empurrá-la para frente tentando deixá-la mais saliente. Se minhas roupas não estivessem servindo tão bem, eu já teria comprado algumas peças de grávida para desfilar por aí.

Na semana seguinte à corrida de reestreia do Lucas, tive uma consulta médica e Dra. Rowland disse que já conseguia enxergar o sexo do meu bebê. Ela me perguntou se eu gostaria de saber e eu pensei em dizer não e alimentar um pouco a falta desse conhecimento, já que Lucas também não poderia saber, mas quando Lauren começou a surtar ao meu lado, eu cedi, e descobri que eu esperava um menino.

Um menino!

As imagens daquele pequeno ser que ainda se parecia com algum tipo de alienígena, com a cabeça do mesmo tamanho da barriga e pernas e braços fininhos demais, era o oásis no deserto para mim. Seu coração batia forte e aquele era o verdadeiro som da paz. Ele se desenvolvia rápido e saudável, mas me machucava o fato de que seu pai não estava acompanhando nada daquilo, assim como não o veria nascer, não o embalaria durante a noite, não o aconchegaria em seu colo forte quando tivesse medo do escuro, não lhe ensinaria a andar de *kart* e nem assistiria com ele aos seus desenhos favoritos.

Cada vez que eu descobria que meu bebê estava bem, que estava crescendo da maneira correta, que estava dentro do percentil esperado e mais tantas coisas que preenchiam meus dias, eu ficava com aquela vontade quase incontrolável de ligar para o Lucas e dividir as alegrias com ele, mas então eu pensava que ele devia estar dividindo as mesmas alegrias com Camille, e pela segurança do meu filho e meu bem-estar psicológico, eu me ocupava com alguma outra coisa e deixava aquela ideia de lado.

Voltei ao escritório com as novas fotos do meu menino dentro de um envelope branco. Mais tarde naquele dia colei as imagens no *scrapbook* e escrevi mais para o meu filho.

Meu filho!

CAPÍTULO 29

Em dezembro, eu estava entrando no meu sexto mês de gestação e finalmente já me parecia com uma grávida. É tão frustrante quando você está louca para que deixem você passar na frente das filas, que perguntem se será menino ou menina e que lhe concedam todas as vantagens que as grávidas merecem, mas ninguém nem repara em sua condição. Muito pelo contrário, olham torto quando você entra no caixa preferencial do supermercado ou quando veem seu carro estacionado em uma vaga especial. Talvez os meses mais difíceis da gestação sejam os primeiros. Pelo menos, para mim, foi assim. Eu enjoei muito até fechar o terceiro mês, tinha um sono anormal e meu corpo quando desligava me fazia praticamente desabar onde quer que eu estivesse. Um caixa preferencial era muito mais importante naquele período do que no auge dos meus seis meses de gestação, quando eu estava ativa e disposta, apesar de sentir cada quilo do peso extra e a mudança do meu centro de gravidade.

— Nat?

Theo me chamou, colocando apenas a cabeça para dentro da minha sala.

— Entra.

— Já são quatro da tarde, você não tinha que sair essa hora para dar tempo de passar em casa antes de ir se arrumar no salão?

— Nossa! — exclamei, virando o pulso para conferir o horário no meu relógio — O tempo passou voando! Eu preciso ir. Obrigada. Você me pega às oito?

— Claro.

Juntei minhas coisas, desliguei o computador e ao passar pelo meu amigo dei-lhe um beijo no rosto e fui embora apressada.

Naquela noite teríamos a festa de cinquenta anos da InBox, uma empresa que apoiava o Lucas há anos, e como eles se tornaram nossos clientes, teríamos que comparecer ao evento, mas eu soube que Lucas estava na Europa conversando com a equipe que ainda queria levá-lo para competir na *Formula Gold*, então eu não precisava me preocupar ou ansiar em encontrá-lo. Fazia muito tempo que não nos víamos, e tudo que eu sabia dele se resumia às corridas ou a relatos do meu chefe, que foi quem passou a acompanhá-lo em algumas reuniões, porque como eu andava exausta por conta da gestação, tive que me afastar bastante dos assuntos que envolviam nosso principal cliente.

Lucas tinha conseguido vencer algumas provas e estava galgando pontos preciosos no campeonato. Eu ainda rezava por ele todas as noites e cada vez que via seu sucesso era como se uma parte de mim tivesse dado certo também. Na semana seguinte aconteceria a última etapa da *Pro Racing*, e como já era esperado, ele não tinha mais chances matemáticas de conquistar o título, porém, depois de atos heroicos e de contar com a sorte, e o azar de outros pilotos, existia uma pequena possibilidade de ele ainda conseguir ficar em segundo lugar. Eu tinha fé nisso.

Para ir à comemoração da InBox, Lauren me emprestou um vestido longo que ela havia usado no casamento da irmã do Michael no ano anterior. O modelo solto permitia que a peça entrasse em mim sem problemas com a protuberância da minha barriga e o aumento considerável dos meus seios. Ele era de seda cor de uva, tinha uma manga longa e larga em um braço, enquanto o outro ficava descoberto, deixando um corte diagonal atravessar meu colo. O tecido enviesado dançava no corpo até arrastar levemente no chão, e dependendo de como eu me movia, nem dava para perceber minha barriga de grávida. Na perna direita, uma enorme fenda subia extravagantemente até quase a virilha, onde uma delicada fivela prata unia os lados do recorte para que não abrisse demais. Calcei uma sandália forrada com o mesmo tecido do vestido e carreguei na mão uma *clutch* acrílica em tons de roxo, lilás e magenta. O cabelo prendi em um coque baixo com efeito desmanchado e a maquiagem era como eu gostava de usar: escura e esfumada nos olhos e *nude* nos lábios.

— Uau! Nat, você está uma deusa! – Theo elogiou, ajeitando a gravata preta no colarinho da camisa branca, depois passou as mãos no paletó chumbo como se quisesse esticá-lo – Vamos logo, porque eu estou louco para me exibir ao seu lado nesta festa.

Balancei levemente a cabeça, repudiando aquele tipo de elogio, e segui em direção à porta do meu apartamento. Theo apoiou uma mão nas minhas costas e seguiu atrás de mim pelas escadas, depois caminhamos lado a lado no *hall* do meu prédio e, quando passamos pela portaria, ele segurou a porta para mim, logo repetindo a delicadeza com a porta do seu carro. Meu amigo estava sendo um verdadeiro cavalheiro comigo, e apesar de deixar suas intenções muito claras, não me pressionava e nem me fazia sentir sufocada. Sua tática havia claramente mudado e sua amizade aos poucos se transformava em algo muito forte e importante na minha vida.

Theo já havia me acompanhado em palestras sobre maternidade, se prestou a passar um dia inteiro fazendo pesquisa de preços de quartos de bebê, dava sugestões de nomes e praticamente todos os dias me entregava um novo pacote de fraldas. Eu não podia ignorar todo aquele carinho.

30

Chegamos ao elegante hotel Fairmont, onde a festa da Inbox aconteceria, e na recepção uma jovem vestida com um *tailleur* preto e um lenço laranja amarrado no pescoço nos encaminhou à entrada do grande salão decorado com rosas coloridas em enormes vasos de porcelana branca. Em seguida, outra jovem uniformizada da mesma maneira conferiu nossos nomes em uma lista interminável e nos conduziu por um caminho entre enormes velas quadradas, até que chegamos a uma mesa com mais dois casais, além do Dr. Peternesco e sua esposa.

Dona Margarida Peternesco ficou esfuziante quando me viu, parecia que eu já carregava meu filho no colo e não na barriga. Ela tinha encarnado perfeitamente o papel de avó, e eu adorava me sentir amada e cuidada por ela, uma vez que minha mãe não podia ficar me mimando por muito tempo em São Francisco.

Depois de cumprimentar todos que estavam sentados à nossa mesa, fiquei ouvindo a esposa do meu chefe contar sobre as lindas roupinhas que ela havia comprado para o meu filho, e que só não havia me levado para entregar na saída da festa porque queria me forçar a visitá-la no final de semana.

Eu ria e prometia visitá-la assim que fosse possível, mas meus olhos discretamente passeavam pelo salão à procura de... de nada. Eu sabia que Lucas não iria, mas... sim, de qualquer forma eu estava o procurando entre os convidados.

Durante minha busca, avistei Leonor sentada ao lado de Dona Thereza e Jim Truffi em uma mesa na mesma posição da minha, porém no lado oposto do salão. Eles estavam com algumas pessoas que eu não conhecia e Leonor acenou em minha direção quando nossos olhares se cruzaram. Educadamente, pedi licença aos meus acompanhantes e caminhei até lá.

— Olá, meninas! Olá, Sr. Truffi.

Cumprimentei, sorridente, curvando o corpo e tocando o ombro de Dona Thereza, que estava sentada de costas para o caminho por onde cheguei.

— Nat! – Leonor levantou e o casal a imitou – Como você está linda!

— Imagina! Já estou ficando disforme.

Ah... Como eu sentia falta deles!

— Oi, minha filha. Como vocês estão?
Dona Thereza acariciou minha barriga quando perguntou.
— Estamos ótimos. – respondi, sorrindo – É um moço que vem por aí.
— Um menino? – Leonor moldou um enorme sorriso no rosto – Parabéns! Você vai ver como os filhos homens são protetores das mães, é uma maravilha!
— Se eu conseguir ser uma mãe como você, tenho certeza de que terei um filho excelente.
Ela sorriu como costumava sorrir para mim, com seu olhar dizendo "eu sei que você ainda ama meu filho", e por um instante eu pensei que talvez ela nunca esteve estranha comigo e eu que imaginei coisas.
— Tudo bem com Theo?
Leonor perguntou, iniciando uma conversa assim que os cumprimentos foram feitos, mas mentir para ela era tão ruim quanto mentir para o próprio Lucas e eu me retraí para responder.
— Sim. E o seu netinho, já sabem o sexo?
Eu não queria saber do Lucas, tanto quanto eu morria de vontade de saber tudo que ele andava fazendo.
— Sim. – ela respondeu, revirando os olhos, querendo comunicar muito mais que apenas um "sim", mas eu não entendi o recado – Camille espera uma menina.
Uma menina. Lucas teria um casalzinho de uma só vez. Senti raiva e inveja, porque Camille dividia todas as alegrias da gestação com eles e eu não. Apesar de saber que a mãe da criança não era bem-vinda, uma criança sempre acaba revolucionando uma família. Se Lucas ainda não estava curtindo a ideia de ser pai, ele curtiria em breve. Ele era um bom homem, jamais negaria um filho.
Mesmo vindo na circunstância que vinha?
Eu também aceitaria se tivesse engravidado do Steve?
Balancei a cabeça, mudando o rumo dos meus pensamentos.
Eu podia imaginar Lucas como pai e sabia que Camille estava em larga vantagem. Meu coração apertou naquele instante e o ar parecia não ser suficiente nos meus pulmões.
— Lucas sempre quis filhos. Tenho certeza de que vai ser um pai maravilhoso.
Fiz uma colocação ao léu, não julguei o quanto eu queria ouvir uma confirmação dos meus pensamentos.
— Ele nunca quis ser pai dessa maneira. Isso muda muito o cenário. Meu filho vai cumprir suas obrigações e vamos ver o que o futuro nos reserva, mas no momento ele está mais feliz com as corridas. Você já está sabendo que ele vai mudar para Europa?
Ele aceitou a proposta! Ele vai embora!

CAPÍTULO 30

— Hum? – meu queixo caiu e eu pisquei incessantemente – Ah! Que boa notícia!
Embora eu torça sempre pelo melhor para o Lucas, soei mais falsa que uma nota de dois dólares. Ele iria embora. Não poderíamos cruzar acidentalmente na rua, eu não bateria na traseira de seu carro, Pole não seria um dos labradores da cidade... Ou talvez fosse, mas sem Lucas o levando a passear. Simplesmente seria como se aquele homem nunca tivesse existido na minha vida, e por mais que eu *precisasse* ficar distante dele, uma distância assim, tão grande, levaria um tempo até ser assimilada.
— Boa noite!
Uma voz grave, rouca e familiar vibrou às minhas costas e eu arregalei os olhos ao estremecer o corpo inteiro, inspirando fortemente pela boca. Leonor sorria, olhando para além de mim, e Dona Thereza não desviava os olhos do meu rosto. Girei o corpo devagar, sem muita certeza se conseguiria controlar meus tremores, meu coração espancando minhas costelas em batidas aceleradas e intensas, minha boca seca, a respiração curta... E dei de cara com Lucas, parado a apenas um passo de distância.
Ele estava lindo! Parecia cada vez mais diabolicamente bonito! Vestindo um terno grafite de três peças com camisa preta e gravata cinza, ele deu um enorme sorriso quando meus olhos chegaram aos seus. Pisquei repetidas vezes, implorando ao meu corpo que cooperasse comigo, mas eu seguia atônita e incapaz de dizer um mísero "oi", então ele se aproximou ainda mais para me cumprimentar.
— *Natalie, – Ai, meu Deus, eu vou cair dura aqui mesmo!* – que bom encontrar com você novamente. – ele se curvou, me olhando nada discretamente da cabeça aos pés e me puxou pela cintura, fingindo casualidade, mas sua mão fez pressão maior que o necessário na minha lombar e nossos corpos se encostaram mais do que o adequado em um cumprimento normal. Ele me beijou o rosto, sem que eu ainda tivesse dito uma única palavra, e eu senti seu perfume inesquecível ao mesmo tempo que sua barba roçou minha bochecha e seus lábios me tocaram no canto da boca. Coloquei as mãos em seus bíceps e apertei discretamente. Discretamente para os olhares ao redor, porque Lucas obviamente percebeu, e então se atreveu a dizer: – Você continua deslumbrante.
— Oi, Lucas. Achei que você estivesse em... algum lugar da Europa.
— Eu estava. Voltei hoje. Eu não poderia perder esta festa. Tinham *algumas pessoas* que eu precisava encontrar novamente.
Seus olhos só desviaram dos meus quando ele acabou de falar e eu passei a língua nos lábios, atraindo sua atenção para a minha boca um pouco mais inchada devido à gestação.
Ele inspirou forte. Eu engoli em seco.

— Eu... eu vou pra minha mesa. – virei o rosto e olhei timidamente para os familiares do Lucas – Bom jantar pra vocês, até mais.

Lucas ficou me olhando com um sorriso arrogante estampado em seu rosto perfeito e eu saí dali quase fugida de volta ao meu lugar.

O jantar foi servido à francesa, e se aqueles mil pratos demorassem um pouco mais para serem substituídos, eu sairia correndo no meio do serviço e iria para casa me esconder debaixo das cobertas da minha cama. Theo estava aproveitando que precisava representar o "pai de família" e não economizava nos carinhos comigo. Passava a mão no meu ombro nu, acariciava minha barriga e falava baixo ao pé do meu ouvido, e eu não olhei para além do meu próprio prato nem uma mísera vez.

Logo após a sobremesa, o presidente da InBox fez um longo discurso, que lhe rendeu muitos aplausos ao final, e em seguida o DJ começou a tocar músicas românticas para os casais mais apaixonados irem dançar juntinhos na pista de dança. Theo me convidou para me juntar às pessoas que deslizavam alegremente de um lado ao outro, mas eu preferi ficar sentada e aguardar o limite de tempo social adequado para poder ir embora daquela festa sem parecer mal-educada.

Confesso que eu não imaginava que ainda seria tão abalada pela presença do Lucas, afinal, vários meses já haviam se passado, mas eu fui drasticamente afetada por tudo que aquele homem significava para mim.

Eu já não aguentava mais beber suco de abacaxi quando o furacão Luke Barum chegou ao meu lado para me destruir um pouco mais.

— Com licença, – ele disse, com aquela voz grave e *sexy* próxima demais do meu ouvido. Ele tinha apoiado a mão no encosto da minha cadeira, mas virado o corpo em direção ao Theo – tudo bem, Theo?

Ele estendeu a mão e tudo que pude ver foram seus dedos compridos estendidos e o Rolex aparecendo sob a manga do terno.

Oh meu Deus, esses dedos...

— Oi, Luke.

Theo correspondeu ao cumprimento, mas não se levantou, e em seguida Lucas cumprimentou Dr. Peternesco com um abraço, sua esposa com um beijo no rosto, as demais pessoas à mesa com um breve aceno de cabeça e se voltou a mim.

— *Natalie*. – ele inclinou o rosto, como se fosse um cumprimento, e só então eu ergui o olhar para ele – Será que eu poderia ter a honra de dançar esta música com minha extraordinária advogada?

Ele ignorou completamente o fato de Theo ser, teoricamente, meu namorado. Lucas era muito charmoso e confiante, combinação que, aliada à sua beleza ímpar, era torturante resistir.

— Eu... Hum...

CAPÍTULO 30

— Uma música.

Ele argumentou, ainda inclinado na minha direção, enquanto me puxava delicadamente pela mão, fazendo meu corpo aumentar alguns graus de temperatura com o simples toque.

E sem falar mais nada, e nem ao menos olhar para o Theo, segui com ele até a pista, que tinha no chão um painel de LED com imagens de folhas de plátanos que iam se movendo como se vento as carregassem.

— Lucas...

— Shhh.... – ele me repreendeu, e com uma das mãos na minha lombar, me puxou ainda mais perto, fazendo nossos corpos se encostarem. Meio sem jeito, lhe entreguei uma mão e a outra apoiei em seu ombro ao começamos a dançar – Quando percebi qual música estava tocando, *precisei* tirar você pra dançar.

Prestei atenção na antiga "Because You Loved Me" e sorri melancolicamente.

— Idem.

Confessei sem pensar, depois de escutar algumas estrofes, incitando Lucas a parar de se mover e se afastar um pouco para me olhar nos olhos. Seu cenho estava franzido e ele inclinou a cabeça de leve, me pedindo uma explicação, afinal, nós só não estávamos juntos porque *eu* não queria, consequentemente não tinha muito nexo eu dizer coisas como "eu era abençoada porque era amada por você", mas eu desviei o olhar sem lhe prestar esclarecimento algum e voltamos a dançar em silêncio.

Aos poucos, Lucas levou nossas mãos para junto de seu peito, e quando estavam próximas o suficiente ele deslizou a sua para fora da nossa pegada e fez minha palma encostar na altura de seu coração. Senti seu calor e firmeza quando ele cobriu minha mão com a sua, fazendo mais pressão contra si, e por alguns segundos fingi que estávamos juntos e que ainda éramos um casal feliz.

Ao perceber que não resisti ao movimento, Lucas tomou mais liberdade e acariciou minhas costas com o polegar, e mais uma vez não o repreendi. Sua respiração quente era como uma carícia na minha pele e por vários instantes eu fechei os olhos e apenas o senti.

— Eu sinto tanto a sua falta, Pequena... Eu achei que ia melhorar, mas piora a cada dia.

Não. Eu não posso lidar com isso!

— Eu não quero ouvir isso, Lucas!

Quis empurrá-lo, mas ele me manteve no mesmo lugar.

— Eu sei que você está acompanhada. Eu não vou fazer nada inapropriado, só quero dançar com você.

Ele novamente espalmou a mão na minha lombar e me apertou um pouco mais forte.

Um novo silêncio tomou conta e eu fiquei apenas ouvindo a música e sentindo nossos corpos colados, com a tensão de um passando para o outro. Quando a música estava quase no final, Lucas voltou a falar.

— Você está tão linda grávida. *Tão linda!* Theo deve estar muito feliz e muito orgulhoso. Acho que *ele* não vai fazer merda nenhuma pra machucar você.

— Lucas, me solta, eu quero voltar pra minha mesa.

A vontade de chorar fez com que mal conseguisse pronunciar as palavras, mas ele não deixou eu me afastar.

Comecei a sentir chutes e cambalhotas na minha barriga, como se nosso filho quisesse se comunicar com o pai.

— Não se preocupe, eu não vou tornar este momento mais constrangedor, se você realmente está com alguém, eu não vou tentar mais nada. Tenho me mantido o mais afastado possível, por você. Só saiba que eu amo você, que eu *nunca* fui infiel e que *nunca* amei alguém como amo você. Amo tanto, que o mais importante pra mim é que você seja feliz, e se é assim que você quer, assim será. Eu só precisava sentir seu corpo perto de mim, pela última vez.

Pela última vez!

Ele estava encerrando a nossa história. Eu sabia que no momento em que ele oficialmente parasse de lutar, "*nós*" chegaríamos ao final definitivo. Ele iria mudar de país. Ele iniciaria uma nova vida. Ele estava se retirando.

Lucas encostou a testa na minha e eu não contive duas ou três lágrimas. Naquele momento nem me importei se alguém estava olhando com estranheza, também não me preocupei com o quanto aquilo poderia estar sendo esquisito para o Theo. Eu só precisava daquela última dança, para nos despedirmos.

A música acabou e "Let Her Go" iniciou, substituindo com a ala mais jovem da festa a maioria dos casais mais velhos que estavam dançando abraçados, mas ainda com a testa encostada à do Lucas, resolvi fazer a *minha* despedida.

— Lucas, você não consegue nem começar a entender a profundidade dos sentimentos que eu tenho por você. Você está em mim de uma maneira que nem imagina, e eu vou amar você para sempre!

Despejei essas palavras e me afastei.

— *Natalie!*

Ele me segurou pela mão, os olhos confusos estreitados na minha direção, a respiração agitada e sua postura tensa mostrando que ele estava nitidamente atordoado pelo que acabara de ouvir, mas eu puxei meu braço delicadamente e o vi baixar os olhos para nossos dedos, que se soltavam na altura do meu quadril, e no último segundo ele deixou seu indicador deslizar minimamente pela minha coxa exposta na enorme fenda do vestido, quando nossos olhos se encontraram uma última vez no exato instante em

CAPÍTULO 30

que Passenger cantava o solitário *"and you let her go"* [9], que trazia junto a primeira batida forte da canção.

Lágrimas já rolavam uma a uma no meu rosto e um buraco no meu estômago parecia ocupar o espaço do bebê, que havia se acomodado em um canto da barriga e não fazia mais movimento algum. Passei pela minha mesa, peguei minha bolsa e pedi ao Theo que me levasse para casa. Ele se levantou rapidamente, nos despedimos de quem ainda estava sentado com ele e fomos embora em fração de segundos. De longe, fiz um sinal com a cabeça para me despedir da mãe e dos avós do Lucas, que estavam com os rostos tão petrificados que mal conseguiram acenar de volta.

Lucas estava em pé ao lado de seu avô e não moveu um músculo quando me viu sair, mas o senti me acompanhar com o olhar até quando eu já estava de costas. Theo seguia meus passos agitados até cruzarmos o *lobby* e entrarmos no carro. Quando afivelei o cinto de segurança e quis me explicar, comecei a chorar e não consegui dizer nada.

— Está tudo bem, Nat. Relaxa.

Dito isso, eu virei o rosto e fiquei o trajeto inteiro observando as pessoas que caminhavam na rua no meio da madrugada, vi o vento fazer uma sacola plástica dançar ao nosso lado, enquanto esperávamos o sinal abrir em uma avenida, e fiz força para não reviver os acontecimentos de alguns minutos atrás.

Muda, eu tentava acalmar o choro, até que o carro estacionou em frente ao meu prédio.

— Theo, eu preciso pedir desculpas por aquele... "incidente" na pista de dança. Você não merece que eu o faça mal de maneira alguma, mas... nós estávamos nos despedindo.

— Nat, eu não sou tão insensível assim. Eu sei que você é apaixonada pelo Luke, e ainda por cima está grávida de um filho dele. Não deve estar sendo fácil. Eu conheço você, sei que não quis me expor. Está tudo bem.

— Você não existe!

Abracei meu amigo com todas as minhas forças e desci do carro.

Passei reto pelo zelador, que varria o *hall* de entrada no horário mais improvável possível, e o deixei me achando a mais mal-educada moradora do prédio. Subi correndo as escadas, me apressando o máximo que consegui em direção ao meu apartamento vazio, então caminhei ruidosamente até meu quarto, me fechei lá dentro, joguei longe a bolsa e os sapatos, tirei o vestido e me atirei na cama, chorando compulsivamente, escandalosamente e dolorosamente.

"Filho, hoje eu vi seu pai, e você parecia saber o impacto daquele encontro, porque se mexia tanto que por pouco não puxei a mão dele para minha barriga, para que pudesse sentir seus chutes. Ele estava dizendo que me amava. Ele quer você! Ele

---

9 "E você a deixou partir".

quer você mesmo sem saber que é seu pai. Não posso nem imaginar a reação dele se soubesse a verdade. O amor que foi capaz de gerar sua vida ainda é muito forte entre nós dois, e ao mesmo tempo em que me alimenta, me faz sentir sem forças.
 Lucas vai mudar para a Europa. Ele é um piloto sensacional e muito reconhecido no esporte. Tenho certeza de que fará um trabalho impecável na Formula Gold, mas a falta de oportunidade de vê-lo por aqui me deixa triste, apesar de que manter a distância é a melhor coisa para nós.
 Eu amo que Lucas é seu pai. Pena que ele não pode amar também."
 Tirei uma foto Polaroid do perfil da minha barriga em frente ao espelho, não me preocupando que no registro aparecia meu rosto inchado de tanto chorar, e coloquei dentro do livro que escrevia para o meu filho, contando o processo de sua gestação e falando sobre seu pai. A foto ficou entre todas as imagens que eu vinha fazendo mensalmente, junto de suas ecografias e algumas imagens do Lucas também. Um dia meu filho saberia a verdade. Um dia.
 Apenas quando o sol começou a avançar através da janela do meu quarto foi que meus olhos começaram a pesar e eu caí em um sono agitado e cheio de sonhos desconexos.
 Acordei no meio da tarde com tanta fome que meu estômago roncava alto. Levantei sentindo meu corpo fraco e, ao abrir o armário para vestir alguma coisa, encontrei uma camiseta do Lucas enrolada aos meus pijamas. Não pensei duas vezes e a vesti sobre uma calça de moletom. Caminhei até a cozinha, analisei o que tinha na geladeira, então decidi fazer um sanduíche e tomar um suco de uva natural, que Lauren passou a comprar para que eu não consumisse mais os sucos de caixinha que eu tanto gostava.
 Sentei em frente à televisão e assisti ao filme *O Guarda Costas*, do começo ao fim. Depois acompanhei *De Repente É Amor* e, assim, muda, isolada e me torturando, passei as horas, até que perto das oito da noite minha irmã entrou agitada em casa carregando uma mala.

— Poxa, Nat, estou há horas tentando falar com você! Por que não atendeu o telefone? Fiquei em pânico!

— Desculpe. Eu não vi.

— Nossa! Você quase me matou de preocupação e me fez voltar mais cedo da minha viagem romântica aos vinhedos para encontrar você aí, vegetando no sofá? Bem, que bom, mas podia ter um pouco de consideração comigo, né? Acho que vou instalar um telefone em casa também. Contar só com seu celular é muito arriscado.

— Eu não estou usando muito meu cérebro. Nem lembrei de pegar o celular.

— Quando meu sobrinho nascer eu não serei mais tão tolerante com você, viu?

Dei um sorriso amarelo e ela se sentou ao meu lado e me abraçou.

CAPÍTULO 30

— Tá, agora me conta, que carinha é essa? Aconteceu alguma coisa que eu ainda não saiba?

Não precisava ser nenhum gênio para ver que alguma coisa tinha acontecido e que eu estava arrasada, e mais uma vez a pobre Lauren ficou me ouvindo contar detalhadamente mais uma das minhas histórias cinematográficas. Ao final, ela estava com os olhos marejados como os meus e sem falar nada me aninhou em seu colo para ficarmos abraçadas até que eu caísse no sono.

31

Na véspera de Natal, os pais do Michael organizaram um jantar em sua casa. A desculpa era que eles viajariam no dia seguinte e queriam fazer uma celebração antecipada conosco, mas eu logo suspeitei que tinha algo mais naquele encontro, porque nos últimos dias meu cunhado andava cheio de mistérios e eu podia jurar que naquele encontro familiar minha irmãzinha iria ganhar o presente que esperava há tanto tempo, mas, aparentemente, apenas eu havia reparado nisso.

Na última semana, eu tinha decidido que meu filho chamaria Gabriel, como o anjo que trouxe a boa nova à Nossa Senhora, e mentalizei que era isso que ele seria na minha vida; uma boa nova, meu anjo salvador, um significado de esperança em um nascimento de mãe e filho. Tomei minha decisão depois da final da *Pro Racing*, quando Lucas conquistou o segundo lugar no campeonato e deu uma declaração dizendo que não se via como o primeiro perdedor, mas que depois dos acontecimentos dos últimos meses, se via como um vencedor. Minhas preces, afinal, ainda tinham alguma força.

Eu estava acabando de me vestir quando a campainha do nosso apartamento soou.

— Que estranho, o interfone não tocou. Quem será que passou sem ser anunciado pelo zelador? Você está esperando visita, Nat?

Lauren largou o *gloss* na pia do meu banheiro e foi se encaminhando à sala.

— Theo disse que ia tentar passar aqui antes de ir pra sessão imperdível de pôquer na casa dos primos dele. Sr. Wilson nem avisa mais quando é ele.

Um minuto se passou e eu não escutei conversa alguma. O silêncio me deixou curiosa, então amarrei o laço preto que ficava acima da minha barriga no meu vestido de lã cinza que ia até a altura dos joelhos, e sem sapatos segui até minha irmã, deixando que minha meia-calça preta de *cashmere* lustrasse o chão pelo caminho. Parei de súbito no final do corredor, quando enxerguei Lucas estático junto à porta da rua, lindo de morrer, vestindo uma calça jeans azul-escuro e um blusão preto de gola alta com um zíper na diagonal, indo do pescoço ao ombro. Mas nem tudo naquela aparência impecável se

CAPÍTULO 31

encaixava. Seu olhar não sustentava seu visual perfeito. Seus olhos castanhos me encaravam sem brilho algum. Eram vazios.

— Oi.

Eu disse, completamente em choque. Ele era a última pessoa que eu esperava encontrar na porta do meu apartamento, ainda mais depois de tudo que conversamos da última vez que nos vimos.

— Oi. – ele me olhou com carinho, despendendo um bom tempo na minha barriga, que ficava muito evidente naquele vestido – Desculpa aparecer sem avisar, mas amanhã é Natal e eu... Eu só queria entregar um presente. Achei que era melhor vir hoje.

— Um presente?

Dei mais alguns passos e parei ao lado do sofá, enquanto ele seguia além do marco da porta, onde minha irmã estava apoiada e congelada.

— Posso entrar?

— Ah, sim, claro. Desculpe.

Lucas passou pela Lauren, que parecia uma obra do Madame Tussauds, e parou à minha frente.

— Eu não vim pedir você em casamento, nem fazer nada demais. – ele riu, mas nenhum de nós relaxou – Só queria lhe dar isto.

Ele me entregou uma caixinha de veludo preto com um laço vermelho amarrado ao redor. Abri com cuidado e encontrei ali dentro um delicado cordão de ouro branco com um pingente no formato de um menininho cravejado de diamantes.

— Lucas, é lindo! - meus olhos umedeceram e eu pisquei diversas vezes para controlar a emoção – Mas eu não posso aceitar. Não faz sentido você me dar presentes assim.

Ele ignorou meu comentário.

— Se você já tiver algo parecido, pode trocar, mas eu não consegui evitar quando soube que você vai ter um menino. Só pensei em dar algo simbólico e que você pudesse usar sempre, que nunca perderia o sentido. Diferente da joia que dei pra você naquela viagem à Espanha, que ficou... vazia... como todo o resto.

Aquelas palavras perfuraram meu coração.

— Mas...

— Theo não precisa se preocupar. É só um presente de um cliente que é muito bem atendido no seu escritório. E como minha advogada já me livrou de algumas furadas, – ele deu uma risadinha sincera e me incitou a fazer o mesmo – eu achei que ela merecia um pequeno "mimo".

Não. Aquela não era a justificativa do presente, era só uma desculpa pronta, caso eu precisasse.

— Obrigada! Foi muito delicado da sua parte.

Tirei a joia de dentro da caixinha, apoiei a embalagem no encosto do sofá e tentei colocar a correntinha no meu pescoço.

Percebendo minha dificuldade em encontrar as duas pontas dos ganchos, Lucas se aproximou um pouco mais e perguntou:

— Posso ajudar?

Eu e ele nos olhamos em silêncio por alguns segundos até que eu respondesse, com o tremor na minha voz entregando meu nervosismo.

— P-pode.

Ele estendeu a mão e eu lhe entreguei a gargantilha. Ao pegá-la, tive certeza de que ele deixou seus dedos encostarem propositalmente nos meus, o que fez todos os pelinhos do meu braço arrepiarem, depois ele circundou meu corpo, parando junto às minhas costas, e ao puxar meus cabelos para o lado, eu desviei os olhos do chão e vi Lauren ainda parada ao lado da porta, completamente atônita. Lucas colocou as mãos em frente ao meu peito e deslizou os dedos para trás, deixando-os encostar de leve na pele do meu pescoço exposto, e quando trabalhou com os ganchos, tocando desnecessariamente na minha nuca, meu coração parecia estar sofrendo uma descarga elétrica e eu achei que poderia desabar no chão, rendida e sem forças.

Assim que se certificou de que a joia estava bem fechada, Lucas deslizou de leve as mãos pelos meus braços e eu tremi em resposta. Tremi mesmo. Visivelmente. Quase pulei. Percebendo minha reação agitada, ele voltou à minha frente.

— Sempre linda. – Lucas arrumou o pingente na base do meu pescoço e eu inspirei com força. Gabriel estava se mexendo muito desde que seu pai começou a falar comigo e eu estava ficando desconfortável – Amanhã é meu aniversário.

— Eu lembrei. Parabéns.

— Obrigado. Posso pedir um presente?

Ai, meu Deus!

— Se... se eu puder ajudar...

— É só um abraço.

Ele deu de ombros.

— Lucas...

Peguei suas duas mãos, que estavam ao lado de seus quadris, e o puxei impetuosamente para mim, então as soltei ao redor da minha cintura e me agarrei com força em seu pescoço, enquanto ele botava força no abraço e me puxava para bem perto de si.

— Como pode, depois de tanto tempo, seu abraço ainda ser capaz de me acalmar?

Lucas externou seus pensamentos com um tom de voz pesado e dolorido, mantendo o rosto enfiado no meu pescoço.

CAPÍTULO 31

— Não sei o que responder.

Estávamos o mais colado um ao outro que minha barriga permitia, e eu me deliciava com aquele contato, com tudo que eu amava sobre tê-lo tão próximo a mim, até que ele se afastou, assustado.

— Eu senti! – Lucas exclamou, meio surpreso, meio rindo – Eu senti seu filho mexendo!

***Nosso** filho, Lucas! Nosso!*

— Sério?

— Acho que sim. Ele mexeu agora, não mexeu?

Ele olhava fixamente para minha barriga, como se pudesse ver o bebê.

— Sim. Gabriel mexe muito.

— *Gabriel?* – seus olhos encontraram os meus, brilhando com uma emoção que só um pai poderia ter – Nome de anjo. Linda escolha. – baixando os olhos para minha barriga novamente, ele perguntou: – Posso, hum... colocar a mão?

Procurei nervosa pela Lauren, para que ela me salvasse, mas já não a vi por perto.

— Pode.

Eu nunca poderia negar um pedido daqueles.

Sobre a lã do meu vestido, Lucas encostou uma mão na minha barriga e imediatamente seu toque gerou um calor que irradiou por todo meu corpo. O que eu sentia por aquele homem nunca acabaria, nem ao menos diminuiria. Lucas era parte de mim, para sempre.

Alguns segundos se passaram e nada aconteceu, como se nosso filho tivesse ficado calmo de repente para nos deixar próximos daquela maneira por mais tempo. Nossos olhos estavam vidrados na mão do Lucas em mim, até que senti o Gabriel chutando na minha lateral esquerda e coloquei minhas mãos sobre a do Lucas para posicioná-la no lugar certo. Minhas emoções estavam a mil e eu estava radiante com aquele contato. Era como se aquele carinho alimentasse o nosso bebê e de repente não existia nada mais de estranheza, porque a situação fazia muito sentido e eu não queria que ele rompesse aquele contato nunca mais.

Ainda com as mãos sobre as dele, ergui os olhos e me deparei com Lucas me observando intensamente.

— É que... – sentindo meu sangue se concentrar todo nas minhas bochechas, expliquei – Ele está mais neste cantinho. Aperta mais.

Pressionei sua mão e Gabriel chutou forte.

— Pequena! – pausa para um sorriso arrasador – Isso é fantástico!

Eu realmente acho que Lucas não percebeu que me chamou pelo apelido que um dia me deu. Ele estava experienciando algo que realmente o estava deixado eufórico. Sua demonstração de alegria era tão intensa e genuína que me deu vontade de chorar apenas imaginando o que ele sentiria se soubesse que quem eu carregava no meu ventre era, na verdade, seu filho.

— Você nunca sentiu sua filha mexer?

Eu não devia ter levado Camille ao nosso encontro. Lucas fechou a cara assim que ouviu minha pergunta, mesmo assim me respondeu.

— Não.

Mas já que estávamos falando dela, tentei fazer tudo parecer normal.

— Mas logo, logo você vai sentir.

— Não, não vou, – Lucas rompeu nosso contato – porque eu nunca mais vou encostar um dedo na Camille.

— Ah... – não sei explicar o que eu senti ao ouvi-lo dizer aquilo – Eu achei que...

— Se você me disser que achava que nós estávamos juntos outra vez, depois de ela ter acabado com a minha vida, é sinal de que você não me conhece nem um pouco!

Lucas foi incisivo e seco, mas não frio.

— Desculpa.

Dei um passo para trás.

— Não... – Lucas balançou a cabeça, como se culpando por ter falado comigo daquela maneira – Você me desculpe. É que toda vez que Camille entra no assunto eu fico meio... – ele passou as mãos nos cabelos, deixando-os ainda mais bagunçados e *sexies* – Você não fez nada de errado.

Desviando o olhar de seu rosto tão lindo e triste, mudei de assunto.

— E a ida para a Europa?

— Estou programado para ir no final de fevereiro ou início de março. Vai ser melhor ficar longe daqui.

— Sei... – sem saber o que fazer, envolvi meu corpo com os braços – E a recuperação? Tudo certo? Vi que você foi bem nas últimas corridas.

— Estou bem, mas graças àquela merda de acidente, eu perdi o campeonato. Tirando o fato de ter conhecido você e a família que eu nem sabia que tinha, só aconteceu merda na minha vida este ano. Meu pai está tentando arrancar grana dos meus avós agora, e volta e meia me procura desesperado.

Eu achava que tinha conseguido afastar definitivamente Frank da vida do Lucas, mas ele seguia sendo importunado. Fiquei me perguntando se ele chorava sozinho à noite, e me matou por dentro imaginar que sim, e que talvez eu também fosse uma das causas de suas dores.

— Como você está se sentindo?

— Tenho problemas bem maiores que Frank Truffi. – ele ergueu uma sobrancelha e apertou os lábios. Sim, eu era um problema, afinal – Ele já não me incomoda mais, por mim ele que vá morar debaixo da ponte. E você, como está? E o Theo?

CAPÍTULO 31

— Estou bem, mas não deixa de ser meio estranho estar grávida. Sinto bastante desconforto na hora de dormir, mas nada que uma massagem na lombar não alivie.

— Ah... - Lucas encarou os próprios pés, visivelmente desconfortável, e estralou as juntas dos dedos de uma mão — Nunca teria imaginado Theo como um bom massagista.

Ele quis brincar, mas não soou como brincadeira.

— Não! Não foi isso que eu quis dizer! Na verdade...

— Tudo bem, ele é seu namorado, vocês...

— Ele *não é* meu namorado!

O que foi que eu disse?

— *Não?* – Lucas voltou a me olhar. Seus olhos estavam arregalados, a cabeça inclinada e a boca aberta. Sua respiração ficou audível, mesmo à distância em que nos encontrávamos, e eu me senti mal por ter acendido aquela chama de esperança dentro dele, mas a resposta me escapou e eu também precisava encarar que não dava mais para continuar brincando de namorar o Theo. Meu amigo tinha uma vida para viver e eu precisava liberá-lo do nosso acordo que não evoluiu para o que ele gostaria.

— Não. - reiterei – E quem me faz as massagens é a Lauren. Theo é só... um *grande* amigo. O mais leal e o mais especial de todos, mas é só.

— E... e o bebê?

Lucas apontou minha barriga e comprimiu os lábios, esperando minha resposta.

— Gabriel vai continuar sendo o Gabriel. Ele é só o que me importa no momento e só o que eu quero pra mim. Preciso me concentrar nele e lhe dar tudo que seja necessário. – fiz uma pausa e não obtive réplica – Lucas, eu não quero ser grosseira, mas nós estávamos de saída.

— Cla-claro. - ele entendeu, mas ficou mais um tempo imóvel à minha frente, até que suas sinapses voltassem a funcionar – Desculpe, eu já tomei demais o seu tempo.

Nos abraçamos mais uma vez, Lucas me deu um de seus clássicos beijos no rosto e foi embora. Quando fechei a porta, fiquei alguns segundos parada apenas olhando para o nada, tentando entender o que acabara de acontecer.

— Nat, o que foi isso?

Lauren apareceu no corredor dos quartos, completamente boquiaberta.

— Não faço ideia, mas não quero falar agora, tudo bem?

— Você quem manda, chefe! - ela concordou, batendo continência – Mas você está bem? – assenti, e ela sorriu – Então vamos embora, porque já estamos atrasadas.

A casa dos pais do Michael não ficava muito longe do nosso apartamento, então em menos de dez minutos estávamos lá. Descemos do carro e Lauren tocou a campainha da enorme casa vitoriana.

Michael abriu a porta e a recebeu com um sorriso enorme no rosto.

— Já estava cogitando ir buscar vocês em casa.

Ele puxou a namorada pela cintura e beijou seus lábios com paixão. Eu cheguei a desviar o olhar para o jardim ao meu lado.

— Nós tivemos um contratempo, mas cá estamos!

Minha irmã justificou, limpando as marcas de seu batom no rosto do namorado.

— Oi, Michael, espero que não tenhamos feito todos os convidados definharem de fome.

Meu cunhado me abraçou e todos seguimos para o interior da residência.

— Capaz! Champagne faz todo mundo esquecer a comida.

Seus pais, que eram extremamente doces e educados, vieram em nossa direção assim que entramos na enorme sala com piso de ipê e iluminação indireta. Nos cumprimentamos, eu lhes entreguei um prato com uma sobremesa que havia preparado e me dirigi aos meus pais, que foram mais cedo para lá porque sabiam que iríamos demorar muito para sair de casa. Eles já estavam muito bem acomodados em um sofá de tecido palha e segurando suas bebidas. Alguns tios e primos do Michael também estavam presentes, animando a noite e nos levando a gastar alguns longos minutos até conseguirmos falar com todo mundo e enfim nos sentarmos.

— Filha, — assim que me acomodei ao lado da minha mãe, ela percebeu meu novo presente e passou a mão no menininho de brilhante pendurado no meu pescoço – que joia linda você está usando. Presente do Theo?

— Não mãe. Presente do Lucas.

— Do *Luke*?

Ela ficou confusa, o que era totalmente compreensível.

— Ele passou lá no apartamento antes de virmos pra cá. Também não entendi nada, então por favor, não me faça perguntas, tá?

— Tudo bem, não quero que você fique estressada.

Ela colocou meus cabelos para trás dos ombros e fez um carinho no meu queixo.

— Eu não estou estressada, é só que... – dei um longo suspiro – É tudo tão difícil!

— Eu sei querida. – ela pousou uma mão na minha perna – Está tudo bem, vamos aproveitar a festa.

Pouco antes de o jantar ser servido, Michael saiu da sala e quando voltou estava novamente penteado e, pude perceber quando cruzou à minha frente, perfumado também, então ele pediu atenção de todos e eu

CAPÍTULO 31

já imaginava exatamente o que ele iria fazer. Lauren me olhou rápido e eu sorri em resposta.

— Família querida, como todos vocês sabem, eu e Lauren já estamos juntos há muito tempo. Aliás, tempo demais para tê-la como namorada. – todos riram e ele prosseguiu – Então concluí que não quero mais ser seu namorado, – ele olhava minha irmã como se estivessem sozinhos na sala – mas sim seu marido!

O coro de sons de surpresa e alegria entoou enquanto Michael pegava do bolso uma caixinha preta e se ajoelhava em frente à minha irmã, que estava encostada ao lado da porta que dava acesso ao jardim.

— Lauren Masten Moore, você aceita se casar comigo?

Um enorme anel de diamantes reluzia no veludo escuro e minha irmã levou as mãos à boca enquanto lágrimas escorriam de seus olhos, e dos meus também.

— Sim! Sim! Sim! Aceito ser sua esposa!

Ela fez Michael levantar e o envolveu pelo pescoço para os dois se beijarem sob os aplausos dos convidados.

Quando se afastaram, meu cunhado colocou o anel no dedo de sua noiva, beijou sua mão e, sorrindo, Lauren disse "amo você" antes de beijá-lo novamente.

Fiquei muito feliz pelos dois e me imaginei já com meu filho nos braços em sua festa de casamento.

Perto das duas da manhã, levemente entediada com meu copo de suco entre todos os convidados bebendo *champagne*, fui embora no carro da Lauren, porque ela *certamente* não iria dormir no nosso apartamento e não precisaria do carro.

Tirei minha roupa e vesti um felpudo pijama branco, que pelo tamanho que minha barriga tinha adquirido nas duas últimas semanas, me fazia parecer um urso polar, e depois de escovar os dentes e remover a maquiagem, peguei minha Polaroid e fotografei o colar que Lucas me deu. Abri o *scrapbook* do Gabe, colei a foto em uma página e escrevi: *"Presente que seu pai me deu de Natal, no dia em que ele sentiu você mexendo na minha barriga. Este foi um dos momentos mais especiais da minha vida, e pela reação do Lucas, tenho certeza de que foi especial pra ele também"*.

Eu não estava com sono, minha cabeça era um turbilhão de pensamentos. Rolei na cama por um tempo, escutei claramente o barulho dos meus pais chegando e se dirigindo para o quarto da minha irmã e ri da tentativa frustrada deles fazerem silêncio. Meus pais ainda eram apaixonados, depois de tantos anos juntos, e uma pontinha de inveja me beliscou a alma. Eu também queria uma família como a que eu tive, mas eu estava tão longe de tudo aquilo que era desanimador.

Fiquei encarando o teto e pensando no Lucas por longos minutos. Já era dia vinte e cinco, já era aniversário dele. Onde será que ele estava?

Num súbito momento de ousadia, decidi mandar uma mensagem.

"Já passa da meia noite, já é dia vinte e cinco, então... FELIZ ANIVERSÁRIO, JESUS! Ah! E pra você também Lucas! Espero que mais idade traga também mais juízo e ainda mais conquistas. Seja feliz! Beijos de quem sempre torce por você: eu."

Um minuto depois, meu celular apitou avisando o recebimento de uma mensagem.

"Você acaba de transformar meu aniversário no melhor que ele poderá ser. Jesus certamente também agradece a lembrança. Fico feliz em saber que você ainda torce por mim."

Eu ri. E aproveitando meu ímpeto de coragem, enviei outra mensagem. Era tão bom falar com o Lucas...

"Sempre!"

Tinha certeza de que ele iria entender que a simples palavra solta na mensagem queria dizer que eu sempre iria torcer por ele, como também iria sempre apoiá-lo e uma parte de mim esperava que ele entendesse que aquilo significava que eu também sempre iria amá-lo.

Em menos de dez segundos, recebi uma resposta.

"Infinito!"

Sim. Ele me entendeu.

Passei os próximos vinte minutos apenas olhando aquela palavrinha carregada de sentimento. Ele ainda me amava. *Infinito!*

Será que existe um modo de consertarmos as coisas?

32

Quando fevereiro chegou, o frio seguia rigoroso como todo o inverno tinha sido. Completei oito meses de gestação e Lauren, animadíssima que seria madrinha do bebê, preparou um animado chá de fraldas no nosso apartamento. A sala foi toda decorada com ursinhos marrons e laços azuis e um enorme bolo feito de fraldas enfeitava o centro da mesa de doces, que originalmente era nossa mesa de jantar. Minha irmã conseguiu reunir minhas amigas mais próximas, o grupo da faculdade e várias colegas da época em que morávamos em Carmel, e eu nem acreditava quando via as garotas que moravam mais longe chegando para celebrar comigo. Foi uma surpresa e tanto.

Eu estava rindo ao relembrar as bobagens dos anos escolares quando Dona Thereza apareceu. Ela sorria parada junto à porta, com um enorme embrulho prateado nas mãos. Sorrindo de volta, caminhei até ela, deixando o assunto com minhas ex-colegas inacabado, e no trajeto avistei Meg, Paty e Carol, que sentadas ao redor do balcão da cozinha estavam com seus olhares fixos em mim. Elas eram minhas melhores amigas e eu não consegui mentir dizendo que esperava um filho do Theo, mas nada nunca escaparia de suas bocas, eu sabia que podia confiar.

— Minha filha!
— Dona Thereza! Que bom ver você!

Eu e ela nos abraçamos e permanecemos entrelaçadas por um tempo. Aquela senhora era uma pessoa muito querida e significava muito mais que uma amiga para mim. De alguma forma, era a presença do Lucas na vida do Gabriel.

— Ando conversando com sua irmã que, aliás, é um doce de menina assim como você, e pedi que ela me avisasse quando fosse o chá de fraldas do Gabriel, porque eu não poderia perder a primeira festinha dedicada ao meu bisneto.

Seu olhar, como sempre, era extremamente amoroso e sem julgamentos. Ela sempre soube da verdade. Eu nunca disse "sim" ou "não", mas nem era preciso, ela simplesmente *sabia*.

— Oh... – parei por um tempo, tentando achar as palavras adequadas, mas não consegui – Eu não sei nem o que dizer.

— Você não precisa me explicar nada. Eu já lhe disse que sei que você tem um motivo muito forte para estar fazendo isso, eu só espero que um dia tudo fique resolvido. Eu *vejo* como você e Luke se amam e não faz sentido estarem afastados e sofrendo tanto.

— Dói afastar o Gabriel de todos vocês, mas vocês ainda vão poder curtir a filha que Camille vai dar ao Lucas.

— Eu não a vejo muito, mas pelo que soube, eles tinham um relacionamento bem conturbado. Luke me disse que não tem certeza se é realmente o pai daquela criança e quando a menina nascer farão um exame de DNA. Claro que se der positivo ele vai assumi-la e amá-la, mas a relação sempre será conturbada pela intolerância que ele tem com a Camille.

— Eu queria *tanto* que as coisas fossem diferentes... Não foi assim que eu imaginei me tornar mãe, e por mais que Lauren, minha mãe e até mesmo Theo estejam sempre me ajudando, às vezes eu me sinto muito sozinha, e quanto mais os dias passam, mais eu sinto falta do Lucas. Tenho vontade de ligar e saber como ele está. Tenho tanta vontade de ouvir sua voz de novo... Tem dias em que passo em frente à casa dele, alimentando a esperança de vê-lo passeando com Pole, mas nunca mais o vi, e só o que tenho de informações são sobre os patrocinadores.

— Se você o ama tanto, lute por ele! Enfrente o que tiver que enfrentar. Seu filho também merece que você faça este esforço.

— Não. Eu... eu simplesmente *não posso*.

— Filha, não deixe continuar assim! Meu neto está querendo fugir, mas isso não vai fazer o coração dele se acalmar.

— Tenho medo do que pode acontecer se Lucas souber a verdade.

— *Medo*?

Pela primeira vez eu vi aquela senhora, sempre tão certa das coisas, me olhar com algum tipo de agitação interna.

— Não me pergunte nada, eu *não posso* contar.

Ela segurou o meu rosto entre as mãos, me puxou mais para perto e deu um beijinho leve na minha testa.

— Para todos os medos, existe um tipo de ajuda. Seja razoável, minha querida. Estou rezando por vocês.

— Obrigada. – sorri – Agora vamos tomar um chá. Vou acomodá-la junto à minha mãe.

No final da tarde eu estava exausta, meus pés estavam inchados e eu não tinha condições de colocar nem mais um copo na pia. Entrei no meu quarto ansiando por um bom banho, para depois ir direto para a cama, mas antes que eu conseguisse me isolar, minha mãe entrou atrás de mim e me chamou para uma conversa.

— Nat, como você está se sentindo?

— Cansada, mas muito animada. Foi muito bom reencontrar minhas melhores amigas, e Gabriel ganhou quase tudo que ainda faltava.

CAPÍTULO 32

— E a avó do Luke?
Eu já sabia aonde ela queria chegar, então fui direto ao ponto.
— Ah mãe... É muito difícil lidar com assuntos que envolvam o Lucas. Ela disse que ele só vai pra Europa porque está fugindo. Só de pensar que ele vai estar tão longe...
Meus olhos se encheram de lágrimas.
— Filha, — minha mãe me abraçou, sentada ao meu lado na cama – eu acho que já está mais do que na hora de vocês dois, *juntos*, acabarem com o reinado da Camille.
— Mãe, ela não apenas me ameaçou, como me intoxicou com medicação e tentou me atropelar. Só Deus sabe do que aquela louca é capaz! Eu tentei resistir, mas o medo pelo meu filho venceu. Camille não tem juízo normal e ninguém perto dela parece perceber o perigo que ela representa. Ela vai em frente e pode acabar causando um dano irreversível. Eu não quero pagar pra ver. Não tem jeito. Eu vou proteger meu filho. Custe o que custar. É só ele quem importa.
— Nós poderíamos contratar uns seguranças, e...
— Até quando, mãe? – questionei, afastando suas mãos dos meus braços e deixando um pouco de raiva transparecer nas minhas palavras – Ela vai ter uma filha do Lucas! Você acha mesmo que eu vou passar o resto da vida com esse encosto ao meu lado? *Não*! Eu *não* vou!
Minha mãe recuou para me olhar no fundo dos olhos, me fuzilando com seu poderoso olhar de "você está errada, mocinha", o qual me amedrontou durante muitos anos.
— Isso quer dizer que você *nunca* vai contar a verdade ao Luke? Não é algo temporário?
— Exatamente isso!
— Natalie, você *não pode* esconder isso do Luke! Nem do Gabriel! Eles têm o direito de saber!
Um suspiro pesado me escapou e eu fechei os olhos em busca de paz. De uma paz que esse assunto nunca me traria.
— Eu não gostaria que vocês ficassem opinando sobre tudo na minha vida.
— Quando podemos ajudar, servimos para alguma coisa, mas quando queremos mostrar seus erros, não somos bons o suficiente, não é?
— Chega! Eu não quero discutir.
Pedi que ela saísse do meu quarto e me tranquei lá dentro. Um dia eu teria que lidar com as perguntas do Gabriel sobre seu pai, e eu sabia que seria terrível ter que ocultá-lo da verdade, mas eu não queria meu filho próximo à Camille. Eu sabia que ela facilmente aproveitaria uma oportunidade para fazer-lhe mal, e eu não poderia permitir que algo ruim acontecesse. Talvez eu me apaixonasse por alguém, casasse e fizesse Gabriel se sentir inserido a ponto de ter como pai meu futuro marido. Seria perfeito!

Perfeito? A quem eu queria enganar? Perfeito seria estar com o Lucas, criar nosso filho em um lar cheio de amor e longe de psicopatas.
Chorei.
Com a água morna do banho caindo nas minhas costas, fiquei prevendo meus próximos dez anos. Depois vesti o meu pijama e fui me deitar.

Minha vida estava passando pelo maior turbilhão, e mesmo assim eu podia sintetizá-la em poucas palavras: trabalho, Gabriel e Lucas.
Eu acordava cedo e ia malhar, sem falta, depois seguia para o trabalho e desempenhava minhas funções na mesma determinação de sempre. Ia às consultas médicas regulares e fazia todos os exames para constatar que tudo estava maravilhosamente bem com o enorme bebê que crescia na minha barriga, e assim eram os meus dias. Eu não jantava fora, não ia a nenhum tipo de evento comemorativo, nada, mas estava cheia de coisas para fazer.
— E aí Nat, onde vamos comemorar seu aniversário?
Foi a primeira pergunta que Theo fez ao me encontrar na entrada do escritório. Eu estava prestes a comemorar vinte e seis anos, e pela primeira vez, desde que me conheço por gente, não estava organizando uma megafesta com minha irmã gêmea. Mesmo no ano anterior, que eu estava no meio do meu doloroso processo de divórcio, me rendi à uma festa na Mimb e acabei curtindo muito com meus amigos.
— Oi, Theo. Comemorar o meu o quê? Não sei do que você está falando! – dei risada e bati com meu ombro no dele – Vamos trabalhar, deve ter um milhão de coisas pra gente fazer.
— A começar pela papelada do Luke. Só agora ele vai assinar o contrato com a equipe europeia e precisamos que você nos ajude com as cláusulas.
— Bem que eu estava achando estranho não ter passado nada por nós até agora.
Eu disse, agarrando o bonequinho de brilhante que não saiu do meu pescoço desde que Lucas o colocou em mim, e brinquei o puxando de um lado ao outro.
— Bom, então prepare-se para trabalhar pesado, porque no final do dia ele e Philip vêm aqui e precisamos das suas considerações.
— *Hoje*?
Parei no meio do corredor que dava acesso à minha sala e virei de frente ao meu amigo.

CAPÍTULO 32

— Aham! Theo respondeu, freando abruptamente para não esbarrar em mim. *Que sorte a minha!*

Passei as próximas horas enterrada no trabalho e não vi o tempo passar. Não parei para comer e nem ir ao banheiro. Não sei como consegui aguentar ambas as façanhas no alto do meu oitavo mês de gestação. Quando Theo voltou de umas audiências que tinha naquele dia, eu já estava quase no final do trabalho.

— Tenho *certeza* que você não comeu nada até agora.

Meu amigo enfiou a cabeça para dentro da minha sala, fazendo uma cara surpresa com a bagunça ao redor. Eu tinha separado todos os contratos de patrocínio e prestação de serviço do Lucas e estudei cada cláusula, cuidando especificamente das que abrangiam rescisões e lesões. Minha mesa estava com pilhas de folhas sobre ela, assim como o balcão abaixo da janela. Fiz um coque no meu cabelo e o prendi usando minha super-habilidade de fazer um nó dispensando o elástico e me atirei hipnoticamente ao trabalho. Um marca-texto verde limão estava apoiado em uma das minhas orelhas, a postos para que eu o usasse para grifar algo rapidamente, e *post-its* coloridos saíam das beiradas das folhas com anotações nas abas.

— Você me conhece. Entra.

Theo entrou sorrindo e balançando a cabeça para a anarquia que via.

— Sim. Conheço você, e por isso... Tcharam! - ele levantou uma embalagem de papel pardo da Boudin, minha padaria favorita, e eu surtei de felicidade – Sanduíche de bacon e *cheddar*! E suco de uva, *natural*!

Dei uma risada longa, empurrando minha cadeira para um pouco longe da mesa e estiquei os braços acima da cabeça para me espreguiçar.

— Você não existe! Agora me dê logo esse lanche, senão eu vou avançar em você!

Ele riu descontraidamente enquanto me entregava o pacote e se sentava na cadeira à minha frente.

— E aí, como está o trabalho?

— Quase no final. Posso mostrar o que fiz?

— Claro.

Desde que Theo virou "pai do meu filho", nossa amizade tinha se fortalecido. Era engraçado como eu precisava tê-lo por perto em vários momentos, e mais engraçado ainda era que em alguns desses momentos era *só com ele* que eu realmente queria estar. Theo era paciente, não ficava me pressionando para contar a verdade ao Lucas e me ajudava em tudo, desde fazer compras, até montar o berço do Gabriel. Ele se tornou alguém muito querido e indispensável. Nunca conseguiria agradecê-lo o suficiente pelo que fez por mim, e pensando nisso, dividi com meu amigo meu bem mais precioso: o convidei para ser padrinho do Gabriel, junto à Lauren.

Às cinco horas, o telefone da minha mesa tocou e Stephanie avisou que Lucas e Phillip estavam a caminho da sala de reuniões, onde Dr. Peternesco já se encontrava. Desliguei a chamada e fiquei alguns segundos parada com a mão no aparelho posto no gancho. Meus olhos estavam fixos na minha barriga e eu respirei fundo algumas vezes.

Segui com Theo até a sala e quando coloquei a mão na maçaneta, dei uma leve estremecida.

— Tudo bem?

Meu amigo perguntou, antes de entrarmos.

— Tudo bem. Vamos lá.

Baixei o trinco e meus batimentos cardíacos aceleraram antes que meus olhos criassem coragem de encarar os clientes que nos esperavam.

— Boa tarde.

Cumprimentei todos ao mesmo tempo, sem olhar especificamente para alguém. Theo veio logo atrás de mim, fechando a porta assim que passamos, e Philip levantou sorrindo e foi me cumprimentar carinhosamente.

— Nat! Que bom ver você! Você está linda com esse barrigão. Como você está se sentindo?

— Tirando o fato de que, *além* das minhas roupas, agora meus sapatos também não servem mais, eu estou ótima. E você?

Conversamos por um minuto ou dois sem que ninguém nos interrompesse, nem mesmo Lucas, que seguia sentado, e pelo que eu enxergava com minha visão periférica, nos observando atentamente.

Quando Philip voltou ao seu lugar, puxei a cadeira em frente ao Lucas e foi inevitável olhar para o homem posicionado tão próximo a mim, e foi inevitável também determos nossos olhares por alguns segundos, fazendo aquela atração magnética entre nós dois vibrar pela sala inteira.

Dr. Peternesco começou a reunião, querendo justificar nossa falta de tempo para resolver tudo o que havia sido solicitado, porque a reunião fora marcada de última hora e ainda não tínhamos conseguido nos sentar os três juntos para discutirmos o caso, mas eu já tinha feito todo o serviço, então interrompi meu chefe.

— Eu acabei.

Com isso, atraí três pares de olhos curiosos.

— Até parece que vocês não conhecem a Nat!

Theo sorriu, me deixando envergonhada, e eu apenas baixei o olhar e balancei a cabeça.

— Ele está certo. Você sempre cuidou muito bem das minhas necessidades.

Lucas completou, me forçando a ter que olhar unicamente para ele, enquanto um rubor tomava meu rosto inteiro.

Percebi que ele analisou meus olhos, minha boca e desceu para o pingente pendurado no meu pescoço.

CAPÍTULO 32

— É o meu trabalho.
Falei debilmente.
— Você é muito boa no que faz.
Ele completou, soando ainda mais intenso em seu comentário, e eu senti um arrepio correr pela minha coluna.

Pela próxima hora e meia, mostrei as alterações que fiz no enorme contrato que ele estava prestes a assinar, salientei os prós e contras e incluí algumas cláusulas de segurança, além dos termos que sempre mantínhamos em todos os contratos que ele assinava.

— Perfeito! — Philip exclamou, tomando os papéis nas mãos — Você pode me enviar por e-mail para eu encaminhar o mais rápido possível para o contratante?

— Já enviei, e, se não formos fazer nenhuma alteração, o arquivo já está em PDF.

Lucas sorriu orgulhoso e eu tive que apertar os lábios para não sorrir junto.

Quando a reunião acabou, eu recolhi minhas coisas e me encaminhei novamente à minha sala, e como já era final do dia, desliguei o computador, arrumei a papelada sobre a mesa, peguei minha bolsa e me dirigi à recepção. Stephanie já havia ido embora e Lucas estava parado junto à porta, com as mãos no bolso, me esperando.

— Você deveria ter um escritório próprio. — ele começou a falar e eu parei de caminhar para olhar seu rosto perfeitamente desenhado. Rosto que eu sentia tanta falta — Ganharia muito mais dinheiro. Você é brilhante e tão dedicada...

— Obrigada, mas ter meu próprio escritório não é algo que eu almeje, pelo menos, não neste momento da minha vida. Teria que me dedicar demais e... — baixei os olhos para minha barriga e a acariciei com ambas as mãos — Não terei tempo de me dedicar a muitas coisas daqui a pouco.

— Pra quando é?

Levantei o rosto, instantaneamente assustada. Nunca tinha feito os cálculos fictícios para que ele nunca percebesse que engravidei antes da nossa briga.

— Hum... abril.

Coloquei um mês a mais, assim não teria problema Gabriel nascer em março, seria como se o parto tivesse sido prematuro.

— Fico feliz em ver que você gostou do presente.

Lucas deu alguns passos para ficar próximo o suficiente de mim, passou o indicador na base do meu pescoço e depois encostou no bonequinho.

O delicioso choque que seu toque me causou me fez entreabrir os lábios para inspirar pela boca. Faíscas ainda se espalhavam em ondas pelo meu corpo quando Theo apareceu com sua pasta de couro preta pendurada no ombro, girando a chave do carro em um dos dedos. Ao perceber a situação, ele congelou, deixando as chaves pararem de girar, e ficou nos olhando, nitidamente sem saber como devia agir.

— Eu já vou indo. – dei um passo atrás, me esquivando da mão do Lucas – Até mais, Lucas. Tchau, Theo.

Os dois homens ficaram parados na recepção quando eu saí porta afora. Não quis nem pensar no clima que se instalaria entre eles. Fui direto ao meu carro e arranquei como se precisasse bater algum recorde de reflexo rápido.

Um pouco depois de chegar à minha casa, recebi uma ligação do Theo.

— Nat, você não me falou que Luke tinha dado uma joia pra você. Eu preciso ser informado dessas coisas. Fiquei sem saber como agir, e ele deve ter notado que a nossa despedida foi meio... estranha.

— Desculpa não ter posto você a par das "novidades". Ele me procurou no Natal, me deu essa gargantilha e eu acabei dizendo a ele que eu e você não estamos mais juntos. Não consegui sustentar a mentira completa. Mas ele continua acreditando que você é o pai do Gabriel.

— Meu Deus, essa história tá virando um clássico mexicano! Mas vamos em frente, o show não pode parar!

De certa forma, podia-se dizer que eu *amava* o Theo.

33

Doze de fevereiro. Meu aniversário de vinte e seis anos, mas, com tudo que vinha acontecendo na minha vida, parecia que eu estava fazendo no mínimo trinta e seis!

Dei-me ao luxo de não malhar naquele dia e me permiti ficar dormindo até mais tarde, ou melhor, me permiti ficar rolando na cama e tentando dormir mais um pouco, porque minha lombar já reclamava de todas as posições que eu tentava me ajeitar depois de uma noite inteira deitada. Dormir não era mais uma missão muito fácil. Além de sentir dor nas costas, minha bexiga não costumava aguentar mais de três horas sem precisar ser esvaziada, isso significa uma noite inteira girando na cama e caminhando até o banheiro.

Quando resolvi me levantar, já eram oito da manhã, e mesmo com o "brinde" de um dia de folga, decidi ir trabalhar, pelo menos, um pouco, ao contrário da minha irmã, que não me passou a impressão de que iria trabalhar quando a encontrei sentada no sofá da sala ainda usando pijama. Ela estava em frente a um gigantesco arranjo de tulipas vermelhas envoltas em enormes folhas verdes, dentro de um vaso de cristal.

— Bom dia, aniversariante número dois!

Ela se levantou e saiu pulando pela sala quando me viu no corredor. Seus braços quase me esmagaram, mas não pude deixar de cair na gargalhada quando ela começou a beijar freneticamente minhas bochechas.

— Feliz aniversário, irmã mais velha!

Correspondi animada à toda sua demonstração de carinho e também lhe dei vários beijos estalados.

Lauren nasceu três minutos antes de mim, então eu sempre brincava que eu era muito mais nova, ela, por sua vez, dizia que eu era a aniversariante número dois, porque o dia já era dela quando eu resolvi chegar.

— E aí, vocês estão prontos pra balada hoje à noite?

Ela se abaixou para dar um beijinho na minha barriga.

— Não estou com vontade de festa. Olha o meu tamanho! Vai ser muito estranho sair pra dançar assim. A mãe e o pai não vêm jantar com a gente?

— Vêm, mas a festa é só depois.

— Eu sei. Mas prefiro vir pra casa e passar mais um tempo com eles.

— Sua velha! Depois a gente fala sobre isso, agora veja as flores lindas que chegaram pra você. – ela apontou em direção ao buquê sobre a mesa de centro – Abra logo o cartão. Eu já estou me roendo de curiosidade.
Dei mais alguns passos e parei hesitante em frente ao arranjo. Não era preciso ser muito esperta para saber quem havia me enviado aquelas tulipas. Com movimentos lentos e inseguros, retirei o cartão que estava preso com um pequeno prendedor brilhante no laço de seda vermelha que envolvia o vaso.
Abri a aba e reconheci a caligrafia antes de ler o que estava escrito.
"Para a mais fantástica das mulheres. É eterno e irresistível. Feliz Aniversário!"
Abaixo da frase sucinta de significado descomunal, mencionando a lenda das tulipas sobre o amor, Lucas desenhou o símbolo do infinito com o coração no centro. Não era preciso que ele assinasse.
Minha irmã estava em pé ao meu lado e eu lhe entreguei o cartão sem dizer nada.
— Nat, eu vou falar uma coisa: um cara aceitar que a mulher que ele ama esteja esperando um filho de outro homem, e ainda assim querer ela de volta, significa que o amor é irresistível *mesmo*!
— Mas *eu* não consigo aceitar que ele terá uma filha com aquela louca. Nem se Camille não estivesse me ameaçando eu acho que conseguiria voltar para o Lucas.
— Eu já teria perdoado qualquer coisa e já estaria até de casamento marcado com aquela descomunal realidade masculina! Com todo respeito, maninha.
Ela riu e piscou para mim.
— Ahhhh Lauren... – suspirei, vencida – Mesmo com aquela carinha triste, ele está cada vez mais lindo. Por que ele segue me provocando? Tá dificultando as coisas pra mim.
— Hum... – ela bateu o indicador na têmpora e fez uma cara pensativa totalmente exagerada – Quem sabe seja porque ele *ama você*?
Não tive como responder, então decidi simplesmente ignorar e fui preparar algo para comer.
Perto das dez da manhã, cheguei ao escritório e dei de cara com Theo me esperando na recepção, e pelo seu jeito impaciente, ele devia estar ali desde que eu respondi uma mensagem dizendo que estava saindo de casa.
— Uau! Visual "estou de aniversário" está de cair o queixo, hein?
Ele sempre tentava me animar, fingindo que eu não estava dez quilos mais gorda, mas naquele dia eu realmente tinha tentado me produzir bem. Coloquei um vestido preto que batia na altura dos meus joelhos e tinha um zíper na frente que traçava uma linha reta sobre o lado direito do meu corpo, e estava mantido aberto na altura do pescoço, onde a gola irregular deixava uma ponta caída sobre o peito. As mangas compridas tinham o mesmo zíper

CAPÍTULO 33

nos antebraços e nos pés colori um pouco calçando *scarpins* vermelhos, que estavam me matando, mas eram melhores que as já tradicionais rasteirinhas que eu havia adotado desde que comecei a me sentir muito pesada e inchada. Mantive o cabelo solto, coloquei enormes argolas prateadas nas orelhas e uma pulseira escrava em um dos pulsos. Fiz um delineado nos olhos e passei apenas *gloss* nos lábios.

— Bom dia, Theo.
— Bom dia, comadre! — ele deu dois passos e abriu os braços à minha frente — Deixa eu ser o primeiro a dar um abraço de feliz aniversário em você.
— Você não está sendo o primeiro.

Sorri, dando de ombros.

— Mas aqui no trabalho, sim!

Ele riu e eu retribuí carinhosamente quando ele me abraçou.

— Tenho um presente pra senhorita. Está lá na sua sala.
— Oba! Adoro presentes!
— Ei, Nat, deixa eu abraçar você também.

Stephanie contornou o balcão da recepção e me abraçou, desejando felicidades a mim e ao meu filho.

— Obrigada, Steph.

Fazendo um movimento exagerado com a mão, Theo indicou que eu caminhasse à sua frente pelo estreito corredor e seguiu atrás de mim. Nitidamente animado, meu amigo deu uma corridinha quando nos aproximamos da minha sala e passou à minha frente para abrir a porta, revelando lá dentro seis arranjos florais. Um mais lindo que o outro, mas nenhum deles com tulipas.

— Theo!
— Mas este não é o presente. Entra.

Sobre minha mesa havia uma caixa. Eu me aproximei, parando entre as duas cadeiras de aproximação, e abri o pacote, rasgando o papel feito criança. Lá encontrei um porta-retratos com quatro fotos. Uma era eu e Theo na cerimônia da minha formatura, quando ele me ofereceu o cargo de advogada no escritório do Dr. Peternesco, me elevando do cargo de estagiária, outra éramos nós dois na festa da InBox, onde ele estava carinhosamente com a mão na minha barriga, a terceira era uma imagem de uma ecografia 4D do Gabriel, onde podíamos ver o seu rostinho bem direitinho, e a última era uma foto de um *tip top* de nenê com a frase: "Eu sou o cara da vida dela". Quando ergui o porta-retratos para colocá-lo sobre a minha mesa, encontrei aquela roupinha dobrada no fundo da caixa.

— Theo! Que presente lindo! Estou sem palavras!

Larguei o porta-retratos e virei para abraçá-lo novamente.

— A última foto é para ser substituída por uma de nós três juntos quando esse garotão chegar.

— Você é o melhor amigo que existe no mundo inteiro!
— E vou ser o melhor dindo também! Tá ouvindo, garotão? – ele se curvou e começou a falar com a minha barriga. Eu já nem estranhava mais quando as pessoas me tocavam ou beijavam meu abdome saliente – Eu vou ensinar você a jogar basquete, subir em árvores e a paquerar as meninas. Embora nisso eu seja melhor na teoria do que na prática. Nós vamos azucrinar a mamãe!

Enquanto Theo "brincava" com Gabriel, Lucas apareceu no vão aberto da porta da minha sala e me olhou sem dizer nada. Atônita pela surpresa, apenas parei de rir das bobagens do meu amigo e fiquei olhando de volta para o homem à minha frente, realizando que ele via ali um pai brincando com o filho, o que me fez sentir dilacerar até a alma.

Theo beijou a minha barriga, levantou sorrindo e enxergou Lucas feito uma estátua nos observando, então adquiriu novamente sua postura de advogado e disse:

— Bom dia, Luke, tudo bem? Posso ajudá-lo?
— Bom dia, Theo. Eu gostaria de ter uma palavrinha com a *Natalie*. Você está disponível agora?

Ele perguntou, parado no mesmo lugar, me olhando com a mesma expressão.

— Hum... Sim. Entra.

Respondi meio sem graça, como se tivesse sido pega fazendo alguma coisa errada.

— Eu vou para minha sala. Com licença.

Theo saiu e Lucas fechou a porta depois de entrar.

— Pelo jeito, Theo não se conformou muito em ser deixado de lado.

Lucas estava observando as flores enfeitando minha sala inteira, até que seus olhos encontraram o porta-retratos sobre a minha mesa, e como se tivesse sido atraído até lá, caminhou resoluto e o pegou nas mãos, sem nem pensar em pedir permissão, e eu vi um sorriso finalmente se abrir em seu rosto, certamente não por me ver ao lado do Theo em duas das quatro imagens. Lucas estava olhando o Gabriel, e a cena quase me matou de tanta tristeza e culpa.

— Seu filho tem umas bochechas bem fofinhas. Deve ser bem gordinho.

Ele sorria com os lábios e os olhos. Fixado apenas no Gabriel. Sua fisionomia era calma, meio apaixonada.

— É. Ele está maior que o percentil médio. Que bom, assim espero me livrar de muitos quilos que eu engordei logo na hora do parto.

Eu ri um pouquinho e Lucas se voltou a mim.

— Você não engordou muito.
— Dez quilos. Na verdade, já são quase onze, e ainda não acabou.
— Você está linda!

Ele nem pensou antes de anunciar.

CAPÍTULO 33

— Eu estou é muito grávida!
Sorrimos juntos e Lucas prosseguiu.
— Você não respondeu minha mensagem na noite passada.
— Mensagem? Eu não vi! Já até usei meu telefone, mas não vi nenhuma notificação pendente.
Peguei minha bolsa, que estava em uma das cadeiras à frente da minha mesa e tirei de lá meu celular.
— Depois você lê. – ele largou o porta-retratos e olhou para mim – Recebeu as flores?
— Sim. Tulipas. Lindas. Obrigada.
— Feliz Aniversário!
— Obrigada.
Lucas contornou a cadeira que nos separava e parou à minha frente. Sem falar nada, colocou meus cabelos para trás do ombro em um dos lados e, ao final do movimento, agarrou o lóbulo da minha orelha. A outra mão descansou no meu quadril e ele ficou encarando meus lábios.
Estávamos perigosamente perto um do outro e uma onda de adrenalina rolou em mim, fazendo que o calor da pele dele se mesclasse com o fogo da minha.
— Seus lábios estão inchados. Me dão ainda mais vontade de beijá-los.
Engoli em seco. Talvez não tenha sido uma boa ideia dizer que eu não estava mais com Theo. Aquele conjunto de palavras, associado ao turbilhão que já estava me devorando por dentro, fizeram acordar em mim uma região que estava há meses adormecida, e eu precisei juntar mais as pernas para aliviar um pouco o latejar no centro do meu corpo quando senti minha calcinha umedecer.
A mão do Lucas, que antes estava na minha orelha, deslizou lentamente para minha nuca e eu não fiz movimento algum para afastá-lo. *Eu não queria afastá-lo!* Ele inclinou o corpo, mostrando qual era sua intenção, seus olhos oscilando entre os meus e minha boca, meu coração palpitando forte e Lucas esperando se eu teria alguma reação contrária, mas eu seguia imóvel, completamente hipnotizada.
Sem pressa, ele foi erradicando a distância entre nós dois e eu pude sentir sua respiração no meu rosto quando sua língua umedeceu seus lábios. Inspirei profundamente pela boca quando fui arrebatada pelo desejo, dando o sinal que faltava para ele me beijar.
Com confiança, Lucas colou sua boca quente e macia à minha, e foi o melhor presente que eu poderia ganhar no meu aniversário. Meus joelhos vacilaram e ele pressionou meu corpo junto ao seu, me mantendo apoiada em seus braços. Totalmente rendida, cedi espaço para sua língua acariciar a minha, e quando ambas se encontraram, dançaram juntas como costumavam fazer tão bem.
O gosto dele, seu perfume, o corpo forte colado ao meu... Meus sentidos estavam todos ouriçados, e eu me ative a cada detalhe. Lucas gemia baixo,

os sons vibrando em mim, sua mão me agarrava forte pela nuca, chegando a doer ao puxar uns fios de cabelo, e os dedos no meu quadril cravaram na minha pele como se tivessem medo de me soltar.

Minhas duas mãos estavam em seu corpo também; uma agarrando forte seu braço por cima da lã de seu casaco cinza e a outra espalmada em suas costas, por baixo de suas roupas, sentindo seus músculos e o trazendo o mais próximo possível.

Foi apenas quando ele mordeu meu lábio inferior e o chupou com força, me fazendo gemer livremente, que minha razão deu sinal de vida e eu interpretei o que estava acontecendo.

— Para! – o empurrei, espalmando as duas mãos em seu peito – Eu... eu preciso que você vá embora.

Eu estava ofegante e assustada.

O que nós estávamos fazendo?

— Pequena, eu não resisti! Deus sabe como tem sido fodidamente difícil pra mim. Eu tenho tentado, mas... Eu amo você!

Ele esticou um braço e me puxou pela cintura, mas eu girei o corpo e apressada caminhei em direção à porta, para apenas apoiar a mão na maçaneta e não a abrir.

— Eu não quero ouvir. Vai embora.

— Você não quer que eu vá.

Ele caminhou seguro até onde eu estava.

— Se eu estou pedindo que você vá, é porque eu quero que você vá!

Eu olhava a porta, o chão, qualquer lugar, menos para ele.

— Até quando eu vou ser punido?

Suas palavras eram carregadas de dor e irritação.

— Seja homem, Lucas! – exclamei, girando o corpo para encará-lo com segurança – Você não está sendo punido, isso não é brincadeira. Acabou!

Ele me agarrou, colocando as duas mãos no meu rosto, me forçando a olhar em seus olhos angustiados.

— *Eu não tive culpa!* Eu não tive culpa e você me afastar dessa maneira é sim uma punição, e a pior de todas que eu já tive na vida.

— Eu não vou discutir isso outra vez. Eu só sei que, com culpa ou não, Camille está grávida e *eu* não vou me sujeitar a viver com a sombra daquela desequilibrada ao meu lado.

Lucas me soltou de repente, piscando os olhos ao absorver minhas palavras.

— Então é isso?

— Isso o quê?

Perguntei, me afastando e me perdendo no meu próprio raciocínio ao tentar decifrar sua expressão.

— Você só não volta pra mim porque Camille vai ter uma filha minha e você não quer que ela seja uma presença eterna em nossas vidas?

CAPÍTULO 33

— Bem, é um forte motivo, você não acha?
— Acho, mas... ela nunca mais vai se intrometer, eu juro!
— Como, Lucas? *Como*? Você não consegue nem a impedir de entrar na sua casa!
— Por favor, – ele me abraçou por trás quando eu virei para efetivamente abrir a porta. Seu corpo ficou colado às minhas costas e suas mãos descansavam protetoramente na minha barriga – *por favor*, me dê outra chance! – sua boca próxima demais do meu ouvido e sua voz grave e masculina me fizeram estremecer – Você não está mais com Theo, mesmo esperando um filho dele. E agora você me beijou como antes. *Existe* algo muito forte entre nós dois. Você sabe!

Eu não devia ter deixado que ele me beijasse e muito menos deveria ter correspondido ao beijo. Acabei alimentando suas esperanças, *sabendo* que não poderíamos ficar juntos. Talvez eu devesse fingir que voltei a namorar o Theo. Mas eu não queria fazer isso.

Respirei fundo e virei de frente ao Lucas.

— *Você* está preparado para criar o filho de outro homem? Está preparado para ver o Theo o tempo inteiro na minha casa? Está preparado para não ser mais o centro das minhas atenções? Lucas, acorda! Nossas vidas mudaram e tomaram rumos completamente diferentes. *Nós* não somos mais o que mais importa! Se você não quer constituir família com a Camille, parte pra próxima, vira a página, tenta ser feliz.

— É isso que você está fazendo? Partindo pra próxima?

Sua voz estava dolorida e eu fiquei com um nó tão grande na garganta que mal consegui responder.

— Sim.

— Bem... – Lucas piscou algumas vezes, arqueando as sobrancelhas e comprimindo os lábios – Feliz aniversário, *Natalie*.

E, com isso, ele passou o braço ao lado do meu corpo e abriu a porta para ir embora. Meu dia recém começava e eu já precisava ir pra casa.

Eu me atirei na minha cadeira, passei os dedos na minha boca ainda sensível pelo beijo e não fiz esforço para conter as lágrimas que já eram tão íntimas minhas, mas que quase me afogaram assim que eu fiquei sozinha.

Peguei o celular para ver a mensagem que ele disse que havia mandado. Estava lá mesmo, como foi que eu não vi quando chegou?

"Queria ser o primeiro a desejar 'feliz aniversário', mas espero não ter acordado você. Estou em frente ao seu prédio, posso subir só um minuto para entregar um presente?"

Ele estava parado à minha porta, me esperando, e eu não respondi. Quanto tempo será que ficou lá? Larguei o telefone e fui até o banheiro lavar o rosto e me recompor. Eu precisava trabalhar um pouco e afastar o Lucas dos meus pensamentos. *Eu precisava.*

34

uando cheguei em casa quase no final do dia, o zelador me atacou antes que eu passasse da garagem direto ao meu andar e me entregou um pacote.

— Desculpe Srta. Moore, era para ter lhe feito esta entrega hoje cedo quando as flores chegaram, mas não a vi sair.

Agradeci e desembrulhei o presente enquanto subia vagarosamente as escadas. Era um CD em uma caixa de acrílico sem nenhum encarte e sem nenhum cartão. Fiquei curiosa para saber o que continha ali, porque *quem* havia mandado eu já sabia. Um CD só podia ser coisa de quem ainda tinha um pensamento *old school* sobre músicas.

Morrendo de curiosidade, entrei em casa com a intenção de ir direto ao meu quarto para inserir o disco no meu *notebook*, mas quando abri a porta do meu apartamento, dei de cara com meus pais.

— Feliz aniversário, Nat!

Meu pai me abraçou e puxou minha mãe para junto de nós.

— Meu bebê, nem parece que já fazem vinte e seis anos que vocês nasceram. Parabéns, filha!

Todos os anos, minha mãe fala coisas querendo dizer que não acredita como a vida passa rápido e que a lembrança do dia do nosso nascimento ainda é muito viva em sua memória. Não adianta dizermos que não queremos saber como fora difícil ter gêmeas de parto normal, ela sempre conta a mesma história.

— Obrigada! Que horas vocês chegaram?

— Há algumas horinhas. – ela disse, mandando um olhar cúmplice ao meu pai – Venha, queremos mostrar seu presente.

Eles me conduziram alegremente até meu quarto e quando meu pai abriu a porta, fiquei parada do lado de fora cobrindo a boca com as mãos, completamente surpresa com o que via.

Era um quarto novo!

O berço, que antes estava montado ao lado da minha cama, agora estava ao comprido na parede oposta aos meus quadros de fotos, um gaveteiro com um trocador estava encostado em uma de suas extremidades e seis cilindros

CAPÍTULO 34

com ursinhos enfeitavam a parede revestida com um papel de nuvens, no que passou a ser o cantinho do Gabriel. No ângulo junto à janela, um armário de canto com portas de vidro estava com as roupinhas do meu filho arrumadinhas em cabides e prateleiras. Minha cama estava posicionada de lado na parede entre as mesas de cabeceira, para dar mais espaço ao quarto, e enfeitada com grandes almofadas coloridas, parecia um sofá balinês. Uma poltrona de balanço branca com um pufe amarelo à frente estava na parede oposta ao berço e todo o ambiente estava extremamente agradável para que eu o dividisse com meu filho.

— Mãe, pai, o quarto está *lindo*! Como vocês conseguiram fazer tudo isso hoje? Eu não sei nem o que dizer!

Meus olhos já estavam marejados quando eles me abraçaram outra vez.

— Chegamos de manhã cedo. Lauren abriu a porta para nós assim que você saiu para o trabalho. Foi corrido, mas deu certo! Que bom que você gostou, filha.

— Eu *amei*!

— Bom, vamos deixar você se arrumar para seu jantar de aniversário.

— Amo vocês. Obrigada.

Sorrimos e eles saíram, me deixando sozinha no meu quarto novo. Eu não sei o que seria de mim sem o apoio da minha família, ainda mais pelas circunstâncias em que eu estava tendo um bebê. Fiquei mais um tempo observando o novo ambiente e acariciei minha barriga, dividindo aquele momento feliz com meu filhote, e antes de me encaminhar para o banho, *precisei* saber o que havia no CD que o zelador havia me alcançado, então liguei meu *notebook* e me deitei na minha cama, esperando o arquivo abrir.

Acordes de violão melancólicos chamaram minha atenção e alguns segundos depois uma voz preencheu o espaço entre as notas.

> *"I broke your heart, I took your soul*
> *You're hurt inside, 'cause there's a hole*
> *You need some time, to be alone*
> *Then you will find, what you've always known*
> *I'm the one who really loves you, baby*
> *I've been knockin' at your door..."* [10]

Reconheci a música de um dos meus cantores favoritos, mas aquela versão começava um pouquinho diferente. Só então percebi que também

---

10 "Eu parti seu coração, eu levei sua alma / Você está machucada por dentro, porque há um buraco / Você precisa de um tempo, para ficar sozinha / Mas então você descobrirá, o que sempre soube / Eu sou aquele que realmente te ama, querida / Eu estive batendo a sua porta..."

conhecia aquela voz. Era o Lucas! Ele estava cantando, acompanhado apenas por um violão. Na versão original do Lenny Kravitz, a canção é tocada ao piano, mas ficou linda em cordas. Será que era o Lucas tocando? Ele nunca mencionou que tocava algum instrumento. Levei as mãos ao peito e um novo tipo de agitação interna tomou conta de mim. Segui paralisada, olhando a tela do computador como se tivesse alguma coisa ali para ser vista, e a música continuava.

"And as long as I'm livin', I'll be waitin'
As long as I'm breathin', I'll be there
Whenever you call me, I'll be waiting
Whenever you need me, I'll be there
I've seen you cry into the night
I feel your pain, can I make it right?
I realize there's no end in sight
Yes still I wait, for you to see the light..." [11]

Meu corpo todo tremia de tanto chorar e eu não sabia se conseguiria continuar escutando a canção, então minha mãe ouviu meu lamento e bateu à porta.
— Nat, o que está acontecendo? Abra a porta!
— Tá tudo bem mãe. Me deixa sozinha.
As palavras saíram em meio aos soluços e eu voltei a me concentrar na música.

"You are the only one I've ever known
That makes me feel this way, couldn't on my own
I wanna be with you until we're old
You've got the love you need right in front of you
Please come home..." [12]

Quando os refrãos finais acabaram, coloquei a música para tocar outra vez e, sem pensar muito, liguei para o Lucas.
— Oi.

---

[11] "E enquanto eu estiver vivendo, estarei esperando / Enquanto eu estiver respirando, estarei lá / Quando você me ligar, eu estarei esperando / Quando você precisar de mim, eu estarei lá / Eu vi você chorar noite adentro / Eu sinto sua dor, eu posso reverter isso? / Eu percebo que não há final à vista / Ainda assim eu espero que você veja a luz..."

[12] "Você é a única que conheci / Que me faz sentir desse jeito, sozinho não consigo / Eu quero ficar com você até ficarmos velhos / Você tem o amor que precisa bem na sua frente / Por favor, venha para casa..."

CAPÍTULO 34

Ele atendeu sem demonstrar emoção alguma.
— Por que você faz isso comigo? Quando dançamos na festa da InBox você disse que não ia tentar mais nada, mas não me parece "tentar nada" o que você tem feito.

Despejei tudo com a voz embargada pelas lágrimas e a respiração acelerada, nem me preocupando em esconder meu desespero.

— *Natalie*, – a voz dele ficou mais humana e preocupada – não era pra você ficar mal, como estou notando que você está.

Eu mal ouvia o que ele falava de tanto que eu chorava.
— Bem, eu estou péssima!

Silêncio. Só a música e meu choro entre nós dois.

— Eu não ia tentar acabar com a sua família. Foi o que eu disse na festa da InBox, mas quando você me contou que não estava mais com o Theo... Bem, eu me esforcei para me manter afastado, devido a tudo que envolve essa situação, mas eu não pude *não tentar* mais.

— Lucas, por favor, não me torture. Nossa história acabou, eu...

— Tudo bem, *Natalie*. Já me arrependi desse presente. – ele tinha uma certa irritação na voz – Você deixou seu ponto *bem* claro hoje cedo no seu escritório. Eu não vou mais procurar, importunar e tão pouco beijar você contra sua vontade. Tô cansando disso tudo, de fazer papel de idiota tentando mostrar como deveríamos ficar juntos. Você está certa, eu devo seguir com a minha vida. Faz *oito* meses que nós terminamos, você vai ter um filho, eu vou morar fora do país, você não quer lidar com a Camille e eu vou ter que aguentá-la pelo resto da vida. Eu entendi. Não se preocupe, a partir de agora a nossa relação será estritamente profissional, isto é, se você não quiser que eu saia do escritório do Peternesco.

— Não, claro que não. Lucas, nós podemos ser...

— NÃO! – ele gritou e eu dei um pulo do outro lado da linha – Eu *não quero* ser seu amigo.

Suas palavras foram como um soco no meu estômago e eu me senti mais distante dele do que jamais havia estado. Eu sabia que não teria como sermos amigos. Eu não suportaria ficar fingindo que tudo estava bem e deixá-lo conhecer o próprio filho achando que era filho do Theo, mas ouvi-lo dizer que não queria muita proximidade fez o abismo entre nós dois ficar ainda maior. Foi como na festa em que dançamos juntos e que ele se despediu para dar vez à "minha família". Eu nunca devia ter dito que não estava mais com o Theo. Acabei alimentando novamente o sentimento entre nós dois, e naquele momento a ruptura parecia mais intensa.

— Lucas...
— Até mais, *Natalie*.

Ele desligou antes que eu pudesse me despedir e eu afundei em lágrimas, fazendo minha mãe voltar a bater na porta do meu quarto.

— EU TÔ BEM, MÃE! ME DEIXA!
Ela estava preocupada comigo e eu gritei de maneira grosseira, mas eu não estava em condições de falar com ninguém, só queria me perder nos meus sentimentos e na minha dor.
Escrevi mais no livro do Gabe e fui tomar banho, deixando a música tocar repetidas vezes no computador.
Muito a contragosto, concordei em sairmos para jantar com a família do Michael, para mais uma comemoração conjunta dos aniversários de Lauren e Natalie. Coloquei um lindo vestido justo midi todo branco, que com uma gola canoa e mangas longas era perfeito para a temperatura daquela noite, e calcei saltos altos que estavam me atrapalhando um pouco, mas me neguei a comemorar meu aniversário de sapato baixo. Caprichei na maquiagem, deixei os cabelos soltos e completei usando acessórios dourados.
Fomos jantar no meu restaurante favorito de frutos do mar, onde o piso era um aquário e lâmpadas penduradas em longos fios coloridos pendiam sobre nossas cabeças. Eu já havia estado ali com o Lucas algumas vezes, e não foram nada bem-vindas as lembranças que me vieram à mente. Para completar, eu estava cercada por casais felizes e isso me fez sentir subitamente deslocada, talvez eu devesse ter chamado Theo para acompanhar minha solidão. Eu mal conseguia participar da comemoração e das conversas animadas de todos ao meu redor, porque eu estava emocionalmente destruída e sem a menor vontade de comemorar o que quer que fosse.
Minha mãe estava contando, sem muitos detalhes, graças a Deus, sobre o nosso difícil nascimento quando de repente todo o burburinho na nossa mesa cessou e cada um dos convidados estava olhando para mim.
— O que foi?
Perguntei.
— Nada. Vamos fazer o pedido?
Lauren usou aquele tom de voz de quem quer disfarçar alguma coisa.
— *O que foi?*
Perguntei, olhando para todos os lados, e então entendi tudo. Lucas entrava no restaurante acompanhado de uma loira muito bonita. No instante em que o vi, ele me viu também. Seus olhos arregalaram, ele ficou inquieto e eu senti o ar escapar dos pulmões, enquanto um misto de tristeza e raiva me queimava por dentro.
Ele usava uma calça jeans escura, uma camisa branca mantida com o colarinho desabotoado sob um casaco cinza. Os cabelos ainda estavam molhados e, só de pensar que talvez ele estivesse no banho com aquela mulher, meu estômago protestou. Eles não estavam de mãos dadas, mas ele a conduzia encostando uma mão na base de sua lombar. Ela, por sua vez, parecia muito contente com o contato, porque sorria amplamente, mostrando seus dentes

CAPÍTULO 34

brancos e graúdos, evidenciados pelo batom vermelho, da mesma cor da sola dos seus sapatos Louboutin, que contrastavam com o preto do seu casaco 7/8 e do vestido justo que usava por baixo.

— Nat, nós podemos ir para outro restaurante, afinal, nem fizemos os pedidos ainda.

Minha mãe sugeriu, colocando a mão sobre a minha, mas meus olhos não desviavam do Lucas, que depois de se encaminhar à uma mesa próxima à nossa, pediu licença à sua acompanhante e veio em nossa direção.

Não! O que ele quer agora? Pisotear em cima de mim?

— Boa noite, Edward, Sandra, parabéns pelas filhas. – minha mãe sorriu e meu pai ficou sem reação – Lauren, feliz aniversário. Michael. – ele faz um aceno com a cabeça – Boa noite a todos.

— Obrigada, Luke. – minha irmã sorriu, tentando aliviar o clima – Você conhece os pais do Michael, Adriane e Leo e sua irmã Eve e o marido Arnold?

— Muito prazer. – sorrindo, ele acenou educadamente com a cabeça – *Natalie*, tudo bem?

O clima entre todos era tenso, ninguém sabia exatamente como agir e não deixava de ser hilário analisar toda aquela situação. Novamente me peguei pensando que quem nos olhasse com aquele tratamento formal e aquela muralha erguida entre nós não poderia imaginar todo sexo intenso que já desfrutamos juntos. Esse tipo de pensamento costumava me divertir quando ainda éramos um casal, mas naquele momento foi difícil até para mim mesma acreditar que tudo aquilo havia realmente acontecido, que aquele homem me levara a lugares que eu jamais imaginava existir e que no momento conversávamos como se ele fosse apenas mais um cliente do escritório onde eu trabalhava.

Instintivamente, percorri seu corpo com os olhos e constatei que, mesmo depois de tanto tempo, eu ainda lembrava de cada detalhe, de cada curva e cada textura que estava coberta pelas roupas. Será que ele também tinha memórias tão vivas assim de mim? Será que imaginava como seria me ver nua, grávida?

Fechei os olhos e balancei a cabeça de forma quase imperceptível ao sorrir com ironia.

Meus pensamentos não me levavam a lugar algum, só me confirmavam que ele não era apenas mais um cliente do escritório onde eu trabalhava e que não, não estava "tudo bem"! Não acreditei que ele teve a *ousadia* de me fazer aquela pergunta! O que eu senti aflorou e não consegui *não ser* extremamente honesta.

Mantendo a voz relativamente baixa, mas não me importando se não era baixa o suficiente para que ninguém mais ouvisse, respondi:

— Não Lucas, eu *não* estou bem, porque você vem me desestabilizando e agora resolveu "partir pra próxima" justamente *no dia do meu aniversário* e *no meu* restaurante preferido, coisa que você está cansado de saber. Você acabou de estragar o resto do meu dia. Obrigada!

Eu estava sentada na beirada da grande mesa retangular e ele estava bem ao meu lado. Eu não teria que passar por ninguém para sair dali, então me levantei, peguei minha bolsa e, quando me virei novamente, senti uma forte contração no ventre e exclamei de dor ao encolher o corpo, levando a mão à barriga.

— *Natalie*! – ele me segurou, mas eu o afastei imediatamente – O que você está sentindo?

Ele aceitou a distância, mas seu rosto estava moldado em uma feição preocupada, que por algum motivo me acalmou.

— Nat!

Minha mãe e Lauren deram um pulo e, em menos de um segundo, já estavam ao meu lado me amparando.

— Estou bem. Passou. Só senti uma fisgada. – menti. Eu ainda estava sentindo aquela dor fina e forte dentro de mim – Eu só preciso descansar, eu vou pra casa.

— Eu levo você! Lucas falou com uma voz tensa como eu sabia que estaria, e eu dei uma gargalhada quase histérica.

— Você está bêbado? – virei o rosto pra ele – Vai pro seu jantar, sua acompanhante está ficando entediada.

— Abby é...

— Cala a boca, Lucas. – eu não queria ouvir – Saia daqui.

Ninguém disse nada, e aquele silêncio absurdo parecia envolver o mundo inteiro.

— Você é realmente difícil de entender, *Natalie*. – Lucas sussurrou após alguns instantes, depois, desviando os olhos de mim, ele encarou as demais pessoas sentadas à minha mesa – Desculpem o transtorno. Boa noite a todos.

Lucas me olhou uma última vez e saiu constrangido em direção à sua mesa.

— Nat, como você está?

A voz da minha mãe era um fiapo.

— Mãe, eu só preciso ir pra casa.

— Eu levo você.

Lauren se prontificou.

— Você não vai sair do seu jantar de aniversário por minha causa. Eu vou sozinha. Estou bem. *Mesmo*!

— De jeito nenhum. – meu pai levantou – Eu vou levá-la.

Eu sabia que não teria como discutir com ele. Meu pai raramente "ordenava" alguma coisa, porque ele gostava de deixar todo mundo se sentindo "à vontade", mas quando chegava ao ponto de "comunicar" que algo seria de tal

CAPÍTULO 34

jeito, era exatamente como minha irmã, e era melhor acatar, porque ele não cederia nem uma vírgula.

— Obrigada, pai.

Saímos do restaurante e Lucas me acompanhou com o olhar.

A caminho de casa, o velho Edward resolveu quebrar o gelo.

— Filha, você já parou para avaliar se longe deste rapaz você não sofre mais do que se estivessem juntos enfrentando os problemas com aquela moça que também está grávida?

Um ótimo ponto de vista.

— Por que você está me perguntando isso, pai?

— Porque você não está nada feliz. E isso não é de hoje. E o Luke... Bem, ele obviamente é apaixonado por você. Duvido que deixaria que a ex-namorada fizesse algum mal à sua família.

— Não dá, pai. É sobre o meu filho que estamos falando, e Camille já mostrou que não estava brincando quando me ameaçou. Eu *não posso* arriscar. E além do mais, *eu* não conseguiria conviver com ela e a filha deles. Uma hora essa dor vai passar e eu vou encontrar alguém que vai me fazer feliz outra vez.

— Eu tenho certeza que sim, minha filha. Você ainda é muito jovem, mas pense bem, avalie os prós e os contras, coloque tudo na balança.

— Obrigada, pai. Te amo! Agora volte para o jantar. Eu estou bem.

— Eu também amo você, Nat. Tem certeza de que vai ficar bem sozinha? – ele estacionou em frente ao meu prédio – Eu posso ficar com você e preparar aquela vitamina de abacate que você adorava quando era criança.

Sua demonstração de carinho e o fato de ter lembrado da vitamina de abacate que eu era apaixonada afagaram meu coração machucado.

— Não precisa, pai. Eu só quero dormir.

— Qualquer coisa me liga, combinado?

— Combinado.

Dei-lhe um beijo no rosto e entrei no prédio.

Tomei apenas um copo de leite para não dormir de barriga vazia e fui me deitar. Meu quarto novo pareceu estranho e me senti ainda mais desconfortável, mas vesti meu pijama de urso polar, me deitei em silêncio e, em poucos minutos, caí em um sono profundo.

35

As semanas foram passando, o inverno foi perdendo a intensidade e mais uma vez meus dias não contavam com informação alguma sobre o Lucas, muito menos com encontros. A saudade que eu sentia dele era um vazio que transbordava sentimentos. Eram as lembranças de todos nossos momentos juntos que se recusavam me abandonar, e quanto mais o tempo passava, mais forte elas pareciam ficar, como se cada vez mais a ausência dele aumentasse a dor em mim, trazendo as memórias felizes de nós dois mais e mais à beira, e elas iam se tornando imagens cada vez mais reais, chegando a me assustar. Aquele vazio saturado de história morava em mim e não conseguia ser substituído nem pelo amor ao meu filho, que mesmo crescendo saudável no meu ventre, não curava minha dor.

Eu sabia que na primeira quinzena de março iniciaria o campeonato da *Formula Gold*, então se Lucas já não estava na Europa, estava prestes a partir para a nova vida que escolheu. O tempo na ampulheta estava esgotando e eu sentia como se estivesse contando os grãos e tentando segurá-los no lado de cima por mais alguns instantes, para, pelo menos, sentir que nem tudo tinha mudado e que o pai do meu filho ainda estava perto de nós.

Era dia cinco de março, mais duas semanas, de acordo com previsões médicas, e tudo mudaria definitivamente para mim no momento em que eu segurasse meu filho nos braços pela primeira vez. Eu andava ansiosa e no final de semana tive um ataque por mudanças. Numa angústia para me sentir virando a página, resolvi dar um "*upgrade*" no visual. Repaginar por fora para ver se conseguia fazer o efeito refletir no meu interior.

Marquei hora no salão de beleza e cortei o cabelo, que antes estava exuberante em lindas camadas na altura da cintura e se transformou em um corte reto pouco abaixo dos ombros. Mantive o repicado na frente e deixei a franja mais curta, pela altura dos olhos, mas continuei a usando jogada para o lado. Pintei as unhas das mãos e dos pés em um tom bem aberto de vermelho, bem mais ousado que a "francesinha" que eu sempre usava, e apesar do vento um pouco frio, também acabei aproveitando o sol dos meus dias de descanso para me esparramar perto da piscina da casa dos pais do Michael, tirando o tom desbotado do

CAPÍTULO 35

meu bronzeado natural, o que acabou destacando, além de minha pele, meus olhos claros.

Por fora eu estava uma nova mulher, só restava saber se a transformação tinha conseguido penetrar minhas veias, meu cérebro e minha alma.

No domingo à noite, na estreia da "nova Natalie", saí para jantar com minhas melhores amigas e todas disseram que meu novo visual tinha me deixado linda e Meg me definiu como *"sexy mamma"*.

Elogios quando se está pesando doze quilos a mais são muito bem-vindos, mesmo quando são exagerados.

Segunda-feira no escritório, meu novo *look* também virou assunto, mas eu não estava muito no clima, estava me sentindo estranha, minha barriga estava muito contraída e eu sentia uma pressão diferente no ventre, o que dificultava minha respiração. Dr. Peternesco já queria que eu assumisse meu período de licença, mas eu preferi trabalhar até o último dia para poder aproveitar ao máximo os seis meses que ganhei para me dedicar apenas ao Gabriel, antes de retornar aos meus compromissos profissionais, e como minha médica disse que estava tudo bem conosco, fiquei tranquila e segui minha rotina.

— Nat?

Theo se alvoroçou para dentro da minha sala sem pedir licença.

— Oi.

Ele estava muito sério e fechou a porta atrás de si, sem conseguir me olhar no rosto.

— Luke está aqui.

Meu coração quase saltou do peito quando escutei aquele nome.

— É?

— Sim. Está na sala do meu pai.

— E-ele pediu pra você me avisar?

Gaguejei, mas tentei manter a aparência tranquila, enquanto fingia que digitava alguma coisa no celular para enganar não sei quem.

— Não, mas achei que você fosse gostar de saber. – ele fez uma pausa e se sentou na cadeira à minha frente, apoiando os braços na mesa de vidro, finalmente olhando diretamente para mim – Nat, esta é provavelmente sua última chance antes do Gabriel nascer.

Olhei o porta-retratos que Theo me deu de aniversário e meus olhos fixaram na ultrassonografia do meu bebê. Eu *não podia* contar. Por que as pessoas tinham mais empatia com o Lucas do que com Gabriel? Meu filho seria o primeiro alvo da Camille. Eu não poderia revelar a verdade.

— Já falamos sobre isso e você foi o único que sempre me apoiou! – verifiquei o relógio do meu computador e percebi que já estava na hora de ir embora – Eu já vou pra casa, nos falamos amanhã.

— Você não vai nem dizer "olá"? Ou melhor, dizer "tchau" pro Luke? Porque ele veio se despedir. Embarca em dois dias pra Londres.
— Foi ele quem chegou. Se ele quiser, ele que venha dizer "olá", "tchau" ou qualquer coisa.
— Você é difícil, hein? Bem, eu também já vou indo, tenho um compromisso inadiável.

Ele piscou, sorrindo com o canto da boca, e eu fiquei observando meu amigo sair da minha sala com sua pasta de couro preto pendurada no ombro, enquanto eu refletia sobre o seu "compromisso inadiável". Eu tinha certeza de que Theo tinha para fazer algo relacionado à estagiária que contratamos para ajudar no escritório durante os meses em que eu ficaria ausente, mas naquela ocasião ele não me deu detalhes.

Recolhi minhas coisas, tentando direcionar meus pensamentos ao Theo, ao Gabriel, ao processo que precisava ser concluído no dia seguinte, mas fui traída pelo meu cérebro e somente Lucas aparecia com força total na minha mente. Tentei acalmar os batimentos do meu coração, mas era só saber que o pai do meu filho estava tão próximo que eu ficava muito nervosa e não conseguia nem controlar minhas mãos trêmulas, que dirá meu coração.

Abri a porta da minha sala e saí com a cabeça baixa, procurando a chave do carro na bolsa e, ao dar um passo para fora, esbarrei forte em alguém, deixando tudo que eu carregava se espalhar pelo chão, e antes de me abaixar para juntar meus pertences, olhei para frente e encontrei *aquele* olhar sensual e penetrante quase colado a mim.

Lucas!
— *Natalie!* Desculpa, você está bem?

Ele ficou preocupado, porque esbarramos com certa força e minha barriga chegou nele antes de mim.
— Hum... Oi, Lucas, tá tudo bem, sim.

Em vez de me manter fria e alheia, fiquei em estado hipnótico olhando para ele. Por uns cinco segundos, esqueci onde estávamos e o que eu estava fazendo, e reparei em seu rosto perfeito para relembrar cada detalhe. Reparei na barba pouco crescida contornando os lábios cheios, reparei também na quase imperceptível marca de catapora ao lado do olho esquerdo, na forma como seus cílios fartos e longos se curvavam na ponta, no contorno esverdeado de seus olhos castanhos... Eu me perdi na falta que sentia em passar a língua em sua pele, lembrei como eu gostava quando ele me beijava e lentamente explorava todo meu corpo com uma maestria incomparável, e recordei como nosso cheiro misturado era *sexy*.

Ao recobrar a consciência, me abaixei para juntar minhas coisas e ele fez o mesmo. Lucas apanhou uma caneta e um estojinho de veludo preto que

CAPÍTULO 35

eu me apressei para pegar da mão dele, mas meu nervosismo fez com que o velcro da embalagem se abrisse, deixando cair a correntinha que ele me deu com o pingente do símbolo do infinito com o coração na interseção.

Seus olhos fixaram na joia enquanto eu a juntava e colocava de volta na embalagem, tentando desesperadamente fingir que nada estava acontecendo, mas sendo denunciada descaradamente pelo tremor das minhas mãos. Quando levantei o rosto, Lucas estava me encarando.

— Você sempre carrega isso na bolsa?
A voz dele era calma, muito calma, o que me deixou ainda mais tensa.
— Não! Eu só ia... emprestar pra Meg.
Nossa! Eu não tinha nada melhor para dizer?
— *Emprestar* pra Meg?
Ele fez aquela cara cínica de quando sabe que eu estou tentando mentir e um meio sorriso se plantou em seu rosto.
— É.
Continuei juntando minhas coisas sem olhá-lo novamente e senti uma forte contração, que me forçou a parar com o que estava fazendo para apoiar uma mão no chão e puxar o ar com força pelo nariz, em seguida expirando pela boca, na tentativa de aliviar meu desconforto.
— O que foi? Você está sentindo alguma coisa?
Lucas me segurou pelos ombros.
— Não. Tá tudo bem. – coloquei as últimas coisas dentro da bolsa, levantei apressada e ele me soltou. Eu precisava acabar logo com aquela situação – Bem, acho que este é um adeus, certo? Agora que você vai ficar definitivamente na Europa.
— Não, é só um "até breve".
— Faça bem o seu trabalho e boa sorte quando não depender de você.
Ele riu. Riu *daquele* jeito que costumava rir para mim; um sorriso largo, com os olhos acompanhado a felicidade com um brilho todo especial. Eu gostava de ver as duas linhas que se formavam nos cantos de sua boca quando ele ria assim, e reparei nelas outra vez.
— Obrigado. E... acho que na próxima vez que nos encontrarmos você já vai ser mãe, então... Espero que dê tudo certo. Não queria ir embora sem dizer isso. Independentemente de qualquer coisa, espero que você seja muito feliz.
— Obrigada. Desejo o mesmo pra você. Tchau, Lucas.
Virei para ir embora, mas ele me segurou pela mão, me fazendo girar para ficar novamente de frente a ele.
— Tchau, *Natalie*.
Ele me puxou para um abraço e deu um beijo mais demorado que o necessário no meu rosto, o que me lembrou a primeira vez que ele me beijou assim, no dia em que nos conhecemos.

Aproveitei o momento e encostei uma mão em seu peito e outra em seu braço. Os músculos continuavam fortes como eu lembrava e por pouco não perdi o controle e o acariciei quando percebi seus batimentos cardíacos acelerando o ritmo.

Nosso contato só foi interrompido porque Dr. Peternesco chegou ao nosso lado e educadamente pediu licença para perguntar se nosso cliente poderia acompanhá-lo para tratarem de algo que ele havia esquecido de lhe mostrar ou falar, eu não entendi bem o que era. Lucas me olhou com expressão de quem fora arrancado de um sonho bom e saiu ao lado do meu chefe pelo longo corredor que levava à sua sala, e eu aproveitei para correr para o meu carro, porém, quando cheguei à recepção, uma dor muito mais forte que todas que eu já havia sentido me pegou de surpresa e precisei apoiar o corpo no balcão em que Stephanie trabalhava. Ela já havia ido embora, assim como Theo e a nova estagiária, e eu fiquei ali, não conseguindo erguer o corpo, o que começou a me deixar com medo. A dor passou e eu voltei a caminhar, mas congelei ao sentir algo escorrer pelas minhas pernas. Ergui o tecido da minha saia grafite e vi sangue bastante líquido escorrendo pela minha coxa, morrendo na renda da minha meia calça 7/8. Eu esperava que fosse água, não sangue. Minha pressão despencou, comecei a ver vultos, senti ânsia de vômito, minha boca ficou seca e eu não conseguia gritar para Lucas ou Dr. Peternesco me acudirem. Encostei-me na parede ao lado da porta de entrada e fui deslizando até sentar no chão.

Abri minha bolsa e comecei a tatear as coisas à procura do meu celular, mas não conseguia encontrá-lo no meio da bagunça que ficara ali dentro depois que joguei tudo de volta de qualquer jeito. Lágrimas discretas escorriam pelo meu rosto e o medo aumentou quando senti uma nova contração. Tentei me acalmar e apenas respirar, então escutei uma voz se aproximando. Era o Lucas. Ele estava ao telefone.

— Lucas! – minha voz saiu mais como um grunhido e ele não me ouviu. Precisei arranjar forças para gritar – LUCAS!

Parando imediatamente com o telefone ainda no ouvido, Lucas me enxergou pálida, encolhida no canto, com a saia erguida até o quadril e uma mão no meio das pernas. Por uma fração de segundos, eu juro que vi malícia em seus olhos quando observou minhas meias com barras de rendas coladas às coxas, mas em seguida o pânico endureceu seus olhos, ele desligou o telefone sem se despedir e correu até mim.

— NATALIE! Meu Deus, o que ouve?

O alívio por tê-lo ali me auxiliando fez as comportas se abrirem e eu comecei a chorar, mal conseguindo falar.

— Me ajuda, por favor.

CAPÍTULO 35

— Claro! – carinho e amor emanavam de sua voz e de seu corpo inteiro – Jesus! Você está sangrando! Passa o braço pelo meu pescoço.

Obedeci e ele me pegou no colo, me fazendo ficar instantaneamente mais calma apenas com seu corpo junto ao meu. Lucas se ajeitava para me segurar e se curvar para abrir a porta com a mão que apoiava minhas costas, então saímos para o vento do final do dia e fomos em direção ao Aston Martin estacionado na vaga para clientes.

— Pega a chave do carro no meu bolso esquerdo.

Seu tom era autoritário e tenso.

— E-eu... Minhas mãos estão sujas, vou sujar a sua roupa.

Se eu colocasse a mão no bolso da calça do Lucas, eu sentiria a perna dele na minha palma, com apenas um pedaço de algodão separando nossas peles e, mesmo naquele momento, eu não estava nem um pouco certa se tinha forças para fazer aquilo.

— *Natalie!* Eu não sou apenas a droga de um cliente. Para de merda e pega a porra da chave! Ele rosnou, me xingando de uma maneira muito querida, por incrível que possa parecer.

Obediente, me movi em seu colo e desajeitadamente coloquei a mão no bolso da calça dele. Tateei à procura da chave e escutei um suspiro quando minha mão estava quase em sua virilha, mas logo Lucas grunhiu, porque eu cravei as unhas em sua perna quando tive uma nova contração. Foi muito intensa e eu gritei, enterrando a cabeça em seu pescoço.

— Calma, Pequena, vai dar tudo certo.

Pequena! Ele me chamou de Pequena, com aquela voz carinhosa que eu tanto sentia falta, e eu chorei ainda mais, mas daquela vez chorei por ele, por *nós*!

Destravei o carro e Lucas me colocou no banco do carona, antes de contorná-lo para sentar atrás do volante. Levei novamente a mão até o meio das minhas pernas, percebendo mais sangue, o que me fez desesperar ainda mais. Lucas viu o sangue quando sentou ao meu lado, mas tentou a todo custo disfarçar o nervosismo.

— Qual o hospital e qual o telefone da sua médica?

Respondi e ele foi em alta velocidade até lá. No caminho, ligou para Dra. Rowland e descobriu qual entrada deveria procurar e o que dizer na recepção para me encaminharem com urgência ao atendimento. Depois ligou para Lauren e pediu que ela fosse encontrar conosco.

— Ela vai avisar os seus pais, mas... acho que temos que avisar o Theo também.

Eu não queria que ele chamasse o Theo. Se estava acontecendo daquela maneira, então eu queria que só o Lucas estivesse vendo o filho nascer. Além do que, vê-lo avisar outro homem que o filho estava nascendo seria muito para suportar, eu não poderia ouvir aquela conversa.

— Lauren sabe que deve avisá-lo.
Menti.
Uma nova contração chegou sem avisar e eu dei um grito forte ao retorcer o corpo. Lucas apertou as mãos com força no volante até os nós dos dedos ficarem brancos. Ele fazia o que podia, mas o trânsito do final do dia estava um caos em quase todas as ruas, então, quando viu uma brecha, ele subiu por cima da calçada, descendo mais adiante em uma saída de garagem.
— Excelente! Passamos uns cinco carros.
Anunciei, rindo e chorando ao mesmo tempo.
— Vamos passar mais.
Ele informou, ao repetir a infração.
Eu me sentia sufocada, minha barriga estava dura e a roupa parecia apertá-la ainda mais, então subi minha blusa preta e deixei meu abdome redondo à mostra.
Passei as mãos por toda extensão, acariciando meu filho, e de repente percebi que estávamos parados em um sinal e Lucas me olhava sorrindo amplamente.
— Desculpa, eu não queria arrancar a roupa no seu carro, mas tô me sentindo toda amarrada.
— Eu queria muito ver sua barriga de grávida.
Sem pedir permissão, ele colocou a mão em mim e, pela primeira vez no dia, senti minha musculatura relaxar.
— Eu tô enorme.
— Você está perfeita.
Os olhos dele estavam fixos na minha barriga e eu precisei avisar quando o trânsito tinha voltado a fluir. Relutante, Lucas se afastou e voltou a se concentrar em maneiras erradas de nos fazer chegar o mais rápido possível ao hospital.

36

No hospital, Lucas estacionou em uma vaga de idosos, que ficava o mais próximo possível da porta por onde deveríamos entrar, me confirmando que ele estava *mesmo* muito preocupado, senão ele *jamais* pararia em uma vaga especial. Praticamente correndo, ele contornou o carro e me pegou novamente no colo, enquanto eu enrolava os braços ao redor de seu pescoço. Carinhosamente, ele puxou minha saia mais para baixo para cobrir melhor minhas pernas antes de entramos no *hall*, e assim que cruzamos as portas de vidro, ele deu meu nome na recepção e já nos encaminharam para a maternidade.

Ao chegarmos aonde eu seria atendida, vi minha médica com uma cadeira de rodas à minha espera e Lucas instantemente me colocou sentada nela.

— Você é o pai?

Arregalei os olhos para médica, que percebeu que falou demais. Eu nunca havia explicado exatamente a situação, mas teoricamente ela já deveria conhecer o Theo, e de fato ela o conhecia, mas como padrinho e não como pai do bebê. Lucas não deve ter entendido nada.

— Pai? Eu...

— Você pode esperar do outro lado do corredor, esse moço vai nascer agora, e assim que ele estiver aqui conosco você poderá vê-lo pelo vidro do berçário.

— Obrigada!

Eu disse a ele, antes que a médica me levasse para a sala de preparação. Lucas sorriu.

Dra. Carmem Rowland me examinou, falou com algumas enfermeiras, concluíram que realmente era hora de fazer o parto do Gabriel, e quando me colocavam o soro, ela se aproximou.

— Como você já esperava, teremos que fazer uma cesárea porque seu bebê é muito grande e não encaixou. Agora nós vamos para a sala de parto e Dr. Vince vai lhe aplicar a anestesia. Não fique nervosa, está tudo bem.

— Mas não era pra ele nascer ainda.

— Ele já pode nascer, sim. Vai dar tudo certo.

Concordei, mas não consegui me acalmar muito.

As enfermeiras me levaram para o centro cirúrgico e eu odiei o aspecto hospitalar daquela sala imaculadamente branca, pelo menos, a injeção na coluna não foi horrível como eu imaginava que seria. Foi apenas uma pressão e um calor que logo me deixou sem sentir nada da cintura para baixo.

Quando eu estava mais calma, Dra. Rowland avisou que começaria o procedimento, então o medo voltou com tudo. Dr. Vince ficava verificando meus sinais e tentando me manter calma, o que não adiantava. Comecei a pensar no Lucas esperando para conhecer o próprio filho, sem fazer a menor ideia de que era o pai, e provavelmente o ápice da minha culpa tenha se instalado em mim naquele instante. Desejei que ele estivesse segurando minha mão e me recriminei por não ter pedido que ele o fizesse. Lucas certamente aceitaria se eu pedisse. Na verdade, eu devia ter contado toda a verdade assim que ele me socorreu na recepção do meu escritório. Ele deveria estar ao meu lado. O nosso filho estava nascendo e ele merecia saber que era o pai!

Meu coração batia rápido demais e a pressão da anestesia parecia fechar a minha glote.

— Ele está chegando, mamãe!

A voz da minha médica atraiu toda a minha atenção e de repente escutei um chorinho e ela levantou meu bebê acima do tecido verde erguido na altura da minha cintura.

Ver meu filho ali, perto de mim, me fez desabar em lágrimas que escorriam aos montes pelo meu rosto, mas, naquela ocasião, depois de muito, muito tempo, eram lágrimas de felicidade, da felicidade mais plena que eu já havia sentido na vida.

Quando colocaram o Gabriel nos meus braços e eu olhei para seu rostinho redondo e inchado, entendi que tudo que aconteceu na minha história simplesmente tinha que acontecer, porque me conduziu àquele momento. Eu não imaginava que me sentiria daquela forma. Era um amor novo, totalmente desconhecido, capaz de tudo. Gabriel parou de chorar quando ficou próximo ao meu pescoço e eu me senti ainda mais responsável por aquela vida que trouxe ao mundo. Foi naquele momento de reconhecimento que me transformei em uma versão mais madura de mim mesma, mais segura, mais... mãe!

Fiquei poucos minutos com meu bebê nos braços e a pediatra já o levou para limpar e fazer os exames necessários, me deixando novamente perdida em pensamentos, enquanto os procedimentos da cirurgia terminavam e as enfermeiras me levavam para a sala de recuperação, onde fiquei contando os segundos para amamentar o meu filho pela primeira vez, mas ao mesmo tempo eu não me importava com a demora, porque naquele instante pai e filho deviam estar se conhecendo, e eu queria que eles pudessem se ver com calma, sem ninguém por perto. Eu tinha certeza

CAPÍTULO 36

de que Lucas ficaria muito feliz em saber a verdade, e privá-lo de curtir aquele momento da maneira correta chegava a doer na minha alma, mas, pelo menos, ele estava ali. Só ele.

Depois de um bom tempo é que a enfermeira finalmente chegou com Gabriel no colo. Ela o colocou em meus braços e me ensinou a amamentá-lo, mas nem teria sido necessário, porque ele começou a mamar como se já o fizesse há muito tempo.

Esperei mais uma hora até avisarem que me levariam para o quarto. Gabriel já dormia nos meus braços e uma enfermeira muito solícita me dava cubos de gelo para matar a sede absurda que eu sentia. Eu não via a hora de poder me alimentar normalmente.

— Nat!

Lauren se aproximou, emocionada ao ver minha maca chegando ao corredor dos leitos.

— Seu afilhado resolveu nascer antes da hora.

Falei sorrindo, abraçada ao meu filho.

Ela se inclinou para olhá-lo de perto quando as enfermeiras foram abrir a porta do meu quarto.

— Ele é lindo! Oh, meu Deus! Ele é lindo! A roupinha que eu dei ficou perfeita, você viu? Quase não consegui entregar... – por meio segundo seus olhos se voltaram para mim e ela perguntou: — Como você está?

— Bem, só meio cansada. Você encontrou o Lu...cas?

Acabei de perguntar quando o enxerguei ao meu lado.

Ele não disse nada, apenas sorriu e seus olhos piscaram lentamente, então me levaram para o quarto e, depois que me colocaram na cama, ele bateu à porta, pedindo licença para fazer uma visita.

Ao entrar, ele foi direto até mim e me deu um beijo carinhoso na testa.

— Você é mãe! - foi a primeira coisa que ele falou quando seus lábios se afastaram – Parabéns, seu bebê é lindo, bem grande e gorducho, não sei como saiu de dentro você!

Sua risada fez a mim e Lauren rirmos junto.

— Por isso que ele teve que nascer de cesariana.

Brinquei.

— Eu... comprei um presentinho pra ele.

Meio sem jeito, Lucas me entregou um ursinho com uma camiseta de *baseball* com o numeral vinte estampado.

— Vinte, hein?

Ergui as sobrancelhas ao colocar o presente junto do nosso filho.

— Não tinha nenhum carrinho na loja do hospital. - ele deu de ombros – Aliás, achei essa loja meio preconceituosa, tinha até urso patinador!

Eu ri e precisei me controlar para não rir muito alto.

— Talvez seja porque já venderam todos os ursinhos pilotos.
Lucas sorriu, ficou em silêncio alguns segundos, depois sussurrou:
— Pode ser, Pollyanna.
Sentindo uma paz e uma felicidade tão bem-vinda, agradeci o presente, agradeci o cuidado.
— Obrigada.
— Não precisa me agradecer. – as palavras novamente nos faltaram enquanto Lucas olhava nosso filho dormir, então seus olhos encontraram os meus – Quando você vai pra casa?
— Acho que em dois dias.
— Lauren, você vai ficar aqui com ela?
— Vou sim, e nossos pais daqui a pouco devem chegar, então não se preocupe, vão ter cuidados excessivos para o Gabriel. Pra você eu não tenho muita certeza, Nat.
Com uma feição divertida, minha irmã piscou carinhosamente para mim.
— Já imagino que devo ter entrado para o seleto grupo das pessoas invisíveis. Todo mundo só vai querer saber do Gabriel. Tudo bem, eu posso me acostumar com isso.
Olhei para o pequeno anjinho dormindo sereno em meus braços e fiz um carinho de leve em seu rosto. Quando voltei a me concentrar no que Lauren estava falando, percebi que Lucas estava com o olhar fixo em mim e no Gabriel, com uma expressão de ternura verdadeira. Ah, se ele soubesse que era o verdadeiro pai do meu filho... Mas se antes eu já sentia que precisava proteger meu bebê de todos os perigos, depois de tê-lo nos braços a certeza tomou uma proporção inimaginável.
— Acho melhor eu ir embora.
— Lucas, de verdade, eu nunca vou ser capaz de agradecer pelo que você fez por mim. Por nós.
Olhei para o Gabriel e voltei a olhar para seu pai.
— No final das contas, você sabe que eu faço qualquer coisa por você, não sabe? – Lucas sorriu com os lábios fechados – Mas o que eu fiz hoje, qualquer pessoa faria. Não precisa me agradecer. Graças a Deus seu filho está bem, mesmo tendo nascido antes da hora.
Desviei o olhar e suas duas mãos agarraram minha mão direita, que estava com um aparelho preso no indicador para monitorar meus batimentos cardíacos.
Olhei nossos dedos se tocando e ergui novamente o olhar para fitar o rosto do Lucas.
— Não foi só você ter me trazido para o hospital, foi *como* você fez. Você foi muito atencioso e cuidadoso, me passou segurança em um momento muito delicado. Obrigada, Lucas.

CAPÍTULO 36

— Que bom que consegui passar segurança, porque eu estava morrendo de medo.
— *Medo*? Por quê?
— Porque você estava sangrando, – ele ergueu as sobrancelhas como se dissesse: "não é óbvio?" – sentindo dor e chorando.
— Ahhh Lucas, desculpa ter posto você nesta situação.
— Fico feliz de ao menos fazer parte de um pedacinho da história do seu filho.

Meus olhos encontraram os da Lauren, que estavam arregalados e apavorados, e eu voltei a olhar para o Lucas, mas não disse nada, então ele passou um dedo na bochecha do Gabriel e me beijou na testa novamente.

— Fiquem bem.
— Pode me passar as multas que você certamente vai receber depois de tudo que fez para chegar rápido até aqui.
— Desafio alguém me multar com o motivo que eu tinha.

Depois de se despedir da minha irmã, Lucas sorriu para mim e foi embora.

— Meu Deus, Nat! Nem se isso fosse um filme teria tanta carga dramática. Como você está?
— Acho que estou bem. Melhor do que eu imaginaria se você me dissesse ontem que isso aconteceria hoje.
— Você *precisa* contar a verdade pra ele.
— Eu já disse que *não dá*! Se você estivesse no meu lugar, pensaria primeiro em você e no homem que você ama, ou no seu filho?
— Talvez se você tivesse visto ele chorando quando Gabriel apareceu através do vidro, você mudasse de ideia.

O mundo parou de girar.

— Ele... *chorou*?

Por que ele choraria ao ver meu filho com outro homem?

Senti palpitação e meu estômago vazio revirou. Será que mesmo achando que o filho não era dele, Lucas seria capaz de sentir algo pelo Gabriel? Será que foi um choro de felicidade ou tristeza?

— Chorou muito! – Lauren enfatizou – Quando cheguei, ele estava sozinho ali e tinham acabado de trazer o bebê. Luke estava imóvel, com os olhos vidrados e as lágrimas escorrendo. Quando me viu, ele tentou disfarçar, mas eu logo comecei a chorar e acho que ele se sentiu mais à vontade, então o puxei para um abraço e ele chorou no meu ombro.

Emocionada, senti um nó apertar minha garganta.

— Ele disse alguma coisa?
— Não.
— Será que ele não estranhou o Theo não aparecer?

— Ele perguntou pelo Theo quando esperávamos trazerem você para o quarto, mas eu disse que ele foi até Napa averiguar pessoalmente um terreno de uma obra embargada e já estava a caminho.

Por que aquilo tudo estava acontecendo nas nossas vidas? Aquele era para ser um momento feliz, onde selaríamos mais profundamente o nosso amor, mas estávamos cada vez mais separados e deixando que nossos sentimentos ruíssem.

Mais tarde, quando Gabriel estava mamando novamente, meus pais entraram alvoroçados quarto adentro.

— Filha!

Minha mãe se empolgou demais quando me viu e despertou a atenção do Gabriel, que chorou até que conseguisse se concentrar para continuar mamando.

— Que bom que vocês chegaram.

Sussurrei, então começamos a conversar até a enfermeira entrar para me dar remédios, fazer exames no Gabriel e convidar dois dos meus três acompanhantes a voltarem no dia seguinte.

Nos próximos dois dias, recebemos muitas visitas e precisamos de uma mala extra para guardar tudo que levaram de presente para o Gabe.

Theo ficou muito emocionando quando conheceu seu afilhado, e eu mais ri do que falei durante seus primeiros minutos no meu quarto.

— Lauren, eu *não acredito* que você não me ligou!

— Desculpa, mas achei que seria legal ela dividir este momento apenas com o Luke. Foi muita coincidência.

Minha irmã justificou.

— Só por isso, viu? Se fosse qualquer outra situação eu ficaria furioso com você.

Ele se abaixou no berço ao lado da minha cama e começou a conversar com Gabriel, que nem dava bola para as brincadeiras dele, e assim Theo nem ouviu quando alguém bateu à porta.

— Com licença, posso entrar?

— Dona Thereza!

Fiquei surpresa e feliz ao ver a bisavó do meu filho nos fazendo uma visita.

— Minha filha, você está com uma aparência ótima! – ela me deu um beijo no rosto e colocou um pequeno arranjo com uma orquídea linda ao lado da minha cama – A flor é sua, e este presente é para o meu bisneto.

Ela me entregou uma caixa listrada de azul e branco e eu a abri para encontrar ali dentro uma linda manta de tricô azul-claro com um carrinho de numeral vinte bordado na barra. Ela não deixava passar nada.

— É linda! A senhora quem fez?

— Claro! O primeiro presente que eu fosse dar diretamente ao Gabriel tinha que ser feito por mim. Agora deixe-me vê-lo.

CAPÍTULO 36

Percebi a pouca vontade que Theo teve em se afastar do berço do meu filho, mas educadamente cedeu espaço à avó do Lucas.

— Nat, que garotão lindo! Nem parece recém-nascido. Leonor me falou que Luke também fora um bebezão, que já nasceu parecendo que tinha um mês, e pelas fotos parecia grande mesmo, mas é uma pena que eu não consiga dizer se o Gabriel se parece com meu neto.

— Thereza, talvez neste exato momento a senhora esteja vendo seu neto quando bebê, porque o Gabriel não se parece em nada com a Nat e nem com a nossa família.

Minha mãe falou carinhosamente, chegando ao lado da senhora e passando o braço ao redor de seus ombros.

— Se ao menos Leonor o visse...

— Dona Thereza, por favor. Se o Gabriel for mesmo parecido com o Lucas, ela não vai resistir e vai acabar contando tudo.

— Eu sei. Eu estou respeitando sua decisão, embora ainda não a entenda.

Aquela senhora realmente me respeitava e ainda me tratava com muito carinho. Ela parecia entender meu sofrimento e eu sentia cada vez mais afeto por ela. Lucas tinha sorte de tê-los conhecido e ter tido a chance de ser amado por uma família que antes só lhe remetia a sentimentos de desprezo.

Definitivamente, eles eram diferentes de seu pai.

37

"*Querido Gabe,*
Você chegou. Você finalmente veio para os meus braços e a emoção do nosso encontro não pode ser descrita em palavras.
Nos últimos meses, as mais diferentes sensações se apresentaram e hoje eu compreendo melhor o sentido de tudo. O sentido da vida. Graças a você.
Queria que seu pai estivesse vivendo este momento conosco, mas nunca pense que ele não esteve presente porque não quis ou não fez o suficiente. Ele te ama. Mesmo sem saber que é seu pai, ele te ama. Isso é seu e dele, e ele fez o suficiente, mais que o suficiente, mas as circunstâncias não estavam a nosso favor...
Prometo tentar compensar essa ausência, sempre rechear este livro com informações do Lucas e um dia, quando você finalmente conhecer a verdade, responderei a todas as suas perguntas e apoiarei qualquer decisão que queira tomar, mas por enquanto espero que você me perdoe por essa dor e essa ausência. Dói muito em mim também, mas eu não me arrependo. Nós não temos culpa de nada, mas eu não me arrependo de preservar a você, a mim e ao Lucas também.
Eu te amo, meu filho, e eu sempre amarei o seu pai. Espero que você o ame também."

Já fazia duas semanas que eu estava em casa e Lucas não tinha mais dado sinal de vida. Tudo tinha voltado ao ponto em que estava antes do Gabriel nascer, mas era impossível olhar meu filho e não desejar com todas as forças que seu pai estivesse aproveitando cada momento conosco. A situação era ainda mais cruel tendo meu bebê efetivamente comigo, nos meus braços, podendo sentir seu cheirinho, ouvindo os sons que ele fazia ao dormir e até o choro forte quando estava com fome. Momentos que não eram para ser apenas meus, e eu me sentia como se os estivesse roubando do Lucas.

Eu não vinha dormindo bem, mas não podia reclamar, pelo que minha mãe disse, Gabe era um anjinho que chorava só quando queria mamar, o problema para mim é que eu achava que ele mamava demais.

Aprendi a trocar fralda e fazer a limpeza do umbigo, coisa que nunca imaginei que conseguiria fazer, e dos doze quilos que ganhei durante a gestação, já tinha perdido oito.

CAPÍTULO 37

Minha recuperação também corria bem, mas eu sentia dores na cicatriz da cesariana, por isso estava repousando sempre que meu filhote permitia.

Ele era tão lindinho! Tinha o rostinho redondo e os olhinhos já estavam bastante desinchados. Era quase careca, mas o pouco cabelo que tinha não se parecia nem um pouco com meus fios loiros. Os olhos também não eram como os meus. Os dele eram negros e profundos, como os do Lucas.

Dona Thereza nos visitava quase todos os dias, e apesar de ela ser outra lembrança constante do pai do meu filho, eu ficava feliz em recebê-la.

— Querida, preciso lhe contar uma coisa.

Ela disparou, adotando um tom de voz cauteloso assim que ficamos a sós no meu quarto.

— Pode falar.

— Ontem nasceu a bebê da Camille.

Senti algo estranho no peito. Ciúme? Raiva? Não soube identificar.

— Bem... Isso ia acontecer alguma hora, não é mesmo? E o Lucas?

— Luke saiu às pressas de Londres. Chegou hoje pela manhã em São Francisco.

Ele estava perto novamente. Será que meu coração nunca iria se acostumar com o fato de *não* estarmos juntos?

— Dona Thereza, eu entendo que a senhora agora tem dois bisnetos para visitar, portanto não se preocupe, eu não vou ficar chateada se perder um pouco da sua companhia.

— Não é isso, minha filha. É que... O que Luke desconfiava pode ser verdade. Ele já chegou no hospital com médicos prontos para coletarem o material genético dele e da menina, e pela agitação da Camille, achamos que esse resultado dará negativo.

Meu mundo ficou estático e as batidas do meu coração soavam fortes nos meus ouvidos no momento em que uma ponta de esperança se acendeu em meu peito. Se ele não fosse o pai daquela criança, talvez o pesadelo Camille acabasse de uma vez por todas. Aquela mulher iria criar a filha dela e nos deixar em paz. Ela tinha que ter ficado mais bondosa depois que segurou sua bebezinha nos braços. Eu senti a magia de me tornar mãe. Algo grandioso precisava ter acontecido com Camille também.

— *Sério*? Mas ela não pode ser tão louca! Ele disse que ia fazer o exame e ela seguiu muito segura de si, mesmo não tendo conseguido Lucas de volta durante todo este tempo.

— *Eu* acho que ela esperava amolecer o coração dele quando visse a menina. Ela está em desespero! Tem alguma coisa errada nessa história.

— E quando sai esse resultado?

Perguntei, mostrando mais curiosidade do que gostaria deixar transparecer.

— Ele conseguiu para amanhã. E já vou lhe preparar para outra coisa: se esse resultado der negativo, ele vem procurar você.
Batimentos cardíacos acelerados, boca seca, olhos aflitos.
— A senhora acha?
— Eu tenho certeza! A primeira coisa que ele me perguntou quando me viu foi se eu tinha notícias suas, assim como foi a primeira pergunta que fez à Leonor e ao Philip. E depois do teste, ele me disse que se não for o pai da filha da Camille, quer contar pessoalmente a novidade a você.
— Tenho até pena dessa criança.
— Ele está sendo muito frio, mas não é contra a menina, ele só não quer se apegar antes de ter certeza. O clima entre ele e Camille está muito tenso há meses.
— E o que eu faço?
— Preciso dizer?
Ela afagou meus cabelos e se despediu.
No dia seguinte, bem cedo fui acordada com meu telefone vibrando sobre o meu exemplar de "A Cidade Do Sol", e eu atendi sonolenta e falando baixo para não acordar o Gabriel.
— Alô?
— Olha aqui, eu só quero dar um aviso; se Luke for procurar você, eu quero que se lembre do que eu falei meses atrás. Eu estou muito perto, eu *vou* conseguir ele de volta e *ninguém* vai ficar no meu caminho, agora mais do que nunca. Você entendeu? Eu estou perto, Natalie. Eu cheguei até aqui. Eu tenho um bebê nos meus braços. Eu tenho um bebê nos meus braços! – Camille gritava e chorava ao telefone. Nitidamente descontrolada – Eu vou ter o Luke pra mim novamente, custe o que custar! Eu não fiz tudo que fiz para nada. Então, não se meta no meu caminho! Eu não tô brincando!
Não consegui falar nada. Ainda estava processando a ameaça. Camille parecia ainda mais desequilibrada.
— RESPONDE!
Ela gritou do outro lado da linha.
— S-sim.
Respondi nervosa e a ligação foi interrompida. Trêmula, me levantei para ir olhar o Gabe, que dormia tranquilo em seu berço, então senti medo, porque Camille era muito pior do que as pessoas imaginavam. Rezei baixinho pelo bem-estar do meu bebê, do Lucas e meu.
Eu continuava de mãos atadas. Presa ao amor e zelo pelo meu filho. Nada havia mudado.
Um pouco antes do almoço, eu tentava ler um pouco, na esperança de desopilar os pensamentos funestos que me invadiam, enquanto meu pai cuidava do neto no meu quarto e minha mãe preparava qualquer coisa com um cheiro delicioso na cozinha. O barulho de torneira sendo ligada e desligada

CAPÍTULO 37

e tampas fechando panelas era incrivelmente familiar e me fazia lembrar de quando morava em Carmel. Aqueles sons colaboravam com minha distração até que o interfone do apartamento tocou.

— Claro, pode subir.

Minha mãe falou com a pessoa que chegava, mas olhando diretamente para mim.

— Quem é?

Perguntei.

— Luke.

— LUCAS? E por que você disse que ele podia subir? Que loucura é essa, mãe?

Levantei do sofá em um pulo e ela ficou me encarando em silêncio por um tempo.

— Nat, está na hora de...

— PARA MÃE! PARA! – apontei o dedo para ela – VOCÊ NÃO SABE DE NADA! COMO VOCÊ PODE FAZER ISSO COMIGO? COMO?

Eu gritava tanto que mal ouvi a campainha tocar e não sei como não fiz meu filho chorar. Lucas deve ter escutado todo meu desespero.

Minha mãe abriu a porta e meu pai surgiu no corredor, vindo do meu quarto com Gabriel no colo.

— Desculpem chegar sem avisar e bem na hora do almoço, mas eu preciso *muito* conversar com a Natalie. Pode ser?

Nos olhamos em silêncio. Ele com expectativa, eu com medo.

— Eu não sei o que mais nós temos para conversar, Lucas.

— Não sabe mesmo, eu vim até aqui contar para você.

A animação na voz dele e a expressão feliz em seu rosto me fizeram quase correr para abraçá-lo.

Enquanto estávamos distantes, aproveitei para examiná-lo por inteiro. Calça jeans clara, camiseta básica branca, cabelos bagunçados... Ele estava idêntico ao dia em que nos conhecemos. Ele estava lindo! Aquele homem, que desestruturou minhas regras, invadiu meu coração e revolucionou a minha vida, queria a mim. Só a mim. E eu nunca seria capaz de entender esse fascínio.

— Tudo bem, vamos até o meu quarto.

Ele cumprimentou minha mãe, meu pai e ampliou o sorriso quando olhou para o Gabriel. Meio sem jeito, Lucas se curvou um pouco para ver nosso filho mais de perto e deu uma conversadinha com ele.

— E aí garotão, tem se comportado ou está dando muito trabalho para sua mãe?

Foi torturante vê-lo conversando com o filho. Lágrimas brilharam nos meus olhos e eu as controlei para não rolarem pelo meu rosto, mas minha mãe não conseguiu se conter tão bem e chorou quietinha, observando a cena à distância, enquanto meu pai comprimia os lábios, desviando os olhos daquele momento "pai e filho". Sorte que Gabriel estava sonolento e nem abriu os olhos. Eu não queria que Lucas achasse qualquer semelhança entre eles dois, e apesar de bebês bem novinhos ainda não terem a cor dos olhos definida, era fácil perceber que olhos azuis, como os meus e os do Theo, Gabe não teria.

— Ele é muito bonzinho. Mas mesmo assim ando bem cansada.

Lucas tinha uma feição encantada no rosto.

— Tenho certeza de que você está se saindo muito bem.

Entramos no quarto e ele ficou observando o ambiente, exatamente como fez na primeira vez em que esteve ali. E também como na primeira vez, ele parou em frente à parede de fotos, e eu mais uma vez fiquei em uma situação constrangedora, porque havia fotos novas do nascimento do Gabriel penduradas ali, mas eu não tinha tirado as imagens com o Lucas, que coloquei quando estávamos juntos. Seus olhos se fixaram em uma delas.

— Eu não consigo entender...

Apesar de ele não estar olhando para mim, eu via sua testa franzida no reflexo do vidro de um dos quadros.

— Entender o quê?

Perguntei, sabendo exatamente o que ele queria dizer.

— Por que você me afasta durante todos esses meses e ainda mantém fotos nossas na parede? Como foi quando você estava com Theo?

— Ele... Não vinha aqui.

— Mas por que você não tirou as fotos da sua parede?

— Pelo mesmo motivo que eu não havia tirado as do Steve. Esqueci. – dei de ombros, tentando parecer distraída – Não fico olhando esses quadros.

Ele virou para me olhar nos olhos e me lançou uma expressão desafiadora.

— Nem quando você colocou as novas imagens do seu filho?

— Tá, Lucas, o que você quer falar comigo?

Fiz questão de me mostrar um pouco irritada, na esperança de que ele se retraísse, mas Lucas apenas mudou de assunto e seguiu na mesma animação de quando chegou.

— A filha da Camille não é minha filha!

Eu queria explodir de felicidade e correr para os braços dele, mas eu não poderia extravasar.

— E o que você está sentindo a respeito?

— Alívio. Tá tudo resolvido, Pequena!

Ele caminhou sorrindo até mim e eu me afastei.

— Não.

— O que... – Lucas deu um longo suspiro e parou com os braços ao lado do corpo – Fala. O que mais está acontecendo?

— Nada. Mas o fato de você não ser o pai da filha dela não muda o fato de você ter me traído.

Como me matou dizer isso, sabendo que Lucas era uma vítima, como um dia eu também fui, mas era o que poderia me manter longe dele naquele momento. Eu estava sem argumentos.

— Oh, que inferno! – ele jogou a cabeça para trás e agarrou os cabelos com ambas as mãos – Você *sabe* que ela armou pra mim! Ainda esse assunto?

— Ainda esse assunto! Na primeira vez, eu já entendi que foi armação, mas, na segunda vez, eu não tenho tanta certeza.

— Você. está. mentindo! Eu conheço você, *Natalie!* Antes até era razoável que você não quisesse ter que assumir a filha da Camille comigo, mas agora... *Eu sei* que você está mentindo!

— Você acredita no que você quiser, mas nossa história acabou e não terá volta. Por que você não procura aquela loira que você levou ao meu restaurante preferido na noite do meu aniversário?

Consegui achar um ponto em que eu poderia me apegar e o veneno transbordou nas minhas palavras.

— Abby é só uma amiga. Eu não saí com mais ninguém desde que você me deixou. Ei! – ele parou e deu um sorriso com o canto da boca – Você está com ciúmes?

— Claro que não! Você pode sair com quem você quiser! Mas eu duvido que você esteja esse tempo todo em... – me senti enrubescer – Abstinência.

Quantas vezes eu já havia me torturado pensando em quantas mulheres já haviam sentido o toque do Lucas depois de mim, em quanto prazer ele já havia desfrutado com outras pessoas. Quantas e quantas noites me torturei em minha solidão e ele vem me dizer que não ficou com mais ninguém?

Lucas riu alto com minha colocação e o momento ficou tão leve que nós parecíamos os mesmos de antes, mas me controlei e mantive a expressão carrancuda o máximo que pude.

— Não posso dizer que está sendo fácil, mas a última vez foi com você, no *box* da equipe do Nicolas.

Lentamente, Lucas ia diminuindo a distância que nos separava, mantendo os olhos fixos nos meus, fazendo meu corpo inteiro arder em chamas enquanto seus lábios formavam uma curva sedutora que destruía todos meus pensamentos coerentes, me deixando pronta para saltar em um abismo sem me importar com o destino que me aguardava. Sua língua deslizou em seus lábios e quando a pele de sua boca brilhou com a umidade, senti meus joelhos vacilarem e meu corpo inteiro se ouriçar em expectativa.

Lucas moveu de leve os ombros e eu reparei no contorno dos seus músculos debaixo da camiseta fina, meu cérebro imediatamente gerando a imagem perfeita daquele homem sem roupa alguma, me fazendo perder ainda mais a razão, me deixando ser vencida pelo desejo ardente que me consumia violentamente. Com um último passo convicto, ele parou próximo demais de mim e baixou a cabeça para me olhar nos olhos, me obrigando a erguer o queixo para que pudéssemos nos encarar. Não houve toques ou palavras, mas a simples proximidade dos nossos corpos despertou ainda mais o *frenesi* que nos rodeava, e enquanto ele me olhava como se me desvendasse completamente, eu me perdia, sentindo sua respiração quente me atingir o rosto. Ficamos inertes por um momento, com os segundos sendo contados pelas batidas dos nossos corações, até que Lucas começou a se curvar e o palpitar dentro de mim acelerou, parecendo capaz de fazer meu coração saltar para fora do peito. Nossos lábios estavam quase encostados quando fechei os olhos e mentalmente implorei por aquele beijo, e tive meu desejo atendido.

Lucas uniu sua boca à minha, me beijando de maneira delicada, como se estivesse me redescobrindo, e eu retribuí.

Com ambas as mãos eu o agarrei pela nuca, o puxando para mais perto, e ele envolveu minha cintura com força, espalmando uma mão na minha lombar e a outra agarrando meus cabelos, mantendo minha cabeça na posição que ele queria. Estávamos tão colados um ao outro que eu senti sua ereção crescendo encostada a minha barriga, e foi então que meu corpo me traiu ainda mais e eu rocei de leve meu sexo na perna dele.

Liberado pela intimidade que eu permiti, Lucas desceu a mão que estava na minha lombar, a levando até minha bunda, me apertando e puxando para ainda mais perto. Da minha boca escapou um gemido trêmulo e recebi em resposta um sussurro de uma risada e uma mordida provocante no meu lábio inferior, mas quando Lucas passou a mão para frente, com a intenção me tocar bem onde eu mais precisava, eu o empurrei, porque ainda não estava liberada para ter relações sexuais e ainda sentia dor na cicatriz do parto, porém, estava decidida a aliviar um pouco dos meses de abstinência que ele vinha passando.

Abri a calça dele com pressa e expus sua ereção, como se ontem mesmo tivéssemos tido intimidade e eu ainda tivesse liberdade para fazer aquilo, o empurrei até a parede mais próxima e baixei o corpo, ficando de joelhos à sua frente.

— Oh, porra... *Natalie*, eu quero você.

— Eu não posso fazer mais que isso. Proibições médicas. Me deixa matar as saudades assim.

Passei a língua em toda aquela extensão, lambi o líquido que se acumulava na ponta e Lucas emitiu um som gutural e extremamente *sexy* quando o coloquei na boca o mais profundo que consegui, fazendo-o jogar a cabeça para trás ao se entregar completamente ao momento.

CAPÍTULO 37

— Caralho! Isso, *Natalie*.
Comecei meus movimentos gemendo de boca cheia enquanto ele se controlava para prolongar o prazer, mas deixando claro que não demoraria muito. Seus dedos envolveram meus cabelos sem me pressionar, apenas imprimindo uma força que parecia mais para ele mesmo se conter do que para coordenar minhas ações. Olhei para cima, para avaliar a expressão no seu rosto, e encontrei seus olhos ébrios de prazer, me observando com um desejo quase incontrolável. Intensifiquei os estímulos, apertando de leve seus testículos e pressionando o ponto sensível logo atrás.
— Porra, *Natalie*! Caralho! É fantástico!
Percebendo que ele estava quase gozando, o tirei completamente da boca para retardar seu clímax e aos poucos voltei a provocá-lo.
— Meu... Deus... Eu *preciso* gozar!
Assim que intensifiquei minhas investidas, Lucas urrou com os dentes cerrados, tentando conter a intensidade do som, e eu senti seu gosto quente e familiar preenchendo minha boca e deslizando pela garganta.
Engoli tudo e me levantei, já avaliando a merda que eu tinha acabado de fazer, enquanto Lucas fechava as calças, visivelmente contente.
O que foi que eu fiz? O que foi que eu fiz? Por acaso sou algum tipo de bicho que não sabe se controlar?
Sou!
— Pequena!
Eu tinha me perdido. Traída completamente pelas minhas emoções, deixei toda razão que guiava minha vida nos últimos meses ser posta de lado, como se o que estivesse em jogo não fosse simplesmente "a coisa mais importante da minha vida". Eu não podia deixar a situação voltar a ser como antes. Camille ainda fervia de raiva de mim, mesmo depois de tanto tempo. Eu *precisava* proteger meu filho. Eu não sabia até quando. Eu não sabia se tinha um prazo. Eu só sabia que eu continuava dependendo do equilíbrio emocional de uma mulher sem o menor equilíbrio emocional!
— Lucas, desculpa, eu não devia ter feito isso.
Falei com a voz baixa, quase sem fôlego e incapaz de encará-lo diretamente.
— *Desculpa?* Você está pedindo desculpa por ter me deixado finalmente feliz depois de quase um ano?
— É porque... – como eu poderia explicar? – Isso que aconteceu... Não muda nada.
— *O QUÊ?*
Ele me agarrou pelos braços e me sacudiu de leve para que eu olhasse em seus olhos.
— Eu quero que você vá embora.
— Você só pode estar louca. Eu *não vou* a lugar algum.

Ele me puxou mais para perto e eu tentei me afastar sem precisar o empurrar.
— Lucas, eu não quero mais. Por favor, me respeita.
Ele deu uma risada incrédula e irritada ao me soltar.
— Diz qualquer coisa, *menos* que você não quer mais, porque isso *é óbvio* que é mentira.
Voltando para perto de mim, suas mãos envolveram meu rosto e nossos olhos fixaram uns nos outros, enquanto nossos corações, tão descompassados, nos deixavam cada vez mais agitados.
— Lucas... eu... *não posso*!
Me entreguei!
— Agora sim! Então *tem* alguma coisa acontecendo. – ele passou um polegar pelo meu lábio inferior – Me diz o que está acontecendo! Vamos resolver juntos. *Eu te amo!*
Eu te amo!
Eu vou falar. Eu vou falar. Agora a gente pode resolver, mas e se... Não, eu não posso contar nada. Gabriel. Gabriel. Gabriel.
— Lucas, se você me ama mesmo, não me faça ter que pedir outra vez. – coloquei minhas mãos em seus punhos e o afastei de mim – Vá embora, por favor!
— Não. Eu preciso saber o que está acontecendo. Pequena, nós podemos resolver qualquer coisa!
Será? O quanto eu posso arriscar? Vale mais a pena correr o risco ou me certificar de que meu filho ficará bem?
Meu filho!
Camille já tentou antes, o que a impede de tentar novamente?
Com certeza meu filho vence qualquer disputa. Camille é uma desequilibrada e eu não posso deixar Gabriel no alvo de uma pessoa como ela. O que pode fazer Camille se afastar definitivamente? O que me traria segurança? Só se eu andar com guarda-costas o tempo inteiro, e ainda assim... Camille tem entrada em todos os lugares que frequentamos. Pertence ao mundo das corridas que Lucas faz parte. Como fugir dela?
— Lucas, se você tivesse que dizer quem é a pessoa mais importante da sua vida, qual seria a sua resposta?
— Você, é claro!
Ele nem pensou duas vezes.
— Pois a *minha* resposta é o Gabriel. "Nós" não existimos mais. – minha honestidade foi como uma facada em seu peito – Vá embora, por favor.
— *Natalie*, você sabe que eu quero você, mesmo com um filho de outro homem. Você tem ideia do quanto isso diz sobre mim e sobre a profundidade

CAPÍTULO 37

dos meus sentimentos? Qual é o seu problema? Se não era o fato de a filha da Camille poder ser minha filha, o que mais?
— VAI EMBORA, LUCAS! – gritei nervosa, quase arrancando os cabelos da cabeça, sem saber mais o que dizer – Eu não quero mais! Por que você não entende isso de uma vez por todas?
— PORQUE NÃO É VERDADE!
— É verdade! Suma da minha vida! EU NÃO QUERO VOCÊ!
Ele foi surpreendido pelo meu tom e o silêncio que alimentou por um longo período, foi o prelúdio da raiva que dispararia.
— Quer saber? *Foda-se!* Se nem com tudo conspirando a favor você quer recomeçar a nossa história, é porque você não deve *nunca* ter me amado de verdade, ou, *se* um dia amou, já acabou. Sobrou só tesão? Foi isso que aconteceu uns minutos atrás? Você "não pode" ficar comigo porque o sentimento não sustenta uma relação? Você tem pena de me dizer isso? O pobre garoto abandonado, sendo abandonado novamente. – minha garganta doía muito tentando conter um choro avassalador – Tá tudo bem. Não se preocupe comigo. O que você precisa? Só quer ser fodida? Theo não soube fazer como você gosta? Mas me desculpe, só eu me aliviei aqui hoje, talvez eu devesse recompensá-la de alguma forma, você quer que eu deixe alguma coisa? – ele estava furioso e sua voz era inflamada como o fogo maligno que crepitava em seu olhar, mas de todas as ofensas, o que mais me abalou foi ele ter sugerido me pagar pelo que acabara de receber, e minha reação instintiva foi dar-lhe um forte tapa no rosto, que ele aceitou sem revidar, e quando me olhou de volta, enquanto lágrimas rolavam nas minhas bochechas, eu o percebi um pouco arrependido, porém ainda frio e distante – Desculpe. Fui longe demais... mas agora isso é um adeus. Minhas fichas acabaram. Perdi.
Lucas foi embora. Outra vez o vi me dando as costas e partindo para longe. Fiquei sozinha, mais triste que após a despedida na última dança, quando ele ainda achava que eu estava com Theo, e mais triste que depois da despedida no dia do meu aniversário, quando eu tenho certeza de que ele achava que ser o pai da filha da Camille seria nosso último empecilho.
Dessa vez, ele disse "adeus".
Tentei me convencer que havia sido melhor assim, mas não consegui me fazer acreditar nisso.
Eu e Lucas tínhamos acabado de romper nosso último laço sentimental. Acabou.

Epílogo

(LUCAS BARUM)

Mal me despedi de Edward e Sandra quando passei feito um furacão pela sala e saí porta afora, decidido a nunca mais voltar.

Eu precisava dar um basta naquela situação e colocar minha vida nos eixos outra vez. Já fazia muito tempo que eu e Natalie estávamos rompidos. O problema é que eu me negava a enxergar essa verdade. Mas como diabos eu ia enxergar isso quando ela parecia mais inconstante que uma montanha-russa? Especialmente depois de ela ter chupado meu pau e me feito ver estrelas quando me deixou gozar em sua boca. Era impossível pensar em um final.

Aquela garota iria me enlouquecer. Eu precisava fazer alguma coisa, rápido, não tinha mais tempo a perder.

Liguei o carro e o telefone ao mesmo tempo.

— E aí, Joe. Tô na cidade.

— Fala, meu *brother*, festinha na Mimb, vamos?

— Estarei lá.

Joe era o amigo certo para tirar alguém da fossa. Ele sempre era parceiro de baladas e conseguia descontrair qualquer assunto.

Cheguei à minha casa, abri uma garrafa de Jack Daniel's e comecei a tomar direto do gargalo. Minha memória precisava ser deletada para que eu pudesse recomeçar.

Quando anoiteceu, tomei um banho, troquei de roupa e saí, mas eu ainda fedia a uísque.

Encontrei Antony, Ewan, Philip e Joe em uma das mesas da área VIP da Mimb. Apressei-me até eles e quase caí quando tropecei em um degrau de acesso. Claro que Philip, como uma mãe, foi me ajudar a chegar até eles e ficou preocupado ao me ver caindo de bêbado antes mesmo de começarmos a festa.

Porra, às vezes Phil pode ser um pé no saco.

— O que estamos comemorando?

Joe perguntou, erguendo uma dose de tequila e fazendo todos nós erguermos nossos copos também.

EPÍLOGO

— À liberdade. E ao mais fantástico boquete de despedida! Esclareci com a voz enrolada, antes de virar minha dose de Jose Cuervo.

Joe riu entusiasmado, mas meus outros amigos ficaram surpresos, me vendo expor uma intimidade que era óbvio que eu tinha vivido com a Natalie. Eu não era muito de falar da minha vida íntima, mas se tivesse que comentar alguma coisa sobre alguma mulher que eu conhecia bem intimamente, eu não fazia cerimônias, mas isso não se aplicava à Natalie. Dela eu nunca disse uma palavra. Não queria aqueles merdas pensando na minha Pequena na hora que batessem uma punheta no chuveiro.

— O que foi? – perguntei, com a língua descoordenada, quando percebi aqueles caras me olhando com descrença – Vão dizer que vocês não imaginavam que para uma mulher me pegar do jeito que a Natalie fez, era porque ela tinha que, além de tudo, ser fodidamente boa de cama? – nem dei tempo de eles responderem – É... Ela é. Caralho, ela é fantástica! – passei as mãos no rosto e nos cabelos – Ela me deixava fazer tudo. *Tudo*! – peguei o copo que Philip segurava no ar e tomei em um gole só – E podia acontecer em qualquer lugar também. Não existe sensação melhor do que estar enterrado nela, nem visão mais perfeita do que ver aquela diaba abrindo as pernas pra mim...

— Ok. Oficialmente de pau duro.

Joe anunciou, bebendo outra dose de tequila.

— Luke, nós já entendemos. Você não quer nos contar isso, então para de falar pra não se arrepender depois.

— Não, Phil. Eu não vou me arrepender. – dei uma risada típica de bêbado – Eu só queria que alguém me entendesse... – mudei o humor e estava prestes a me tornar um bêbado chorão – Mas mesmo ela sendo melhor que uma porra de uma atriz pornô, não era isso cara... Confesso que isso não era o que mais importava. – esfreguei os olhos e fitei os dois copos vazios à minha frente – Ela era a minha melhor amiga, porra! Ela era minha melhor amiga. – repeti com a voz mais baixa – Ela me salvou de mim mesmo. E eu fiz de tudo. De tudo mesmo. Me humilhei de todas as formas possíveis, mas agora acabou de vez.

— Uhull, cara. Quer dizer que você finalmente vai deixar de ser um maricas e vai voltar a ser o bom e velho Luke Barum?

Talvez Joe seja um cara realmente sem noção, mas talvez ele estivesse apenas tentando me animar.

— Sim.

— Então, seguinte: – ele abasteceu todos os copos vazios e eu fiquei com o meu e do Philip – eu inicio agora "a era dos solteiros". Vamos brindar à liberdade e à variedade de bocetas!

Virei mais duas doses e fitei a mesa ao nosso lado.

Três garotas conversavam olhando diretamente para nós e, sem pensar duas vezes, levantei meio trôpego e me aproximei da menina da ponta. Não que eu tivesse a achado a mais bonita, eu mal enxergava alguma coisa no estado em que eu estava, mas ela era a que estava mais perto de mim.
— Oi...
Eu me desequilibrei e estendi a mão à frente. A garota achou que era um cumprimento e se levantou ao agarrar minha mão, logo me conduzindo à pista de dança lotada de gente.

A menina com cara de caloura de universidade não tinha nada de inocente e, logo nos primeiros movimentos, juntou o corpo ao meu e deslizou as mãos pelas minhas costas, até que elas chegaram à minha bunda e lá ficaram por um bom tempo. Já eu, não me ative a apenas uma característica da minha acompanhante. Antes de a primeira música acabar, eu já tinha até enfiado dois dedos dentro da calcinha dela, no meio de todas aquelas pessoas.

Assim que um pouco da minha bebedeira evaporou, me senti com o mínimo de confiança suficiente para sair dali dirigindo para levar a garota a algum lugar onde eu pudesse fodê-la até que eu esquecesse que um dia tinha conhecido a Natalie.

Houve um tempo em que eu, pelo menos, levaria quem estivesse comigo ao melhor hotel possível, mas aparentemente aquele não era mais o caso. Parei no primeiro hotel que encontrei pela frente e conduzi a mulher ao meu lado, que eu não sabia nem o nome, para o primeiro quarto que a moça da recepção achou disponível.

A moça da recepção era bem gostosa e pareceu ter pensamentos similares sobre mim. Talvez eu devesse tê-la convidado a juntar-se a nós. Vacilei.

Chutei a porta depois que entramos e fui logo tirando o vestido da morena cheia de curvas que gemia como se apenas tocar nos braços dela fosse capaz de proporcionar um puta de um orgasmo. Eu nunca curti aquele tipo de escândalo. Acho foda quando a mulher grita e geme quando alguma coisa efetivamente está acontecendo, aí o cara sabe que são sons incontroláveis e dá um tesão fodido saber que você é o responsável por aquilo tudo, mas é meio broxante quando é algo que pareça programado e forçado.

A garota faminta não teve paciência nem de desabotoar minha camisa e arrebentou os botões para me despir mais depressa.
— Caramba! – ela exclamou, me olhando de cima a baixo, quando eu já estava completamente nu na frente dela – Eu *nunca* vi um cara tão gostoso assim!

Eu não disse nada, apenas empurrei o corpo dela na cama e abri suas pernas, para, assim que vesti uma camisinha, meter furiosamente naquela boceta safada, sem nem pensar em preliminares.

EPÍLOGO

Ela tinha um corpo foda e eu provei seus peitos enormes enquanto investia incessantemente entre suas pernas.

— Oh... Meu Deus... Que boca... Que pau...

Ela urrava e eu grunhia, sem querer dizer palavra alguma, até que senti ela começar a estremecer.

Deve ter sido a mulher mais escandalosa que já gozou no meu pau. Depois que ela parou de uivar, eu meti mais forte e gozei mordendo seu pescoço.

No curto espaço de tempo em que eu tinha ido ao banheiro tirar o preservativo, ela pegou no sono e eu fiz a coisa mais filha da puta do mundo: deixei um bilhete e um pouco de dinheiro na mesa de cabeceira para ela pegar um táxi.

"Você foi fantástica. Precisei sair. Desculpe. O hotel está pago e esse dinheiro é só para você pegar um táxi, já que eu não pude ficar para levar você até sua casa."

E essa foi só a primeira. Luke Barum, solteiro, tinha voltado.

Continua...

Comentário final da autora

Obrigada por ter lido até aqui!

MOMENTO foi um livro cheio de amor e amadurecimento dos personagens, mas com um desenrolar inesperado que deixou muitas perguntas ainda sem respostas.

Natalie e Lucas estão crus em sua essência, avançando para o desfecho que irá expor todas as verdades e questionar todos os traumas.

Em PARA SEMPRE você verá os protagonistas se desafiarem, lutarem contra e com o amor que está intrincado no peito, até decidirem qual o caminho do *Infinito*.

Espero você.

Com amor,

Lucia F. Moro